# DER TEUFEL VON WACKEN

Heike Denzau, Jahrgang 1963, ist verheiratet, hat zwei Töchter und lebt in dem kleinen Störort Wewelsfleth in Schleswig-Holstein. Ihr Kriminalroman »Die Tote am Deich« war für den Friedrich-Glauser-Preis 2012 in der Sparte »Debüt« nominiert. www.heike-denzau.de

HEIKE DENZAU

# DER TEUFEL VON WACKEN

*Kriminalroman*

emons:

**Bibliografische Information der Deutschen Nationalbibliothek**
Die Deutsche Nationalbibliothek verzeichnet diese Publikation
in der Deutschen Nationalbibliografie; detaillierte bibliografische
Daten sind im Internet über http://dnb.d-nb.de abrufbar.

© Emons Verlag GmbH
Alle Rechte vorbehalten
Umschlagmotiv: klafrog/photocase.de
Umschlaggestaltung: Nina Schäfer, nach einem Konzept
von Leonardo Magrelli und Nina Schäfer
Umsetzung: Tobias Doetsch
Gestaltung Innenteil: César Satz & Grafik GmbH, Köln
Lektorat: Hilla Czinczoll
Druck und Bindung: CPI – Clausen & Bosse, Leck
Printed in Germany 2018
ISBN 978-3-7408-0315-5
Originalausgabe

Unser Newsletter informiert Sie
regelmäßig über Neues von emons:
Kostenlos bestellen unter
www.emons-verlag.de

*Weiche, Wotan! Weiche!*
*Flieh des Ringes Fluch!*
*Rettungslos dunklem Verderben*
*weiht dich sein Gewinn.*

Erda in »Rheingold«
von Richard Wagner

## Prolog

Ihr Herz hämmerte in der Brust. So heftig, dass es gleich aufhören würde zu schlagen. Weil es gegen ihre Angst nicht mehr anpumpen konnte.

Und wäre es nicht wirklich Erlösung, zu sterben? Endlich nicht mehr diese grauenhafte Angst zu spüren? Ruhe, Frieden zu haben?

Doch die Angst ließ nicht einmal eine Antwort darauf zu. Arme und Beine zusammengepfercht in dem dunklen Schrank, waren ihre Sinne nur darauf ausgerichtet zu horchen, ob er kam.

»... acht ... neun ...«

Als sie seine Stimme durch das Holz des Schrankes hörte, schüttelte es sie. Er stand vor der Zimmertür, die sie nicht geschlossen hatte, weil ihr die Zeit gefehlt hatte.

»Wo steckst du, meine Schöne? Wo hast du dich verkrochen?«

Seine Stimme klang ruhig und lockend, hatte alles Laute, aber nicht das Hässliche verloren. Siegessicher klang sie. Und das gruselte sie mehr, als wenn er geschrien hätte. Um das Wimmern, das in ihrer Kehle zum Sprung bereit hockte, zurückzudrängen, presste sie beide Hände vor den zitternden Mund. Ein Fehler, denn ihre Finger klebten von Blut. Dass es nicht ihr eigenes war, verstärkte die Übelkeit, die der süßliche, eisenartige Geruch auslöste. Krampfhaft versuchte sie, das Würgen zurückzuhalten.

Und dann stockte ihr der Atem. Weil er direkt vor dem Schrank stand. Das dünne Holz filterte seine Stimme kaum. »Du steckst doch wohl nicht hier drin? So einfallslos bist du doch nicht?« Etwas schabte über das Holz. Und sie wusste, dass es die Waffe war, die er darübergleiten ließ. Dann herrschte Ruhe. Aber nur für einen winzigen Moment.

»Zehn ... *Ich komme.*«

Das Knarzen der Schranktür, als er sie langsam aufzog, war lauter als alles, was sie je gehört hatte.

*Eine Woche vorher ...*

## EINS

»Aufs Festival?« Matthias Blomberg sah seine Frau irritiert an, während er den Finger in die Bolognese auf dem Herd tunkte und ableckte. »Wieso bist du jetzt doch im Team? Ich dachte, es wäre vollzählig?«

Annika Blomberg griff den Topf mit den Nudeln und leerte ihn in ein Sieb in der Spüle. »Die Mutter von Dr. Hermer ist gestern gestorben, also fällt er aus. Es wurde Ersatz für ihn gesucht, und da habe ich mich gemeldet. Wenn es für dich okay ist. Sonst würde ein anderer Kollege einspringen.«

»Klar ist das okay. Ich bin für die Kinder da. Und ich freu mich für dich. Du wirst so viele verrückte Typen kennenlernen wie nie zuvor.«

»Ich bin gespannt.« Annika lächelte ihren Mann an.

Seit einem halben Jahr wohnten sie in Wacken im Haus von Matthias' verstorbener Tante, das sie gekauft hatten, um den Kindern das Aufwachsen in ländlicher Ruhe zu ermöglichen. Außerdem war eigener Wohnraum in guter Lage in Hamburg nahezu unerschwinglich gewesen, obwohl sie beide Gutverdiener waren.

Sie stellte das Sieb auf einen Unterteller und brachte beides zum Küchentisch. »Holst du Ida? Ich schnappe mir Schumi.« Sie beugte sich zu Emil hinunter, der vor sich hin brabbelnd in einer Lauflernhilfe mit flinken Beinchen von einem Ende der Küche zum anderen rollte.

Annika zog ihn heraus, schmatzte zwei Küsschen auf die rosigen Wangen und setzte ihn in den Hochstuhl, was er ohne zu schreien mit sich geschehen ließ. Hochstuhl bedeutete Essen. Und das liebte Emil.

Ida hing auf Matthias' Rücken und hatte die Arme um den Hals ihres Vaters geschlungen, als sie die Küche betraten. »Lecker Nudeln«, sagte sie, als Matthias sie auf ihrem Kinderstuhl abstellte. Sie lehnte sich über den Tisch, um eine der Spiralen aus der Schüssel zu stibitzen.

»Vorsicht, heiß!«, rief Annika, aber es war schon zu spät.

»Aua!« Im Nullkommanichts zog Ida die Finger wieder aus der Schüssel und steckte sie in den Mund. »Doofe Nudeln.«

Annika lachte. »Die Nudeln können nichts dafür, Mäuschen.«

»Ich brauch ein Pflaster.« Anklagend hielt Ida ihr die Hand hin.

Annika band Emil ein Lätzchen um. »Du brauchst kein Pflaster«, sagte sie ungerührt.

Matthias lachte und pustete auf Idas Hand. »So ist das als Kind einer Ärztin. Da wird man nicht ernst genommen.«

»Stimmt doch gar nicht. Ich nehme alles ernst. Nur keine Lappalien.«

»Mal schauen, was Mama zu erzählen hat, wenn sie vom Festival zurück ist.« Matthias grinste. »Bei den schwarzen Männern wird es schon nicht langweilig werden.«

»Schwarze Männer?« Idas Hand mit dem vollen Löffel verharrte vor dem beschmierten Mund. Mit großen Augen sah sie ihren Vater an. »Sind die böse, die schwarzen Männer?«

»Quatsch!« Annikas verärgerter Blick traf Matthias, bevor sie sich mit einem Lächeln Ida zuwandte. »Da ist niemand böse. Hier in unserem Dorf kommen bald ganz viele Menschen zusammen, die Musik hören wollen. Und weil es so viele Menschen sind –«

»Wie viele?«, unterbrach Ida sie, »mehr als hundert?«

»Oh ja, es sind viele tausend Menschen. Mehr als siebzigtausend«, sagte Annika, wohl wissend, dass Ida die Zahlengrößen nicht einordnen konnte. »Und das sind Männer und Frauen, die am liebsten schwarze Sachen anziehen. Hosen, T-Shirts, Hoodies, alles ist schwarz. Allerdings«, Annika lachte auf und sah Matthias an, »gibt es wohl auch Ausnahmen. Corinna erzählte, dass sie im letzten Jahr Männer in Ballettröckchen und geblümten Morgenmänteln gesehen hat. Ich freu mich richtig drauf, das alles einmal live zu erleben.«

Ida hatte aufmerksam zugehört. »Haha«, lachte sie, »Männer ziehen doch nur Hosen an.«

»Eigentlich ja«, gab Annika ihr recht. »Auf jeden Fall sind das alles liebe Menschen. Die tun mir nichts, Maus. Ganz im Gegenteil. Die feiern da eine große Party, und alle haben gute Laune. Und Mami muss da nur hin, weil manchmal jemand ein Pflaster oder einen Verband braucht. Oder jemand verbrennt sich in der Sonne, weil er sich nicht eincremt.« Und bestimmt würde es zuhauf Kreislaufprobleme geben. Hitze, gepaart mit zu viel Alkohol, war eine brisante Mischung.

»Bei unserem norddeutschen Sommer wirst du keine Sonnenbrände behandeln müssen«, sagte Matthias. »Laut Wetterbericht wird es durch die Schwüle Gewitter geben. Das heißt: Das Festivalgelände wird wohl wieder zur Schlammwüste werden.«

»Danke, dass du dabei so schadenfroh grinst. Ich sollte wohl meine Gummistiefel aus dem Keller holen.«

Ida schaufelte einen Löffel frisch geriebenen Parmesan auf ihre Nudeln. »Warum brauchen da welche einen Verband?«

Annika seufzte. Jetzt ging die Warum-Fragerei los. »Weil sie sich stoßen oder hinfallen.«

»Warum fallen die hin?«

»Weil da ganz viele Zelte zum Schlafen aufgebaut sind, und da stolpern die Menschen manchmal über die Leinen.«

»Warum stolpern die über die Leinen?«

Matthias lachte auf. »Weil sie dicht sind wie Uhus.«

Annika warf ihm einen bösen Blick zu, obwohl Ida diesen Satz nicht zuordnen konnte.

»Die stolpern über die Leinen, weil sie …«, Annika überlegte kurz, »… weil sie die manchmal nicht sehen.«

»Warum sehen die Leute die Leinen ni–«

»Weiß ich nicht«, brach Annika das Endlos-Verhör ihrer Tochter ab. »Und jetzt iss bitte deine Nudeln, Ida, sonst sind sie gleich kalt.«

Aufmerksam hörte Annika während des Essens zu, was Ida

aus dem Kindergarten und ihr Mann aus der Firma zu berichten hatten. Das gemeinsame Abendessen mit den Kindern war ihr und Matthias heilig. Sie arbeitete noch nicht wieder in Vollzeit, seit Emil vor dreizehn Monaten auf die Welt gekommen war, aber ihr Schichtdienst im Krankenhaus machte es an manchen Tagen schwierig, zusammen zu essen.

»Lass uns noch mal auf das Festival zurückkommen«, sagte Annika zu Matthias, nachdem alle satt waren. »Ich habe mich dort für die Nachtschichten einplanen lassen. Dann kann ich an den Nachmittagen für die Kinder da sein. Das heißt aber, dass du Ida dann morgens in den Kindergarten und Emil zur Tagesmutter bringen musst. Du müsstest dann eine Bahn später nehmen.«

Da Matthias in Hamburg in Hauptbahnhofsnähe arbeitete, war die Bahnfahrt die angenehmere Alternative zum Auto.

»Kein Problem. Welche Tage sind es genau?«

»Ich werde ab Mittwoch dort sein. Bis einschließlich Sonntag.«

Matthias nickte. Nach kurzer Überlegung sagte er zu Ida: »Was hältst du davon, wenn ich mir den Freitag freinehme und wir am Wochenende zu Oma und Opa nach Mölln fahren? Da Mama arbeiten muss, können wir uns ein bisschen von Oma verwöhnen lassen. Und Oma und Opa freuen sich, euch mal wiederzusehen.« Er sah Annika an. »Wir würden dann Donnerstagmittag losfahren, und Sonntagnachmittag sind wir alle wieder hier.«

»Oh ja! Zu Omi und Opi!« Ida ließ den Löffel fallen und klatschte in die Hände. »Omi, Opi, Omi, Opi!«

»Aber willst du denn nicht selbst auf das Gelände?«, fragte Annika überrascht. »Schließlich ist es auch für dich das erste Festival, an dem du selbst Wackener bist.«

Matthias war durch die Verbindung zu seiner Tante einige Male Gast in Wacken gewesen, lange bevor sie sich kennengelernt hatten.

»Mir reicht der Mittwoch. Da hab ich dann genug gesehen. Und gehört.«

»Dann ist es doch eine tolle Idee, zu Oma und Opa zu fahren. Ich rufe euch nachmittags an. Vom Festnetz aus. Mein Handy spinnt nämlich total. Der Akku ist Schrott.«

»Soll ich dir ein neues mitbringen?«

Annika schüttelte den Kopf. »Das ist lieb, aber ich hol mir in Itzehoe eins. Wenn das Ding nicht funktioniert, merkt man erst, wie sehr man davon abhängig ist. Eigentlich erschreckend.«

»Auf jeden Fall wirst du hier deine Ruhe haben, wenn wir nicht da sind«, sagte Matthias. »Genieß es.«

Annika nickte. »Bis zum frühen Nachmittag werde ich wohl schlafen, je nachdem, wann ich aus dem Sani-Zelt wegkomme. Ich hoffe auf jeden Fall, dass die Nachtschicht nicht so anstrengend ist wie Tagesdienst.«

Ida hatte aufmerksam zugehört. Anscheinend ließen ihr Matthias' Worte noch keine Ruhe, denn sie fragte: »Und die schwarzen Männer tun dir wirklich nichts, Mama?«

Annika schenkte ihr ein herzliches Lächeln. »Nein, Maus, wirklich nicht.« Sie legte die rechte Hand auf ihr Herz. »Oberdickes Ehrenwort. Sonntag fahren die alle nach Hause, und ich bin dann wieder hier. Bei euch. Gesund und munter.«

✳✳✳

Ulf Baumann war dabei, die Maschinenpistole zu reinigen. Sonnenstrahlen fielen durch die Spalten der Holzlatten der alten Scheune, und er konnte sehen, wie die harten Bässe den Staub aus den Ritzen des Holzes trieben.

»Meine Fresse!« Er warf seinen Söhnen einen finsteren Blick zu. »Geht das auch 'n bisschen leiser?«

Doch Jannek ließ sich beim Spielen der Luftgitarre nicht stören. Nicht einmal die stickige Hitze in der Scheune schreckte ihn ab. Im Gegenteil, sein Kopf ruckte im Rhythmus der Bässe noch wilder vor und zurück, sodass das dunkelblonde, zu einem kurzen Pferdeschwanz gebundene Haar hin und her wedelte.

Auch Roman antwortete nicht. Mit verstellt tiefer Stimme begleitete er die dunklen Stimmen, die aus dem Lautsprecher dröhnten, aber direkt aus der Hölle zu stammen schienen: »Twilight of … the thunder god! Twilight of … the thunder god!«

Das Mitsingen hielt ihn nicht davon ab, den Pinsel in den Farbeimer zu tunken und das O in einem Schriftzug auf der linken Seite des Wohnwagens weiter schwarz auszumalen. »Die Band ist richtig geil«, grölte er seinem Bruder zu. »Wie heißen die?«

Jannek riss zur Bestätigung beide Hände mit Teufelsgruß in die Höhe. »Amon Amarth. Hab ich grad gegoogelt. Mal ich auch noch auf den Wohnwagen drauf.«

»Jetzt dreht die Kiste leiser!«, verschaffte Ulf Baumann sich über die Bässe hinweg erneut Gehör.

Diesmal reagierte Jannek. Er ging zu dem rostigen Werkzeugkasten, auf dem er sein Smartphone und den Bluetooth-Lautsprecher abgestellt hatte, und korrigierte die Lautstärke nach unten. Zeitgleich öffnete sich das Tor des Holzschuppens. Ein Hauch angenehmerer Luft trat mit dem Mann in Motorradklamotten ein. Durch die laute Musik hindurch hatten sie das Motorrad nicht kommen hören.

Jannek wischte sich mit dem Unterarm den Schweiß von der Stirn, trat mit einem »Hi, Devil« zu ihm und hob die Hand.

Der Neuankömmling klatschte ihn ab. »Grüß dich, Alter.«

»Alles klar, Devil?«, begrüßte auch Ulf Baumann seinen Kumpel, während er die Maschinenpistole wieder aufnahm und nach dem Lappen griff, den er leicht mit Waffenöl getränkt hatte. Liebevoll rieb er damit über den schwarzen Lauf.

Devil hängte seine Jacke an einen rostigen Nagel an der Schuppenwand. Dann nahm er die Tasche der Maschinenpistole von den zu einem Sitz umfunktionierten, übereinandergestapelten Bierkisten, warf sie achtlos auf den Boden und setzte sich. Ein kleiner Campingtisch trennte ihn von Ulf, der auf einem Klappstuhl saß.

»Wie oft willst du die MP noch reinigen? Das hast du doch

gestern schon gemacht. Oder hast du heute etwa wieder geballert?« Seine Stimme hatte einen aggressiven Unterton.

»Hältst du mich für dämlich?«, gab Ulf scharf zurück. Er hasste es, wenn Devil seine Intelligenz in Frage stellte. Natürlich übte er nicht mehr, als es sein musste. Und wenn, dann nur in Waldstücken, die fernab jedes Spazierwegs lagen. Und natürlich benutzte er den Schalldämpfer. »Beruhigt mich einfach, wenn ich mein Baby polier.«

»Nervös?« Devil musterte ihn.

»Nicht mehr als beim letzten Mal. Aber das gehört doch dazu. Wenn wir uns einbilden, uns könnte kein Fehler unterlaufen, passiert nämlich genau das.«

Devil nickte nur und stand auf. Er trat zu Roman an den Wohnwagen und schlug ihm auf die Schulter. »An dir ist wohl ein da Vinci oder wie der Vogel hieß, verloren gegangen, was? Sieht verdammt cool aus. Wie 'ne echte Fankutsche.«

»Ey!« Roman verzog ärgerlich die Lippen, weil ihm durch den Schlag der Pinsel verrutscht war. »Scheiße, jetzt sieht das aus wie 'n Q«, motzte er und griff nach dem mit Farbe besprenkelten Lappen auf dem Boden. Vorsichtig wischte er um den unteren Teil des großen O herum.

»Ist doch latte«, sagte Devil grinsend. »Oder bist du jetzt etwa zum Wacken-Fan mutiert?«

»Wieso nicht?« Romans Stimme klang aufmüpfig. »Ist doch geil, wenn man das Angenehme mit dem Nützlichen verbinden kann. Außerdem sind die auf Wacken alle voll gut drauf. Hab Kumpels, die da hingehen.«

»Reg dich ab, Kleiner. Ist ja in Ordnung, wenn du auf die Mucke stehst, aber du wirst dich da nicht mit deinen Kumpels treffen. Das ist dir hoffentlich klar?«

Roman warf den Lappen auf den Boden. »Mach hier nicht den Klugscheißer, Devil. Nur weil ich das erste Mal dabei bin, bin ich nicht der Vollhonk.«

Devil lachte. »Dann ist ja gut.« Er ging um den Wohnwagen herum, der hinter einem alten Opel Vectra stand. Den Opel hatten sie vor vier Jahren gestohlen, umgespritzt und mit ebenfalls gestohlenen Nummernschildern versehen. Sie hatten ihn nur für die beiden Überfälle benutzt, ansonsten hielten sie ihn in einer Garage in Hamburg, in der Nähe von Devils Wohnung, versteckt. Vorgestern hatten sie ihn hierhergefahren.

»Was ist mit den Reifen? Wechselt ihr die noch?« Devil trat gegen den linken Reifen des Wohnwagens und sah Ulf an.

»Nee, Mann, die gehen noch. Das Profil ist okay. Hab ich mit 'ner Münze gecheckt.«

»Ich mein auch nicht das Profil, sondern das Material.« Er ging in die Knie und strich über den Reifen. »Das wird langsam porös. Kommt vom ewigen Stehen.« Er kam wieder hoch. »Ich hab keinen Bock drauf, dass uns die Bullen wegen der Kackreifen anhalten.«

»Dann darfst du gern neue Reifen bezahlen. Ich hab erst wieder nach dem Coup Kohle.«

Devil nickte. »Werden schon noch halten, wenn du's sagst.« Er setzte sich wieder auf die Bierkisten. Einen Augenblick später spreizte er die Beine, griff sich eine der Astra-Flaschen und öffnete sie am Rand des kleinen Campingtisches, auf dem das Waffenöl seinen Geruch verbreitete, was aber kaum auffiel, weil die Farbeimer einen noch intensiveren Geruch verströmten.

»Musst du jetzt saufen?« Ulf Baumann stand auf. Er war fertig mit dem Polieren der Waffe. »Was wir jetzt nicht gebrauchen können, ist, dass die Bullen dich anhalten und deinen Lappen einkassieren. Wir können uns nicht erlauben, aufzufallen.«

»Reg dich ab.« Unbeeindruckt nahm Devil einen tiefen Schluck. »Ich trink schon nicht mehr als eins. Schmeckt sowieso nicht. Ist piwarm. Nehmt beim nächsten Mal 'ne Kühltasche mit hierher.« Mit angewidertem Gesichtsausdruck hielt er die Flasche kopfüber und sah zu, wie das Bier glucksend herausschäumte und eine Lache bildete, bevor es langsam im Bodendreck der Scheune versickerte.

Jannek grinste. »Hättste mal vorher gefragt.« Er ging zu Ulfs altem BMW, der neben dem Opel stand, öffnete die Hintertür und zog eine Kühlbox zu sich heran. Er nahm eine der gekühlten Flaschen heraus und warf sie Devil zu. »Prost, Alter.«

Ulf wartete, bis Devil die Flasche abstellte, die er in einem Zug halb geleert hatte. »Gib mal das Schweinchen rüber.« Er deutete auf die in Tarnfarben gehaltene MP-Tasche, die Devil achtlos auf den Boden geworfen hatte.

Devil reichte sie ihm. »Ich hab unsern Fluchtwagen übrigens schon vergangene Nacht klargemacht. In Eidelstedt. Ein unauffälliger silberfarbener Toyota. Steht mit neuem Kennzeichen abfahrbereit in der Garage.«

Ulfs Kopf schoss hoch. »Was soll das? Wir hatten abgemacht, dass du den Wagen erst einen Tag vorher klaust.«

»Ist doch alles klargegangen. Jetzt steht er sicher in der Garage. Das Risiko, dass die Bullerei ihn vor dem Überfall findet, liegt also bei null. Mit dem falschen Kennzeichen raffen die Uniformkasper das sowieso nicht.« Er lachte schäbig. »Zwei Kanister muss ich allerdings noch mal nachtanken. Bei der blöden Toyotakiste war nämlich der Tank fast leer, und ich hab mit den Kanistern nachgefüllt.«

Ulf nickte. »Dann mach das. Aber such dir 'ne Tanke in Hamburg, nicht hier in Itzehoe. Kleinstädter merken sich so 'ne Visage wie deine eher.«

Devils heiseres Lachen ließ die Jungs aufblicken, die jetzt beide ins Bemalen des Busses vertieft waren. »Ihr habt ja Spaß!«, sagte Jannek. »Lasst uns teilhaben.«

»War nix Erwähnenswertes.« Devil stand auf und ging zum Tor. »Also, bleibt fruchtig, Kumpels. In drei Tagen sind wir wieder mal stinkreich, dann gönnen wir uns aufm Kiez 'n paar Edelnutten.« Er grinste Roman an. »Dir geb ich eine aus, Kleiner. Eine mit besonders feuchter Muschi.«

Ulf Baumann sah, dass sich die Ohren seines Sohnes rot färbten, während er Devil den Mittelfinger zeigte. Mit Weibern hatte Roman im Gegensatz zu seinem sechs Jahre älteren Bruder Jannek noch nicht viel Erfahrung. Aber er war auch gerade erst neunzehn geworden. Vielleicht hatte Devil recht.

Der Junior brauchte mal eine, die ihn auf den Geschmack brachte.

Doch immer schön der Reihe nach. Erst kam die Arbeit, dann das Vergnügen. Ulf setzte sich wieder und griff nach dem Itzehoer Stadtplan.

\*\*\*

»Habt ihr jetzt langsam mal alles?«, rief Lyn die Treppe hinauf und sah auf ihre Armbanduhr. »Wir müssen los. Sonst fährt der Zug ohne euch ab, und ihr könnt sehen, wie ihr zu eurem Vater kommt.«

Sophie kam in Shorts und Top die Treppe herunter. Sie trug einen schwarzen Rucksack, der schon bessere Tage gesehen hatte. »Ich bin fertig. Lotte stopft noch ein paar Strings in ihre Handtasche. Ihr Koffer ist so voll, dass alles rausquellen würde, wenn sie ihn noch mal öffnet. Ich musste mich draufsetzen, damit er zugeht.«

Von draußen erklang durch die offene Haustür ein dunkles Lachen. Hendrik war dem Tumult im Haus entflohen und saß auf der Bank unter dem Küchenfenster. Er hatte die »Norddeutsche Rundschau« mit rausgenommen, ein Rascheln verriet das Umblättern, aber anscheinend hörte er durch die geöffnete Tür zu, was gesprochen wurde.

Sophie stellte den Rucksack vorsichtig auf der voll bepackten Reisetasche ab, die neben der Küchentür stand. Lyn wunderte sich über diese Umsicht. Normalerweise pfefferte Sophie Taschen und Rucksäcke durch die Gegend.

»Eure Fresstüten stehen auf dem Küchentisch«, sagte Lyn zu ihrer Jüngsten, die mit einem freudigen Laut in die Küche stürmte. Wenn die Mädchen in den Ferien zu ihrem Vater nach Franken fuhren, war es Usus, dass sie für die Zugfahrt reichlich Verpflegung mitbekamen: belegte Brötchen, ein wenig Obst, viel Naschkram und Getränke in Dosen. Dosen waren ansonsten verpönt, aber zur Zugfahrt gehörten sie wie der Tomatensaft zum Fliegen.

Sophie wühlte in dem Proviantbeutel aus Leinen herum, auf dem ihr Name mit Textil-Marker geschrieben stand. »Cool! Danke, Mama.« Anscheinend war sie auf die Riesenpackung Smarties gestoßen. Es klang, als schüttete sie sich gerade eine Ladung der bunten Schokoteile auf die Hand.

Lyn lächelte. »Das ist für die Zugfahrt gedacht.« Nach oben grölte sie: »Lotte, jetzt sieh zu! Wir müssen los.«

»Ja-ha.« Die achtzehnjährige Charlotte tauchte am Treppenabsatz auf. Sie trug ein kurzes, luftiges Sommerkleid mit Spaghettiträgern. Ihre Handtasche hing um die Schulter. Mit beiden Händen wuchtete sie einen mit Städtenamen bedruckten Hartschalenkoffer die Treppe hinunter.

»Brauchst du Hilfe?«, fragte Lyn und strich sich eine Strähne ihres halblangen braunen Haars hinters Ohr.

»Eher einen zweiten Koffer.«

»Was schleppst du denn nur alles mit? Euer Vater hat eine Waschmaschine, die ihr benutzen könnt.« Sie hörte Charlottes Antwort nicht, weil ein Maunzen zu ihr drang. »Mieze?«

Lyns Augenbrauen zogen sich zusammen, als ein weiteres klägliches Miauen verriet, woher die Geräusche kamen. Mit zwei Schritten war Lyn an der Küchentür. »Sophie Hollwinkel, kannst du mir verraten, warum dein Rucksack miaut?«

»Oh Mann, Garfield!«, stieß Sophie genervt aus, während sie die Smarties wieder im Leinenbeutel verstaute, und quetschte sich an Lyn vorbei. Sie öffnete den Rucksack. »Du dumme Katze. Jetzt musst du hierbleiben.« Sie sah zu Lyn. »Oder?«

»Nix, oder. Natürlich bleibt Mieze hier.«

Die Katze sprang heraus und strich Charlotte um die Beine, die ihren Koffer mit einem Ächzen abgestellt hatte. »Armes Krummbeinchen«, murmelte sie und hob die Katze hoch. Sie bedachte die vier Jahre jüngere Schwester mit einem giftigen Blick. »Spinnst du? Du kannst Krummbein doch bei der Hitze nicht in deinen Rucksack zwängen. Wolltest du sie ernsthaft mitnehmen? Du weißt doch ganz genau, dass Miriam eine Katzenhaarallergie hat.«

»Genau«, gab Lyn ihrer Ältesten recht, obwohl es ihr ziemlich egal war, ob Miriam Hollwinkel, die neue Frau ihres Ex-Mannes, sich in den Orbit nieste.

»Aber wenn sie hierbleibt, ist sie vielleicht tot, wenn wir wiederkommen«, sagte Sophie mit anklagendem Blick zu Lyn.

Von draußen war wieder Hendriks Lachen zu hören, was Sophie veranlasste, einen weiteren bösen Blick Richtung Haustür zu werfen.

»Was kann ich dafür, wenn die Katze sich im Kirchturm einschließen lässt?«, wehrte Lyn sich, trotz Anflug eines schlechten Gewissens.

In den Herbstferien des vergangenen Jahres war Mieze zwei Tage vor der Rückkehr der Mädchen verschwunden. Der Friedhofsangestellte, der Rasenmäher und Werkzeuge im unteren Teil des Kirchturms verwahrte, hatte sie dort gefunden. Ausgerechnet, als sie mit den Mädchen vom Bahnhof gekommen war. Sophie hatte nicht glauben wollen, dass Mieze nur zwei Tage verschwunden gewesen war. »Sie ist voll abgemagert!«, hatte sie gerufen. »Dann soll sie Mäuse fressen, wenn ihr das Dosenfutter nicht reicht«, hatte Lyn geantwortet, und das hatte Sophies Laune seinerzeit nicht gebessert.

Hendrik kam rein. Er sah Sophie an. »Ich werde mich um Garfield kümmern, versprochen.«

Lyn freute sich, als Sophie nickte und sogar ein mehr als freundliches »Danke, Hendrik« folgte. Die anfängliche Abneigung ihrer Jüngsten gegen Hendrik schwand zwar zusehends, aber von herzlicher Zuneigung war sie noch ein ganzes Stück entfernt.

Hendrik ließ sich glücklicherweise durch ihr oft patziges Verhalten nicht aus der Ruhe bringen. Er baggerte mit vielen Kleinigkeiten um ihre Zuneigung und arbeitete sich so langsam, aber sicher zu ihrem Herzen durch. Gab es Streit ums Fernsehprogramm, schlug er sich auf ihre Seite. Die Katze, die von jedem Familienmitglied anders genannt wurde, nannte er Garfield, genau wie Sophie. Und wenn Hendrik kochte, was er liebend gern tat, gab es viel öfter Sophies Lieblingsessen als das von Charlotte oder Lyn. Charlotte nahm es gelassen. Sie freute sich für Lyn und Hendrik, dass Sophie langsam auftaute.

Hendrik tippte mit dem Finger auf seine Armbanduhr. »Ladys, ich drängle euch ja nur ungern, aber wenn sich keine weiteren Haustiere oder sonstige Schmuggelware im Gepäck befinden, könnten wir vielleicht starten? Schließlich müssen wir auch noch Markus abholen.«

Er griff sich Charlottes Koffer und Sophies Reisetasche und trug sie über das kurze Stück Friedhofsweg zu seinem Volvo, der neben dem Grundstück des Alfred-Döblin-Hauses stand. Die Mädchen folgten ihm mit dem restlichen Gepäck und dem Proviant.

Als Lyn die Haustür abschloss, lächelte sie. Seit wenigen Wochen waren Hendrik und sie die Besitzer dieses kleinen Hauses, das direkt am Wewelsflether Friedhof lag und das sie vorher mit den Mädchen zur Miete bewohnt hatte. Sie liebte den Blick aus dem Küchenfenster auf die fünfhundert Jahre alte Kirche und den Glockenturm. Auch die Gräber störten sie nicht. Im Gegenteil, vom Frühjahr bis in den Herbst mit blühenden Blumen geschmückt und im Winter schneebedeckt, waren sie Sinnbild des Friedens.

»Ich bin gespannt, wie Papa Markus findet. Hoffentlich mögen sie sich«, sagte Charlotte, als sie am Wagen waren und Hendrik das Gepäck so verstaute, dass auch noch der Koffer von Charlottes Freund Markus Lindmeir hineinpassen würde. Sie klang unsicher.

»Dein Vater wird ihm Löcher in den Bauch fragen«, orakelte Lyn. Bernd Hollwinkel war nicht nur berufsbedingt neugierig – er war wie Lyn und Hendrik bei der Kriminalpolizei.

Als Charlotte erschrocken die Augen aufriss, beruhigte Lyn sie umgehend: »Keine Panik, Lottchen. Ich habe noch mal mit eurem Vater telefoniert. Er wird keine Fragen zu Markus' Vater stellen.«

Paul Lindmeir saß im Gefängnis, verurteilt zu lebenslanger Haft wegen heimtückischen Mordes. Ein bizarrer Fall, den

Lyn und ihre Kollegen von der Mordkommission der Itzehoer Kriminalpolizei vor einigen Jahren aufgeklärt hatten.

»Na hoffentlich«, murmelte Charlotte.

Markus selbst hatte keinen Kontakt zu seinem Vater. Charlotte hatte Lyn erzählt, dass Paul Lindmeir wöchentlich Briefe aus dem Gefängnis schrieb, Markus sie allerdings ungeöffnet zerriss und in den Müll warf. Er sprach auch mit Charlotte niemals über seinen Vater. Lyn hielt das für falsch, aber sie wagte keinen Widerspruch. Es würde sich schon finden, wenn es an der Zeit war.

Lyn stellte das Winken ein, als der ICE aus dem Hamburger Hauptbahnhof heraus war. Sie verschränkte ihre Finger mit Hendriks, als sie sich zum Gehen wandten. »Puh! Ist ja immer ein Aufstand, bis sie weg sind.«

Hendrik hielt zwei Dosen Katzenfutter in der anderen Hand. Sophie war erst auf dem Bahnsteig eingefallen, dass sie Garfields Reiseproviant, der noch im Rucksack steckte, mangels Katze nicht brauchen würde, und hatte die Dosen Hendrik in die Hand gedrückt.

»Schenk sie dem Obdachlosen, der draußen mit seinem Hund sitzt«, sagte Lyn, während sie sich in der Wandelhalle ihren Weg durch die an- und abreisende Menschenmenge bahnten. Sie löste ihre Finger. »Geh schon mal vor. Ich muss noch mal aufs Klo.«

»Das ist Katzen-, kein Hundefutter«, sagte Hendrik.

»Ist doch wurscht.«

»Wenn's Wurscht wäre, würde der Hund sich freuen.« Hendrik grinste und ging.

Als Lyn wenig später nach draußen kam, sah sie die Katzenfutterdosen neben dem Rucksack des Obdachlosen liegen. Er knüllte ein Stück Papier zusammen, während er kaute.

»Ich hab ihm eine Cola und einen Burger ausgegeben«, sagte Hendrik, als sie bei ihm ankam. Es war Samstag, und die Leute strömten in Massen Richtung Mönckebergstraße. »Das Katzenfutter für seinen Hund hat er auch nicht abgelehnt.«

»Sag ich doch.«

Hendrik griff nach ihrer Hand. »Und?«

Lyn blickte ihn verständnislos an. »Was, und?«

»Na«, er druckste herum, »du weißt schon … Hast du sie bekommen?«

Lyn brauchte eine Sekunde, bis sie begriff, was er meinte. Ärger flammte stichflammenartig auf. »Jetzt reicht's, Hendrik Wolff! Wenn du mich jetzt nach jedem Toilettengang fragst, ob ich meine Regel gekriegt hab, dreh ich durch.« Schon zu Hause hatte er sie damit genervt, dabei war ihre Regel frühestens morgen fällig, und das hatte sie ihm auch gesagt.

»Lyn«, er griff nach ihrer Hand, als sie weiterstapfte, »ich bin nur so aufgeregt.« Er blieb einfach stehen, ohne sie loszulassen. »Wir können doch auf jeden Fall schon mal einen Schwangerschaftstest kaufen.«

»Ich bin zweiundvierzig.« Lyn bemühte sich, ihren Ton zu dämpfen. »Da kommt die Regel nicht mehr pünktlich alle achtundzwanzig Tage. Ich mache erst einen Test, wenn ich fünf Tage drüber bin. Die Fruchtbarkeit ist nun mal nicht mehr wie bei einer Zwanzig- oder Dreißigjährigen.«

Das hatten sie schon im letzten Monat ausgiebig diskutiert, als Hendrik enttäuscht reagiert hatte, als ihre Regel einsetzte, nachdem sie drei Tage über den Termin gewesen war.

»Und jetzt komm bitte weiter.« Sie entzog ihm ihre Hand. »Ich habe keine Lust, das in einer Menschenmenge mitten in Hamburg erneut auszupalavern.«

## ZWEI

»Lasst es uns noch mal durchgehen.« Ulf Baumann rückte die zusammengeklebten DIN-A4-Seiten mit den aufgezeichneten Straßen und Gebäuden noch einmal in die Mitte des Esstisches. Große und kleine Post-its, mit Bemerkungen versehen, waren daraufgeklebt.

Sie saßen in seiner Wohnung in Hamburg-Altona. Seine Frau hatte sich verzogen, als Devil eingetroffen war. Steffi konnte Devil genauso wenig leiden wie Devil sie. Außerdem war es gut, wenn sie so wenig wie möglich wusste. Details zu dem Coup machten sie nur nervös. Und sie hatte schon genug Schiss wegen der Jungs.

Dass nach Jannek jetzt auch noch Roman an einem Überfall teilnahm, hatte sie Ulf äußerst übel genommen. Seit zwei Wochen zickte sie rum, wenn er Sex wollte. Klar, er hätte aushäusig ficken können, aber wozu war er verheiratet? Dosensuppen konnte er sich auch allein aufmachen. Und viel mehr hatte Steffi ihm in letzter Zeit nicht kredenzt. Madame hatte keinen Bock mehr auf Kochen, seit Roman zum Essen kaum mal zu Hause war. Dabei hatte sie genug Zeit. Der Kassiererinnenjob im Supermarkt lief nur auf Vierhundertfünfzig-Euro-Basis, und die paar Stunden, in denen sie mit Haareschneiden schwarz noch was dazuverdiente, waren auch nicht der Rede wert.

»Wir haben das jetzt oft genug durchgekaut«, holte Devil ihn in die Realität zurück. »Jeder weiß, was er zu tun hat. Außerdem muss ich gleich los. Mein Dienst beginnt.« Er tippte auf seine Armbanduhr, eine uralte Rolex, die er vor Jahren einem Dealer abgekauft hatte.

Ulf musterte seinen Kumpel. Devil arbeitete als Türsteher auf dem Hamburger Kiez. Sie hatten sich vor über zwanzig Jahren im Knast kennengelernt und, seit auch Devil wieder draußen war, ein paar kleine Dinger zusammen gedreht. Und zwei dicke Dinger, die richtig Kohle gebracht hatten. Jetzt war das Geld fast verbraucht, und sie mussten für Nachschub sorgen, wenn sie so gut weiterleben wollten wie bisher. Mit Hartz IV und dem Schwarzgeld, das er auf dem Bau verdiente, war das bei Weitem nicht möglich.

Jannek klopfte Devil auf die Schulter. »Zisch ruhig ab, Alter. Ich finde auch, dass wir genug gelabert haben. Es wird laufen wie bei den letzten beiden Malen.«

Roman sah seinen Vater an. »Also, ich würd's gern noch mal durchsprechen. Kann doch nicht schaden.« Er befeuchtete die trockenen Lippen mit der Zunge und beugte sich vor, um den Plan besser studieren zu können.

Die anderen beiden verdrehten genervt die Augen, aber Ulf Baumann scherte sich nicht darum. »Also, es läuft folgendermaßen ab: Devil holt den Toyota aus der Garage und kommt mit Jannek um neun hierher und sackt uns ein. Gegen Viertel nach zehn werden wir spätestens auf dem Itzehoer Parkplatz in der Breitenburger Straße sein.« Er fuhr mit dem Finger über das Papier, auf dem Itzehoer Straßen, Parkplätze und Gebäude gezeichnet waren. Zweimal waren sie vor Ort gewesen, um die Örtlichkeiten abzuchecken – paarweise, um nicht aufzufallen.

»Ihr beide«, er blickte Devil und seinen Jüngsten an, »verlasst den Wagen zuerst. Zwei Minuten vor uns, das reicht dicke, wenn ihr normal geht.« Es war wichtig, dass sie nicht durch schnelles Gehen oder gar Rennen auffielen.

»Du und ich, Jannek, wir beide warten diese zwei Minuten, bevor wir den Wagen verlassen. Wichtig ist, dass ihr dran denkt«, er nickte Devil zu, »dass der Polenschlüssel unter der Matte liegt. Falls ihr vor uns zurück seid.«

Ulf ignorierte Devils »Blablabla« und sah Roman an, der aufmerksam zuhörte. Er war dankbar, dass Jannek wenigstens schwieg. Er hatte anscheinend kapiert, dass es für seinen Bruder wichtig war, alles perfekt geplant zu wissen.

»Wir werden ziemlich zeitgleich bei den beiden Juweliergeschäften eintreffen«, fuhr Ulf fort. »Dann haben wir fünf Minuten. Keine Minute länger. Wir müssen davon ausgehen, dass der Alarmknopf sofort gedrückt wird. Und wir müssen noch den Rückweg einplanen. Wir rennen nicht, sondern wir gehen.« Jetzt blickte er in die Runde. »Ist das klar? Gehen. Nicht auffallen.«

»Mann, Alter, ja!« Devil steckte sich eine Gauloises an und paffte den Dampf genervt aus, nachdem er einen tiefen Zug genommen hatte.

Ulf ließ sich nicht beirren. »Der Ablauf ist bei beiden Aktionen gleich: Im Schmuckstübchen Stöther halte ich die Angestellten und eventuelle Kunden mit der MP in Schach, bei Juwelier Kromme macht das Devil. Ihr«, er sah seine Söhne an, »rafft jeweils an Schmuck und Uhren zusammen, was euch in die Finger fällt. Und vergesst nicht, die Kasse zu leeren.«

Es würde zwar nicht viel Geld darin sein, weil das Tagesgeschäft um diese Uhrzeit erst begann, aber dafür wäre im Zentrum der Kleinstadt Itzehoe auch noch nicht viel Publikum unterwegs. Und das war wichtiger als die Knete. Geld würden sie durch den Verkauf des Schmucks genug erzielen.

»Die Auslagen der Schaufenster nehmt ihr euch zuletzt vor.« Das war wichtig, denn diese Aktion konnte von Passanten beobachtet werden.

»Die Schaufensterauslage werden Roman und ich wahrscheinlich nicht schaffen«, sagte Devil. »Je nachdem, wie lange das Aufschließen dauert.«

»Ja, ja, ist klar.« Ulf sah seinen Sohn an. »Raff einfach zusammen, was dir in die Hände fällt. Und dann ist Abmarsch. Wir gehen zügig zum Parkplatz zurück. Je nachdem, wer von uns zuerst wieder beim Auto ist, schmeißt schon mal die Kiste an, fährt aber nicht los, sondern wartet auf das andere Paar. Wir verlassen Itzehoe auf demselben Weg, auf dem wir gekommen sind. Mit der kleinen Änderung, dass wir in Dägeling die Fahrzeuge wechseln.«

»Hast du das jetzt gerafft, Baumännchen?«, fuhr Devil Roman an und stand auf. »Ich muss nämlich los.«

»Klar hab ich das!«, ranzte Roman zurück. »Ich werd schon

alles richtig machen. Hauptsache, du passt auf, dass die Angestellten ruhig bleiben.«

»Keine Sorge, Kleiner. Schwarze Masken und 'ne MP im Anschlag haben noch jeden in Schockzustand versetzt. Du wirst deine Glock nicht benutzen müssen.« Devil drückte die Kippe im Aschenbecher aus und sah Jannek an. »Ich fahr jetzt. Soll ich dich mitnehmen?«

»Nee, ich will noch in die Muckibude, bevor Cassy kommt.« Jannek deutete auf die Sporttasche, die er neben der Wohnzimmertür abgestellt hatte. »Ich nehm die U-Bahn.«

Devil musterte ihn. »Cassy. Die hängt neuerdings oft bei dir ab, oder?«

»Ja und? Wir wollen zusammenziehen. Was dagegen?«

Devil schürzte die Lippen. »Ist mir latte. Hauptsache, du erzählst der nix. Ich will keine weitere Mitwisserin. Steffi reicht schon.«

Jannek tippte sich an die Stirn. »Hältst du mich für blöd, oder was? Wenn Cassy wüsste, was wir planen, würde die gleich abhauen. Eher schneid ich mir die Zunge ab, als ihr was zu erzählen.«

»Dann ist ja gut.« Devil tippte sich an einen imaginären Hut. »Bis Mittwoch, Leute.«

»Wart mal.« Ulf Baumann stand vom Sofa auf. »Vielleicht sollten wir die Gruppierung doch tauschen? Vielleicht sollte Roman lieber mit mir und Jannek mit dir –«

»Alter, jetzt ist genug«, fiel Devil ihm ins Wort. »Wir machen das jetzt so, wie wir das besprochen haben. Ich pass schon auf deinen Kleinen auf.«

»Ja, Mensch!« Verärgert sah Roman seinen Vater an. »Das haben wir doch längst geklärt. Ich geh mit Devil.«

Ulf gab nach. Devil hatte es so gewollt, weil er befürchtete, dass Ulf nervös sein könnte, wenn er mit Roman arbeitete. Und Nervosität konnten sie nicht gebrauchen.

»Ich verschwinde auch«, sagte Jannek und stand auf. »Wir sehen uns Mittwoch.« Er verabschiedete sich von seinem Vater und seinem Bruder durch Abklatschen. »Und sag Mutsch, dass sie Rouladen machen soll, wenn wir Sonntag hier antanzen. Dann wird gefeiert.«

Devil grinste. »Rouladen. Lecker. Aber ich lass mir meine lieber nicht von Steffi servieren. Womöglich ist da Gift drin.«

Jannek lachte. »Mutsch findet dich zwar scheiße, Devil, aber vergiften würde sie dich nicht. Ist die Einzige in der Familie, die nicht kriminell ist und auch nicht wird.«

»Hauptsache, sie hält die Fresse.« Devil zog seine abgewetzte Lederjacke an.

»Sie lebt ja schließlich nicht schlecht davon.« Ulf deutete ins Wohnzimmer, das mit allen elektronischen Raffinessen, teuren Ledermöbeln und einem Haufen für Ulf völlig überflüssiger Kitschdeko ausgestattet war.

Devil blickte in die Runde. »Ich bin richtig geil drauf, endlich mal wieder ein Ding zu drehen.« Er sah Roman an. »Das gibt dir voll den Kick, sag ich dir. Das Adrenalin flasht dich völlig, wenn du auf der Flucht vor den Bullen bist. Und es ist zu geil, wenn du ihnen dann entgegenfährst und die nix raffen.«

Sein heiseres Lachen hing in der Luft, als die Tür hinter ihm zufiel.

✵✵✵

Lyn saß vor dem PC in ihrem Büro der Mordkommission Itzehoe und tippte einen Ermittlungsbericht. Fleißarbeit, die sie wenig schätzte, die aber einen Großteil ihrer Arbeit ausmachte. Und wenn es im Büro so stickig war wie heute, fiel es doppelt schwer.

Vielleicht mache ich das bald nur noch, dachte sie, als ihr in den Sinn kam, dass sie schwanger sein könnte. Sobald eine Schwangerschaft bestätigt war, durfte sie keinen Außendienst mehr machen. Kein angenehmer Gedanke, immer nur im Büro hocken zu müssen, aber unter keinen Umständen würde sie es wagen, eine erneute Schwangerschaft zu gefährden. Sie hatte schon einmal Hendriks und ihr Kind durch eine Schießerei im Dienst verloren.

Heute war Dienstag, und ihre Regel hatte noch nicht eingesetzt. Hendrik stand völlig unter Strom. Sie selbst versuchte, ruhig zu bleiben. Und dennoch konnte sie die innere Angespanntheit nicht leugnen. Ihre Hand glitt über den Unterleib. Wuchs es da schon? Ein winziges Ganzes, zusammengefügt aus zwei Hälften, aus Hendrik und ihr?

»Wackeeen!«

Lyn zuckte zusammen. Hauptkommissar Thilo Steenbuck stand in der offenen Bürotür und streckte ihr die Hand mit Teufelsgruß entgegen.

Sie zeigte ihm einen Vogel. »Schrei hier nicht so rum, Kollege. Spar dir das für Wacken auf und nerv uns Normalos nicht ständig damit. Und du brauchst auch nicht jedes Mal diesen … diesen Schaschlikspieß zu machen, wenn du an meinem Büro vorbeikommst.«

Thilo gab ein kurzes Wimmern von sich. »*Schaschlikspieß?* Sie sagt ›Schaschlikspieß‹!« Seine Stimme wurde streng. »Kollegin, das heißt Pommesgabel!« Er ballte die Hand erneut zur Faust, den kleinen Finger und den Zeigefinger dabei ausstreckend. Dann grölte er noch einmal »Wackeeen!« über den Flur und verschwand. Sein Murmeln war allerdings noch zu hören. »Schaschlikspieß. Die Frau ist wirklich irre.«

Lyn grinste in sich rein. Schon seit letzter Woche war Thilo aufgedreht wie ein Grundschüler, der das erste Mal auf Klassenfahrt geht. Er war durch und durch Heavy-Metal-Fan und ständiger Gast auf dem Festival. In den letzten zwanzig Jahren hatte er Wacken nur einmal sausen lassen müssen, vor knapp sieben Jahren, als sein Sohn sechs Wochen zu früh geboren wurde. Und das hielt er dem Kleinen an seinem Geburtstag Jahr für Jahr wieder vor, wie Lyn von seiner Frau Tessa wusste.

Sich sammelnd, begann sie weiterzutippen. Allerdings kam sie nicht weit, denn Hauptkommissar Wilfried Knebel, Leiter der Itzehoer Mordkommission, klopfte an den Türrahmen.

»Hallo, Chef.«

»Lyn, der Arzt einer Frau …«, er sah auf die Notiz, die er in Händen hielt, während er an ihren Schreibtisch trat,

»… Karrenberger, wohnhaft in der Lotsensiedlung, hat bei der Einsatzleitstelle angerufen. Es besteht der Verdacht eines Tötungsdelikts. Die Tote ist zweiundachtzig Jahre alt, war schwer an Demenz erkrankt und wohl seit Jahren ans Bett gefesselt. Der Arzt wurde gerufen mit der Angabe, sie sei friedlich eingeschlafen. Aber nach Vermutung des Arztes wurde anscheinend nachgeholfen. Der Doc ist vor Ort. Hier ist die Adresse.« Er legte ihr den Zettel auf den Schreibtisch. »Schnapp dir einen Kollegen und schau mal, was Sache ist. Wenn ich dir die Spurensicherung hinterherschicken soll, melde dich.«

Lyn stand auf. Alles war besser als die stupide Schreibtischarbeit.

Hendrik, der nicht nur ihr Mann, sondern auch ihr Kollege war, saß nicht an seinem Schreibtisch, als sie in sein Büro eintrat. Auch die kleine Küche war menschenleer. Also würde sie einen der anderen Kollegen fragen müssen.

Da Hauptkommissarin Karin Schäfer heute Überstunden abfeierte, entschied sie sich für Thilo. Aber auch sein Büro war verwaist. Ein Büro, das sich von allen anderen Büros dieses Kommissariats unterschied, weil es von Festival-Merchandise-Produkten überquoll. Als Papierkorb diente Thilo ein schwarzer Zwölf-Liter-Plastikeimer. An den Wänden hingen Blechschilder und eine Wanduhr neben einem Poster mit Luftbildaufnahme des Festivalgeländes. Wilfried hatte das gestattet. Die Schädelskulptur hatte Thilo allerdings wieder von der Wand abhängen müssen. Genau wie das Handtuch mit dem Aufdruck »Duschen ist kein Heavy Metal«.

Lyn schmunzelte. Thilos Familie hatte auf jeden Fall keine Probleme damit, ein Geburtstags- oder Weihnachtsgeschenk für ihn zu finden.

Sie trat an den Schreibtisch, auf dem die Farbe Schwarz vorherrschte und das Festival-Logo auf allen möglichen Dingen zu sehen war: Papiertaschentücher, eine Blechbox, ein Tischkalender und eine Schneekugel mit einer Miniatur des Wacken-Turms. Lyn griff nach der Gummibadeente. Sie war schwarz und gehörnt, trug eine blaue Kutte und streckte dem Betrachter ihre dunkle Flügelhand mit Teufelsgruß entgegen.

»Die ist neu«, sagte Thilo, der hereinkam. Er nahm ihr die Ente aus der Hand. »Witzig, nicht? Und guck mal«, er hielt sie ihr direkt vor die Nase, »die macht mit ihrem Flügel auch den *Schaschlikspieß*.«

»Blödmann.« Lyn schlug Thilo die Fliegenklatsche mit dem Bullenschädel auf den Oberschenkel. »Allerdings bin ich nicht wegen deiner Wacken-Macke hier.« Sie legte die Fliegenklatsche zurück und wurde ernst. »Es gibt anscheinend ein Tötungsdelikt in der Lotsensiedlung, Pünstorfer Straße. Jetzt suche ich einen besonders netten Kollegen, der mich begleitet, und da ist meine Wahl auf dich gefallen.«

Thilo verzog die Lippen. »Ehrlich, Lyn, immer gern, aber heute … Du weißt doch, dass ich übermorgen nach Wacken geh. Vielleicht könntest du dir ja einen Kollegen suchen, der den Fall auch in den nächsten Tagen mit dir bearbeiten kann?«

»Spar dir deinen Hundeblick. Ich hab schon verstanden. Du hast mal wieder Muffe, dass Wilfried dir den Urlaub streichen könnte.«

»Du weise, du wunderbare, du Lieblingskollegin.«

»Na dann. Mal schauen, wer sich erbarmt.« An der Tür drehte sie sich noch einmal um. »Ich wünsch dir auf jeden Fall jede Menge Spaß auf Wacken. Grüß die Metallköppe von mir.«

Während sie über den Flur ging, wanderten ihre Gedanken zu einem Fall zurück, der sie vor einigen Jahren auf das Festival geführt hatte. Andreas Stobling, Judith Schwedtke … Die Namen streiften durch die Erinnerung. Verbunden mit Erschütterung. Doch trotz des grässlichen Falls hatte sie sich seinerzeit bei der Ermittlungsarbeit auf dem Festivalgelände dem besonderen Flair der Veranstaltung nicht entziehen können.

An Jochen Bertholds Tür ging sie vorbei, weil er kein umgänglicher Kollege war. Also blieb nur noch Thomas Martens, der Neuzugang im K1.

Thomas war erst vor Kurzem intern vom K2 zur Mordkommission gewechselt. Lyn hatte das mit mulmigem Gefühl zur Kenntnis genommen, denn zu Thomas hatte sie ein anderes Verhältnis als zu den übrigen Kollegen. Es ging jedenfalls über Kollegialität hinaus, das gestand sie sich ein. Freundschaftlich, das traf es wohl am ehesten. Und das sagte sie auch Hendrik immer wieder, der überhaupt nicht begeistert gewesen war, als der Chef ihnen Thomas als neuen Kollegen präsentiert hatte.

Hendrik war eifersüchtig auf Thomas. Dazu bestand zwar aus Lyns Sicht kein Grund, aber es reichten schon die Blicke, die Thomas Lyn zuwarf, um Hendrik immer wieder aufs Neue zu reizen. Dennoch steuerte sie Thomas' Büro an. Hendrik musste sich daran gewöhnen, dass Thomas ein Kollege wie alle anderen war.

Thomas befand sich im Gespräch mit Kommissariatssekretärin Birgit, als Lyn eintrat.

»Ich kann so nicht arbeiten«, sagte Birgit gerade zu ihm. Sie ignorierte Lyn und verschränkte die Arme vor dem üppigen Busen, den das wallende türkisfarbene Leinenkleid ein wenig kaschierte. Ins Auge fielen die Schweißflecke, die sich unter den Armen großflächig gebildet hatten. »Ich bin ja mehr mit Vor- und Zurückspulen beschäftigt als mit Schreiben.«

Thomas wiederum ignorierte Birgit, als er Lyn sah. »Hallo, Frau Hauptkommissarin«, begrüßte er sie mit strahlendem Lächeln und deutete auf den Stuhl vor seinem Schreibtisch. »Setz dich. Wir sind hier gleich fertig.«

Lyn blieb stehen. Frau Hauptkommissarin, das klang noch so ungewohnt. Sie hatte ihre Beförderung mit den Kollegen ordentlich gefeiert. Sophie und Charlotte hatten lieber shoppen gehen wollen. Schließlich gab es endlich die höhere Besoldungsgruppe.

»Ich bin fix und fertig«, lamentierte Birgit weiter und strich sich ein wenig zu theatralisch über die glänzende Stirn. Seit sie ihre Kosmetik selbst anmischte, hatte sie ständig einen öligen Film im Gesicht. Aber Lyn würde sich eher die Zunge abbeißen, als ihr zu raten, ein wenig Puder zu benutzen, denn Birgit war in etwa so kritikfähig wie Donald Trump.

»Wie soll ich einen Text tippen, wenn ihr immer so nuschelt«, scherte sie Lyn gleich mit über einen Kamm. Mit einem giftigen Blick für beide nahm sie das Diktiergerät von Thomas' Schreibtisch auf und rauschte hinaus. Sie hinterließ dabei einen starken Lavendelduft. Anscheinend hatte sie die Angst vor unangenehmem Schweißgeruch mit der dreifachen Parfümdosis bekämpft. Erfolgreich.

»Sie riecht wie ein altertümliches Wannenbad«, sagte Thomas, kam um den Schreibtisch herum und blieb vor Lyn stehen, die sich nicht gesetzt hatte. Er reckte seinen Kopf vor und verharrte kurz vor ihrem Hals. »Du duftest dagegen wie eine Frühlingswiese. Veilchen?«

Lyn widerstand dem Impuls, einen Schritt zurückzutreten. »Ich *hau* dir ein Veilchen, wenn du weiterhin solche Sachen sagst.«

Thomas lachte herzhaft auf und hockte sich auf die Schreibtischkante. »Was kann ich denn für dich tun?«

»Mich begleiten.«

Er stand wieder auf. »Wo immer du hinwillst.«

Lyn klärte ihn auf, während sie über den Flur zum Sekretariat gingen, um den Schlüssel für den Dienstwagen zu holen. Auf dem Flur mussten sie anschließend auf den Fahrstuhl warten. Als sich die Tür öffnete, trat Hendrik heraus.

Sein Blick verfinsterte sich. »Wo wollt ihr denn hin?«

Lyn setzte ihn kurz in Kenntnis.

»Na«, sagte er nur, ignorierte Thomas und war schon im Gehen, als er es sich anders überlegte und stehen blieb.

Ehe Lyn wusste, wie ihr geschah, legte er seine Lippen auf ihre und küsste sie. Gar nicht mal so kurz.

»Bis später, Liebling.« Ohne Thomas anzusehen, verschwand Hendrik durch die Tür zum K1.

Lyn ärgerte sich. Hendrik wusste genau, dass es ihr nicht gefiel, wenn er während der Arbeitszeit im Beisein anderer so zärtlich wurde. Und eigentlich tat er es auch nicht. Eigentlich.

»Grins nicht so blöd«, sagte sie zu Thomas, als sie im Fahrstuhl vom zehnten Stock ins Erdgeschoss fuhren.

Diese Ansage hielt ihn jedoch nicht davon ab. »Er ist *so* eifersüchtig. Irgendwie gefällt mir das.«

Lyn atmete tief aus. »Manchmal kommt ihr mir vor wie zwei Kindergartenbengel, die sich im Sandkasten um die Schaufel kloppen. Und ich bin die Kindergärtnerin und darf mir das Geplärre anhören.«

»Falsch. Du bist die Schaufel.«

»Stimmt. Hendriks Schaufel.«

Thomas lachte wieder. »Du hast ja recht. Ich sollte Hendrik nicht ärgern. Schließlich bin ich der wesentlich Ältere und damit der Vernünftigere.«

Lyn spürte Hitze in sich aufsteigen. War es Absicht, dass Thomas auf Hendriks Alter anspielte? Thomas war vierundvierzig, Hendrik dreiunddreißig und damit neun Jahre jünger als sie, und das war ein Stachel in ihrer Brust, der manches Mal pikte, auch wenn Hendrik ihr nie einen Grund gab, an seiner tiefen Liebe zu ihr zu zweifeln.

Die Fahrt vom Polizeihochhaus in der Großen Paaschburg zur Pünstorfer Straße dauerte nicht lange. Als Lyn und Thomas vor dem Häuschen aus den fünfziger Jahren standen, drückte Thomas den Klingelknopf unter dem schäbigen cremefarbenen Schildchen, auf dem der Name Karrenberger kaum noch zu entziffern war. Der junge Mann, der ihnen öffnete, stellte sich als Dr. Porz vor.

Jedes Haus hat seinen eigenen Geruch, dachte Lyn, als sie eintraten. Dieses verströmte etwas, das ihr öfters bei Senioren entgegenschlug. Abgestandene Luft, fehlende Reinlichkeit … Hier kam ein Hauch Eukalyptus dazu. Vielleicht Bronchialtee?

Ein ausgetretener Läufer lag auf der Treppe, die in den ersten Stock hinaufführte.

Oben bot sich ihnen ein Bild des Jammers. Ein bitterlich weinender alter Mann saß auf einem Stuhl im Flur vor einer geschlossenen Tür, vornübergebeugt, die Unterarme auf die mageren Beine gelegt. Lyn blickte auf die von weißen Haarfusseln gesäumte Halbglatze, deren Pigmentierungen darauf schließen ließen, dass der Mann seit Jahrzehnten haarlos war. Er trug ein langärmeliges Hemd, das bis zu den Ellenbogen aufgekrempelt war. Auffällig waren die Verbände um beide Handgelenke.

Eine Frau um die fünfzig stand hinter ihm und weinte ebenfalls. »Es tut mir so leid«, sagte sie unter Tränen, ohne Lyns und Thomas' Gruß zu erwidern. »Ich weiß jetzt, dass ich das nicht hätte tun dürfen. Aber Onkel Karrenberger hat mir so leidgetan. Ich wollte doch nur, dass er nicht … dass er …« Sie brach ab, laut aufweinend, und schlug die Hände vor das Gesicht.

Lyn blickte den Arzt an. »Können Sie uns aufklären?«

»Ich habe die Tür zum Schlafzimmer lieber abgeschlossen, als sie klingelten«, fiel der Arzt ihr ins Wort. »Weil Herr Karrenberger immer zu seiner Frau reinwill. Aber ich hatte Angst, dass er Spuren verwischen könnte. Er hat zugegeben, seine Frau mit dem Kissen erstickt zu haben.«

»Ich wollte uns doch nur erlösen«, schluchzte der alte Mann, nachdem Lyn ihn über seine Rechte aufgeklärt hatte. Seine Stimme klang schwach und heiser. »Nur erlösen. Sie hätte das so gewollt. Das weiß ich. Jawohl, jawohl … das hätte sie. Und sie hätte das Gleiche für mich getan. Hoff ich. Ja, das hoff ich.«

Lyn und Thomas wechselten einen kurzen Blick.

»Den Schlüssel bitte«, sagte Thomas zu dem Arzt, während Lyn neben dem alten Mann in die Knie ging. Als Thomas das Schlafzimmer betrat und die Tür hinter sich schloss, griff sie nach der Hand des alten Mannes.

»Herr Karrenberger, vielleicht ist es gut, wenn der Doktor Ihnen ein leichtes Beruhigungsmittel gibt. Was meinen Sie?«

Seine mageren Schultern hoben und senkten sich unschlüssig unter dem karierten Hemd, das viel zu weit war und auf der Brust Kleckerflecken hatte, die aussahen, als befänden sie sich dort schon länger.

Lyn sah den Arzt an. »Würden Sie das bitte machen?«

Dr. Porz schürzte die Lippen. »Ja, natürlich, aber ich muss

vorher überprüfen, ob er Medikamente einnimmt. Und welche.«

»Dann tun Sie das bitte.« Lyn tätschelte noch einmal die Hand des alten Mannes, bevor sie wieder aufstand und sich an die Frau hinter ihm wandte. »Und wer sind Sie?«

Die Frau wischte sich den Schnodder unter der Nase mit dem Handrücken weg. »Die Nachbarin.«

»Wie ist Ihr Name?«

»Hubbert, Silja Hubbert.«

Lyn zog ein Päckchen Papiertaschentücher aus ihrer Tasche, reichte ihr eines und klärte sie über ihre Rechte und Pflichten als Zeugin auf.

Silja Hubbert hörte mit großen Augen zu und schnäuzte sich noch einmal lautstark in das Taschentuch.

»Dann erzählen Sie mal, Frau Hubbert«, forderte Lyn sie auf. »Sie sagten eben, Sie hätten das nicht tun dürfen. Was hätten Sie nicht tun dürfen?«

Bevor Silja Hubbert antworten konnte, hob Herr Karrenberger seinen Kopf und sah Lyn an. »Silja kann da gar nix für. Das ist ja alles meine Schuld. Das … das ist ja nun alles so ein Schiet. Das hatt ich ja anders gedacht. Das sollte ja nicht so sein, dass ich nun übrig bleib … Nicht dass Silja nun auch noch Ärger kriegt.«

Silja Hubbert stopfte das Taschentuch in die Tasche ihrer Jeansshorts und holte tief Luft. »Ich bin vor anderthalb Stunden hier rüber, weil ich in Sorge war. Weil die Jalousien im Schlafzimmer noch unten waren. Und die zieht Onkel Karrenberger immer hoch, auch im Hochsommer.«

»Sie sind die Nichte?«, hakte Lyn nach.

Silja Hubbert schüttelte den Kopf. »Nein, nein, ich bin nur die Nachbarin, aber ich nenne ihn seit meiner Kindheit Onkel. Ich lebe mit meiner Familie nebenan, im Haus meiner verstorbenen Eltern.«

»Okay, erzählen Sie bitte weiter.«

»Ich hab einen Schlüssel für das Haus hier. Weil die Kinder der Karrenbergers nicht in Itzehoe wohnen. Ich guck nicht jeden Tag rüber, aber zwei-, dreimal die Woche bestimmt. Heute Morgen nur wegen der Jalousien. Weil Onkel Karrenberger nicht unten war, bin ich hoch, ins Schlafzimmer.« Sie nickte Richtung Tür. »Und da … da lagen sie beide in ihrem Bett.« Sie begann wieder zu weinen. »Tante Karrenberger war tot, und … Onkel Karrenberger lag auf der anderen Bettseite und … hat geblutet.«

»Ich wollt auch gehen«, schaltete sich der alte Herr in das Gespräch ein. »Ich wollte doch mit Mutter gehen. Aber ich hab das wohl nicht richtig gemacht.«

»Was haben Sie nicht richtig gemacht?«, hakte Lyn nach, obwohl sie die Antwort ahnte. Die Verbände um die Handgelenke verrieten, was er versucht hatte.

Der Arzt nahm dem alten Mann die Antwort ab, als er wieder zu ihnen trat. »Herr Karrenberger hat seine Frau erstickt und danach versucht, sich selbst das Leben zu nehmen. Er wollte sich mit einem Messer die Pulsadern aufschneiden. Allerdings hat er den Fehler begangen, die Adern nicht längs, sondern quer aufzuschneiden. Und anhand der Wunden an den Handgelenken würde ich sagen, es war außerdem ein stumpfes Messer. Er hat so oft angesetzt …«

Lyn musste schlucken. Die Luft hier oben war mehr als schlecht und dann noch die Vorstellung, was passiert war.

»Jedenfalls bin ich hierhergerufen worden«, fuhr der junge Arzt fort, »weil es hieß, Frau Karrenberger sei heute Morgen *eingeschlafen*. Sie«, er deutete auf Silja Hubbert, »hat angerufen und das behauptet.«

Die Nachbarin weinte. »Ich wollte doch nur nicht, dass Onkel Karrenberger ins Gefängnis muss.«

Dr. Porz schüttelte den Kopf. »Es war so eindeutig.« Er sah Lyn an. »Frau Karrenberger hat Einblutungen in den Augen, die auf Ersticken hinweisen. Und als ich dann die Handgelenke von Herrn Karrenberger sah … Die Nachbarin hatte sie verbunden. Sie haben versucht, sie unter einer Wolljacke zu verstecken, aber ich habe es gesehen und eins und eins zusammengezählt. Sie haben es dann beide sofort zugegeben.« Er nickte Lyn gewichtig zu. »Erweiterter Suizid. Mit dem Fehler, dass der Suizid fehlgeschlagen ist und nur das wehrlose Opfer den Tod fand.«

Lyn war erschüttert. Und auch verärgert über die Aussage des Arztes. »Einen Fehler würde ich es nicht gerade nennen, wenn ein Suizid fehlschlägt. Sie warten bitte alle hier draußen«, sagte sie und öffnete die Tür zum Schlafzimmer.

Am liebsten hätte sie gleich wieder kehrtgemacht, doch das ging natürlich nicht. Fehlende Frischluft und die seit Tagen anhaltende Hitze – auch nachts kühlte es sich kaum ab – hatten den Raum aufgeheizt. Doch es war nicht nur die abgestandene Luft, die Lyn zusetzte. Es roch nach Tod. Sie atmete flacher. Sie würde sich nie an diesen mit nichts zu vergleichenden Geruch gewöhnen.

Sie informierte Thomas über das, was sie erfahren hatte. Dankbar registrierte sie, dass er das Fenster öffnete, durch das die Morgensonne, so unbeeindruckt vom Geschehen, hereinstrahlte.

Frau Karrenberger lag auf der rechten Seite des Ehebetts. Die Augen waren geschlossen, der Mund stand ein wenig offen in dem starren Gesicht, dessen Haut sich wächsern auf die Knochen gelegt hatte. Der Tod war offensichtlich nicht erst vor Kurzem eingetreten.

Nichts deutete darauf hin, dass ihr jemand ein Kissen auf das Gesicht gedrückt hatte. Auch ihre Hände lagen unverkrampft auf der rosa geblümten Bettdecke. Lyn legte kurz die Finger auf die rechte Hand der Frau. Die Haut war kalt, und diese Kühle wollte so gar nicht zu der Temperatur im Raum passen. Noch ein Indiz, dass sie schon länger tot war als eine Stunde oder zwei.

Lyn sah sich um. Das Bett auf der linken Seite war gemacht. Allerdings fehlte das Kopfkissen. Auf dem Nachttisch der Frau stand eine dicke rote Kerze ohne Unterteller. Sie brannte nicht mehr, aber es hatte sich eine große, zum größten Teil erhärtete Wachslache gebildet. Die Nachbarin oder vielleicht auch Herr Karrenberger selbst hatte das Licht wohl für seine tote Frau entzündet.

Neben einem Wasserglas lag ein Medikamentendosierer mit Wochentageinteilung. In jedem der Fächer lagen vier Tabletten, nur nicht im ersten. Im Fach für den gestrigen Montag befand sich noch eine Tablette. Lyn deutete darauf und sagte zu Thomas: »Wahrscheinlich nimmt sie die abends. Was bestätigen würde, dass sie schon seit gestern tot ist.«

»Das sieht man ihr auch an. Dieses wächserne Gesicht ... Ich habe Wilfried verständigt. Die Spurensicherung ist bereits auf dem Weg.«

Lyn stellte sich ans Fenster und atmete dort ein paarmal tief durch.

»Alles klar bei dir?« Thomas musterte sie. »Sonst warte doch draußen bei dem Ehemann.«

»Geht schon.«

Es klopfte an der Tür, und der Arzt trat ein. »Ich habe beiden einen Tranquilizer gegeben.« Dann deutete er auf die Tote. »Ich bin stutzig geworden, weil Frau Hubbert sagte, Frau Karrenberger sei heute Morgen eingeschlafen. Aber sie ist eindeutig schon länger tot. Und da ist auch noch eine Tablette, die sie abends hätte nehmen müssen. Das habe ich in den Unterlagen von Dr. Hermanns recherchieren lassen. Das ist ihr Hausarzt. Na, und die Einblutungen waren auch nicht zu übersehen.«

»Ach, Sie sind gar nicht der Hausarzt?«, fragte Lyn.

Er schüttelte den Kopf. »Dr. Hermanns ist krank. Ich bin seine Vertretung. Wahrscheinlich hat Frau Hubbert gedacht, Dr. Hermanns könnten sie ihren Bären aufbinden. Aber mir kann man nichts vormachen. Und das fehlende Kopfkissen auf seiner Seite – ich hatte so eine Ahnung. Der alte Mann hat es sofort zugegeben, als ich ihn darauf ansprach. Das Kissen liegt im Bad. Na, und als ich dann noch die Verbände unter der Wolljacke rauslugen sah ... Ich habe ihm dann vernünftige Verbände gemacht, während wir auf Sie warteten.«

Lyn musterte den Arzt. Er war aufgeregt. Für ihren Geschmack allerdings zu positiv aufgeregt. Er wirkte tatsächlich glücklich darüber, die Entdeckung gemacht zu haben.

Als sich die Tür öffnete und Herr Karrenberger eintrat, ging Lyn auf ihn zu. »Herr Karrenberger, ich kann Sie hier nicht wieder reinlassen.« Die Worte, dass das Schlafzimmer ein Tatort sei, schluckte sie herunter. »Bitte setzen Sie sich wieder auf den Stuhl.«

»Aber ich will doch nur zu meiner Frau«, fiel ihr der alte Mann heiser ins Wort. »Ich hab sie noch nie allein gelassen.«

»Es tut mir leid«, sagte sie, nahm den Arm des alten Mannes und führte ihn hinaus.

Als er wieder auf dem Stuhl Platz genommen hatte, ging sie vor ihm in die Knie. »Warum haben Sie das getan?«, fragte sie leise.

»Was für eine Frage, was, Mutter?«, sprach er gegen die geschlossene Schlafzimmertür seine tote Frau an. »Weil wir in ein Heim sollten. Die Kinder sagen, wir können hier nicht mehr allein bleiben. Ich sei zu alt, um für Mutter da zu sein. Dabei hätt ich das schon noch eine Weile hingekriegt. Die Pflegerin kam ja auch dreimal am Tag. Aber die Kinder meinten, das wäre besser für uns, wenn wir ins Heim kommen. Weil ich ja auch schon zweimal gestürzt bin. Hab mich aber immer wieder berappelt. Musste ja für Mutter da sein.«

»Aber Sie und Ihre Frau hätten vielleicht eine gute Zeit im Heim gehabt. Zusammen, betreut …«

Herr Karrenberger lachte freudlos auf. »Kennen Sie einen Menschen, der im Heim 'ne gute Zeit hat? Ich nicht. Und wir wären noch nicht mal in ein Zimmer gekommen, weil Mutter ja schwer pflegebedürftig … war.« Seine knöchrigen Finger zitterten.

»Wie's im Heim zugeht, das weiß man doch. Das wollten wir beide nicht, nicht wahr, Mutter?«, sprach er wieder gegen die Tür. »Da hatte ich die bessere Lösung gefunden. Dachte ich jedenfalls.« Er sah Lyn an. »Sie konnte das zwar nicht sagen, weil sie ja nicht mehr sprechen konnte seit ihrem Schlaganfall, aber ich weiß das. Weil wir immer das Gleiche gedacht haben. Wir waren achtundfünfzig Jahre verheiratet.« Seine Stimme wurde immer schwächer. »Und nun sollte ich nicht mal mehr neben ihr schlafen? Nee, das konnt ich ihr nicht antun. Konnt ich nicht.« Sein Kopf sackte runter.

Lyn schluckte. Was für ein Elend. Wäre es nicht besser gewesen, er hätte bei seinem Suizidversuch nicht versagt? Sie gestattete sich diesen Gedanken.

Nun musste das Prozedere seinen Lauf nehmen. Und das tat ihr leid für den alten Mann. Auch wenn er etwas getan hatte, das Lyn zutiefst zuwider war: über das Leben eines anderen zu urteilen, zu bestimmen, ob es lebenswert war oder nicht. Auch wenn er seine Frau geliebt und ihr Bestes gewollt hatte – es blieb ein Tötungsdelikt.

»Wir benachrichtigen jetzt erst mal Ihre Kinder«, sagte sie. »Und dann sehen wir weiter, Herr Karrenberger.« Sie legte ihre Hand auf seine Schulter. Deutlich waren die Knochen zu spüren.

# DREI

Ein feines Glöckchen bimmelte, als Ulf Baumann am Mittwochmorgen vor seinem Sohn Jannek das Schmuckstübchen Stöther in Itzehoe betrat.

Sein Blick glitt hastig durch den Raum. Hinter dem Verkaufstisch bediente eine Blondine in den Vierzigern eine Seniorin. Sie erstarrte, kaum dass sie aufblickte.

Ulf und Jannek hatten sich die schwarzen Sturmhauben direkt vor dem Eintreten über die Gesichter gezogen, und so war klar, dass sie nicht gekommen waren, um etwas zu kaufen. Die Glock in Janneks Hand und die Maschinenpistole, die Ulf aus der Marktkauf-Plastiktüte zog, untermauerten das zusätzlich.

»Macht Hände hoch! Sofort!«, bellte Ulf mit verstellter Stimme, die Pistole auf die Verkäuferin richtend.

»Oh mein Gott«, presste sie mit weit aufgerissenen Augen heraus, reagierte aber sofort und riss die Arme hoch. »Bitte … bitte tun Sie mir nichts. Ich … ich …«

»Halt Fresse«, sagte Ulf barsch in gebrochenem Deutsch und stürmte auf sie zu. Er packte sie am Arm, zog sie hinter dem Verkaufstisch hervor und drückte sie auf die Knie. »Hinlegen! Alle beide! Du auch, Frau!« Mit der MP bedeutete er der Kundin, sich ebenfalls hinzulegen.

Die alte Frau hatte bisher kein Wort herausgebracht. Jetzt griff sie sich an die Brust und wankte zurück. »Du meine Güte! Hilfe!«, schrie sie los.

Ulf schlug ihr mit der freien Hand ins Gesicht und packte ihren Arm. »Hinlegen, Frau!«

»Ja, ja …« Blut tropfte von ihrer Lippe zu Boden.

Die Verkäuferin griff nach der Hand der Frau, als die sich schwerfällig neben sie legte. »Oh Gott, Frau Göbel, seien Sie ruhig, um Himmels willen. Es … es wird schon alles gut.« Sie wimmerte und hob den Kopf, um Ulf anzusehen.

Er ging in die Knie und drückte ihren Kopf mit der Hand

zurück auf den Boden. »Auf Boden gucken, Frau. Sonst tot.«
Sein Blick hing an dem Vorhang hinter dem Verkaufstisch,
der nicht ganz zugezogen war. Ein Raum lag dahinter. »Noch
jemand da? Hinten?«

»Nein, nein, da ist niemand«, wimmerte die Verkäuferin.
»Ich bin allein.«

Erst als beide Frauen – den Kopf in den Armen – mit Blick
nach unten dalagen, genehmigte Ulf sich ein tiefes Atemholen.

Es lief. Hoffentlich kam kein weiterer Kunde.

Sein Blick suchte Jannek, der seine Glock vorn in den Hosenbund der Jeans gesteckt und beide Hände frei hatte. Zwei
Kästchen mit Ringen, die auf einem Regal auslagen, hatte er
bereits in die mitgebrachte Aldi-Tüte gesteckt. Jetzt stand er
hinter dem Verkaufstisch und riss sämtliche Schubladen auf.
Halsketten, Armbänder, Ohrringe und Uhren schüttete er von
den samtbezogenen Tabletts in die Tüte. Die leeren Tabletts
warf er zur Seite.

Ulf trat neben Jannek hinter den Verkaufstisch. Sie wechselten, wie abgesprochen, kein Wort. Mit der MP schob er den
Vorhang zur Seite. Der Raum dahinter diente als Werkstatt
und Büro. Hastig lief er auf eine schmale Schiebetür zu. Sie
trennte ein WC ab. Vom Werkzeugtisch nahm er beim Rückzug
zwei Schmuckstücke und unbearbeitetes Gold an sich, bevor
er wieder in den Verkaufsraum zurückhastete. Dort war alles
gut. Die Frauen hatten sich nicht von der Stelle gerührt, und
weitere Kunden waren nicht in Sicht. Mit der freien behandschuhten Hand scheuerte er sich kurz unter der Sturmhaube
über die Stirn. Die verschwitzte Haut darunter juckte fürchterlich. Aber einen Moment musste er noch durchhalten.

Da die beiden Frauen keine Gefahr darstellten, ging Ulf
zu dem drehbaren Ständer, wo die wertvollen Uhren hinter
Glas verschlossen waren. »Wo Schlüssel für Uhren, Blondie?«,
fragte er laut.

Ohne den Kopf zu heben, deutete die Verkäuferin mit der
Hand zum Tisch. »In der kleinen Schublade. Unter der Kasse.«

Jannek musste nicht lange suchen. Er warf seinem Vater

den Schlüssel zu und begann, die Kasse zu plündern. Ulf hörte am Klimpern, dass nicht nur die Scheine, sondern auch das Münzgeld in der Tüte verschwand. Der Junge konnte den Hals wieder nicht vollkriegen.

»Mach Auslage!«, sagte Ulf zu Jannek, nachdem er einen Blick auf seine Armbanduhr geworfen hatte.

Jannek ging zu der Auslage vor dem Schaufenster. Während er alles, was ihm in die Finger kam, einsackte, warf Ulf die Uhren in die Marktkauf-Tüte, nachdem er den Glaskasten aufgeschlossen hatte.

»Genug!«, rief er Jannek zu, als er sah, dass sich auf der gegenüberliegenden Straßenseite Passanten näherten.

»Bleibt liegen noch zehn Minuten«, rief er den Frauen zu, während er die Maschinenpistole zu den Uhren in die Tüte steckte. »Sonst ich komm nach Haus zu euch und mach tot. Und weiter Augen auf Boden.«

Mit einem letzten Blick zu den Frauen, um sich zu vergewissern, dass sie tatsächlich nicht zu ihnen sahen, rissen sie sich vor dem Öffnen der Tür die Sturmhauben von den Köpfen und stopften sie in die Tüten. Das Glöckchen bimmelte, als sie das Schmuckstübchen Stöther in der Breiten Straße verließen und die Handschuhe abstreiften.

Sie zogen sich beide den Kragen der Trainingsjacken, die sie trugen, über die Lippen und gingen zügig davon, keinem der wenigen Passanten, die ihnen entgegenkamen, in die Augen blickend.

An der Ecke zur Breitenburger Straße glitt Ulfs Blick die Breite Straße hoch, in die Richtung, aus der Devil und Roman kommen mussten, wenn sie sich an die vereinbarten fünf Minuten gehalten hatten. Aber von beiden war nichts zu sehen. Okay, vielleicht waren sie schon in der kleinen Passage, die von der Breiten Straße in die Stiftstraße führte. Von dort waren es nur ein paar Schritte zum Parkplatz, wo sie den geklauten Toyota in erster Reihe abgestellt hatten.

Ulf und Jannek erreichten den Parkplatz innerhalb einer Minute. Von Devil und Roman fehlte jede Spur. Ulf wurde noch heißer. Blondie würde kaum liegen geblieben sein. Entweder hatte sie bereits die Bullen gerufen oder – wenn sie Glück hatten – sich zuerst um die Alte gekümmert, der er die Lippe blutig gehauen hatte.

»Steig ein!«, zischte Ulf Jannek zu. Sie mussten aus dem Blick der Passanten, die über den Parkplatz gingen, verschwinden.

Jannek hatte sich die beiden Tüten mit der Beute und den Waffen zwischen die Beine geklemmt und starrte vom Beifahrersitz aus zu der kleinen Passage, durch die Devil und Roman kommen mussten. »Scheiße, wo bleiben die?«

＊＊＊

»Hierher! Vor mir auf Boden! Los, beweg Arsch hierher!« Devil richtete die Maschinenpistole auf die Angestellte des Juweliergeschäfts Kromme, die dabei gewesen war, eine gläserne Vitrine mit Glasreiniger zu putzen, als er und Roman eingetreten waren. Dankbar hatte er registriert, dass kein Kunde anwesend war. Die Kleine blickte erstarrt auf ihre maskierten Gesichter.

»Du sollst dich hinlegen!« Mit zwei schnellen Schritten war er bei ihr und richtete den MP-Lauf direkt auf ihre Brust.

Sie weinte auf. »Ja. Ja.« Aber anscheinend war sie unfähig, sich zu rühren. Leib und Gliedmaßen begannen zu zittern.

Devil nahm die Waffe von ihrer Brust. »Hinlegen!« Er drückte sie so brutal auf den Laminatboden, dass sie vor Schmerzen aufschrie. Als sie auf dem Bauch lag, drückte er mit dem Fuß ihren Kopf herunter, bis sie sich nicht mehr rührte. Ihr Wimmern prallte an ihm ab.

Roman hatte seine Pistole, eine Glock, sofort in den Hosenbund gesteckt, als feststand, dass kein Kunde anwesend war. Er rannte von einem der Verkaufstische zum nächsten. Sie waren alle baugleich. Durch das Glas sah man glitzernde Stücke auf dunkelblauen Samttabletts. Die Schiebetüren waren verschlossen. Hier war alles verschlossen. Selbst an die Auslage im Schaufenster gelangte man nur, wenn man die gläsernen Schieber davor öffnete.

Das war keine Überraschung, denn sie hatten die Geschäfte im Vorwege ausgekundschaftet. Sie hatten sich zum Schein für einen Uhren- beziehungsweise Ringkauf beraten lassen, getrennt, an verschiedenen Tagen. Er war von Julia Kromme, der Besitzerin des Juweliergeschäfts, bedient worden. Da sie die Website gegoogelt hatten, hatten sie die Frau zuordnen können. Jannek hatte berichtet, dass Julia Kromme den Schlüssel, mit dem sie die Uhrenvitrine geöffnet hatte, in ihrer Jackentasche bei sich trug.

»Schlüssel!«, rief Roman Devil zu.

Der rammte seinen Fuß in den Bauch der Verkäuferin. »Gib Schlüssel raus! Zackig, wenn du nicht Blut schmecken willst.«

Die junge Frau schrie vor Schmerz auf. Als Devil seinen Fuß wieder hob, schrie sie: »Ich hab keinen Schlüssel! Den hat Frau Kro—«

Sie brach in dem Moment ab, als eine weitere weibliche Stimme »Oh Gott, nein!« ausrief.

Devil richtete die MP auf die Frau, die aus dem hinter dem Verkaufsraum liegenden Raum eintrat. Julia Kromme, die Besitzerin des Geschäfts.

»Schlüssel!«, blaffte Devil sie an.

Sie schien die Situation sofort erfasst zu haben. Blass und mit zitternden Händen zog sie ein Schlüsselbund aus der Tasche des blauen Blazers und hielt ihn Devil hin. Er riss ihr das Bund aus der Hand und warf es Roman zu.

»Hinten noch jemand?« Devil deutete in den Raum, aus dem Julia Kromme gekommen war.

»Nein. Nein, da ist niemand.«

Devil packte sie am Arm. »Pass auf die Kleine auf«, rief er Roman zu, der die erste Vitrine geöffnet hatte und dabei war, Goldschmuck von den Tabletts in eine Aldi-Tüte zu werfen. »Wenn sie zuckt, knall ab.« Da die Verkäuferin verzweifelt aufweinte, war Devil sich sicher, dass sie sich nicht rühren würde.

Er schob Julia Kromme, mit der MP an ihrem Rücken, vor sich her in den Raum hinter dem Laden. Er war leer, aber es gab zwei weitere Türen. »Öffnen!«, sagte Devil zu ihr und schob sie zur linken Tür.

Mit zitternden Fingern drückte sie die Klinke nieder und stieß die Tür ein Stück weit auf. Ein Schreibtisch kam ins Blickfeld, auf dem ein aufgeklappter Laptop stand. Der Bürostuhl dahinter war leer.

Devil drückte die Frau zur Seite und stieß die Tür weiter auf. Es gab ein paar Regale mit Ordnern, einen kleinen Fernseher auf einem Sideboard, einen Kühlschrank, eine Kaffeemaschine und einen Minitisch mit zwei Hockern davor.

»Und jetzt die andere Tür«, sagte er und schob sie zurück.

»Das … das ist nur das WC«, sagte sie, öffnete die Tür aber zügig, als er ihr den MP-Lauf in die Seite drückte. Der kleine, grau gefliese Raum mit WC und winzigem Waschbecken war leer. Einen Hintereingang gab es nicht.

»Zurück!« Devil trieb die Juwelierin vor sich her. Hoffentlich hatte Baumann junior ordentlich was eingesackt. Die Zeit rannte davon. Ein Blick auf die Uhr verriet, dass sie nicht einmal mehr eine Minute hatten.

»Hmm.« Devil grunzte zufrieden, als sie zurück im Verkaufsraum waren. Das Baumännchen war fleißig gewesen. Zwei Vitrinen waren komplett leer geräumt, die dritte schloss er gerade auf. Trotz der Anspannung lief Devil ein wohliger Schauer über den Nacken, als er hörte, wie es klimperte, während Roman den Inhalt der Vitrine in die Tüte warf. Gold, Edelmetalle, Brillanten …

Er blickte erneut auf die Uhr. Die Auslage mussten sie sausen lassen. Die Zeit fehlte, wie erwartet.

Devil zwang Julia Kromme neben ihre Verkäuferin auf den Boden, stürmte zurück zur Kasse und stopfte sich die Geldscheine in die Taschen der dunkelblauen Trainingsjacke. Er war auf dem Weg zu Roman, um ihm zu helfen, noch ein paar Tabletts zu räubern, als zwei Dinge gleichzeitig geschahen.

Die Außentür öffnete sich, was mit einem elektronisch klingenden Summen angezeigt wurde. Ein Kunde. Devil wurde noch heißer.

Roman hatte innegehalten und starrte auf den Mann, dessen »Guten Morgen« ihm im Hals stecken blieb. Der Kunde, ein Mann um die dreißig in Hemd und Anzughose, starrte auf die beiden Frauen am Boden, bevor er Devil ansah, der sich mit der Pistole vor ihm aufbaute.

»Auf den Bo–«

Devil kam nicht dazu, den Satz zu beenden, denn von hinten erklang eine feste dunkle Stimme. »Hände hoch! Oder ich schieße.«

Devil schnellte herum, die MP im Anschlag. Er erkannte den Mann, der aus den hinteren Räumen herausgekommen war. Auf der Website war er gemeinsam mit seiner Frau abgebildet gewesen. Alexander Kromme, der Besitzer des Juweliergeschäfts und Ehemann von Julia. Er hielt eine Waffe in Händen, Kleinkaliber, auf ihn gerichtet.

Eine heiße Welle durchflutete Devil. Scheiße! Wo kam der Typ her? Er hatte hinten doch alles abgecheckt. Aus dem Augenwinkel sah er, dass Roman immer noch wie erstarrt stand, ein leeres Tablett in Händen haltend.

Und dann ging alles ganz schnell.

Als Alexander Kromme mit flatternder Stimme rief: »Legen Sie die Waffe weg, Mann!«, drückte Devil ab, sich gleichzeitig duckend. Das Knallen, mehrfach hintereinander, hallte in den Ohren wider. Die Frauen schrien, der Kunde warf sich zu Boden. Die Salve aus der MP traf nicht nur den Juwelier, sondern auch einen Glasschrank. Die Scheiben barsten, und das Klirren vermischte sich mit den Schüssen und den Schreien.

Alexander Kromme sackte gurgelnd zu Boden. Aus Hals und Brust quoll das Blut dunkelrot hervor und tränkte das hellblaue Hemd.

Roman stand wie eine Eisskulptur da.

»Raus hier«, schrie Devil ihm zu. »Raus! Komm endlich!«

Er stopfte die MP unter die geschlossene Trainingsjacke und war in zwei Schritten an der Tür. Er riss sie auf und blickte sich gleichzeitig nach Roman um. Der Junge rührte sich immer noch nicht vom Fleck, sondern starrte auf den Juwelier. Blut floss in roten Rinnsalen über das Laminat und sammelte sich in zwei Lachen.

»Alex!«, klang das hysterische Schreien von Julia Kromme durch den Raum. »Alex!«

Devil rannte zurück und packte Roman. »Komm, Mensch!«

»Devil, ich –«

»Halt die Fresse, Mensch!«, schrie Devil ihn an. Ihm wurde heiß vor Wut, weil Roman seinen Spitznamen genannt hatte.

Im selben Moment knickte Roman lautlos auf einem Bein ein, die Tüte mit der Beute fest umklammert. Und Devil registrierte, warum er einknickte. Feucht und dunkel bildete sich an der Hüfte ein schnell größer werdender Fleck auf Romans Jeans.

Blut.

Devils Mund wurde trocken. Fuck, fuck, fuck!

Er legte sich Romans Arm um die Schulter und schleifte ihn zur Tür. Der Kleine durfte jetzt nicht schlappmachen.

✳✳✳

Ulf fingerte den Polenschlüssel unter der Gummimatte hervor und steckte ihn ins Zündschloss. Jannek starrte weiterhin zur Passage.

Ulf startete den Wagen und fuhr los. »Ich fahr da jetzt hin.«

»Bist du irre?«, fauchte Jannek und griff ihm ins Lenkrad. »Wir warten noch einen Moment. Womöglich sind die gerade in der Passage, wenn wir jetzt um die Ecke fahren. Und dann? Dann sind wir am Arsch und fahren womöglich den Bullen entgegen.«

Ulf packte Janneks Hand und zog sie vom Lenkrad. »Wir sind sowieso am Arsch. Das sagt mir mein Gefühl. Da stimmt was nicht. Sonst wär'n die beiden längst hier. Ich fahr da jetzt hin. Setz deine Haube wieder auf.«

Sie waren beide maskiert, als er vom Parkplatz rechts auf

die Breitenburger Straße abbog und an der Ecke gleich noch einmal rechts in die Breite Straße. Keine Spur von Roman und Devil. Ulf drückte aufs Gaspedal, obwohl in der Fußgängerzone nur Schrittgeschwindigkeit erlaubt war. Mit quietschenden Reifen hielt er vor dem Juweliergeschäft auf der rechten Seite. Gäste des Eiscafés Casal waren von den Außentischen aufgestanden, wichen jetzt weitere Schritte zurück und starrten zu ihnen herüber.

Jannek wollte gerade aus dem Auto springen, als sich die Tür des Juweliergeschäfts öffnete. »Da sind sie«, stieß er erleichtert aus. »Scheiße!«

»Was ist los?« Ulf, der keinen freien Blick auf Devil und seinen Sohn hatte, war alarmiert.

In dem Moment öffnete Devil schon die Hintertür. Er warf Roman, der immer noch die Tüte mit der Beute hielt, mehr oder weniger in den Fond, was einen lauten Schmerzensschrei Romans nach sich zog. Dann sprintete Devil um den Wagen herum, um auf der anderen Seite einzusteigen. »Gib Gas!«, schrie er Ulf heiser zu. »Wir müssen hier weg! Gib einfach Gas!«

Ulf überlief es eiskalt, weil Roman gleichzeitig stöhnte und weinte. Eindeutig vor Schmerzen. Trotzdem versuchte Ulf, einen klaren Kopf zu bewahren. Er konnte nicht geradeaus weiter, er würde den Bullen geradewegs in die Arme fahren. Mit abrupten Bremsmanövern drehte er auf der Einkaufsstraße, krachte in eine offene Telefonzelle und fuhr beim Zurücksetzen fast ein älteres Paar um, das gerade die Buchhandlung Heymann verlassen hatte und mit offenem Mund auf das Szenario blickend zurückstolperte.

Er gab Gas und bog mit quietschenden Reifen wieder links in die Breitenburger Straße ein. Das Schicksal meinte es gut, denn die Ampel war grün, als sie in die Schumacherallee abbiegen mussten.

»Was ist passiert?«, schrie Ulf, während er vor dem Delfttor entlangfuhr, dann über die Störbrücke. Er bemühte sich, vorschriftsmäßig zu fahren. »Was ist mit dir, Roman?«

»Es tut so weh!«, wimmerte der Junge.

»Der Juwelier ist plötzlich wie aus dem Nichts aufgetaucht«, stieß Devil aus, als sie die Einfahrt zu Media Markt und Famila rechts liegen ließen und Richtung Autobahn geradeaus weiterfuhren. »Der war einfach da und hatte 'ne Wumme in der Hand. Der hätte uns abgeknallt.«

»Was?«, schrie Jannek ihn an. »Wieso hast du zugelassen, dass der an seine Knarre kommt? Der hat Roman angeschossen!«

Devil ignorierte den Vorwurf. »Ich hab den Juwelier abgeknallt.«

Ulf erstarrte. »Du hast …?« Er musste sich zusammenreißen, um ruhig weiterzufahren. Er durfte nicht so aufs Gaspedal drücken. Sie durften nicht auffallen. Der Wagen machte trotzdem einen Schlenker, als ihm klar wurde, was Devil da gesagt hatte.

»Bist du irre!«, schrie Jannek, das Wimmern seines Bruders übertönend. »Jetzt sind wir wegen Mord dran! Scheiße! … Scheiße, verdammte!«

»Wenn die uns schnappen, ist das die Schuld von diesem Anfänger hier«, schrie Devil zurück. »Der Idiot hat meinen Namen im Laden genannt.«

»Hab ich … nicht«, widersprach Roman aufgebracht.

»›Devil‹, hast du geheult.«

»Scheiße«, stieß Jannek aus. »Aber wenigstens nur deinen Spitznamen. Dadurch kommen die uns nicht auf die Schliche. Oder?« Er sah seinen Vater an.

Ulf ließ die Seitenscheibe runter. Er brauchte Luft. »Scheiß auf den Spitznamen, damit können die nix anfangen.« Immer wieder wandte er den Blick kurz von der Straße ab, drehte sich um und musterte Roman, der milchig blass und gekrümmt an Devil gelehnt dalag. »Wo bist du verletzt?«

»Bauch. Oder Hüfte. Ich weiß nicht genau. Das tut so weh!«

»Wir müssen zum Krankenhaus«, sagte Ulf.

»Bist du nicht ganz dicht?«, fauchte Devil ihn von hinten an. »Wir können nicht ins Krankenhaus. Dann können wir die Karre auch gleich rechts ranfahren und auf die Bullen warten.«

»Nicht ins Krankenhaus!«, wimmerte Roman. »Ich … ich will nicht ins Gefängnis.«

»Du hast dir 'ne Kugel eingefangen!«, schrie Ulf. »Die muss raus.« Er fuhr auf der B 77 weiter, wie sie es geplant hatten.

»Das überlegen wir uns, wenn wir am Schuppen sind«, sagte Jannek. »Wenn wir bis dahin kommen, können wir in Ruhe überlegen, was wir machen, okay?«

»Ja …«, kam es von Roman. »Okay.«

»Wir ziehen das durch, wie besprochen«, sagte Devil. »Wir verpassen dir gleich einen Verband, und dann wird uns schon was einfallen. Wir kriegen dich wieder flott, Kleiner. Keine Angst.«

Dass Devil nicht so cool war, wie er tat, wusste Ulf, als Devil hinter ihm begann, an seinen Fingern zu ziehen, dass die Gelenke knackten. Das tat er nur, wenn er erregt war.

Sie fuhren von der B 77 über die Autobahnbrücke, aber Ulf bog nicht auf die A 23 ab, sondern fuhr Richtung Dägeling. Bei der Feuerwehrtechnischen Zentrale fuhr er rechts ran. Er wollte die beiden Wagen hinter sich loswerden. Sie sollten nicht sehen, dass er gleich links abbiegen würde. Er wartete noch ein weiteres Auto ab, dann nahm er die Straße Tannenheim, von der rechts eine Sackgasse abging, in der es nur zwei Häuser gab. Aber Ulf hielt sich links. Auf einem Stück Weidefläche, umgeben von Bäumen, stand der große Schuppen, den sie vor einem halben Jahr bei einem Bauern gemietet hatten. Angeblich, um dort an Autos zu basteln. Was ja nicht mal gelogen war. Selbst wenn der Bauer den Wohnwagen gesehen hatte, würde das keine Fragen aufwerfen.

Jannek und Devil sprangen aus dem Wagen und gingen mit zügigen Schritten zu dem hölzernen Schuppen. Jannek zog einen Schlüssel aus seiner Jeans, öffnete das Schloss der Kette, die mehrfach um die hölzernen Griffe geschlungen war, und gemeinsam mit Devil zog er schließlich die beiden Holztüren auf.

Ulf wartete, bis auf der Autobahnbrücke, die sich in unmittelbarer Nähe befand, gerade kein Auto fuhr, bevor er den

Toyota aus der Deckung der Bäume zum Schuppen lenkte. Drinnen parkte er direkt neben dem Opel Vectra, der den Wohnwagen ziehen würde.

Jannek und Devil zogen die Schuppentüren hastig hinter sich zu.

Ulf war schon aus dem Toyota gesprungen und saß neben Roman auf der Hinterbank. Roman weinte nicht mehr, aber er stöhnte qualvoll. »Paps ... Scheiße ... Was machen wir jetzt? Das tut so scheißweh!«

Ulf versuchte, seinen Sohn, der seitlich gekrümmt auf der Rückbank saß, aufzurichten, um sehen zu können, wo genau er verletzt war, aber der Junge schrie, als er ihn hochzog, und so ließ er ihn in der Position. »Du brauchst auf jeden Fall einen Arzt. Wir müssen zu einem Arzt.«

»Einen Dreck müssen wir«, kam es von der Seite. Devil stand an der offenen Hintertür des Toyota. »Wir müssen vor allen Dingen erst mal hier weg. Irgendwer könnte gesehen haben, dass wir Richtung Dägeling oder wie das Kaff heißt, abgebogen sind, denn die Bullen werden schnellstens eine Fahndung nach uns und dem Wagen rausgeben.«

»Der Junge verblutet!«, schrie Ulf ihn an.

Roman schluchzte.

»Das tut er nicht!«, schrie Devil zurück. »Guck doch selbst. Da ist gar nicht so viel Blut. Die Kugel hat nichts Lebenswichtiges getroffen, sonst wär er schon ausgelaufen.«

»Bist du jetzt Doktor, oder was?«, blaffte Ulf ihn an. Allerdings hatte Devil recht. Auf dem Sitz unter Roman war nicht wirklich viel Blut zu sehen.

»Roman, sag du, was wir machen sollen«, meldete Jannek sich zu Wort. Er hatte Devil zur Seite geschoben und war neben der offenen hinteren Tür in die Knie gegangen. »Schaffst du das, in den Wohnwagen rein? Dann könnten wir losfahren, wie geplant, und an einer Apotheke halten. Da decken wir uns mit Schmerztabletten und Verbandszeug ein und verarzten dich. Und dann«, er sah erst zu Devil hoch, dann seinen Vater auf dem Rücksitz an, »entscheiden wir vor Ort, was wir machen. Uns wird schon was einfallen. Wir müssen nur erst mal Ruhe haben. Zum Überlegen.«

»Kluger Mann«, sagte Devil und klopfte ihm auf die Schulter. »Genau so machen wir das.«

Ulf Baumann sah seinen stöhnenden Sohn an. »Das wird wehtun, wenn wir dich jetzt in den Wohnwagen tragen. Schaffst du das?«

Roman nickte. »Ja. Ja, macht schnell. Ich brauch ... irgendwas gegen die Schmerzen. Wir müssen sofort ... zur Apotheke.«

»Also gut.« Ulf strich seinem Jüngsten über den verschwitzten dunkelblonden Haarschopf. »Dann los.« Er stieg aus.

Devil war schon auf der anderen Seite und öffnete dort die hintere Wagentür.

Jannek zog seine Trainingsjacke aus, knüllte das Ende des Ärmels etwas zusammen und hielt es vor Romans Lippen. »Steck das in den Mund, Kleiner. Dann sind deine Schreie draußen nicht zu hören. Falls du schreist.«

Roman nickte und stopfte sich das Ärmelende in den Mund.

Ulf war dankbar dafür. Das Schlimmste war, Roman aus dem Auto zu bekommen. Der Junge schrie, auch wenn es jetzt viel dumpfer klang. Devil und Jannek hatten sich je einen Arm von Roman um die Schultern gelegt. Mit der freien Hand hielt Jannek die Jacke, deren Ärmelende in Romans Mund steckte. Die paar Schritte zur Hintertür des Wohnwagens waren glücklicherweise schnell gemacht.

Ulf öffnete die Tür des Wohnwagens und räumte in Windeseile die Taschen von dem schmalen Bett. Roman half mit dem gesunden Bein mit, in den Wohnwagen zu steigen. Weinend ließ er sich schließlich auf das zwei Meter lange Bett sinken. Er riss sich den Ärmel aus dem Mund und befeuchtete mit der Zunge seine Mundhöhle. »Scheiße, scheiße«, stöhnte er, »das brennt wie Teufel.«

Jetzt, wo er auf dem Rücken lag, war deutlich zu sehen, wo das Blut die Jeans an Romans linker Hüfte verfärbt hatte. Während Ulf vorsichtig Trainingsjacke und Shirt hochschob, um zu sehen, wo sich die Wunde genau befand, waren Devil und Jannek schon wieder aus dem Wohnwagen herausgesprungen. Roman ließ wortlos zu, dass Ulf ihm den Reißverschluss der Jeans aufzog. Erst als Ulf die Jeans zur Seite und dann ein Stückchen herunterzog, heulte er vor Schmerz auf.

Ulf begutachtete die gar nicht mal so große Wunde, aus der es dunkelrot heraussickerte. Glücklicherweise war es nur wenig Blut. Er ließ die Jeans los und wischte sich an seiner Hose das Blut von den Fingern.

»Kümmer du dich um die Beute und die Waffen, Jannek«, hörte er von draußen Devils kratzige Stimme. »Ich mach das Tor auf.«

Das schabende Geräusch des Holztors auf dem Boden war zu hören, als Jannek wieder am Wohnwagen auftauchte und die Tüten mit dem geraubten Schmuck hineinwarf. Die Waffen würde er, so wie sie es besprochen hatten, hier in der Scheune verstecken. In einer Kiste in einem vorbereiteten Loch. Sie würden sie auf dem Rückweg abholen.

»Willst du hier bei Roman im Wohnwagen bleiben oder mit Devil zum Feldweg fahren?«, fragte Jannek.

Ulf überlegte kurz. »Wir machen das so, wie wir es besprochen haben.« Er sah Roman an. »Kommst du hier ein paar Minuten ohne mich klar?«

Der Junge nickte.

»Gut. Dann fahr ich jetzt mit Devil los.« Ulf stieg aus dem Wohnwagen und setzte sich zu Devil in den Toyota.

»Ready to start?«, fragte Devil und drehte den Zündschlüssel.

»Ja, Mann.« Ulf winkte Jannek zu, der in dem alten Opel saß. Er würde noch ein paar Minuten warten, bis er aufbrach, um sie abzuholen.

Devil lenkte den Toyota aus dem Schuppen, fuhr das kurze Stück bis zur Hauptstraße und bog links ab.

Ulf bemerkte, dass nicht nur ihm selbst, sondern auch Devil der Schweiß von der Stirn lief. Er war anscheinend doch nicht so cool, wie er tat. Außerdem war diese Tour eine der riskanten

Aktionen. Würden sie mit dem Toyota, nach dem die Bullen jetzt vielleicht schon fahndeten, bis zu der Stelle kommen, die sie ausgeguckt hatten, um den Wagen in Brand zu setzen? Es war nur ein halber Kilometer bis dahin, aber das konnte unter ungünstigen Bedingungen ausreichen, um der Bullerei in die Arme zu fahren. Allerdings hofften sie, dass die Bullen, wenn sie die Fahndung überhaupt so schnell eingeleitet hatten, sie auf der Autobahn vermuteten.

Und sie hatten tatsächlich Glück – wenigstens in dieser Beziehung. Sie kamen ohne Probleme bis zu dem Feldweg, auf den sie rechts abbogen. Auf dem harten Boden der beiden Spurbahnen rumpelten sie knapp hundertfünfzig Meter bis zum Ziel. Links und rechts von ihnen lagen Äcker. An einem Knick auf der rechten Seite, der zwei Äcker teilte, fuhr Devil scharf links durch zwei Bäumchen hindurch in ein kleines Waldstück hinein. Er lenkte den Wagen in das lichte Unterholz.

Sie ließen die Scheiben herunter und stiegen aus. Devil öffnete den Kofferraum. Ulf genoss den beißenden Geruch des Benzins, als sie es, ohne ein Wort zu wechseln, über den Toyota schütteten. Schließlich warfen sie die zwei Benzinkanister durch die geöffneten Fenster in den Wagen hinein. Devil entzündete einige Streichhölzer gleichzeitig. Die Hälfte davon warf er in das Auto, die andere Hälfte auf die Motorhaube. Er sprang zurück, denn die entfachten Flammen schossen geräuschvoll gen Himmel.

»Abflug«, murmelte Ulf, und sie liefen den Feldweg entlang, zurück zur Straße. Das Timing war perfekt. Jannek hielt mit dem Opel, als sie den Feldweg hinter sich gelassen hatten. Ein Auto überholte, ansonsten war die Straße glücklicherweise frei.

»Alles klar?«, rief Jannek durch die geöffnete Scheibe.

»Siehst du doch.« Devil ließ sich auf den Beifahrersitz fallen und deutete auf die aufsteigende Rauchsäule. »Gib Gas, Kumpel.«

Ulf war hinten eingestiegen. Sie mussten hier schleunigst

verschwinden. Hoffentlich konnte der Autofahrer, der Jannek gerade überholt hatte, keine Personenbeschreibung liefern. Gesehen haben musste er sie, als sie auf den Opel zuliefen.

Um nicht aufzufallen, wendete Jannek den Wagen nicht auf der Straße, sondern auf einem Parkplatz am Ortsende. Dann fuhren sie durch Dägeling zurück zum Schuppen. Sie verloren keine Zeit mehr. Sie wechselten die Kleidung gegen schwarze Jeans und T-Shirts mit Motörhead- und Kreator-Aufdruck, die Jannek im Internet bestellt hatte.

Ulf stieg zu Roman in den Wohnwagen. »Es läuft«, sagte er mit einem aufmunternden Lächeln zu seinem blassen, verschwitzten Sohn, der nur nickte.

Er sah durch das Fenster an der Frontseite zu, wie Jannek gemeinsam mit Devil den Wohnwagen an den Opel kuppelte. Schließlich lenkte Jannek das Gespann aus dem Schuppen, Devil verschloss das Schuppentor mit der Kette und setzte sich auf den Beifahrersitz.

Ulf hockte sich auf den Boden, neben die Bank, auf der Roman lag. Es ruckelte mächtig, während sie über die Weide zum Weg fuhren. Auch auf der Straße war es noch wacklig im Wohnwagen, aber Ulf stand auf. Er zog die vergilbten Rüschengardinen vor die kleinen Fenster. Zusätzlich hängte er dunkelblaue Handtücher, die Steffi extra dafür gekauft hatte, an von ihm an den Fenstern angebrachte Schrauben, damit sie vor neugierigen Blicken von außen geschützt waren, wenn sie hielten. Jetzt herrschte Dämmerlicht im Inneren des Wohnwagens. Sein skeptischer Blick glitt zu Roman. Was, wenn sie angehalten wurden?

»Ich deck dich lieber zu«, sagte er zu seinem Sohn, nahm die alte Decke, die schon seit dem ersten Raubüberfall vor vier Jahren im Wohnwagen lag, und breitete sie bis oberhalb der Wunde über seinem Sohn aus.

»Ich weiß, dass du schwitzt, aber es nützt nichts«, wehrte er Romans Protest vorsorglich ab. Dessen gequältes Gesicht sprach Bände.

Ulf griff nach den Plastiktüten, die schwer von der Beute

waren. Eigentlich war vorgesehen gewesen, den Schmuck im Stauraum unter der Matratze zu verstauen. Aber das hatten sie im Eifer der Aktion um Roman versäumt. Jetzt lag der Junge auf der Bank, und somit konnten sie die Klappe unter der Matratze nicht öffnen.

Ulf fuhr sich durch das verschwitzte Haar. Wohin jetzt damit? Den Jungen noch einmal zu bewegen kam nicht in Frage. Er öffnete eine der Reisetaschen. Es war Janneks. Er riss die Klamotten heraus und stopfte die Beutetüten hinein. Darüber breitete er eine Jeans und zwei Shirts aus und zog den Reißverschluss der Tasche zu. Das musste fürs Erste reichen.

Roman stöhnte mit geschlossenen Augen.

»Wie konnte das nur passieren?«, stieß Ulf aus. »Wie konnte der Juwelier an seine Waffe rankommen?«

»Keine Ahnung.« Roman atmete hastig und sprach abgehackt. »Der stand … da plötzlich. Obwohl Devil … hinten alles abgecheckt hatte.«

»Egal, wir müssen jetzt das Beste draus machen.« Ulf blickte aus dem Frontfenster. Sie näherten sich wieder Itzehoe. »Wird schon alles gut gehen«, sagte er mit Blick zu Roman. »Hauptsache, du kommst schnell wieder auf die Beine. Und dafür sorg ich, das versprech ich dir. Scheißegal, was Devil will oder sagt. Aber erst mal müssen wir ankommen.«

Roman hob seinen Arm und spreizte den kleinen und den Zeigefinger von der Faust ab. »Wackeeen!«, stieß er aus, aber es war mehr Flüstern als Rufen. Auch das Lächeln dazu fiel schmerzverzerrt aus.

Ulf erwiderte nichts. Er hockte sich neben der Bank auf den Boden und tätschelte Romans Arm. »Wird schon, Kleiner, wird schon.« Dann schloss er die Augen. In seinem Kopf war nur Rauschen. Mist, verdammter Scheißdreckmist!

Sein Handy klingelte. Der Blick auf das Display verriet, dass es Devil war. »Ja?«, meldete Ulf sich fahrig.

Devils kratziger Stimme war keinerlei Nervosität anzumerken. Er klang triumphierend: »Wie geil! Guckst du ausm Fenster, Kumpel? Wenn nicht, solltest du das tun. Denn da kommen sie uns tatsächlich entgegen, die saublöden Bullen! Am liebsten würd ich winken.«

»Halt die Fresse, Devil!«, hörte Ulf Jannek sagen. Anscheinend war ihm auch nicht nach Lachen.

Mit einem »Idiot!« klickte Ulf Devil weg.

Im selben Moment jagte ein Polizeifahrzeug mit Blaulicht und Martinshorn an ihnen vorbei. Ulf tätschelte Romans Arm, als der vor Angst zu weinen begann.

Jannek fuhr ruhig und hielt sich an die Geschwindigkeitsbegrenzungen. Nach einem weiteren Kilometer meldete Devil sich erneut am Handy. »Straßensperre!«

Ulf stand auf und sah durch die Gardinen nach draußen, als sie auf ein Stauende zufuhren. Es ging im Schritttempo weiter.

»Stellt die Musik an!«, befahl Ulf durch das Handy. »Schön laut.«

Heavy Metal erklang Sekunden später aus dem Opel und schien selbst den Wohnwagen zum Vibrieren zu bringen. Ulf wusste weder, wie der Song hieß, noch kannte er den Namen der Gruppe. Sie waren alle vier keine Fans. Gut, die Jungs waren bei einigen Songs auf den Geschmack gekommen, aber sie hätten niemals über zweihundert Euro berappt, um nach Wacken zu fahren, wenn sie es nicht gemusst hätten. Dass sie vor fast einem Jahr vier Karten geordert hatten, gehörte zum Arbeitsplan. Es waren quasi Spesen.

Wie erhofft, galt die Sperre für die entgegengesetzte Fahrtrichtung, aber durch die Verengung hatte sich auch auf dieser Fahrbahnseite ein langer Stau gebildet. Polizeibeamte winkten die Fahrzeuge durch.

Die Masse der Wacken-Fans reiste zwar über die Autobahn an, aber in dem Stau vor ihnen waren ebenfalls einige als Festivalteilnehmer zu identifizieren. Devil hatte die Seitenscheibe heruntergelassen. Als sie nach einer gefühlten Ewigkeit an den Bullen vorbeifuhren, hielt er die Hand mit Teufelsgruß nach draußen und grölte: »Hey, friends! Wackeeen!«

Ulf hörte es durch das Handy. Ihm wurde übel, obwohl sie das so abgesprochen hatten. Auffallen sei die beste Tarnung, hatte Jannek gemeint, der wusste, dass die Festivalteilnehmer oft so reagierten, wenn sie Polizisten sahen. Das Verhältnis der Metalheads zu den Bullen war herzlich.

Trotzdem hätte Ulf Devil am liebsten gekillt. Aber sie kamen durch. Ohne jede Gefahr.

»Alles wird gut«, sagte Ulf erleichtert zu seinem Sohn. »Jannek hält gleich bei einer Apotheke. Und dann wirst du auf dem Zeltplatz ordentlich verarztet. Vor allem kannst du dir dann ein paar Schmerztabletten reinpfeifen. Okay?«

»Ja … okay.« Mehr brachte Roman nicht hervor.

# VIER

»Weiß einer, was los ist?«, fragte Lyn, als sie auf dem Flur auf Hendrik und Hauptkommissarin Karin Schäfer traf. »Birgit klang ja, als sei der Reaktor vom Brokdorfer AKW explodiert.« Sie waren auf dem Weg ins Besprechungszimmer, nachdem die Sekretärin wie ein aufgescheuchtes Huhn an alle Türen geklopft und gerufen hatte: »Achtung! Treffen im Besprechungsraum. Sofort!«

»So klingt sie doch auch, wenn ihr ein Fingernagel abgebrochen ist«, murmelte Hendrik. Das war zwar stark übertrieben, aber Birgit machte gern aus einem Mäuschen einen Elefanten.

Thilo stürmte aus seinem Büro. »Boah, Leute, das wird doch jetzt hoffentlich nix Dramatisches sein? Ich will heute früher weg. Ich muss noch packen.«

»Wenn es was Dramatisches ist, musst du nicht packen«, unkte Lyn und hakte sich bei ihm ein. »Dann bist du nämlich morgen nicht auf Wacken, sondern auf Arbeit.«

»Ich hasse dich«, stieß er aus und entzog ihr seinen Arm.

»Da scheint jedenfalls Arbeit auf uns zuzukommen«, sagte Karin Schäfer. »Die Sirenen der Streifenwagen heulen ja in ganz Itzehoe.«

In der Tat schienen alle Streifen ausgerückt zu sein. Die Maus war wohl wirklich ein Elefant.

»Ihr braucht euch nicht erst zu setzen, Kollegen«, sagte Kommissariatsleiter Wilfried Knebel, als sie im Besprechungszimmer eintrafen. »Wir haben einen Raubmord vorliegen. Gerade eben wurden das Schmuckstübchen Stöther und das Juweliergeschäft Kromme in der Breiten Straße zeitgleich überfallen. Die Täter sind flüchtig. Bei Kromme wurde geschossen. Laut Lagemitteilung der ersten Streifenwagenbesatzung gibt es einen Toten. Anscheinend handelt es sich um Alexander Kromme.«

»Shit«, entfuhr es Hendrik.

Karin Schäfer griff sich an den Hals. Das Ehepaar Kromme war stadtbekannt. Wohl jeder Itzehoer hatte dort schon Schmuck gekauft oder sich eine neue Batterie in eine Armbanduhr einsetzen lassen.

Auch Lyn schluckte. Jeder Mord berührte sie auf seine Weise, aber es war immer noch anders, wenn man das Mordopfer persönlich kannte, auch wenn es nur flüchtig war.

»Lyn, Hendrik, Thilo, ihr fahrt zu Krommes«, wies Wilfried sie an. »Karin, Jochen und Thomas, ihr fahrt zum Schmuckstübchen Stöther. Wenn ihr für die Zeugenbefragung noch Leute braucht, sagt Bescheid. Eine Ringalarmfahndung hab ich ausgelöst. Wir suchen laut ersten Zeugenaussagen bei den Kollegen vom Revier nach einem silberfarbenen Toyota, in den die Räuber eingestiegen sind. Vier Männer. Die Fahndung läuft. Die Spurensicherung ist auch informiert. Sie sind auf dem Weg in die Breite Straße. Ihr schaut mal, was ihr an Verwertbarem von den Zeugen bekommt. Wir brauchen schnellstens die Täterbeschreibungen.«

Alexander Kromme lag in seinem Blut, als Lyn, Hendrik und Thilo im Juweliergeschäft eintrafen, zeitgleich mit der Spurensicherung. Der Notarzt hatte für den Juwelier nichts mehr tun können. Darauf ließ schon die Menge des Blutes schließen, das sich in großen Lachen um Alexander Kromme herum gebildet hatte.

Lyns Blick glitt zu seiner Frau, die auf dem Boden saß, mit dem Rücken an den Verkaufstresen gelehnt. Der Notarzt hockte vor ihr. Er zog gerade eine Spritze auf und sagte: »Sie sind unverletzt, Frau Kromme, aber ich gebe Ihnen jetzt ein Beruhigungsmittel. Dann fahren wir in die Klinik.«

Julia Kromme sah fürchterlich aus. Blut klebte an ihren Händen und in ihrem Gesicht. Auch auf der weißen Bluse unter dem Blazer schimmerte es rot. Man konnte wirklich vermuten, sie sei schwer verletzt. Aber es war wohl das Blut ihres Mannes.

Lyn sah vor ihrem inneren Auge, wie Julia Kromme zu

ihrem Mann gekrabbelt war. Auf das Blut gestarrt, vielleicht seinen Namen geschrien und ihre Hände auf seine Wunden gedrückt hatte, nur um das Blut zu stoppen. Und dann, als sie erkennen musste, dass er tot war, hatte sie ihn vielleicht an sich gepresst, ihn in ihren Armen gewogen, weinend, schreiend, wimmernd …

Julia Krommes Stimme holte Lyn aus diesen Gedanken. Die Juwelierin starrte auf ihre blutigen Hände. »Das ist ein Traum. Das … das ist nur ein böser Traum. Ich will aufwachen. Bitte. Bitte, ich will so gern aufwachen.«

Lyn und ihre Kollegen ließen den Notarzt gewähren. Als die Rettungssanitäter Frau Kromme auf eine Trage halfen, trat Lyn mit gezücktem Dienstausweis zu dem Arzt. »Können wir mit Frau Kromme reden?«

Er schüttelte den Kopf. »Sie steht unter Schock. Ich nehme sie jetzt mit. Kommen Sie nachher ins Krankenhaus.«

Lyn versuchte nicht, ihn umzustimmen. Julia Kromme lag, kalkweiß im Gesicht, auf der Trage und hielt die geöffneten Augen starr an die Decke gerichtet. »Ich will aufwachen«, murmelte sie vor sich hin. »Aufwachen.«

Thilo übernahm die Befragung des Kunden, der in den Überfall geplatzt war. Dazu führte er ihn in das Büro, denn im Verkaufsraum war Hendrik bereits im Zeugengespräch. Lyn ging zu ihm und der jungen Frau, die auf einem Hocker saß. Auch sie war blass und zitterte am ganzen Leib, aber sie war in der Lage, auf seine Fragen zu antworten. Hendriks Diktiergerät stand eingeschaltet auf einer gläsernen Schmuckvitrine, in der sich kein Schmuck mehr befand.

»Das ist Fenja Plog«, erklärte er Lyn. »Sie ist hier angestellt und war allein im Verkaufsraum, als die Räuber kamen.«

Fenja Plogs rosé lackierte Finger spielten mit dem Stoffgürtel des geblümten Sommerkleides, das sie trug. »Es waren zwei«, brach es aus ihr heraus. »Der eine hat seine Waffe auf mich gerichtet und wollte den Schlüssel. Aber den hatte ich nicht. Da hat er mich auf den Boden geworfen und mir in den Bauch getreten.« Sie beugte sich vornüber, als fühle sie dem

Schmerz noch einmal nach. »Und dann kam Frau Kromme und … hat ihm die Schlüssel gegeben.«

»Welche Schlüssel?«, hakte Lyn nach.

»Die Schlüssel für die Vitrinen. Dann hat der andere die Vitrinen aufgeschlossen und den Schmuck in eine Tüte geworfen. Ich habe das Rascheln der Tüte gehört. Gucken konnte ich nicht, weil ich mich nicht rühren sollte. Ich musste den Kopf immer auf dem Boden lassen. Die … die wollten mich erschießen, wenn ich mich rühre.« Sie brach in Tränen aus.

Lyn und Hendrik ließen sie einen Moment in Ruhe. »Geht's wieder?«, fragte Lyn nach einer Weile und strich über die Schulter der jungen Frau.

Fenja Plog nickte. Sie schniefte, fasste sich aber wieder.

»Waren beide Männer bewaffnet?«, fragte Hendrik.

»Ja, ja. Der, der den Chef …«, sie sah zu dem Leichnam und schluckte erneut Tränen herunter, »der hatte eine größere Waffe als der andere. Der hatte nur eine Pistole, aber der … Mörder hatte eine große Waffe.«

»Wir werden Ihnen später Fotos von Waffen zeigen«, sagte Lyn, »vielleicht erkennen Sie sie darauf wieder. Uns wäre jetzt eine Personenbeschreibung wichtig, Frau Plog. Was können Sie uns zu den Tätern sagen?«

Fenja Plog hob die Schultern. »Nichts. Die hatten ja Masken auf. Solche aus Wolle, mit Augenschlitzen. Wie im Fernsehen, wenn ein Krimi läuft.«

»Sturmhauben«, sagte Hendrik.

»Ja, genau.«

»Aber zur Größe und zur Kleidung der Männer können Sie bestimmt etwas sagen«, fuhr er fort. »Und trugen sie Handschuhe, oder können Sie die Hände beschreiben? Gab es irgendwo Tätowierungen?«

Sie überlegte, dann schüttelte sie den Kopf. »Die trugen Handschuhe. Schwarze, glaube ich. Und beide trugen so eine Art Sportjacke. Blau und schwarz oder … dunkelgrau? Und Jeans.«

»Bluejeans? Oder eine andere Farbe?«

»Nein, Bluejeans.«

»Hell oder dunkel, mit Löchern oder ohne, mit Nähten oder anderen Auffälligkeiten?«

Fenja Plog hob die Schultern. »Einfach Jeans. Heller als Ihre.« Sie deutete auf Lyns dunkelblaue Jeans. »So normal blau war die eben.«

»Was für Schuhe?«

»Ich weiß es nicht. Doch!« Ihr Kopf ruckte hoch. »Der eine, der Jüngere, der, der angeschossen wurde, der trug dunkle Sportschuhe. Die waren ziemlich schäbig.«

Lyn und Hendrik sahen sich an.

»Was meinen Sie mit ›der, der angeschossen wurde‹?«, hakte Lyn nach.

Fenja Plog machte große Augen. »Oh, das … das hatte ich noch gar nicht gesagt, was? Herr Kromme hat den Jüngeren angeschossen.« Ihr Gesicht verzerrte sich. »Es war so schrecklich. Die Schüsse … Es hat so furchtbar geknallt. Schnell hintereinander. Immer wieder.« Sie schüttelte sich und sah noch einmal zu dem Leichnam.

»Sie sagten, Sie mussten auf dem Boden liegen, mit dem Kopf nach unten. Wie konnten Sie da sehen, dass einer der Räuber angeschossen wurde?«, fragte Hendrik.

Fenja Plog starrte ihn an. »Das hab ich auch nicht gesehen, als es passierte, aber ich hab geguckt, als die beiden raus sind. Ich hab gesehen, dass der eine verletzt war, als der andere ihn rausgeschleift hat. Die Jeans war blutig. Außerdem hätte der sonst ja auch keine Hilfe von dem anderen gebraucht.«

»Okay.« Hendrik schenkte ihr ein warmes Lächeln. »Jetzt müssen Sie uns noch erklären, woran Sie erkannt haben, wer von den beiden Tätern der Jüngere war.«

»An den Stimmen. Der Junge klang … na, viel jünger. Er hat nicht viel gesagt, aber ich würde sagen, dass er vielleicht zwanzig war. Oder so.«

»Und der andere?« Lyn hatte ihr Notizbuch gezückt und schrieb mit. Das tat sie immer, trotz Diktiergerät. Alles, was ihr wichtig oder besonders erschien, stand in dem Büchlein.

»Puh … Vielleicht so um die vierzig? Oder fünfzig?«

»Und ist Ihnen an der Sprache der Männer etwas aufgefallen?«, fragte Lyn. »Sprachen sie Deutsch?«

»Ja, aber …« Fenja Plog brach ab.

»Aber?«, hakte Lyn nach. Sie wollte nichts vorgeben, um eine möglichst unverfälschte Zeugenaussage zu bekommen.

»So richtig deutsch klang der eine irgendwie nicht.«

Lyn entschied sich, doch nachzuhelfen. »Sprach derjenige vielleicht mit einem Akzent oder Dialekt, von dem man auf seine Herkunft schließen könnte?«

Fenja Plog nickte. Sie leckte sich über die blassen Lippen. »Kann ich mir ein Glas Wasser holen? Mein Mund ist so trocken.«

»Ich mach das«, bot Hendrik an.

»Dahinten.« Sie deutete auf die Tür, vor der Alexander Kromme lag.

Lyn wartete, bis Hendrik wieder da war. »Was können Sie uns zu der Sprache des einen Täters sagen, Frau Plog?«, fragte sie, nachdem Fenja Plog mehrere kleine Schlucke getrunken hatte.

Die junge Frau wischte sich über die Stirn. »Ich dachte, dass es Ausländer waren. Weil der eine gebrochenes Deutsch gesprochen hat. Er hat keine Artikel benutzt. Gib Schlüssel raus«, imitierte sie eine dunkle Stimme. »Es klang so, als wäre er aus Osteuropa oder so. Aber …« Wieder stockte sie.

»Aber?«

»Ich glaube, der hat nur so getan.«

»Aha.« Lyn war ganz Ohr.

»Warum glauben Sie das?«, fragte Hendrik.

»Ist einfach mein Gefühl. Das klang nicht echt.«

»Und was ist mit dem anderen Täter?«, fragte Lyn. »Klang seine Sprache auch unecht?«

Fenja Plog hob die Schultern. »Ich bin nicht sicher. Er hat kaum gesprochen.«

»Ist Ihnen sonst noch etwas aufgefallen? Irgendetwas? Alles ist wichtig. Auch wenn Sie glauben, es sei nicht wichtig.«

»Der Ältere hatte eine Stimme, die …« Fenja Plog schluckte. »Ja?«

»Nun, er hatte eine Stimme, die einem Angst macht.«

Lyn notierte die Bemerkung, obwohl das natürlich eine subjektive Empfindung war. Die Frau hatte nackte Angst verspürt. Sie hätte vielleicht jede Stimme so wahrgenommen. »Okay. Gibt es noch weitere Auffälligkeiten? Alles ist für uns wichtig.«

Mehr fiel der jungen Frau jedoch nicht ein. Lyn und Hendrik dankten ihr und vereinbarten einen Termin für eine ausführliche Zeugenvernehmung. Dazu würde Fenja Plog ins Polizeihochhaus in der Großen Paaschburg kommen.

Thilo trat zu ihnen, weil seine Zeugenbefragung ebenfalls beendet war. »Mein Zeuge, Wirth heißt der, hat den Laden betreten, um ein Schmuckstück zu kaufen. Da lief der Überfall bereits. Herr Wirth hat allerdings 'ne interessante Neuigkeit mitgeteilt. Er sagte, dass einer der Räuber angeschossen wurde.«

»Das hat unsere Zeugin auch gesagt.« Lyn griff nach ihrem Handy. »Ich rufe Wilfried an. Es müssen schnellstens alle Krankenhäuser informiert werden.«

»Und vielleicht wenigstens noch die Ärzte hier in der Gegend«, sagte Hendrik.

»Wär schön, wenn die so dämlich sind und einen Arzt aufsuchen«, brummte Thilo.

Hendrik sah ihn an. »Wenn ich die Wahl zwischen Verrecken und Knast hätte, wüsste ich, glaub ich, wie ich mich entscheide.«

»Kommt drauf an, wer im Knast mit dir duscht. Ich geh mal zu den Kollegen von der Spusi. Mal schauen, ob die schon was für uns haben.«

Lyn war nicht nach Scherzen zumute. Vielleicht bildete sie es sich ein, aber ihr war, als würde die Luft in dem Geschäft immer wärmer und unerträglicher, und sie schien nach dem Blut des Juweliers zu riechen. »Ich muss raus an die frische Luft«, sagte sie darum und ging.

Menschen über Menschen drängten sich in der Breiten

Straße hinter dem Absperrband, das die Kollegen vom Polizeirevier gezogen hatten. Lyn telefonierte mit Wilfried. Er würde umgehend alle Krankenhäuser und hiesigen Arztpraxen informieren. Als sie das Gespräch beendete, wurde einer der Schutzpolizeibeamten auf sie aufmerksam.

»Ah, Frau Harms! Hier«, er deutete auf eine Traube von Leuten, die etwas abseits von den anderen Neugierigen standen und aufgeregt miteinander redeten, »das sind alles Zeugen.« Der junge Polizeiobermeister wischte sich über die schweißfeuchte Stirn unter der Mütze. »Alle haben was gesehen. Oder gehört. Oder beides. Und die Presse ist auch schon da.«

Lyn kannte die Journalistin flüchtig, die sich gerade etwas auf einem Handy ansah. Kein Wunder, dass die Presse schon vor Ort war. Das Haus am Sandberg, in dem sich die Redaktion der »Norddeutschen Rundschau« befand, lag nur wenige hundert Meter entfernt. Vielleicht hatte der Mann in der Menge etwas Relevantes fotografiert, das sich die Journalistin ansah? Nun, Lyn wollte das auch sehen.

Sie straffte die Schultern und kämpfte sich durch die Leute hindurch. Sie zückte ihren Dienstausweis, als sie neben dem Paar stand. »Kripo Itzehoe, Harms, darf ich fragen, was Sie da gefilmt haben?« Dass es ein Film war, hatte sie mit einem Blick auf das Display erkannt.

Der junge Mann riss der Rundschau-Mitarbeiterin das Smartphone aus der Hand. Er hielt es Lyn vor die Nase. »Das hab ich gefilmt. Da sind die eingestiegen, die Gangster. In einen Toyota. Silberfarben.«

Lyn nahm das Handy und ließ die kurze Videosequenz ablaufen.

»Ich saß draußen bei Casal«, sagte der junge Mann. »War wie im Kino. Der kam mit quietschenden Reifen angebrettert, der Toyota. Ich dachte schon, der nagelt in uns rein, aber der hat voll abgebremst, der Typ. Hatte 'ne Sturmhaube auf. Auch der Beifahrer. Kann man auf dem Video auch erkennen. Und dann kamen die anderen beiden aus dem Geschäft. Wir waren ja schon alle aufgesprungen, weil wir die Schüsse vorher gehört hatten. Na, jedenfalls hab ich mir mein Handy geschnappt und die gefilmt, als die abgehauen sind. Ist das für Sie von Nutzen?«

»Allerdings«, sagte Lyn. »Hier«, sie gab ihm ihre Karte mit der dienstlichen E-Mail-Adresse, »bitte senden Sie mir das Video. Sofort. Und dann kommen Sie bitte mit mir und machen Ihre Aussage.«

Die Mitarbeiterin der »Norddeutschen Rundschau« lächelte Lyn an. »Darf ich Ihnen ein paar Fragen stellen, Frau Harms? Stimmt es, dass einer der Täter angeschossen wurde? Und gibt es schon Erkenntnisse, ob die Tat dem organisierten Verbrechen zuzuordnen ist? Welche –«

»Sie können sich – wie immer – an unseren Pressesprecher wenden«, unterbrach Lyn sie freundlich. »Dort erhalten Sie alle Informationen, die wir bisher haben.« Sie nahm den jungen Mann am Arm und führte ihn durch die Umstehenden zu einem Polizeiwagen, um ihn dort nach Details zu befragen.

Es wurmte sie, dass die Presse schon wusste, dass einer der Räuber verletzt war. Knapp bevor sie es überhaupt erfahren hatten. Wahrscheinlich hatten Passanten und Eiscafébesucher ihre Beobachtungen bereitwillig an die Zeitungsfritzen weitergegeben. Andererseits war die Verwundung des Räubers kein Detail, das die Bevölkerung nicht kennen durfte. Im Gegenteil. Je aufmerksamer die Leute waren, desto eher würden sie die Täter schnappen.

Am Polizeiwagen nahm sie ihr Handy zur Hand und rief erneut Wilfried Knebel an. »Wir brauchen hier mehr Leute, Chef. Es gibt jede Menge Zeugen. Und es könnte was Brauchbares dabei sein. Ich schick dir gleich ein Video, das aufgenommen wurde. Der Fluchtwagen ist darauf zu sehen. Mit bloßem Auge ist das Kennzeichen nicht zu lesen, aber für unsere Kollegen vom Fotolabor sollte das kein Problem sein.«

»Das hab ich gut gemacht, was?« Der junge Mann strahlte sie an.

✳✳✳

Roman stöhnte laut, als der Wohnwagen hart aufsetzte.

»Alles gut.« Ulf strich seinem Sohn über die Hand. »Dein Bruder ist über irgendwas drübergefahren. Vielleicht ein Stein oder so. Und du kennst ja die Federung.« Er klopfte an die Wohnwagenwand. »Mit seinen fünfunddreißig Jahren ist unser Wagen ein Rentner.«

Nun ging es etwas ruhiger weiter. Sie hatten es ohne Probleme bis Wacken geschafft und rumpelten endlich über den ihnen zugewiesenen Campground, nachdem sie in einer Endlosschlange von Anreisenden hatten ausharren müssen, um sich im Schneckentempo Meter für Meter den Weiden zu nähern, die als Campingplätze dienten, eingekesselt von Fahrzeugen mit aufgedrehten Feierwütigen. Eine Flucht wäre nicht möglich gewesen. Aber alles schien gut zu sein. Die Bullen fahndeten augenscheinlich nicht nach einem Auto-Wohnwagen-Gespann. Dann hätten sie sie längst unter die Lupe genommen, denn es war genug Polizei vor Ort. Ulf hatte das Gefühl, dass die Angst, die jetzt langsam nachließ, ein Stück von ihm weggefressen hatte.

Er blieb bei Roman im Wohnwagen, während Jannek und Devil den Wohnwagen abkoppelten und den Opel so parkten, dass sie von den Wacken-Fans, die um sie herum ihr Camp aufschlugen, nicht blockiert wurden. Es war wichtig, dass sie jederzeit verschwinden konnten.

Wenige Minuten später trat Jannek ein, eine Plastiktüte in der Hand. Er schloss schnell die Tür hinter sich. »Alles klar hier drinnen?« Sein unruhiger Blick glitt über Roman. »Wie geht's dir, Bruder?

»Scheiße.« Roman begann zu weinen.

Ulf und Jannek sahen sich an, und Ulf fragte sich, ob es seine eigene Hilflosigkeit war, die sich in den Augen seines Ältesten spiegelte.

Jannek räusperte sich, dann hockte er sich vor das schmale Bett, auf dem sein Bruder lag und stöhnte. »Dann wollen wir mal.« Er hielt die Plastiktüte in seiner Hand kopfüber und schüttete Medikamentenpackungen, Verbandsmaterial und

Sterilisationsspray auf den Boden neben sich. Er hatte die Sachen in zwei verschiedenen Apotheken – in Itzehoe und in Schenefeld – gekauft, um durch die Menge des Gekauften nicht aufzufallen.

»Pass auf, dass das nicht dreckig wird.« Ulf starrte mit zusammengezogenen Brauen auf den dreckigen Boden.

»Ist doch noch eingepackt.«

Ulf öffnete eines der beiden Schmerztablettenpäckchen und drückte zwei Tabletten aus dem Blister. Er hielt sie seinem Sohn vor die Lippen. »Mund auf, Roman. Danach werden die Schmerzen hoffentlich auszuhalten sein.« Er legte ihm die Tabletten auf die Zunge, dann griff er nach dem Sixpack Wasser in dem kleinen Spülbecken. Er drehte den Verschluss von einer der Anderthalb-Liter-Flaschen und hielt sie Roman an die Lippen.

»Zwei werden nicht reichen«, murmelte Jannek ihm zu.

»Das sind die Vierhunderter. Die Sechshunderter wollte die Apothekenzippe nicht rausrücken. Gibt's nur auf Rezept. Gib ihm gleich noch zwei davon.«

Ulf schüttelte den Kopf. »In zwei Stunden. Sonst seilt er uns womöglich ab.«

Jannek zog die Decke weg, die Ulf über Roman gebreitet hatte. Er rümpfte die Nase. »Du stinkst nach Blut, Bruder. Bist 'n Blutsbruder.«

»Witzig«, brachte Roman über die Lippen.

»Jetzt musst du mal kurz deinen Arsch anheben, damit ich dir die Hose und die versiffte Boxershorts ausziehen kann. Kriegst du das hin?«

Roman nickte, stemmte sich auf das gesunde Bein und hob stöhnend seinen Po.

Ulf sah, dass Jannek sich bemühte, vorsichtig zu sein, aber Roman keuchte trotzdem vor Schmerzen. Nervös zog Ulf das Handtuch vor dem länglichen Seitenfenster des Wohnwagens ein kleines Stück beiseite und warf einen Blick nach draußen. Auf dem Campground-Acker herrschte laute Geschäftigkeit. Der Motorlärm der Anreisenden, Musik, Gelächter und Gegröle … Draußen würde niemand Romans Stöhnen hören.

Die blau-grau karierte Boxershorts war feucht von Blut. Jannek zog sie herunter und warf sie auf die Jeans. Mit einem Handtuch, auf das Ulf Mineralwasser geschüttet hatte, begann Jannek, die Haut rund um Romans Wunde vom Blut zu befreien, um überhaupt erst einmal sehen zu können, was zur Wunde gehörte und was nicht. Als er mit der Reinigung der Haut fertig war, schürzte er die Lippen. »'n ganz schön großes Loch, Bruder.«

»Nur *ein* Loch?«, fragte Roman. »Fühlt sich an, als hätte ich … zwei Kugeln abgekriegt. In Bein und Hüfte.«

Ulf tätschelte seinem Sohn die Schulter, während er sich über ihn beugte, um die Wunde zu betrachten. »Die Schmerzen strahlen wohl in dein Bein aus.« Er war froh, dass es keine zwei Schusswunden waren.

Jannek hatte mittlerweile die Handschuhe aus dem Verbandskasten übergestreift und sprühte seine Hände zusätzlich mit dem Desinfektionsspray ein, bevor er ein Wundkompressenpäckchen nach dem anderen nahm und aufriss. Drei Kompressen übereinander legte er schließlich auf die Wunde, darüber breitete er ein sauberes Handtuch, das Ulf aus einer der Reisetaschen gezogen hatte.

»Jetzt wird's noch mal heftig, Bruder«, warnte er Roman vor. Er sah seinen Vater an. »Heb ihn mit an. Ich muss die Mullbinden um ihn rumwickeln, damit Druck auf die Wunde kommt. Wir müssen das Blut stillen.«

»Hilf mit dem gesunden Bein mit, Roman.« Ulf wartete, bis sein Sohn sich hochstemmte, dann schlang er ihm seine Arme um den Bauch und hielt ihn.

Jannek beeilte sich, aber in der Enge des Raums war es ein mehr als mühsames Unterfangen.

Ulf strömte der Schweiß in die Augen. Seine Arme begannen zu zittern. Gut, dass er dauernd in der Muckibude trainierte, sonst hätte er Roman aus dieser seitlichen Position heraus nicht halten können.

Roman war quarkblass, als er endlich verbunden und mit einer Sporthose angezogen auf der Bank lag. Auf seiner Stirn glänzte der Schweiß. »Mir ist schlecht. Mach mal die Tür auf. … Ich brauch Luft.«

Ulf schüttelte den Kopf. »Lieber nicht. Die Nachbarcamper bauen auch gerade alle auf. Und wir müssen hier erst mal klar Schiff machen. Außerdem ist es besser, wenn die dich gar nicht zu sehen kriegen.«

Auch Jannek schwitzte aus allen Poren. Er war dabei, das blutige Handtuch, Jeans und Boxershorts in einer Plastiktüte verschwinden zu lassen. Die Tüte verschloss er mit einem Kabelstraps, den er aus einem der kleinen Einbauschränke unter der Wohnwagendecke genommen hatte. Er stopfte die Tüte zuunterst in eine der Reisetaschen. »Ich schmeiß das weg, wenn wir wissen, wo hier der Müll hinkommt.«

»Nein«, sagte Ulf. »Wir tun das lieber nicht hier in den Müll. Wenn's dumm läuft, öffnet noch einer die Tüte und findet das Blutzeug. Zu viel Risiko.«

»Wenn du meinst.«

»Wo steckt Devil?«

»Der ist auf dem Weg zum Check-in-Container, sein Wristband holen.« Jannek sah seinen Vater an. »Wir beide holen unsere anschließend.«

Ulf hatte nicht einen Hauch Lust auf das Festival, aber sie würden auffallen, wenn sie sich ihre Eintrittsbändchen nicht abholten und nur hier auf dem Campingplatz abhingen.

»Ruh dich ein bisschen aus«, sagte Ulf zu Roman und strich ihm fahrig über den schweißnassen Kopf. »Die Tabletten werden gleich Wirkung zeigen. Wir checken jetzt mal draußen die Lage.«

Gemeinsam mit Jannek verließ er den Wohnwagen, die Tür dabei nur so weit öffnend, wie es nötig war. Und die Vorsicht war angebracht, denn direkt gegenüber dem Wohnwagen hatte ein Mann – Ulf schätzte ihn auf Mitte zwanzig – seinen Sprinter geparkt. Er hatte blonde Dreadlocks, die ihm bis auf die mageren Schultern fielen, trug als einziges Kleidungsstück eine schwarze Shorts und hockte vor dem Bus auf einem Campingstuhl, dessen Beine nur aus Rost zu bestehen schienen.

Seine dreckigen Füße hatte er auf einem schwarzen Rucksack hochgelegt. In seiner linken Hand hielt er eine Dose Bier. Ulf glaubte, eine mystische Figur auf der Dose zu erkennen.

»Tachchen!«, rief der Fremde rüber. Er hob die Dose hoch. »Wenn ihr wollt … Ick hab jerade noch drei jekühlte Pullen Wacken«, berlinerte er. »Und ihr seid ja dreie, wa? Hab euern Kumpel eben weggehn sehn.«

Dass sie zu viert waren, musste der Typ nicht wissen. Also nickte Ulf. Auch Jannek presste nur ein knappes »Moin« zur Begrüßung heraus.

Den jungen Mann scherte ihre Zurückhaltung wenig. »Ihr seht aus, als könntet ihr wat Kaltet jebrauchen. Ihr schwitzt ja wie die Schweine. Ihr wollt doch wohl hoffentlich nicht mit dreien im Wohnwagen pennen? Da drinnen is doch jarantiert 'n fieser Mief, stimmt's, oder hab ick recht?« Er griente breit.

»KI is Kiel, oder? Ick bin ursprünglich aus Berlin, wohn aber jetzt in Lübben. Spreewald. Kennt ihr doch sicher, den Spreewald, wa? Da, wo die Gurken herkommen. War 'ne heiße Tour. Mein Bus hat keene Klimaanlage. Aber ihr anscheinend ooch nich, so fertig, wie ihr aus der Wäsche kiekt.« Er lachte herzhaft.

Ulf bemühte sich um ein Lächeln, aber er spürte, dass es schief ausfiel. Da hatte das Camping-Areal eine Größe von mehr als dreihundert Fußballfeldern, und sie landeten ausgerechnet bei der größten Labertasche.

»Nee, lass mal gut sein mit dem Bier, Kumpel«, ergriff Jannek das Wort. »Wir wollen erst mal unser Zelt aufbauen, bevor wir zum gemütlichen Teil übergehen.«

»Ja, klar, macht man.« Der Rasta-Man stand auf und kam rüber. »Ick bin Tobi, aber alle nennen mich Gockel. Deswejen.« Er deutete auf seinen tätowierten Oberarm. Ein grimmig blickender Hahnenkopf, aus dessen unterem Ende drei Bluttropfen sickerten, zierte seinen rechten Oberarm. Den linken Arm schmückte ein Gitarrenkopf-Tattoo.

»Ich bin Jannek, und das ist Ulf«, stellte Jannek sie mit ihren richtigen Namen vor. Sie hatten beschlossen, auf dem Festival keine falschen Namen zu benutzen, weil das zu anstrengend war. Einer würde sich immer verplappern.

»Ihr steht also auf Amon Amarth«, sagte Tobi und trat an den Wohnwagen, auf den Roman in großen Lettern den Namen der Band geschrieben hatte. »Ick find die ja ooch Hammer. Welchen Song findet ihr am geilsten?«

Ulf sah, wie es in seinem Sohn arbeitete. Wahrscheinlich kannte er keinen einzigen Song dieser Gruppe, genauso wenig wie er.

»Bin da nicht so festgelegt«, murmelte Jannek.

Tobi sah ihn an. »Wat is'n dit für 'n Pussi-Jequassel? Na, ejal. Ick bin wejen Apocalyptica hier. War 2014 schon der Hammer, det Violoncello is einfach 'n geilet Instrument.«

»Ja, sorry, wir wollen weiter aufbauen. Man sieht sich.« Jannek wandte sich ab.

»Haut rein, friends. Wir sehn uns.« Tobi alias Gockel trat den Rückzug an, weil auch Ulf keine Anstalten machte, weiter Konversation zu führen.

Ulf folgte Jannek zum Auto, der den Zeltsack aus dem Kofferraum hievte. Sie waren noch beim Aufbau des Viermannzeltes, als Devil zurückkam. Ein gelb-orangefarbenes Wristband lag eng um sein rechtes Handgelenk.

»Was'n das für 'n Vogel?«, brummte Devil und wies in Richtung Tobi-Gockel, der jetzt In-Ears trug und laut und ohne jede Hemmung vor sich hin sang, während er sich an seinem völlig verdreckten weißen Sprinter zu schaffen machte. Die Hintertüren waren weit geöffnet, und man hörte ein Scharren.

»Der ist harmlos«, sagte Ulf, »aber 'ne Nervensäge, das steht fest. Den müssen wir uns auf jeden Fall vom Leib halten.«

»Ach du Scheiße!«, sagte Jannek, als es aus Richtung Tobi schepperte, weil der ein etwa zwei Meter langes Gebilde aus dem Bus gezogen hatte, das er jetzt neben den Bus schleifte. Ulf folgte dem ungläubigen Blick seines Sohnes.

»Ist das das, wofür ich es halte?«, fragte Jannek in die Runde.

Selbst Devil klappte der Mund auf. »Der bringt 'nen Sarg mit.«

Alle drei gingen sie die paar Schritte zu Tobi hinüber, der immer noch singend die Blechkiste ausrichtete. Es schien tatsächlich ein Sarg zu sein, denn den Deckel zierten auf der Oberseite verschiedene aufgeschweißte Symbole: ein Kreuz, gefaltete Hände und filigrane Blätter, die sich – einen Zentimeter erhöht – an Stängeln über den gesamten Deckel und dessen Seiten zogen.

Ulf war baff. Er hatte keine Ahnung von Kunst, aber das hier war zweifellos Kunst.

Tobi zog die In-Ears aus den Ohren und lachte. »Bisschen skurril, mein Bett, wa?«

»Bist du 'n Irrer?« Devil machte kreisende Bewegungen neben seiner Stirn.

»Nee, ick bin Schweißer. Arbeite jerne mit Blech. Hab sojar schon Preise jewonnen. Na, und ditte hier«, er streichelte den Sargdeckel, »hab ick jerade fertig jebastelt. Wacken is Premiere für mein Bett. Hält uff jeden Fall den Rejen ab.« Er tippte mit den Fingernägeln so auf den Deckel, dass eine blecherne Melodie erklang.

»Klasse«, sagte Jannek. »Dann bist du zwar trocken, aber tot, weil du erstickt bist, du Spinner.«

»Hältste mich für dämlich?« Sarg-Tobi hob den Blechdeckel und klappte ihn zur Seite. Deutlich waren jetzt in den Seiten des Deckels die vielen Luftlöcher zu erkennen, die von oben durch die Blätter verdeckt gewesen waren. »Ick hoff, dat dit hier noch mal regnet. Dit wird schön kuschlig, wenn die Tropfen uffs Blech pladdern und ick mir drinnen inne Falle hau.«

Im unteren Teil des Blechsargs lag eine dünne Matratze, wohl zugeschnitten aus einer größeren Matratze, denn an einer Seite lugten Fransen hervor. Ein aufgerollter Schlafsack und ein Kissen waren die weitere Ausstattung.

Wieder bei ihrem Zelt, warf Devil immer wieder einen Blick rüber zu dem Dreadlockigen. »Der Sarg-Gockel wird uns noch Ärger machen«, stieß er aus. »Das hab ich im Urin.«

\*\*\*

Lyn war als Erste vom K1 ins Büro zurückgekommen. Hendrik hatte sie gefahren, weil ihr während der Zeugenbefragung ein wenig schwindlig geworden war. Seine Augen hatten aufgeleuchtet, als sie ihm gesagt hatte, dass es ihr nicht so gut ging. Dieser Schuft!

Aber auch sie wurde immer aufgeregter. War es wirklich nur die schwüle Luft, die ihr zu schaffen machte?

Sie ertappte sich dabei, dass sie lächelte, während Wilfried, dem sie an seinem Schreibtisch gegenübersaß, ihr etwas erzählte, von dem sie nicht hätte sagen können, was es war. Darum war sie dankbar, als Birgit hereinspaziert kam, einen Becher Kaffee für Wilfried in der Hand. »Möchtest du auch einen?«, fragte sie Lyn.

»Nein, danke. Mir ist nicht nach Kaffee.« Lyn pustete sich durch die Unterlippe Luft an die Stirn, während sie am Ausschnitt ihres blau-weiß gestreiften Shirts zupfte.

»Nicht nach *meinem* Kaffee, was?« Birgit klang spitz.

Lyn ignorierte die Stichelei.

Mittlerweile hatte Birgit mitgekriegt, dass es nicht geschätzt wurde, wenn sie Kaffee kochte. Entweder konnte man danach bis Mitternacht Limbo tanzen, oder aber das Gebräu war so dünn, dass man sich fragte, ob sie das K1 absichtlich verärgern wollte, denn eigentlich konnte es doch nicht so schwer sein, eine bestimmte Anzahl Löffel Kaffee auf eine bestimmte Menge Wasser abzustimmen.

Als die Sekretärin hinausging, klingelte Wilfrieds Telefon. Seinen Antworten entnahm Lyn, dass der Anruf ihn nicht glücklich machte.

»Die Fahndung nach dem Fluchtfahrzeug können wir wohl einstellen«, bestätigte er ihre Annahme. »Die Kollegen von der Streife sind zu einem Waldstück bei Dägeling gerufen worden. Dort ist ein Auto ausgebrannt. Scheint der Toyota zu sein. Ich informiere die Spusi. Geh du bitte zu Lurchi, Lyn. Er soll schon mal einen Zeugenaufruf an die Presse formulieren. Vielleicht hat einer gesehen, wie die Täter in den Wald gefahren sind.«

»Und sie müssen da ja auch irgendwie wieder weggekommen sein«, sagte Lyn und stand auf.

Lukas Salamand alias Lurchi war ein ehemaliger Kollege des K1. Nach einer depressiven Phase, in der er nicht in der Lage gewesen war zu arbeiten, hatte er entschieden, die Mordkommission zu verlassen, um den Job als Pressesprecher anzunehmen, der gerade frei geworden war. Lyn freute sich immer, wenn sie ihn sah. Er hatte sich wieder erholt, was für sie eine große Erleichterung war, denn sie hatte in dem Fall, der die Depression bei Lurchi ausgelöst hatte, eine nicht unwesentliche Rolle gespielt.

»Mach ich sofort fertig und gebe sie raus«, sagte Lurchi, als sie die Fakten für die Pressemitteilung durchgegangen waren. »Gibt es denn verwertbare Zeugenaussagen zu dem Überfall?«

»Vor allem *viele* Aussagen. Wir sortieren fleißig. Den Fall der alten Eheleute Karrenberger haben wir schon an das K2 abgegeben, damit wir uns voll auf den Raubmord konzentrieren können. Wir haben auch noch den versuchten Mord in Heide letzte Woche zu bearbeiten. Wilfried ist kurz davor, Thilo den Wacken-Urlaub zu streichen. Aber vorher will er versuchen, Karin zu überreden, morgen auf ihren freien Tag zu verzichten.«

Lukas grinste. »Hoffentlich hat Karin ein Einsehen. Thilo würde euch das Leben zur Hölle machen, wenn er nicht aufs Festival kann.«

»Wohl wahr. Aber erst mal brauchen wir überhaupt irgendwelche Spuren, wo wir ansetzen können. Also, raus mit der Pressemitteilung, Lurchi.«

*✴✴✴*

Es war später Nachmittag, als Ulf vom Wackinger Village zurückkam. Mit vier übereinandergestapelten Pappen mit je zwei Bratwürsten. Keiner von ihnen hatte Bock darauf gehabt, den Grill anzuschmeißen, aber alle kriegten langsam Hunger. Bis auf Roman. Die Tabletten zeigten so gut wie keine Wirkung. Es ging ihm nicht besser.

Und auch Ulf fühlte sich miserabel. Nicht nur wegen seines schwer verletzten Sohns, den er nicht ins Krankenhaus bringen konnte, sondern auch, weil der Gedanke an den toten Juwelier ihm zusetzte. Sie waren nicht mehr nur Räuber. Sie waren Mörder.

Stopp, verbesserte Ulf sich umgehend selbst, *Devil* ist ein Mörder. *Er* hat geschossen.

In der letzten Stunde hatten sie sich ihre Eintrittsbändchen abgeholt, abwechselnd bei Roman im Wohnwagen gehockt und im Radio die Nachrichten gehört. Der Raubüberfall wurde im Halbstundentakt thematisiert. Fest stand: Der Juwelier war tot. Und die Bullen hatten anscheinend das Kennzeichen des Toyota rausgefunden, denn bei den letzten Nachrichten hatten sie es genannt und um Hilfe bei der Suche gebeten. Dass sie den Wagen abgefackelt hatten, hatten die Bullen also noch nicht rausgekriegt. Es war auch egal. Die Karre war ausgebrannt. Da war nichts mit DNA oder Fingerabdrücken. Zumindest in der Beziehung waren sie auf der sicheren Seite.

Ein weiterer Punkt auf der Sorgenliste war Steffi. Er hatte ihr wie vereinbart eine WhatsApp-Nachricht geschickt. »Alles super! Sind gut angekommen. Werden viel Spaß haben. Bleib sauber, Mädchen, wir sehen uns.« Sie hatten vorab vereinbart, nichts Verräterisches über den Überfall zu schreiben. Allerdings würde Steffi zu hören kriegen, dass sie den Juwelier abgeknallt hatten. Noch wusste sie anscheinend nichts, denn auf seine Nachricht hatte sie bisher nur mit »Ein Glück!« und drei Küsschen-Emoticons reagiert.

Es stand fest, dass er kein Sterbenswörtchen über Romans Schusswunde verlieren würde, wenn sie sich meldete. Steffi würde ausrasten, wenn sie es erfuhr. Und das konnten sie keinesfalls gebrauchen. Der Stresspegel war so schon in ungeahnten Höhen.

Da die Campingplätze nah beim Festivalgelände von denjenigen belegt waren, die schon am Montag oder Dienstag angereist waren, war der Weg zum Wohnwagen weit. Die Wurst würde kalt sein, wenn er da war. Aber das war egal. Es tat einfach gut zu laufen, selbst durch den quarkigen Matsch des Feldwegs.

Hunderte Metaller kamen ihm auf dem Hauptweg entgegen, in Gruppen, paarweise, kaum einer war allein unterwegs. Ulf musste einer Gruppe Jugendlicher ausweichen, die sich gegenüberstanden und mitten auf dem Weg Flunkyball spielten. Ein Saufspiel. Eines von vielen, die Ulf kannte. Die acht Jungs hatten sichtlich ihren Spaß dabei, mit dem Ball immer wieder auf die im Modder stehende Flasche zu zielen. Als er die Gruppe passierte, hatte einer der Jungs Glück. Er traf die Flasche, sie kippte um, und so durfte seine Gruppe aus den Bierdosen trinken, die vor ihnen standen. So lange, bis die gegnerische Mannschaft die Flasche in der Mitte wieder aufgestellt hatte.

Nach zwanzig Minuten hatte Ulf sein Ziel fast erreicht. Querfeldein durch die Zelte, Autos und Wohnmobile steuerte er ihren Platz an, um im nächsten Moment wütend aufzuschreien.

»Scheiße!« Er war über eine Zeltleine gestolpert. »Fuck!« Würste und Toastbrot lagen vor ihm auf dem Boden. Einige Würste waren durchgebrochen. Wütend sammelte er die Teile samt den mit Senf beschmierten Pappen wieder auf. Das Brot ließ er liegen.

»Freu dich, dass es trocken ist«, sagte eine junge Frau neben ihm. Sie lag auf einer Luftmatratze vor einem Zelt, neben ihr eine weitere junge Frau. Beide trugen knappe schwarze Bikinis, obwohl der Himmel bedeckt war. Eine hatte sich Patches auf das Oberteil genäht. Ulf erkannte einen Bullenschädel auf grün-schwarzem Hintergrund.

»Vorletztes Jahr hättest du sie nicht mehr aufsammeln und essen können«, fuhr sie fort. »Da war hier auch nur Matsch.«

Ulfs Blick verharrte einen Moment auf den Brüsten der Frau, die das Oberteil nur knapp verbarg. Es waren tolle Titten. Groß und prall. Gut, dass die beiden Mädels nicht neben ihnen campten. Sie wären für Devil eine enorme Versuchung gewesen, und das wäre nicht gut. Es war schwierig genug, dass so viele Frauen hier in äußerst knappen und sexy Klamotten rumliefen. Devil war in dieser Beziehung eine wandelnde Bombe. Und sie hatten schon genug Probleme.

Ohne ein Wort zu erwidern, ging Ulf weiter. Vielleicht konnte er Roman zumindest ein halbes Würstchen andrehen, damit er für die nächsten Fuhren Tabletten etwas im Magen hatte. Konnte jedenfalls nicht schaden, auch wenn diese Tabletten nicht viel vom Schmerz nehmen würden. Es war schließlich eine Schusswunde und kein Kopfschmerz.

Er konzentrierte sich jetzt auf den Weg und die Umgebung. Es war unglaublich, wie schnell die Campgrounds sich bevölkerten. Als er beim Wohnwagen ankam, war kein freies Stückchen Acker mehr um sie herum zu sehen. Igluzelte und Pavillons waren wie bunte Mutantenpilze zwischen Caravans, Wohnmobilen und Bussen aus dem Boden geschossen. Links von ihnen hatte sich eine Clique junger Leute mit zwei Sprintern niedergelassen. Sie waren dabei, mehrere Zelte aufzubauen. Es waren Bayern, wie unschwer an den Fähnchen mit den weiß-blauen Rauten zu erkennen war. Die Mädchen und Jungen waren mit sich selbst beschäftigt, kicherten, redeten dummes Zeug und soffen. Sie waren keine Gefahr.

Daneben campte eine Truppe von Männern um die vierzig, deren langes Haar zu Zöpfen geflochten war. Sie waren in Wohnmobilen angereist und mit dem Aufbau von Vorzelten beschäftigt. Sie sprachen Dänisch und trugen zum Teil Wikingerklamotten, hörten megalaut Heavy Metal und würden hoffentlich keine Schwierigkeiten machen.

Rechts von ihnen zeltete ein Ehepaar, das auf jung machte, obwohl beide über fünfzig waren. Die beiden hatten ihn bereits vollgequatscht, als er losziehen wollte, um das Essen zu holen. Sie hatten sich als Mick und Sandra vorgestellt, und Ulf hatte sie schnell abgewimmelt. Das war das Lästige an diesen Festivals: Alle machten auf Friede, Freude, Eierkuchen.

Im selben Moment korrigierte Ulf sich. Die Metal-Fans taten nicht nur so, sie *waren* scheißfreundlich.

Und genau aus diesem Grund mussten er und die anderen beiden sich zusammenreißen. Sie fielen hier auf, wenn sie so unfreundlich und unkollegial waren. Und Auffallen war das absolute No-Go.

»Na, alles gut bei euch?«, fragte er deshalb mit gespielter Munterkeit, als er an Sandra vorbei zum Wohnwagen ging.

Von hinten sah sie durchaus noch knackig aus. Der Po in der Lederhose war zwar flach, aber die Brüste unter dem Tankshirt waren prall. Viel zu prall für ihr Alter. Silicon Valley lässt grüßen, dachte Ulf. Er hatte nichts gegen Silikontitten, aber sie passten nicht zum Rest. Ihr Gesicht war das einer alten Indianerin. Faltig und mehr rot als braun, umrahmt von langem, schwarz getöntem Haar. Für Botox hatte die Knete anscheinend nicht mehr gereicht. War wohl alles für die Titten draufgegangen.

»Alles supi«, quietschte sie. »Bin nur ein bisschen verspannt von der langen Zugfahrt. Achthundert Kilometer sind schon 'ne Ecke. Ich bin mit dem Metal-Train aus München angereist. Mick ist mit seiner Harley gekommen und hat es wahrscheinlich genossen, dass ich ihn nicht vollgequatscht hab.«

Sie lachte, aber Ulf hatte volles Verständnis für Micks Entscheidung.

»Voll easy und 'ne megageile Stimmung im Zug«, plapperte Sandra weiter. »Und dann ab mit dem Shuttlebus vom Itzehoer Bahnhof hierher. Da hat man keinen Stress mit Stau und so. Hattet ihr Stau?« Sie drückte Arme und Schultern weit nach hinten durch, sodass ihre Brüste noch mehr ins Auge sprangen. Sie trug keinen BH.

Ulf gönnte sich einen Blick auf die Nippel, die sich unter der dünnen Baumwolle abzeichneten. Schließlich legte sie es drauf an. »Äh, nee, wir … wir sind entspannt angekommen«, sagte er. »Und jetzt muss ich die Wurst abliefern, bevor sie ganz kalt ist. Wir sehen uns.«

»Bye, see you«, flötete sie und machte weitere Streckübungen.

Hoffentlich nicht so bald, dachte Ulf, während er den kleinen Campingtisch ansteuerte, den Jannek aufgestellt hatte. Drei Klappstühle standen drum herum. Devil saß auf einem, ein kaltes Bier vor sich, das er wohl aus der Kühltasche genommen hatte. Das Stromaggregat lief, also waren sie so weit versorgt. Von Jannek war nichts zu sehen. Ulf vermutete, dass er bei seinem Bruder im Wohnwagen war. Er ließ die Würste auf den Tisch fallen.

»Was'n das?«, sagte Devil mit Blick auf das Wurst-Senf-Desaster. »Sind die explodiert, oder was?«

»Sind runtergefallen. Friss oder lass es sein. Wo ist Jannek?«

Devil stand abrupt auf. »Lass die schlechte Laune nicht so raushängen«, zischte er leise. »Wir sind hier zum Feiern, klar?«

»Leck mich!«, zischte Ulf zurück. Am liebsten hätte er Devil an seinem Shirt gepackt, aber er beherrschte sich, weil Laber-Gockel gerade zu ihnen rübersah.

Devils Halssehnen zeichneten sich ab, weil auch er in Kampflaune war. Unter seinem schwarzen Shirt lugte am Hals der Kopf eines Adlers hervor. Devil trug das riesige Tattoo seit ewigen Zeiten auf der Brust. Die Adlerschwingen zogen sich bis über die Schultern. Auch seine Arme, sein Rücken und die Beine waren mit Tattoos übersät. Nur in sein vernarbtes Gesicht hatte er sich bisher nichts stechen lassen.

»Wir bleiben jetzt schön locker«, sagte Ulf schließlich und atmete tief durch. »Mal gucken, ob der Junge 'n bisschen was runterkriegt.« Er nahm eine der Pappen, auf der zwei Wursthälften lagen, und ging damit zum Wohnwagen.

Devil ließ sich auf den Klappstuhl zurückfallen und zog eine der Wurstpappen zu sich heran.

Wie erwartet hatte Roman keinen Appetit. Er weigerte sich, von der Wurst abzubeißen. Wenigstens trank er genug. Jannek hatte ihm ordentlich Wasser eingeflößt.

Ulf ließ sich noch einmal von Roman den Ablauf während des Überfalls auf das Juweliergeschäft Kromme schildern – von Devil hatte er ihn sich bereits zweimal erzählen lassen. Weder Devil noch der Junge hatten sich einen Reim darauf machen können, woher der Juwelier so plötzlich gekommen war.

»Pst!«, machte Jannek, als Ulf gerade vom eigenen Überfall in der Schmuckstube Stöther berichtete, und deutete auf das kleine Kofferradio, das auf dem Regal über der Schlafbank stand. »Nachrichten!«

Sie lauschten gespannt. Ulf wurde heiß, als der Sprecher den Toyota erwähnte. Der Wagen war gefunden worden. Er atmete erst auf, als die Nachricht kam, dass der Wagen tatsächlich vollkommen ausgebrannt war. Die Bullen würden also keine Spuren finden. Einen Hauch entspannter hörte er weiter zu.

»… kam es zu einem Schusswechsel, bei dem der Juwelier getötet wurde. Wie die Polizei bekannt gab, wurde bei dem Überfall auch einer der Täter verwundet. Die Polizei bittet um die Mithilfe der Bevölkerung.«

Es folgte eine vage Personenbeschreibung. Ihre Trainingsjacken und Jeans wurden erwähnt.

Keine Minute später vibrierte in Ulfs Hosentasche das Handy. Er zog es raus und sah auf das Display. Er hatte nichts anderes erwartet. Es war Steffi. Sie hatte die Nachrichten gehört und wusste jetzt, dass einer von ihnen verletzt war.

Er atmete tief durch, bevor er das Gespräch annahm.

*:*:*

»Ich will, dass Sie sie kriegen.« Trotz des Beruhigungsmittels, das ihr verabreicht worden war, wirkten Julia Krommes Augen klar. Wie ihre Stimme. Klar und hart.

»Das werden wir, Frau Kromme. Ich verspreche Ihnen, dass wir alles tun, Tag und Nacht, um den Mörder Ihres Mannes zu fassen.«

Lyn hatte die zweite Patientin im Zimmer nach Rücksprache mit der Oberärztin der Station hinausgebeten, sich einen Stuhl an das Krankenhausbett der Juwelierin gezogen und sie einfach reden lassen. Es war nur so aus ihr herausgeflossen. Durcheinander, doch es hatte ihr anscheinend gutgetan, alles herauslassen zu können. Sie war jetzt erschöpft, aber gefasster.

Die Juwelierin, zweiundvierzig Jahre alt, wie Lyn inzwischen wusste, starrte aus dem Fenster in den strahlend blauen Himmel. »Wäre er doch nur im Büro geblieben. Sie waren doch fast fertig. Sie wären einfach gegangen. Und wir ... wir hätten im Laden gestanden und uns furchtbar aufgeregt, aber wir wären zusammen gewesen.« Julia Kromme sah Lyn an. Verzweiflung lag in ihren Augen. »Warum konnte er nicht einfach im Büro bleiben?«

Lyn streichelte über die Hand der Frau. »Quälen Sie sich nicht damit, Frau Kromme. Wahrscheinlich konnte er einfach nicht untätig abwarten. Nicht zuletzt, weil er nicht wissen konnte, ob Sie und Ihre Mitarbeiterin sich in Lebensgefahr befanden.«

»Er muss hinter der Bürotür gestanden haben. Das ist die einzige Möglichkeit«, wiederholte die Juwelierin noch einmal, was sie bereits mehrfach geäußert hatte. »Er hat uns gehört und sich dort versteckt. Als ... der Mann die Tür aufstieß, muss Alex dahintergestanden haben. Und danach muss er die Pistole aus dem Schreibtisch genommen haben und ...« Sie schüttelte sich.

Alexander Kromme hatte einen Waffenschein besessen. Überfälle auf Kollegen hatten ihn dazu veranlasst. Das Juweliergeschäft Kromme selbst war vorher nie überfallen worden. Als Lyn zuvor mit ihr über den Schusswechsel gesprochen hatte, hatte die Juwelierin sich nicht zurückhalten können. »Ich wünschte, Alex hätte sie erschossen. Alle beide!«, hatte sie hervorgepresst.

Lyn musste das Gespräch mit ihr jetzt kurz unterbrechen, da ihr Handy klingelte. Wilfried hatte Interessantes zu berichten.

»Gibt es etwas Neues?«, fragte Julia Kromme, als Lyn das Smartphone wieder in ihre Tasche steckte.

»Ja«, bestätigte Lyn. »Ihr Mann hat nicht geschossen, Frau Kromme. Er hat keinen einzigen Schuss abgegeben. Das hat die kriminaltechnische Untersuchung seiner Waffe ergeben.«

Julia Kromme starrte Lyn an. »Aber wer hat dann ...?«

»Eine Kugel aus der Waffe des Täters, der Ihren Mann erschossen hat, muss den zweiten Täter getroffen haben. Wohl kaum mit Absicht, vielleicht ein Querschläger. Die Spurensicherung hat etliche Einschüsse an den Vitrinen entdeckt. An den Metalleinfassungen könnte eine der Kugeln abgeprallt sein.«

Julia Kromme sah aus dem Fenster. »Hoffentlich verreckt er daran.«

## FÜNF

»Mir ist schlecht.« Roman lag nass geschwitzt und blass auf dem schmalen Bett im Wohnwagen und krümmte sich. Das wiederum verleitete ihn zu einem lauten »Aah!«, weil bei der Bewegung die Wunde schmerzte.

Ulf kam nicht mehr dazu, seinem Sohn ein Handtuch oder einen Behälter zu reichen. Roman erbrach sich auf seine rechte Körperseite und den Boden.

»Alles wird gut«, sagte Ulf, während er hektisch in einer der Reisetaschen nach einem Handtuch wühlte.

»Ich hab Angst, Papa. Ich will nicht sterben. Ich muss ins Krankenhaus.«

Ulf wurde übel. Nicht vom Gestank der Kotze, sondern weil er auch Angst verspürte. Der Junge hatte ihn seit ewigen Zeiten nicht mehr Papa genannt. Es schien ihm richtig dreckig zu gehen.

Roman hatte eine unruhige Nacht hinter sich. Ulf hatte auf dem Boden neben ihm geschlafen, mehr oder weniger, er hatte kaum einmal ein Auge zumachen können. Devil und Jannek hatten im Zelt übernachtet. Die beiden schliefen wohl noch. Es war erst halb sieben.

Ulf schrak zusammen, als sich die Tür des Wohnwagens öffnete, aber es war nur Jannek, der gleich viel wacher wirkte, als er auf das Erbrochene starrte.

Hastig zog er die Tür hinter sich zu. Allerdings bestand wohl keine Gefahr, dass Gockel-Tobi von gegenüber aufmerksam wurde, denn der war erst nach vier Uhr morgens in seinen Sarg gekrabbelt, ohne den Deckel zu schließen. Ulf hatte dessen Selbstgespräche – er war hackevoll gewesen – bis in den Wohnwagen hinein gehört.

»Was ist los?«, fragte Jannek.

»Deinem Bruder geht's scheiße.«

»Fuck, ey, fuck!« Jannek trat ans Bett und streichelte einmal hilflos über Romans Unterschenkel. Sein Blick wanderte dabei von seinem Vater, der jetzt neben der Bank kniete und das Erbrochene wegwischte, zu seinem Bruder. »Scheiße, Roman. … Soll ich dir irgendwas holen? Zu essen oder zu trinken?«

Roman hob nur abwehrend eine Hand. Er war bleich.

»Ich muss raus aus dem Gestank«, sagte Jannek. »Aber ich überleg mir was, Bruder. Wir kriegen das hin. Das versprech ich dir.« Er strich noch einmal über das Bein seines Bruders, bevor er ging.

Ulf stopfte das dreckige Handtuch in eine Tüte. Dann schüttete er Mineralwasser aus einer Plastikflasche auf ein weiteres Handtuch und wischte damit über Romans Gesicht und Arm. »Kannst du 'n Stück hochkommen, damit ich dir das Shirt ausziehen kann?«

Roman begann zu weinen, als sie das durchgeschwitzte, vollgekotzte Shirt endlich ausgezogen hatten. Ulf fühlte sich völlig hilflos. Der Verband musste dringend gewechselt werden, das Blut suppte hindurch. Aber Roman war jetzt schon fix und fertig.

Ulf stopfte das T-Shirt zu dem dreckigen Handtuch in die Tüte, schüttete Wasser auf den Boden und wischte die restlichen Spuren weg.

»Ich bring das zum Müll«, sagte er, öffnete ein Fenster und floh förmlich aus dem Wagen. Der Anblick seines Sohnes machte ihn fertig. Eine Tatsache, die er so niemals erwartet hätte.

Er stapfte mit der Tüte wortlos an Jannek vorbei, der auf dem Klappstuhl saß, rauchte und dumpf vor sich hinstierte. Der Junge hatte sich gestern Abend im Biergarten richtig volllaufen lassen. Noch etwas, über das Ulf sich wahnsinnig geärgert hatte. Sie brauchten einen klaren Kopf. Ständig.

Der Weg bis zum Müllcontainer war nicht weit. Ulf warf die Tüte mit den schmutzigen Handtüchern in hohem Bogen hinein. Anstatt umzudrehen, setzte er den Weg danach einfach fort. Es war, als wollten seine Beine ihn noch ein wenig vom Wohnwagen und damit vom Anblick seines Sohnes fernhalten.

Die Vögel zwitscherten. Vielleicht waren sie dankbar, dass sie noch zu hören waren. Spätestens am Nachmittag würden die Bässe der Mega-Boxen vom Infield die Vögel von den Ästen fegen.

Ulfs Gedanken wanderten zu seiner Frau, wie so oft während der langen schlaflosen Nacht. Steffi war am Telefon völlig hysterisch gewesen. Die Tatsache, dass sie nicht mehr nur Räuber, sondern Mörder waren, hatte sie austicken lassen. Zumindest hatte er sie etwas beruhigen können, als er ihr gesagt hatte, dass es Devil gewesen war, der die Schüsse auf den Juwelier abgegeben hatte.

Ulf lachte freudlos in sich rein. Als wenn das was nützen würde. Wenn die Bullen sie am Arsch kriegten, waren sie alle fällig.

Steffis größte Sorge war natürlich gewesen, dass einer der Jungs angeschossen worden war. Er hatte sie belogen und gesagt, dass es Devil war, den eine Kugel am Bein gestreift hatte. Sie hatte darauf bestanden, mit den Jungs zu sprechen. Das hatte er mit dem Hinweis abgewimmelt, Jannek und Roman seien im Wrestling-Zelt, um sich ein bisschen abzuregen.

Sie hatte wortlos aufgelegt. Gleich darauf hatten die Handys der Jungs gesummt. Nach Absprache hatte Jannek seine Mutter eine Stunde später zurückgerufen und beruhigt. Roman wollte auch mit seiner Mutter sprechen, aber das hatten sie ihm verboten. Ulf fürchtete, dass der Junge sich anmerken lassen würde, dass er der Verwundete war. Also hatte Ulf von Romans Handy aus eine WhatsApp-Nachricht an Steffi geschickt: »Hi, Mutsch, uns geht's gut. Ruf dich morgen oder übermorgen mal an. Mach dir keinen Kopf. Wir werden hier schon gut wegkommen. Die kriegen uns nicht.«

Steffi konnte durchaus zum Problem werden. Sie mussten sie, solange sie hier auf dem Festival waren, in dem Glauben halten, dass die Jungs okay waren. Zu Hause würde er sie schon in den Griff kriegen.

Ulf wich einem Pärchen aus, das knutschend mitten auf dem Hauptweg stand. Die Wacken-Fans, die ihm dutzendfach entgegenkamen, nahm er kaum wahr. Erst als der aromatische Duft von Kaffee in seine Nase stieg, erkannte er, dass er vor dem Frühstückszelt stand. Er trat ein und ließ sich zwei Becher Kaffee und ein Käsebrötchen schmecken.

Über dem Campground lagen die Geräusche des frühen Morgens, als er zurückging. Es war ein Atemholen vor dem nächsten lauten Tag. Nur das Brummen der Stromaggregate war allgegenwärtig und übertönte jetzt das Zwitschern der Vögel.

Laber-Gockel lag in seinem Blechsarg und schnarchte. Den Deckel des Sargs hatte er bei den lauen Temperaturen nicht geschlossen. Unter den wirren Dreadlocks war sein Gesicht nicht auszumachen. Den Schlafsack hatte er so über sich gezogen, dass er nur den Oberkörper bedeckte. Einen Moment lang beneidete Ulf ihn. Tobi feierte einfach die Festival-Tage, ließ sich volllaufen, hörte Musik und genoss sein Leben. Er hatte niemanden beraubt, niemanden getötet, hatte keine Scheißangst.

Allerdings brachte er ständig Unruhe. Allein die Tatsache, dass scharenweise Metalheads vorbeigepilgert kamen, um sein Kunstwerk zu bestaunen, versetzte Ulf und die anderen in nervöse Achtsamkeit. Es hatte sich anscheinend rasend schnell rumgesprochen, dass Tobi in einem selbst gebauten, kunstvoll verzierten Sarg schlief. Und Aufmerksamkeit war das Letzte, was sie hier brauchten. Aber bisher hatten die Metaller sich glücklicherweise nur für Tobi und nicht für dessen Nachbarn interessiert.

Als Ulf wieder beim Wohnwagen ankam, sah er, dass das Zelt leer war, von Devil und Jannek nichts zu sehen. Die beiden waren doch wohl nicht zusammen weggegangen und hatten den Kleinen allein gelassen? Nein, es war abgesprochen, dass Roman nie allein bleiben sollte.

Ulf öffnete die Tür des Wohnwagens in der Annahme, Jannek bei Roman zu finden, während Devil womöglich unterwegs war, um Frühstück zu besorgen, aber er sah sich getäuscht.

Hastig zog er die Tür hinter sich ins Schloss. »Bist du total irre geworden?«, herrschte er Devil an.

Devil hockte im Schneidersitz neben Roman auf dem Boden, die Tasche mit dem Raubgut vor sich. Er hatte sich Ketten umgehängt, an den Handgelenken blinkten Nobeluhren. Selbst über sein Haar hatte er sich glitzernden Schmuck gelegt.

Ulfs Blick wanderte entsetzt zu seinem schlafenden Sohn, auf dessen verschwitzter Stirn zwei großgliedrige Goldketten klebten. Auf der Decke, die seinen Körper bedeckte, lagen zwei Handvoll Ohr- und Fingerringe.

Devil deutete grinsend auf die Ketten auf Romans Stirn. »Das Gold kühlt ihm die Fresse. Und wenn er aufwacht, hat er was zu gucken. Schließlich soll er sich auch mal über das freuen, wofür er sich die Kugel eingefangen hat.«

Ulf hätte am liebsten den gesamten Campground zusammengebrüllt, so wütend war er. Er griff nach einer der Plastiktüten, die Devil ausgeschüttet hatte, und nahm vorsichtig die Ketten von Romans heißer Stirn. Dass der Junge weder aufgewacht war, als der Idiot ihm die Ketten auf den Kopf gelegt hatte, noch jetzt, wo er sie wieder runternahm, zeigte deutlich, wie schlecht es Roman ging. Er nahm kaum etwas wahr.

Ulf pfefferte die Ringe von der Decke in die Tüte und warf sie Devil, der hämisch lachte, mit voller Wucht an die Brust. »Du krankes Arschloch! Raus hier! Verschwinde!« Er trat ihm an den Oberschenkel.

Devil gefror das Grinsen. Er stand auf. Unangenehmer Atem schlug Ulf entgegen. »Jetzt pass mal auf, Baumann. So redest du nicht mit mir, klar? Wir haben den Scheißschmuck geklaut, und jetzt will ich ihn sehen und anfassen.«

»Dann warte gefälligst, bis wir hier weg sind, du Idiot! Nicht mal abgeschlossen hast du! Was hättest du denn gemacht, wenn die neugierige Laberbacke von nebenan reingekommen wär? Freu dich, dass ich es war.«

Einen Moment lang standen sie schwer atmend da und stierten sich an. Ulf hatte nicht vor, als Erster den Blick zu lösen. Sie waren gleich groß, allerdings war Devil im Gegensatz zu ihm ein Schrank. Sein Brustkasten war breit wie der eines Ochsen.

»Mir gefällt dein Ton nicht, Baumann. Nicht vergessen, dass wir 'n Team sind. Das vergisst du doch nicht, oder?«

Ulf trat einen Schritt zurück. Er ging in die Knie und sammelte vom Boden, was von Devils Schoß gefallen war, als der aufgestanden war.

»Du bist so 'ne Mutti«, stieß Devil hämisch aus, begann aber, die Uhren von den Handgelenken zu lösen.

Ulf schenkte sich die Antwort, um die Situation nicht eskalieren zu lassen. Erst als alles Gold und Silber wieder in der Tüte war, atmete er hörbar durch.

Devil quetschte sich an ihm vorbei zur Tür und drehte sich dort noch einmal um. Mit seiner rechten Hand rieb er sich über den Hosenschlitz. »Du musst mir 'n bisschen was gönnen, Baumann. Wenn ich schon nix zu ficken hab, brauch ich eben was anderes, das mich aufbaut. Und Gold ist geil.«

»Ab Montag kannst du so viele Nutten bumsen, wie du willst, und dich in dem Schmuck wälzen, aber drei Tage wirst du dich wohl mal beherrschen können«, sagte Ulf scharf.

Devil schnaubte verächtlich und hielt ihm den Mittelfinger direkt vor die Nase. »Mal gucken.«

* * *

Lyn spürte Hendriks prüfenden Blick auf sich. Sie saßen mit allen Kollegen zum Briefing im Besprechungsraum, und sie hatte sich nur kurz über die Stirn gewischt. Er belauerte jede ihrer Reaktionen. Heute Morgen war seine erste – hoffnungsvolle – Frage gewesen, ob ihr wieder übel sei. Was sie wahrheitsgemäß verneint hatte. Es ging ihr im Gegensatz zu gestern gut, ihr war nur warm, wie dem Rest der Truppe.

Den missmutigsten Gesichtsausdruck zeigte allerdings Thilo. Da Karin Schäfer ihre Enkelkinder hüten musste und nicht einspringen konnte – sie hatte den Urlaubstag vor ewigen Zeiten eingereicht –, hatte Wilfried ihn gebeten, heute auf Wacken zu verzichten, denn die Ermittlungen nahmen an Fahrt auf.

»Frau Kromme und der Zeuge Wirth haben diese MP unabhängig voneinander als Tatwaffe identifiziert.« Wilfried Knebel befestigte eine Fotografie einer kurzläufigen Maschinenpistole an der Stellwand – mit Magneten. Wilfried liebte diese altertümlichen Aktionen, der Beamer dagegen verstaubte in der Ecke.

»Eine Agram 2000. Ein Modell aus Kroatien. Eher selten. Die Verkäuferin der Schmuckstube Stöther konnte dagegen keine konkrete Aussage zu der Waffe machen, mit der sie und die Kundin bedroht wurden. Sie war sich nicht sicher, als wir ihr das Foto mit dieser MP zeigten.«

»Die Kundin auch nicht?« Hendrik sah Thomas Martens an, der die Befragungen in der Schmuckstube durchgeführt hatte.

Thomas schüttelte den Kopf. »Die beiden Frauen waren die schlechtesten Zeuginnen *ever*. Die sind beide immer noch völlig fertig und nicht zu gebrauchen. Vielleicht sackt es ja noch, aber ich habe wenig Hoffnung.«

»Die beiden Frauen haben übereinstimmend angegeben, dass *beide* Täter Ausländer waren«, übernahm Wilfried wieder das Wort. »Anhand des osteuropäischen Akzents waren sie sich sicher. Allerdings müssen wir auch das mit Vorsicht behandeln, denn auf Nachfrage stellte sich heraus, dass einer der Täter gar nicht gesprochen hat.«

»Könnte dafür sprechen, dass er kein Deutsch kann«, sagte Lyn.

»Durchaus«, gab Wilfried ihr recht. »Aber sollten sie sich mit dem schlechten Deutsch verstellt haben, könnte es auch einfach der Sicherheit gedient haben, sich nicht durch überflüssige Worte als Deutsche zu outen. Und wir haben nach der Aussage der Zeugen im Juweliergeschäft Kromme natürlich auch bei den beiden Zeuginnen bei Stöther nachgehakt, ob der sprechende Täter sich verstellt haben könnte.«

Wilfried blickte auf die Notizen vor sich. »Die Verkäuferin räumte ein, dass es so gewesen sein könnte. Die alte Dame war sich aber sicher, dass es Ausländer waren.« Wilfried sah über seine Brille in die Runde. »Ich zitiere die Dame mal: ›Das *waren* Ausländer. Bestimmt diese Flüchtlinge, die alle unkontrolliert durch die Lande ziehen.‹ Zitat Ende.«

Lyn lachte unfroh auf. »Du meine Güte.«

»Vielleicht haben wir es auch einfach mit 'ner gemischten Truppe zu tun«, brachte Jochen Berthold sich ein. »Deutsche *und* Osteuropäer. Was sagen denn die Kollegen von der Bandenkriminalität?«

»Die sind noch dran. Auf jeden Fall können wir nichts ausschließen«, gab Wilfried zu.

Lyn warf einen kurzen Blick zu Thilo, der ihr gegenübersaß und mit den Gedanken sonst wo zu sein schien. Vermutlich bei fünfundsiebzigtausend grölenden, tätowierten Metalheads, die im Gegensatz zu ihm in Wacken feiern durften.

Dass sie sich in dieser Annahme täuschte, zeigte sein plötzlicher Einwurf: »Ich grüble schon die ganze Zeit … Aber jetzt weiß ich, woher mir diese Maschinenpistole so bekannt vorkommt.«

»Na?« Wilfried sah ihn interessiert an.

»Es gab mal, muss so zwei Jahre her sein, einen Fall in Niedersachsen. Da wurde in einem Zeitungsartikel zu einem Überfall so eine Waffe erwähnt, meine ich. Soll ich das mal checken und die Kollegen in Niedersachsen anmorsen?«

Wilfried nickte. »Unbedingt.«

»Wieso liest du niedersächsische Zeitungen?«, brummte Jochen Berthold.

»Schon mal was von ›Hurricane‹ gehört?« Thilo wartete seine Antwort nicht ab. »Na, du bestimmt nicht. Das ist ein Festival in Scheeßel. Und wer geile Musik mag, der geht da hin. Und der kauft da auch mal 'ne Zeitung.«

»Guten Morgen allerseits«, erklang eine fröhliche Stimme, nachdem die Tür schwungvoll aufgezogen worden war.

»Karin«, sagte Wilfried erstaunt. »Wieso bist du jetzt doch hier?«

»Mein Schwiegersohn ist krank. Darum ist er zu Hause geblieben, und so muss ich meine Enkel heute nicht hüten. Da dachte ich«, sie sah Thilo an, »ich könnte ja für einen lieben Kollegen einspringen, der gern woanders wäre.«

»Nee!« Thilo sprang auf. »Du … du löst mich ab?«

Im ersten Moment glaubte Lyn, er würde direkt über den Tisch zu Karin krabbeln, aber er umkreiste ihn in Affengeschwindigkeit, hob Karin hoch und drehte sich mit ihr. »Das vergess ich dir niemals, Schäferlein. Danke!« Er setzte sie wieder ab, packte ihren Kopf mit beiden Händen, schmatzte einen Kuss mitten auf ihre Lippen und … war weg.

Alle starrten auf die Tür, die er mit lautem Knall hinter sich ins Schloss geworfen hatte.

Wilfrieds Augenbrauen bildeten eine Linie. »Ja, Thilo. Kein Problem, Thilo. Geh ruhig. Ich bin ja nur der Chef und muss nicht gefragt werden.«

Karin lachte, setzte sich auf ihren Platz und zog einen Kaffeebecher zu sich heran. »Was hab ich verpasst?«

Wilfried klärte sie auf, insbesondere über Thilos Eingabe zur Maschinenpistole. Karin erklärte sich bereit, das Gespräch mit den Kollegen in Niedersachsen zu führen.

»Was hat die KTU in Sachen ausgebranntes Fahrzeug ergeben?«, hakte Thomas Martens nach.

»Wir können davon ausgehen, dass es das Fluchtfahrzeug ist«, antwortete Wilfried. »Ein Toyota Corolla. Gestohlen gemeldet am dreißigsten Juli in Hamburg-Eidelstedt. Die Kennzeichen wurden ausgetauscht. Spuren gab es natürlich keine mehr.«

Lyn griff nach einem der Haferflockenkekse, die Birgit gebacken hatte und die unerwarteterweise köstlich schmeckten. »Die Täter sind ein Risiko eingegangen, indem sie den Wagen in Brand gesetzt haben«, sagte sie. »Und vermutlich sind sie es eingegangen, weil sie Angst hatten, dass wir DNA-Spuren finden. Was bedeuten könnte, dass sie schon in der DNA-Analysedatei erfasst sind.«

»Richtig«, bestätigte Wilfried. »Wir müssen auf jeden Fall bundesweit abgleichen, ob es ähnlich gelagerte Fälle gibt. Und wir –« Er brach ab, weil es an der Tür klopfte.

Die Kommissariatssekretärin trat ein. »Chef, die Verkäuferin Fenja Plog vom Juwelier Kromme ist hier. Sie sagt, dass ihr noch etwas Wichtiges eingefallen ist. Und das hier …«, sie legte ein ausgedrucktes Blatt vor Wilfried ab, »… ist gerade aus Kiel gekommen. Die Untersuchung des Täterbluts aus dem Juweliergeschäft hat nichts ergeben«, nahm sie das Untersuchungsergebnis vorweg.

Wilfried überflog die Zeilen. Seine Mundwinkel rutschten nach unten. »Schade, schade. Die DNA des angeschossenen Bankräubers ist nicht in der Analysedatei erfasst.« Durchatmend sah er seine Sekretärin an. »Dann mal rein mit Frau Plog. Vielleicht bringt sie uns voran.«

Lyn wunderte sich, dass er sie nicht in den Vernehmungsraum bat, aber so wussten sie wenigstens gleich alle Bescheid.

Fenja Plog grüßte in die Runde, als sie eintrat. Thomas Martens sprang auf und schob ihr seinen Stuhl hin.

Wilfried wechselte ein paar Begrüßungsfloskeln mit ihr, bevor er fragte: »Nun, Frau Plog, was haben Sie noch für uns?«

»Der junge Räuber, also der, der angeschossen wurde, der hat was zu dem anderen gesagt, bevor der ihn rausgeschleppt hat. Vielleicht war es ja auch irgendwas Fremdländisches, aber es klang wie: ›Devil, ich …‹«

Alle sahen sie an. Wilfried wiederholte ihre Worte. »›Devil, ich?‹ Was soll das heißen?«

Sie hob die Schultern. »Keine Ahnung. Das hat er gesagt. ›Devilich‹ oder so, aber er hat schon eine Pause zwischen den beiden Wörtern gemacht, oder vielleicht waren es ja auch Silben.«

»Devil wie das englische Wort für Teufel?«, hakte Lyn noch einmal nach.

Fenja Plog nickte. »So klang es für mich. Aber fragen Sie lieber Frau Kromme und den Kunden noch mal. Vielleicht haben die das ja auch gehört. Auf jeden Fall hat der andere ihn dann angeschrien. Er sollte die Fresse halten. Also, das hat der andere zu ihm gesagt.«

Nachdem Fenja Plog das Protokoll unterzeichnet hatte und

gegangen war, sagte Wilfried zu Lyn: »Check doch mal gleich, ob der Computer irgendwas Brauchbares ausspuckt, wenn du ›Devil‹ oder ›Devilich‹ eingibst.«

＊＊＊

Es war Nachmittag, als Ulf mit weit ausholenden Schritten über den Campground ging. Der Matsch zog schmatzend an seinen Schuhen, aber das störte ihn nicht. Er wollte einfach nur einen Moment für sich haben. Sein Blick wanderte Richtung Himmel, während er marschierte. Es braute sich ordentlich was zusammen.

Als Duft von gebratenem Fleisch in seine Nase stieg, wurde ihm klar, dass er das Campinggelände hinter sich gelassen hatte und verschiedene Fressbuden in greifbare Nähe rückten. Er fummelte den Plan aus der Hosentasche, den Jannek ihm gegeben hatte, und studierte die Seite »The Holy Wacken Land«, um sich zu orientieren.

Gestern hatte er die Wurst im Wackinger Village gekauft, weiter war er nicht gegangen. Aber wenn er schon hier war, konnte er sich das Gelände auch einmal komplett angucken. Alles war besser, als Roman vor sich zu sehen. Dem Jungen ging es immer schlechter. Es musste unbedingt etwas passieren. Aber was? Was nur?

Ulfs knurrender Magen siegte über das Gefühl, umdrehen zu müssen. Am Übergang vom Campinggelände zum Festivalgelände musste er sich von den Ordnern abtasten lassen, bevor er weitermarschieren konnte. Da er nichts zu verbergen hatte, war es kein Problem. Am Eingang zum Wacken Center kam ihm ein Trupp Polizisten entgegen. Ihm wurde heiß, und gleichzeitig jagte ein kalter Schauer über seinen Nacken, als zwei der acht Männer und Frauen Augenkontakt zu ihm aufnahmen. Doch im nächsten Moment waren sie schon vorbeigegangen.

Er atmete tief durch. Alles war gut. Sie wussten nicht, wer er war.

Jannek hatte ihm schon berichtet, dass das Camp der Polizei und des Roten Kreuzes in direkter Nähe zum Infield lag, aber so Auge in Auge mit den Bullen war es doch ein mehr als mulmiges Gefühl, so viele von ihnen in der Nähe zu wissen.

Er brauchte einen Drink.

Sein Blick irrte über das Gelände, während er ging, glitt über die Menschen, die an den Ständen des Wacken Centers und des Metal Markets vorbeischlenderten. Lederhüte, Trinkhörner, Tücher, Felle ... Ulf schüttelte den Kopf. Auf was für einen Scheiß die Metaller standen.

Eine Bude mit handgefertigten Schmuckstücken löste erneut eine Hitzewelle in ihm aus. Er sah Devil vor sich, wie der im Raubgut wühlte und Roman mit Ketten behängte ...

Blutgold.

Abrupt wandte Ulf sich ab und schritt auf die Beergarden Stage zu, von der es laut herüberschallte. Harte Musik würde ihn vielleicht auf andere Gedanken bringen. Dazu ein großes kaltes Bier.

Die Bänke und Tische um die Bühne herum waren alle besetzt. Er blieb am Tresen des Getränkezelts stehen und schüttete das Pils in sich rein, während die Männer und Frauen um ihn herum schwatzten, lachten, tranken und der Band auf der Bühne lauschten. Ab und an klang von einem der Tische der Schlachtruf der Metalheads über die Feiernden. »Wackeeen!«

Mit einem weiteren Bier in der Hand ging Ulf weiter, vorbei an Fressbuden mit Falafel, Crêpes, Pulled Pork, Chinapfannen, Hotdogs ... Er entschied sich für ein Steak.

Als er satt war, setzte er seinen Weg schneller fort. Er fühlte sich plötzlich erdrückt von den Menschen, obwohl durchaus Platz genug war. Mit weit ausholenden Schritten ließ er das Gelände hinter sich.

Was trieb er sich hier rum? Der Junge brauchte ihn. Und der Himmel schien ihn dafür bestrafen zu wollen, dass er sich um seine eigenen Bedürfnisse gekümmert hatte. Heftiger Wind, der binnen einer Minute zum Sturm wurde, setzte ein, und der dunkle Himmel öffnete seine Schleusen. Unmengen an Wasser kamen herunter. Auf dem Campground waren die Anwesenden damit beschäftigt, ihre Pavillons und Zelte zu sichern, die die Sturmböen wegzufegen drohten.

Ulf war bis auf den letzten Millimeter Haut durchnässt, als er am Wohnwagen eintraf. Alles fuck.

*Fuck, fuck, fuck!*

Am frühen Abend stieg Romans Temperatur. Sie hatten kein Thermometer, aber selbst für einen Laien war erkennbar, dass er hohes Fieber hatte. Ulf saß bei ihm im Wohnwagen und zwang ihn, eine Banane zu essen, die Jannek in dem kleinen Edeka-Markt des Ortes gekauft hatte, zusammen mit einigen Sixpacks Bier und zwei Flaschen Captain Morgan.

Als Roman zu würgen begann, warf Ulf die restliche halbe Banane in die Mülltüte, die neben der Bank lag und die eigentlich für den blutigen Verband gedacht war, aber keiner von ihnen hatte sich getraut, Roman zu bewegen, um den Verband zu wechseln. Der Junge schrie schon, wenn er sich nur auf die Seite drehen musste, um in den Eimer zu pinkeln, den Jannek ebenfalls besorgt hatte. Es gab zwar eine Campingtoilette im Wohnwagen, aber selbst diese zwei Meter waren für Roman nicht zu bewältigen. Er konnte einfach nicht aufstehen.

Ulfs Sorge um seinen Sohn wuchs von Minute zu Minute, seine Angespanntheit konnte kaum noch zunehmen. Alles nervte ihn. Die Masse der gut gelaunten Menschen um ihn herum, die laute Musik, die aus den verschiedenen Richtungen des Campgrounds aufeinanderprallte und sich mit dem Gelächter und Gegröle der Metalheads vermischte. Dazu kam das Gebrumme der Stromaggregate, die unentwegt überall liefen, um Kühlboxen und Musikgeräte zu versorgen.

Und Devil strapazierte seine Nerven. Während Ulf seinem Jüngsten etwas Wasser einflößte, waren seine Gedanken bei dem Kumpel. Aber … waren sie noch Kumpel? Durch den misslungenen Überfall zeigten sich jetzt überdeutlich die Risse in ihrer Freundschaft. Konnte man ihr Verhältnis überhaupt Freundschaft nennen? Sie waren Knastkollegen gewesen. Vor ewigen Zeiten. Und die gemeinsamen Überfälle hatten sie zusammengeschweißt. Zu einer Gemeinschaft, die nicht aus einem Gefühl heraus, sondern aus der Gier nach dem schnellen Geld geboren war.

Devil zeigte kaum Verständnis für die Sorgen, die Ulf sich um Roman machte. »Hör auf zu heulen, der wird schon wieder. Sobald wir hier Sonntag weg sind, fahren wir nach Polen rüber. Hab da Bekanntschaften, die regeln das. Hab schon telefoniert. Dein Baumännchen wird operiert, und gut ist. Wird dich nur 'ne Stange Geld kosten. Aber das haben wir ja dicke, wenn wir einen Hehler für den Schmuck gefunden haben.« Hässlich gelacht hatte er nach diesen Worten.

Devil und Jannek waren jetzt auf dem Infield, um Status Quo zu erleben. Sie waren mit Silikon-Tussi Sandra und ihrem Mann Mick mitgestiefelt, um Normalität vorzutäuschen. Ulf war dankbar dafür. Wenn sie hier missmutig aufeinanderhockten, fielen sie nur unnötig auf.

Er strich Roman über den Kopf, um im nächsten Moment den Wohnwagen fluchtartig zu verlassen. Der Geruch des Blutes, die stickige Luft, es war unerträglich. Draußen steckte er sich mit zittrigen Fingern eine Gauloises an und inhalierte den Rauch tief. Das Gras unter seinen Füßen war noch klatschnass vom Wolkenbruch, aber es tat gut, das Nikotin in die Lungen zu pumpen.

Er zuckte zusammen, als eine Stimme neben ihm ertönte: »Ey, Kumpel, Bock auf 'ne Runde Flunkyball?«

Die Stimme gehörte Sarg-Tobi. Der Dreadlock-Junge hockte auf Knien vor Janneks und Devils Zelt. »Ick trommel 'n paar Mitspieler zusammen.«

»Was suchst du in unserem Zelt?«, bellte Ulf ihn an. Er warf die Kippe weg, war mit drei Schritten bei dem Jungen und zog ihn an seinem Kreator-Shirt hoch. »Was du hier treibst, will ich wissen?«

»Alter! Is ja jut!« Tobi packte Ulfs Hand und machte sich los. »Werd ma nich pampig. Ick wollt nur ma kieken, ob eener da is. Kann ja schlecht alleene Flunkyball spielen.«

»Wir haben auf so was keinen Bock.« Ulf bemühte sich um einen ruhigeren Ton. Der Junge hatte ordentlich getankt. Sein Atem war Alkohol pur. »Wir sind hier, um Musik zu hören.«

»Ach wat!« Der Junge zwirbelte einen Finger um seine Dreadlocks. »Drum hockste ooch andauernd im stickijen Wohnwagen, wa?« Er rülpste laut und schlug sich dabei auf die Brust.

»Geht's dich was an?«

»Nö. Aber so Piesepampel, wie ihr dit seid, sind mir uffm Festival noch nich unterjekommen.«

»Ach ja? Ich sag dir eins: Verpiss dich einfach, okay?« Ulf bereute seine Unfreundlichkeit im selben Moment, aber nun war es raus, und vielleicht war es gut so. Dann ließ Laber-Gockel sie hoffentlich in Ruhe.

»Okay, okay, Spacko … Dann sag ick dit mal mit Avantasia: Time telling me to say farewell«, sang er laut und ging. Den Mittelfinger der rechten Hand hielt er mit ausgestrecktem Arm in die Höhe.

✳✳✳

»Du siehst so scheiße aus.« Devil lachte dreckig, während sein Blick – nicht zum ersten Mal, während sie über das Festivalgelände zogen – über Jannek glitt.

»Dafür sind meine Klamotten aber trocken.« Jannek zupfte an Devils Shirt, das feucht auf dessen Haut klebte.

»Du Pussy.«

»Pff, dafür war das Ding doch im Beutel.« Jannek strich über das schwarze Regencape, das er aus der Full Metal Bag genommen und übergestreift hatte, weil es mal wieder regnete. »Das tragen die andern hier auch.«

»Ja, die andern Pussys.«

»Spar dir deine dämlichen Bemerkungen einfach, solange wir hier sind.« Janneks Stimme klang mehr als genervt. »Wir haben alle die Schnauze voll davon. Echt.« Er schritt kräftiger aus und ließ Devil damit ein Stück hinter sich.

Dass die Botschaft nicht angekommen war, zeigte Devils Antwort. »Weil ihr euch wegen dem Kleinen in die Hose pisst. Dabei kriegen wir das doch alles geregelt. Ich hab schließlich den Doc in Polen klargemacht. Gut, ist scheiße, dass der noch nicht gleich zur Verfügung steht, aber die paar Tage schafft dein Bruder doch locker.«

Wütend drehte Jannek sich um. »Leicht gesagt, was?« Dann wurde er leiser. »Du liegst ja schließlich auch nicht mit 'ner Kugel im Bauch im Wohnwagen und hast Schmerzen wie nix.«

»Mensch, andere haben ihr Leben lang 'ne Kugel im Bauch oder sonst wo, ohne zu verrecken. Hab ich mal in 'ner Reportage gesehen.«

»Du hast doch echt 'n Rad ab. Halt einfach mal die Fresse. Insbesondere, wenn Paps dabei ist.«

Devil und Ulf hatten sich mittags richtig in die Haare gekriegt, weil Devil Roman vorgeworfen hatte, sich gehen zu lassen. Ulf war ausgetickt. Nachdem Gockel an die Wohnwagentür geklopft und gefragte hatte, ob alles in Ordnung sei, hatte Jannek sich Devil geschnappt und ihn mit auf das Festivalgelände genommen. Damit im Wohnwagen einfach mal Ruhe herrschte und Roman und Ulf sich erholen konnten. Soweit das überhaupt möglich war.

Devil und er hatten sich ein paar Songs von Status Quo angehört, Bier getrunken, Pizza gegessen, Bier getrunken, Bier getrunken … Dann hatte er Devil vom Center-Gelände weggezogen, weil der die heißen Mädels in Netzstrümpfen, die als »Promillepolizei« unterwegs waren, angemacht hatte.

Vielleicht hatten sie den richtigen Pegel, um im Wackinger Village die Jungs beim Speedcarving anzufeuern. Dorthin waren sie jetzt unterwegs. Gockel hatte ihnen gestern begeistert von den Holzschnitzern berichtet, die mit Kettensägen kunstvolle Skulpturen aus einem Baumstamm schnitzten.

Und Gockel hatte nicht übertrieben. Es war krass, was die Schnitzer ablieferten. »Der Adler ist geil, oder?« Jannek deutete auf eine Skulptur, aber Devil war schon weitergegangen. Jannek fand ihn bei den Wasteland Warriors.

»Das hier ist geil!« Devils Augen sprühten förmlich, während er sich um die eigene Achse drehte, um das apokalyptische Szenario zu betrachten. »Voll Mad Max.«

»Was ist Mad Max?«

»Alter! Nicht was, sondern wer.« Devil verzog geringschätzig die Lippen. »Mad Max ist 'n Typ. Voll der krasse Film mit Mel Gibson. Aber du bist eben zu jung. Die geilen Filme von früher kennst du alle nicht.«

Sie hielten sich eine Weile in der Szenerie auf. Klamotten, Schminke, Frisuren, bei den Wasteland Warriors war alles apokalyptisch gut gemacht. Insbesondere die Fahrzeuge hatten es Jannek angetan.

»Krasse Teile!« Er deutete auf die Motorräder und Fahrzeuge, die jedem Endzeit-Film zur Ehre gereicht hätten.

»Allerdings.« Devils Blick galt jedoch nicht dem rostigen Metall, sondern zwei Frauen, deren Kostüme mehr Haut frei ließen als bedeckten. Ein Kiltträger ließ sich gerade mit den beiden Schönheiten fotografieren.

Jannek zog Devil weiter. Es fehlte noch, dass Devil die Mädchen angrapschte und sich damit Ärger einhandelte.

Als sich ein Quad näherte, blickte Jannek dem Fahrzeug nach. Es musste vom Sani-Gelände gekommen sein. Zwei Männer saßen darauf. Neben dem Fahrer ein Notarzt, wie der Aufdruck auf dessen blauem Poloshirt verriet.

Jannek starrte ihm hinterher.


Devil und Jannek waren gerade vom Festivalgelände zurück – es war einundzwanzig Uhr dreißig –, als Ulf aus dem Wohnwagen trat.

»Wie geht's ihm?« Jannek sprach leise.

Ulf drehte den Daumen nach unten. »Wir müssen reden«, flüsterte er Jannek zu. »Ohne ihn.« Sein Blick wanderte vielsagend zu Devil, der in der einsetzenden Dunkelheit am Klapptisch saß und auf seinem Smartphone las, vor sich einen Captain Morgan mit Cola.

Devil verfolgte die Berichterstattung der Medien über ihren

Raubüberfall mit einer fast an Schwachsinn grenzenden Freude. Er fand es »großartig, wie wir die Bullen gefickt haben«.

Es juckte Ulf in den Fäusten, wenn er Devil grinsen sah. Zu gern hätte er ihm die Überheblichkeit aus dem Gesicht geprügelt.

»Dann lass uns Richtung Infield gehen«, sagte Jannek. »Auf dem Weg dahin können wir schnacken, ohne dass einer zuhört.«

Ulf war dankbar, dass sein Ältester nicht viele Fragen stellte. Er spürte, dass sich auch Janneks Verhältnis zu Devil verändert hatte. Ulf war manches Mal fast eifersüchtig gewesen, weil Jannek alles, was Devil sagte, für in Stein gemeißelt hielt. Der Junge bewunderte Devil und war immer auf seiner Seite gewesen, wenn es Uneinigkeit gegeben hatte, egal welcher Art. Aber dass Devil so offenkundig zeigte, wie egal ihm Romans Befinden war, ließ den Sockel bröseln, auf den Jannek ihn gestellt hatte.

Ulf ging zur Kühltasche und nahm zwei Dosen Bier heraus. Eine drückte er Jannek in die Hand. »Wir drehen mal 'ne Runde«, sagte er beiläufig zu Devil.

Der sah auf. »Aha.«

Ulf spürte, dass er ihnen hinterhersah.

»Was wollen wir jetzt machen?«, fragte Jannek, als sie außer Hörweite waren.

»Scheiße, Mann, ich weiß es doch auch nicht. Aber deinem Bruder platzt die Rübe weg, wenn der nicht bald behandelt wird. Der hat über vierzig Fieber. Ich hab Devil gesagt, dass wir mit der Abreise nicht bis Sonntag warten können, aber der Drecksskerl will unbedingt so lange bleiben, weil wir in der Masse nicht auffallen.«

Jannek lachte hart auf. »Ja, klar. Der liegt ja auch nicht mit 'ner Kugel im Bauch flach. Lass uns einfach fahren. Devil hat hier schließlich nicht das Sagen.«

»Aber wir brauchen ihn, wenn wir Roman in das polnische Krankenhaus schaffen wollen. Oder kennst du einen Arzt, der deinen Bruder behandelt, ohne uns zu verpfeifen?«

»Das nicht, aber ...« Jannek blieb stehen. »Ich hab da vielleicht 'ne bessere Idee. Dann können wir noch hierbleiben und Sonntag mit allen anderen zusammen vom Gelände fahren. Denn da hat Devil recht: Die Masse ist unsere Tarnung.«

Ulfs Augenbrauen zogen sich zusammen. »Was ist das für 'ne Idee?«

»Eine, bei der wir an einen Arzt rankommen, ohne dass wir auffliegen.« Er schwieg einen Moment, weil hinter ihnen zwei Metalheads in schwarzen Ledermänteln aufgeschlossen hatten. Sie warteten, bis die langbärtigen Männer an ihnen vorgegangen waren.

»Was hast du vor?«, fragte Ulf misstrauisch.

Jannek ging weiter. »Das erzähl ich dir erst, wenn ich's ganz genau ausgetüftelt hab. Ich muss das noch mal 'n Stündchen durchdenken.«

»Spinnst du? Sag gefälligst –«

»Ich mach das schon!«, fuhr Jannek ihm über den Mund. »Klar? Lass mich einfach machen. Oder fahr mit dem Kleinen ins Krankenhaus und liefer uns ans Messer. Das kannst du dir aussuchen.«

## SECHS

»Hier, bitte sehr.« Die Sanitäterin drückte Jannek ein Klemm-brett mit einem Formular und einen Kuli in die Hand. »Das musst du bitte ausfüllen.«

Jannek nickte, ohne ihr in die Augen zu sehen, und schob nervös die Sonnenbrille ein Stückchen die Nasenwurzel hoch. Dass seine Finger zitterten, sah man nicht, weil er die Leder-handschuhe seines Vaters trug, die ihm zu weit waren. Aber sie waren ihm unauffälliger erschienen als seine wollenen Hand-schuhe.

Was machte er hier eigentlich? Diese Frage stellte er sich seit zehn Minuten. Seit er im Wartebereich des Sanitätszeltes auf der Holzbank Platz genommen hatte, mit Abstand zu dem einzigen weiteren wartenden Patienten, einem Mann Anfang zwanzig im Kilt, der nur einen Stiefel trug. Der andere Fuß war nackt.

Jannek starrte auf das Formular. Welchen Namen sollte er eintragen?

Meyer! Meyer war gut. So hießen viele. Vielleicht Martin Meyer? Nein, Martin hießen wohl eher ältere Männer. Und war Meyer nicht doch viel zu auffällig? Die Sanitäterin würde wahrscheinlich sofort wissen, dass der Name ausgedacht war.

Ihm wurde heiß. Und das lag nicht an dem schwarz-weißen Palästinensertuch, das er sich um den Hals geschlungen und großzügig bis über die Lippen geschoben hatte. Die Kapuze des Hoodies hatte er tief in die Stirn gezogen.

Mit zittrigen Fingern schrieb er schließlich: Dennis Mat-tusek. Das war ein ehemaliger Mitschüler, der nicht erfahren würde, dass er sich seinen Namen ausborgte. Als Adresse trug er München, Hauptstraße 2 ein. Eine Hauptstraße gab's schließlich überall.

Als der Ein-Stiefel-Mann von der Sanitäterin abgeholt wurde, war Jannek drauf und dran, wieder zu verschwinden.

Das war doch eine Schnapsidee! Um hier einen Arzt zu entführen, brauchte er seine Waffe. Aber die hatte er nicht hier. Und selbst wenn, er hätte sie niemals an den Ordnern vorbeigekriegt. Sich aufs Improvisieren zu verlassen erschien ihm jetzt mehr als dämlich.

Und überhaupt – wie sollte er hier mit dem Arzt unerkannt wegkommen? Gut, um halb fünf morgens war tatsächlich nicht viel los im Sani-Zelt. Darauf hatte er gesetzt. Aber die Idee, die ihm auf dem Campground gekommen und strahlend genial erschienen war, verlor in der Realität doch erheblich an Glanz. Theorie und Praxis drifteten von Sekunde zu Sekunde weiter auseinander.

»Dann komm mal mit«, holte ihn die Stimme der brünetten Sanitäterin aus seinen Gedanken.

Anstatt zu flüchten, wie er es gerade noch vorgehabt hatte, folgte er ihr leicht humpelnd. Unauffällig sah er sich um. Weiße Paravents trennten verschiedene Abteilungen im Zelt voneinander, um einen Sichtschutz zum Wartebereich zu gewährleisten. Lautes Schnarchen aus mindestens zwei Mündern erklang hinter den Stellwänden auf der linken Seite. Vielleicht die Ausnüchterungsabteilung, von der Gockel berichtet hatte?

Die Sanitäterin legte das Klemmbrett auf einem Schreibtisch ab, vor dem eine blonde Frau stand. Sie trug das blaue Poloshirt der Ärzte und fingerte mit gerunzelter Stirn auf einem Handy herum. »Das wandert heute noch in die Tonne«, sagte sie merklich genervt zur Sanitäterin.

Die Brünette lachte. »Will es wieder nicht?«

Die Ärztin streifte Jannek kurz mit einem Blick. Er folgte der Sanitäterin hinter den Paravent auf der rechten Seite.

»Du kannst auf der Neun Platz nehmen«, sagte sie und deutete auf eine der sechs nummerierten Liegen, die sich gegenüberstanden.

Er nickte.

»Der Doc kommt gleich.« Mit diesen Worten verschwand die Brünette aus seinem Sichtfeld. Gleich darauf hörte er sie sagen: »Hoffentlich kann ich heute besser einschlafen. Ich glaub, das mit der Nachtschicht war doch nicht so eine tolle Idee.«

Dann erklang die Stimme der blonden Ärztin mit dem kaputten Handy. »Du Arme. Ich habe prächtig geschlafen. Es war eine gute Idee von Matthias, mit den Kindern übers Wochenende zu seinen Eltern zu fahren. Es ist herrlich ruhig im Haus. Komm doch einfach mit zu mir, Wienke.«

»Ich glaub, dann krieg ich zu Hause Ärger.«

Die Ärztin lachte auf. Es war ein schönes Lachen, das von Herzen kam und ihn an seine Mutter erinnerte.

»Wer ist der Nächste?«, war jetzt die dunkle Stimme eines Mannes zu hören.

»Ein umgeknickter Knöchel auf der Neun«, antwortete die Sanitäterin.

Damit war er gemeint. Schmerzen am Knöchel und beim Laufen, so hatte er sich angemeldet. Das war unauffällig, und der Arzt würde ihm nicht nachweisen können, dass er sich die Schmerzen ausgedacht hatte.

Der Arzt, der hinter der Stellwand auftauchte, ebenfalls im blauen Poloshirt, rieb sich die Hände, als er Jannek mit einem »Moin« begrüßte. Duft von Sterilisationsmittel streifte Janneks Nase. Er murmelte ebenfalls einen Gruß in sein Tuch und verabschiedete sich von dem Gedanken, dass er hier einen Arzt für seinen Bruder entführen konnte.

Der Doc war Anfang vierzig, groß und kräftig. Niemals würde er den hier ohne Waffe raus, geschweige denn unauffällig an der Security vorbei zum Wohnwagen kriegen.

»Sie haben Probleme mit dem Knöchel?«, fragte der Arzt, griff aus einer Packung auf dem Tischchen neben der Liege ein Paar Einmalhandschuhe und streifte sie über, bevor er einen Hocker unter der Liege hervorzog und sich daraufsetzte. »Dann ziehen Sie mal bitte den Stiefel und die Socke aus.«

Jannek blieb nichts anderes übrig. Er gab ein paar lahme Fake-Schmerzlaute von sich, während der Arzt sich sein Bein auf den Oberschenkel legte, seinen Fuß in die Hände nahm und vorsichtig hin und her bewegte.

»Eigentlich geht's schon wieder.« Jannek bewegte den Fuß.
»War ... war vielleicht ja was eingeklemmt. Jetzt geht's.«
»Eingeklemmt? Wohl kaum.« Der Arzt lächelte ihn an.
»Wenn Sie umgeknickt sind, könnte eine Bänderdehnung
vorliegen. Gewissheit gibt da nur das Röntgen. Aber wenn
Sie sagen, dass es nicht mehr so wehtut –«
»Nee, nee, geht schon«, unterbrach Jannek ihn und zog sein
Bein herunter. Hastig schlüpfte er in Socke und Stiefel.
»Wenn es schlimmer wird, kommen Sie wieder«, sagte der
Arzt.
Jannek nickte. Er wollte nur noch weg hier.
Die blonde Ärztin saß hinter dem Schreibtisch, als er ge-
meinsam mit dem Arzt hinter dem Paravent hervortrat. Sie sah
nicht auf.
Ohne ein weiteres Wort verließ Jannek das Zelt durch den
Wartebereich, in dem jetzt zwei neue Patienten warteten. Er
überquerte hastig die matschige Rasenfläche, ohne einen Blick
nach rechts zu werfen. Der blaue Polizeicontainer war das
Letzte, was er sehen wollte.
Doch noch bevor er den Übergang zum Wacken Center
erreichte, blieb er abrupt stehen, denn in genau diesem Moment fiel ihm die Lösung ein. Wieso war er nicht gleich darauf
gekommen? Wie dämlich war er eigentlich? Die blonde Ärztin
hatte ihn doch geradezu darauf gestoßen, wo er ärztliche Hilfe
für seinen Bruder besorgen konnte.
Mit Herzklopfen drehte er sich um, ging zurück zum Sani-
Zelt und hockte sich wieder auf eine der Wartebänke. In einem
Meter Entfernung saß ein dunkelhaariger Mann, dessen linke
Hand in ein Handtuch gewickelt war. Er hielt sie an die Brust
gepresst, während er mit der rechten ein Smartphone hielt und
telefonierte. Er sprach Spanisch, soweit Jannek das beurteilen
konnte. Und er liebte anscheinend Knoblauch. Die Ausdüns-
tungen waren so streng, dass Jannek aufstand und sich ein paar
Schritte entfernte.
Als die brünette Sanitäterin kam, um den nächsten Patienten
abzuholen, trat Jannek auf sie zu. »Ich, äh ...«

»Oh, hallo«, sagte sie. »Ist noch was?«

»Ja, äh, nein. Eigentlich hab ich nur noch 'ne Frage: Wann ist hier Schichtwechsel?«

»Wie bitte?« Sie sah ihn irritiert an.

»Wann hier Schichtwechsel ist. Ich frag nur, weil … Wenn die Schmerzen wieder stärker werden, würde ich gern von demselben Arzt behandelt werden. Der eben war … nett.«

Sie lachte. »Wir haben hier nur nette Ärzte. Egal, wann du kommst.«

*Blöde Kuh!* Trotz seines aufflammenden Ärgers versuchte Jannek, ruhig zu bleiben. »Ist das 'n Geheimnis mit dem Schichtwechsel?«

Das Lächeln der Sanitäterin verlor sich. »Nein, ist es nicht, aber …«

»Also wann?«

»Die Schichten gehen immer von acht bis acht.«

Jannek nickte, drehte sich um und ging.

Frau Doktor würde also um acht Uhr morgens gehen.

Nach Hause. Wo sie ganz allein war.

\*\*\*

»Liebe Grüße von Elke.« Mit diesen Worten deutete Hauptkommissar Wilfried Knebel auf das Kuchenblech in der Mitte des Besprechungszimmertisches. »Kirsch-Streusel.«

Lyn lief das Wasser im Mund zusammen, und sie stimmte in die dankbaren »Ahs« und »Ohs« der Kollegen mit ein. Die Frau des Chefs war eine geniale Bäckerin. Wenn es für ihn und die Kollegen stressig wurde, spendierte sie gern einmal einen Kuchen, was immer dankend angenommen wurde.

Und da Kuchen nicht erst am Nachmittag, sondern auch schon um halb acht am Morgen schmeckte, stand Hendrik auf und griff nach dem Messer, das neben dem Blech lag. »Sag Elke einen lieben Gruß. Sie ist die Beste.« Er schnitt mehr als großzügige Stücke ab und verteilte sie auf den Tellern.

Wilfried konnte mit der Mitteilung eines Zeugen aufwarten,

die gerade eingegangen war. »Ein Autofahrer hat Mittwoch gegen elf Uhr eine interessante Beobachtung gemacht.« Er wischte sich ein Streuselstückchen aus dem Mundwinkel, bevor er weitersprach.

»Der Mann hat gesehen, wie zwei Männer aus Richtung des Feldwegs, wo der Toyota ausgebrannt ist, in ein am Straßenrand wartendes Fahrzeug eingestiegen sind beziehungsweise wohl einsteigen wollten. Da wollte er sich nicht festlegen. Ich habe den Zeugen hierhergebeten. Vielleicht können wir anhand seiner Beobachtungen auch Phantombilder erstellen lassen.« Wilfried sah Karin Schäfer an. »Kannst du schon mal den Kollegen beim LKA in Kiel vorwarnen, Karin, dass wir ihn eventuell brauchen?«

Phantombildzeichner waren rar in Schleswig-Holstein.

Während alle aßen, berichtete Wilfried über weitere Erkenntnisse im Raubmord, begleitet von den genüsslichen »Hmms« seiner Mitarbeiter.

Er wedelte mit einem Blatt Papier. »Ich habe hier Interessantes zu Thilos Idee bezüglich des Überfalls in Niedersachsen. Er hat sich korrekt erinnert. Die Kollegen von der Polizeiinspektion Rotenburg in Niedersachsen hatten vor zwei Jahren tatsächlich einen Raubüberfall auf einen Juwelier dort, der ähnlich wie unser Raub ablief. Es gab zwar keine zwei zeitgleichen Überfälle, sondern nur einen, mit drei Tätern, aber die Beschreibungen der Waffen stimmen überein. Einer der Täter in Rotenburg benutzte eine Agram 2000, die anderen beiden Glocks. Die Täter wurden nicht gefasst.«

»Diese MPs werden eher selten verwendet. Das könnte also eine heiße Spur sein«, sagte Thomas Martens.

Wilfried nickte. »Ich habe die Akte aus Rotenburg angefordert. Dann sehen wir auch, was die Zeugen dort bezüglich der Nationalität der Täter ausgesagt haben.«

Die Frühbesprechung war schneller als gewünscht beendet. Lyn war frustriert, weil es kaum hilfreiche Erkenntnisse gab. Und das war schlecht. Die ersten vierundzwanzig Stunden waren in der Ermittlungsarbeit immer die wichtigsten, die effektivsten. Danach verringerten sich die Erfolgsaussichten erheblich.

Ihre Nachforschungen im Informationssystem zu den Wörtern »Devil« und »Devilich«, die die Zeugin Plog gehört haben wollte, hatten nichts Verwertbares ergeben. Bei der INPOL-Recherche nach entsprechen Namen oder Spitznamen hatte sich zwar herausgestellt, dass es drei Aufgeführte mit dem Spitznamen Devil gab, aber zwei von ihnen saßen im Gefängnis, und der dritte hatte ein Alibi für den Tatzeitpunkt.

Lyn hatte auch den Zeugen Wirth, der als Kunde den Laden betreten hatte, befragt. Er hatte Fenja Plogs Aussage untermauert, allerdings den genauen Wortlaut nicht wiedergeben können.

Nun stand nachher ein Besuch bei Julia Kromme an, die das Krankenhaus verlassen hatte und sich zu Hause von ihrer Mutter umsorgen ließ. Allerdings hegte Lyn wenig Hoffnung, dass Julia Kromme die Worte des Täters genauer verstanden hatte. Zu diesem Zeitpunkt hatte die Juwelierin vermutlich nur Augen für ihren angeschossenen Mann gehabt.

Außerdem benötigte das K1 von der Juwelierin Angaben zu dem Schmuck, der geraubt worden war, und eventuell vorhandene Fotos. Anders, als es oft bei Diebstählen in privaten Haushalten der Fall war, konnten Juweliere von etlichen wertvollen Schmuckstücken zumeist Zertifikate und Fotografien vorlegen. Auf jeden Fall hatten es sich die Täter mit dem Mord erschwert, den geraubten Schmuck loszuwerden, denn nun klebte Blut daran. Im Ausland würden sie zwar Hehler finden, aber der Gewinn würde wohl niedriger ausfallen.

\*\*\*

Ab halb acht trieb Jannek sich vor dem Übergang vom Wacken Center zum Sani-Gelände herum, müde und kaputt, aber an Schlaf war nicht zu denken gewesen. Alibimäßig hielt er immer wieder sein Handy ans Ohr und sprach hinein, um den Ordner am Übergang nicht stutzig werden zu lassen. Dabei stand er immer so, dass er das Sani-Zelt im Blick hatte. Wenn die Ärztin zum Angestellten-Parkplatz ginge, hatte er schlechte Karten, denn dorthin würde er ihr nicht folgen können. Der Übergang dorthin wurde ebenfalls kontrolliert, und mit seinem nur für das Festivalgelände ausgelegten Wristband war ihm der Weg dorthin versperrt. Aber vielleicht hatte er ja Glück und sie ging tatsächlich hier am Center lang.

Und waren sie bei der ganzen Scheiße nicht mal dran mit Glückhaben?

Als sie um fünf nach acht aus dem Zelt trat, gemeinsam mit der brünetten Sanitäterin, begann sein Herz wild zu klopfen. Die Ärztin sagte etwas zu der anderen und kam – Jannek konnte es kaum fassen – direkt auf ihn zu, während die Brünette sich nach rechts wandte. Anscheinend war sie im Gegensatz zur Ärztin mit dem Wagen da und steuerte den Wiesen-Parkplatz für die Angestellten an.

Er drehte sich schnell weg, damit die Ärztin ihn nicht erkannte. Aber vermutlich hätte sie das sowieso nicht getan. Schließlich hatte ihr Blick ihn nur kurz gestreift, und sie sah Hunderte Metalheads am Tag.

Sie ging tatsächlich über den Metal Market Richtung Ausgang. Jannek folgte ihr in gebührendem Abstand. Sie lief langsam und mied die schlammigsten Flächen, obwohl sie Gummistiefel trug. Ihr Kopf wanderte immer wieder von links nach rechts. Sie schien den Anblick der wenigen Leute, die sich um diese Uhrzeit hier tummelten, zu genießen.

An der Hauptstraße im Ort angekommen, bog sie links ab. Jannek hielt sein Handy weiter krampfhaft in der Hand, immer bereit, es an sein Ohr zu pressen und stehen zu bleiben, sollte sie sich umdrehen. Aber sie schritt jetzt schneller voran, ohne auch nur einen Blick hinter sich zu werfen.

Sie war arglos. Und das war gut.

Zweihundertfünfzig Meter hinter dem Wacken Store bog sie nach links in den Ziegeleiweg ab. Die Straße führte leicht bergan, aber sie schien trainiert zu sein, denn trotz der Nachtschicht, die sie geleistet hatte, schritt sie zügig voran. Nach einem halben Kilometer bog sie wieder rechts ab. Jannek ließ seinen Blick wandern. Einfamilienhäuser mit kleinen Vorgärten, Hecken und Zäunen säumten die Straße dicht an dicht. Er grunzte. Spießiges Dorfleben pur.

An der ersten Straße, die nach rechts führte, bog sie erneut ab. Jannek folgte ihr, den Abstand immer gleich haltend. Er blickte auf das Schild der Straße, in die sie abgebogen war. »Duhorn«, las er.

Sie ging noch ein kleines Stück die Straße entlang, dann auf ein Grundstück. Jannek verlangsamte seinen Schritt und tat, als blicke er auf sein Handy. Dabei behielt er sie im Auge. Sie hatte nicht die hölzerne Gartenpforte genutzt, sondern war die Garagenauffahrt hinaufgegangen. Dann lief sie quer über das kleine Rasenstück im Vorgarten zur Haustür, schloss auf und verschwand im Haus, nachdem sie die Gummistiefel vor der Tür ausgezogen hatte.

Wooh! Jannek spürte eine Euphorie wie lange nicht. Hilfe für Roman war nah. Er blickte auf seine Armbanduhr. Er musste zurück zum Campingplatz, den Wagen holen, zur Scheune fahren und wieder zurück. Nun, in spätestens zwei Stunden würde er wieder hier sein.

Mit Waffe.

***

Lyn hatte sich bereit erklärt, die Befragung des Zeugen zu übernehmen, der die beiden Männer am Straßenrand in der Nähe des brennenden Toyota gesehen hatte.

Der Zeuge Tobias Rubarth stellte sich als Mittzwanziger mit Hipster-Bart und Nerdbrille heraus. Und als starker Stotterer. Was für Lyn kein Problem darstellte, allerdings machte sich seine Aufgeregtheit bemerkbar, und er kriegte kaum einen vernünftigen Satz heraus. Es war schon schwierig, die Personalien aufzunehmen. Darum schob Lyn ihm das Formular rüber, damit er selbst seine Angaben vervollständigen konnte.

Er reichte es ihr mit einem Lächeln zurück, als er fertig war.

»So-so …« Das Wort, das er suchte, hockte in seiner Kehle, wollte aber nicht hinaus.

Lyn hätte ihm gern geholfen, wusste aber nicht, was er sagen wollte.

»So-sorry«, stieß er schließlich aus. »Ich ha-ha-hab nicht immer diese starken Schwierigkeiten, a-a-aber jetzt g-g-gerade …«

»Mich stört es nicht«, sagte Lyn wahrheitsgemäß. »Aber es muss für Sie sehr anstrengend sein. Kann ich irgendetwas tun, um Ihnen die Aufregung zu nehmen?« Sie hatte ihm bereits ein Mineralwasser geholt, nachdem er den angebotenen Kaffee abgelehnt hatte.

»Ha-ha-hat mit Aufregung ei-eigentlich bei mir nichts zu tun. Ma-manchmal ist es einfach s-s-so. W-w-we …« Er sortierte sich wieder. »W-wenn es Sie nicht stört, w-w-wü … würde ich lieber singen.«

Lyn sah ihn an. »Äh …«

Er lachte. »Das h-h-hilft mir.«

»Was wollen Sie denn singen?«

»N-n-na, alles.«

»Sie wollen Ihre Aussage … singen?«

Tobias Rubarth nickte. »D-d-da-das w-w-wü … würde die Sache beschleunigen.«

»Ja, dann …« Lyn hob auffordernd die Hand und fragte sich, ob es im Strafgesetzbuch zu gesungenen Zeugenaussagen eine Regelung gab.

»M-m-ma-manche Leute finden's c-crazy, wenn ich das m-m-mach.«

Manche? Lyn war sich sicher, dass *alle* es crazy fanden. »Mir hat zwar noch niemand eine Aussage vorgesungen, aber wenn Sie dieses Selbstbewusstsein besitzen, kann ich nur sagen: Hut ab.«

Er blickte auf das Diktiergerät, das Lyn gleich nach der Begrüßung eingeschaltet hatte, und sang los: »Ich war auf der Itzehoer Straße Richtung Dägeling unterwegs, als ich die

Rauchsäule sah. Hab mir nichts dabei gedacht. Dachte, ein Bauer verbrennt irgendwas.«

Lyn musste sich zwingen, ihn nicht anzustarren. Die Melodie, die seine Worte begleitete, kam ihr vage bekannt vor. Sie hatte ein bisschen was von Cat Stevens' »Morning Has Broken«, aber nur ansatzweise. Es war vielleicht eine eigene Melodie. Auf jeden Fall funktionierte es tadellos. Kein einziger Stotterer begleitete seine durchaus angenehme Stimme.

»Bin auch nicht stutzig geworden, als ich das Auto und die beiden Männer am Straßenrand sah«, sang er ruhig. »Ich hab die nicht mit dem Qualm in Zusammenhang gebracht. Waren einfach zwei Männer, die in ein Auto einsteigen wollten. Ich –«

Lyn hob die Hand, und er hörte auf zu singen. »Können Sie das Auto näher beschreiben? Welche Marke? Welche Farbe? Welches Kennzeichen?«

Er schüttelte den Kopf und sang weiter. »Nein, das hab ich ja schon Herrn Knebel am Telefon gesagt, dass ich da nicht drauf geachtet habe. Ich weiß nur, dass es ein heller Wagen war. Silber oder … hellgrau vielleicht.«

»Und das Kennzeichen?«

Er hob die Schultern. »Ich glaube, es wäre mir aufgefallen, wenn es ein fremdes Kennzeichen gewesen wäre.« Seine Stimme ging rauf und runter, es war mehr ein Singsang als eine Melodie. »Darum denke ich, dass es ein Itzehoer Kennzeichen war. Aber beschwören könnte ich das nicht. Sorry.«

»Okay. Was können Sie uns zu den beiden Männern sagen?«

»Zu dem einen nichts. Den hab ich kaum gesehen, weil der andere vor ihm stand. Aber der Typ, den ich besser gesehen habe, der hatte so 'ne Art Vokuhila-Frisur.«

»Vorn kurz, hinten lang?«, fragte Lyn zur Absicherung, während sie nach ihrem Glas griff, um einen Schluck Wasser zu trinken. Die Sonne schien in den Raum. Sie hatte schon ein Fenster weit geöffnet, aber Frische brachte das nicht.

Tobias Rubarth nickte. »Genau. So wie es früher mal modern war.«

»Welche Haarfarbe hatte der Mann?«

»Dunkelblond. Und er war wohl in etwa so groß wie ich. Ich bin eins zweiundachtzig.«

»Und von der Körperstatur her?«

»Tja …«, er hielt den Ton, während er überlegte, »… ziemlich normal, würde ich sagen. Vielleicht nicht ganz schlank, aber dick war er auch nicht.«

»Wie war er gekleidet?«

»Puh, eine Jeans. Und das Oberteil … ich weiß nicht. Sorry.« Im selben Moment deutete er zu dem geöffneten Fenster hinter Lyn. »Oh. Eine Luftratte.«

Lyn drehte sich um. Eine Taube hatte sich auf dem Rahmen niedergelassen und sah zu ihnen herein. »Ich mag Tauben«, sagte sie, sprang aber auf, um sie zu vertreiben. Es fehlte noch, dass der Vogel hereinflatterte. »Ksch-ksch« rufend und mit den Händen wedelnd, erreichte sie allerdings genau das Gegenteil. Die Taube stieß sich erschrocken vom Rahmen ab. Nach innen.

Tobias Rubarth ging in Deckung, als der Vogel hektisch von einer Ecke des Raums über ihn in die andere flatterte.

»Shit!«, sagte Lyn genervt und öffnete das zweite der drei Fenster, um der Taube eine weitere Fluchtmöglichkeit zu bieten. Was gut gemeint war, erwies sich als Fehler, denn die Taube knallte gegen die Scheibe und fiel zu Boden. Mit dem linken Flügel schlagend, bewegte sie sich hektisch, konnte aber nicht mehr fliegen.

Tobias Rubarth sah Lyn ernst an. »Sie h-h-ha-haben die Friedenstaube erlegt.«

Lyn starrte auf den panischen Vogel, der nicht mehr hochkam. Selbst sie als Laie konnte sehen, dass der rechte Flügel des Vogels nicht in Ordnung war. »Was soll ich denn jetzt machen?« Sie lief zur Tür und riss sie auf. »Hendrik!«, grölte sie über den Flur. »Komm mal bitte, ich brauche Hilfe.«

Hendrik tauchte umgehend aus seinem Büro auf. »Was ist los?«, fragte er alarmiert, während er zu ihr stürzte.

Auch Wilfried und Karin kamen auf den Flur geeilt. Und sogar Jochen bequemte sich dazu.

»Nichts mit mir«, wiegelte sie schnell ab, als sie die Sorge in den Gesichtern der anderen erkannte. »Ich hab hier eine Taube im Vernehmungsraum.«

»Du hast was?«, fragte Hendrik verwirrt.

»Sie kam reingeflattert, ist gegen die Scheibe geknallt und hat sich wohl den Flügel gebrochen. Du musst sie einfangen und zum Tierarzt bringen.«

Alle folgten ihr in den Raum.

»Wie soll ich die denn greifen?«, murmelte Hendrik, während er seinen Blick von dem wild mit dem Flügel schlagenden Vogel durch den Raum schweifen ließ. Am Tischläufer blieb er hängen.

Er räumte die Vase mit der Kunststoffblume weg, griff nach dem Läufer, um ihn über die Taube zu werfen, aber Jochen Berthold war schneller. Er packte die Taube am gesunden Flügel, holte aus und warf sie aus dem Fenster.

Hendrik starrte ihn an.

*Alle* starrten Jochen an.

Lyn rannte zum Fenster und sah die zehn Stockwerke hinunter. »Du … du …« Mit roten Wangen drehte sie sich zu Jochen Berthold um. »Hast du denn überhaupt kein Herz im Leib?«

»Was denn?«, sagte Jochen ungerührt. »Die wolltet ihr doch wohl nicht wirklich zum Tierarzt schleppen. War doch nur 'ne Luftratte.«

»W-w-wo er recht hat, h-h-hat er recht.«

Alle sahen Tobias Rubarth an, der anfügte: »Hier i-i-ist ja m-m-mächtig w-w-was los bei e-e-euch.«

»In der Tat«, sagte Wilfried. »Und nun gehen wir alle mal wieder an die Arbeit.« Er wedelte seine Mitarbeiter mit den Händen hinaus. »Die … Angelegenheit ist ja nun erledigt.«

Lyn war sauer. Fast erwartete sie von Wilfried noch ein »Danke, Jochen« zu hören, denn ihr Chef wirkte nicht sehr erschüttert darüber, dass der Kollege die verletzte Taube einfach aus dem Fenster geworfen hatte. Sie warf auch Hendrik einen bösen Blick zu, denn auch er schien Jochen die Aktion nicht übel zu nehmen.

Sie schenkte sich einen Kaffee ein und versuchte, sich wieder auf den Zeugen zu konzentrieren. »Wie alt schätzen Sie denn den Mann, den Sie gut gesehen haben?«, setzte sie die Befragung um einiges reservierter fort.

»Puh ... so um die fünfundvierzig. In etwa.«

»Würden Sie sich zutrauen, mit unserem Polizeizeichner ein Phantombild zu erstellen?«

»Nein«, wehrte er sofort ab. »Wirklich nicht. I-i-ich ...«, er begann wieder zu stottern und setzte darum seinen Singsang fort, »... ich habe ihn nur von der Seite gesehen. Also, ich könnte nur ein Profilphantombild versuchen. Und das ist doch wohl nicht üblich, oder?«

»Oh, das ist durchaus üblich«, widersprach Lyn. »Uns kann alles weiterhelfen. Auch ein Profil. Insbesondere die Vokuhila-Frisur ist ja nicht mehr wirklich verbreitet.«

Sie blickte auf ihre Armbanduhr. »Unser Phantombildzeichner arbeitet beim LKA in Kiel. Das Bild wird am PC erstellt. Da die Aktion von größter Wichtigkeit ist, würden wir Sie jetzt sofort nach Kiel fahren, wenn das für Sie in Ordnung ist.«

»Natürlich«, sang er. »Das krieg ich mit meinem Chef schon klar. Wenn das wirklich die Arschlöcher sind, sollte keine Minute verschenkt werden.«

»Wunderbar, danke. Und zu dem anderen Mann können Sie gar nichts sagen?«

»Nein. Außer, dass er wohl genauso groß war wie der andere. Ich wäre nicht mal bei der Haarfarbe sicher. Vielleicht auch dunkelblond. Kann aber auch grauhaarig gewesen sein. Ich weiß es einfach nicht. Man fährt einfach dran vorbei. Man ahnt ja nicht, dass es wichtig ist.«

Lyn hatte Verständnis. »Melden Sie sich bitte jederzeit, wenn Ihnen noch etwas einfällt, Herr Rubarth. Und vielen Dank. Sie haben meinen Respekt, dass Sie sich getraut haben, zu singen.«

Ihre Kollegen waren weniger taktvoll. Hendrik und Thomas grinsten in seltener Einigkeit von einem Ohr zum anderen, als sie ihnen die Aussage vorspielte, nachdem Tobias Rubarth gegangen war. Karin und Wilfried hörten eher ungläubig als amüsiert zu.

»Unglaublich«, sagte Wilfried, als die Aufnahme zu Ende war. »Ich mach das hier jetzt schon fast vierzig Jahre, aber eine gesungene Zeugenaussage … Schön, dass es immer noch mal Überraschungen gibt.«

»Überraschungen hatte ich heute in der Tat genug.« Lyn warf Jochen einen bösen Blick zu. »Darum würde ich mich gern mal für ein Stündchen privat verdrücken. Ich will mir eine neue Bank suchen und habe gleich einen Gesprächstermin.«

»Aha.« Wilfried sah sie verwirrt an. »Ich dachte, du bist auch bei der Sparkasse.«

»Nicht mehr lange«, sagte Lyn. »Nach der Filialschließung in Wewelsfleth gibt es nicht einmal mehr einen Geldautomaten. Und das muss mir ja nicht gefallen.« Lyn blickte in die Runde. »Ich kann den Termin aber auch absagen.«

Wilfried schüttelte den Kopf mit dem spärlichen, immer grauer werdenden Haar. »Geh ruhig, du kommst ja wieder. Die Kollegen aus Niedersachsen haben einen Teil ihrer Akte zum Rotenburg-Raub per E-Mail geschickt. Der Rest müsste auch schnell kommen. Wenn mir also gleich ein, zwei von euch Gesellschaft beim Aktenwälzen leisten würden?«

## SIEBEN

Annika bohrte ihre Zehen tief in den weichen Velours des cremefarbenen Teppichbodens, während sie nackt über den Flur zum Schlafzimmer ging.

Sie tappte zum Kleiderschrank, nahm einen Slip aus der Schublade und schlüpfte hinein. Ihr New-York-Shirt lag zerknüddelt vor dem Bett. Sie kickte es mit dem Fuß zur Seite und griff im Schrank nach einem neuen Schlafshirt. Matthias und sie hatten sich aus ihren Urlauben immer Hardrock-Café-Shirts mit den jeweiligen Städtenamen mitgebracht – eine schöne Erinnerung. Matthias zog sie zum Sport an, sie nutzte sie zum Schlafen.

»Hongkong«, sprach sie den Namen auf dem grauen Shirt nach, das sie sich gegriffen hatte. Wie lange der Urlaub in Asien schon zurücklag! Seit die Kinder da waren, fuhren sie an die Nordsee. Und das war okay. Alles hatte seine Zeit.

Gähnend schüttelte Annika das Kopfkissen auf und schlüpfte unter die Decke. Sie hatte gehofft, dass die heiße Dusche sie wohlig müde machen würde, aber sie fühlte sich wie unter Strom. Insbesondere weil ihr immer noch die Ohren klangen. Sie hatte am Vorabend und in der Nacht den schallenden Hardrock und den Heavy Metal fasziniert verfolgt, während sie alkoholbedingte Kreislaufschwächen, einen gequetschten Finger und Verbrennungen durch unsachgemäßes Handhaben von Spiritus beim Grillen behandelt hatte. Einen jungen Spanier hatte sie mit Verdacht auf Appendizitis mit dem Rettungswagen ins Klinikum Itzehoe bringen lassen. Es war gar nicht so leicht gewesen, dem alkoholisierten Jungen klarzumachen, dass er dorthin gehörte.

Da der Sanitätsbereich direkt an das Infield grenzte, waren die verschiedenen Bands bestens zu hören gewesen. »Louder than hell« traf es schon ganz gut. Annika dröhnten die martialischen dunklen Stimmen der Leadsänger noch in den Ohren.

Und genau diese Stimmen waren es, denen sie sich nicht hatte entziehen können. Matthias und sie hörten klassische Musik, aber auch Rock. Keiner von ihnen hatte allerdings je einer Heavy-Metal-Band eine Chance gegeben. Das würde sich jetzt ändern. Die deutsche Band Accept, die mit Orchester aufgetreten war, aber insbesondere Volbeat hatten Annika überzeugt. Wenn die Kinder mal bei den Großeltern schliefen, würde sie einen Heavy-Metal-Abend veranstalten. Das stand fest.

Sie griff nach dem Wecker und stellte ihn auf fünfzehn Uhr dreißig. Jetzt war es kurz vor neun. Und sechseinhalb Stunden ungestörter Schlaf waren durchaus Luxus, wenn man in einem Krankenhaus Schichten schob und kleine Kinder hatte.

»Hab euch lieb«, murmelte sie mit Blick auf die gerahmte Fotografie auf ihrem Nachttisch, von der Matthias, Ida und Emil sie vom Amrumer Strand aus anstrahlten. Dann kuschelte sie sich ins Kissen und schloss die Augen.

Entgegen ihrer Erwartung musste sie innerhalb von Minuten eingeschlafen sein, denn als sie sich zur Seite drehte, um auf den Wecker zu sehen, war es zehn vor zehn.

Hatte sie das Türklingeln nur geträumt?

Genervt warf sie sich aufs Kissen zurück und hoffte, dass es sich nicht wiederholte. Doch es klingelte erneut.

Wer konnte das sein?

Annika schloss die Augen. Einfach liegen bleiben und ignorieren, sagte sie sich. Aber ... was, wenn etwas mit Matthias oder den Kindern war? Sie hatte schließlich nicht mehr auf ihr Handy gucken können, weil es mal wieder nicht ging. Und auf den Anrufbeantworter hatte sie nicht geachtet. Vielleicht hatte jemand eine Nachricht hinterlassen.

Mit mehr Schwung, als sie fühlte, stand sie auf und riss den Morgenmantel vom Haken an der Schlafzimmertür. Als sie die Treppe hinunterging, läutete es erneut.

Vielleicht war es ja auch nur Frau Karthun von gegenüber. Die Nachbarin backte leidenschaftlich gern am frühen Morgen und hatte sie schon manches Mal mit Leckereien verwöhnt.

Doch als Annika die Haustür aufzog, blickte sie nicht auf einen Kuchenteller, sondern in ein männliches Gesicht, das unter einer dunklen Kapuze und hochgeschobenem Palästinensertuch kaum zu erkennen war. Außerdem trug der Mann eine Sonnenbrille. Das vage Gefühl von »Ich habe ihn schon mal gesehen« verflüchtigte sich aber in Sekundenschnelle.

»Was …?« Vor Schreck blieb ihr das Wort im Hals stecken, als der Mann zwei große Schritte machte und sie gewaltsam ins Haus drückte. Er packte sie am Arm, während er mit dem Fuß die Tür zuschob. Sie spürte, wie sich etwas Hartes in ihre Rippen bohrte.

»Jetzt hör gut zu«, raunte der Fremde ihr ins Ohr. »Ein Schrei oder ein dummes Wort, und du bist tot.«

Annika lief es kalt über den Nacken. War das etwa eine Waffe, was er ihr da in den Bauch drückte? »Nein!«

»Halt … den … Mund!«, zischte er.

Es war tatsächlich eine Pistole. Jetzt hielt er sie ihr an die Stirn. Das kalte Metall an ihrer Haut fühlte sich grauenhaft an.

»Du hast doch Familie?«, zischte er.

Annika wurden die Knie wacklig. Was passierte hier?

»Ob du Familie hast!« Seine Stimme klang hektisch.

»Ja … ja«, wimmerte sie, als er ihr den Arm auf den Rücken drehte.

»Willst du sie wiedersehen?«

»Ja, ich –«

»Dann pass jetzt gut auf«, fiel er ihr ins Wort. »Dir passiert nichts, wenn du tust, was ich dir sage. Okay?«

Annika war wie erstarrt. Was geschah hier?

Das war ein Film. Ein böser Traum.

Dieses Gefühl beherrschte sie auch noch Minuten später. Sie hockte auf einem der Stühle im Esszimmer, in das er sie gezerrt hatte. Sie fühlte sich seltsam taub, und doch waren all ihre Sinne geschärft. Der Fremde roch nach Rauch und auch irgendwie muffig. Und er schwitzte mächtig, obwohl er die Kapuze abgenommen hatte. Schweißtropfen liefen an seinen

Schläfen herunter und versickerten im Tuch, das er um Hals und Mund geschlungen hatte.

Er hielt ihr die Waffe direkt vor das Gesicht. »Wenn ich einen Pieps von dir hör, hast du 'ne Kugel im Kopf. Ist das klar?«

Annika blickte in die Mündung der Pistole, und zu der grauenhaften Angst, die die Waffe in ihr auslöste, kam das Unbehagen, seine Hand dabei zittern zu sehen. Seine offensichtliche Nervosität machte ihn unberechenbar, und das war schwer zu ertragen. Ihr Herz hämmerte so sehr, dass ihr schlecht wurde.

Mit tiefen, bedachten Atemzügen versuchte Annika, sich selbst zu beruhigen.

»Ob das klar ist, hab ich gefragt?«

Da er mit der Waffe immer hektischer vor ihrem Gesicht herumzufuchteln begann, nickte sie heftig.

»Gut.« Die Waffe weiter in der Hand haltend, öffnete er den schäbigen grauen Rucksack, den er mitgebracht und mit so viel Schwung auf den Esstisch gepfeffert hatte, dass der Kerzenständer darauf umgefallen war. Er zog einen Packen schwarze Kabelbinder heraus, trat hinter den Stuhl und zog ihre Arme an der Lehne vorbei nach hinten, überkreuzte ihre Hände und fesselte sie.

Die harten Plastikbänder schnitten schmerzhaft in ihre Gelenke, während sie hastig atmend verfolgte, wie er vor ihr auf und ab zu wandern begann, während er sein Handy ans Ohr gepresst hielt.

»Ich bin's«, sprach er Sekunden später hinein. »Ich hab die Lösung für den Kleinen. ... Nein, ich hab einen Doc. Du musst herkommen. ... Das ist nicht so einfach. Nein, komm einfach. Die Straße heißt Duhorn, hier in Wacken. ... Ja, Duhorn.« Er nannte die Hausnummer und fügte hinzu: »Und stülp dir 'ne Kapuze oder 'ne Mütze über. Hier gibt's Nachbarn.«

Annika sah, dass seine Finger zitterten, als er den Gesprächsteilnehmer wegdrückte, obwohl der, wie deutlich zu hören war, noch etwas sagte beziehungsweise eher schrie.

Dann nahm er die Sonnenbrille ab, wickelte sich das Tuch

vom Hals, wischte sich damit den Schweiß vom Gesicht und warf es anschließend auf den Esstisch.

Sekundenlang sahen sie sich wortlos in die Augen.

Annika wusste nicht, was sie erwartet hatte, aber … er sah so normal aus. Er war höchstens Mitte zwanzig, hatte blaue Augen und trug sein halblanges dunkelblondes Haar mit einem Zopfgummi hinter dem Kopf zusammengebunden.

»Glotz nicht so«, sagte er und nahm seine nervöse Wanderung wieder auf. Immer wieder blickte er auf die Uhr, manchmal zu ihr.

»Wir erzählen dir gleich, was du zu tun hast«, sprach er sie plötzlich an. »Du musst einfach nur deinen Job machen. Dann wird alles gut. Du musst dir gar keine Sorgen machen. Alles wird gut.«

Alles wird gut? Annika lief es kalt über den Nacken. Er hatte nicht gerade geklungen, als würde alles gut werden. Er hatte geklungen, als … ja, als wüsste er selbst nicht, was passieren würde. Und wen zum Teufel hatte er angerufen? Wer sollte hierherkommen?

Die Antwort bekam Annika fünfundzwanzig Minuten später. Es klingelte, und ihr Peiniger ging zur Haustür.

Hitze stieg in Annika empor. Sollte sie die wenigen Sekunden nutzen, in der die Haustür geöffnet war, und um Hilfe schreien? Schreien, so laut sie nur konnte? Vielleicht lief ja gerade jemand auf dem Bürgersteig und würde sie hören.

Sie wimmerte. Zu stark war die Angst, dass der Mann sie erschießen würde. Einfach abknallen. Die Vorstellung, niemals wieder Emils süßen Duft schnuppern zu dürfen, niemals wieder Idas Lachen zu hören, ließ sie stumm und steif auf dem Stuhl hocken.

Sie hörte eine weitere männliche Stimme, Sekunden später stand ihr Peiniger mit einem Mann um die fünfzig vor ihr.

Der Ältere starrte sie entgeistert an, ließ dann kurz seinen ungläubigen Blick durch den Raum wandern, bevor er wieder an ihr hängen blieb.

»Sie ist Ärztin. Im Sani-Camp. Hatte ich doch versprochen,

dass ich 'nen Doc für den Kleinen besorg.« Die Stimme des Jüngeren hatte sich mit jedem Wort in die Höhe geschraubt.

»Ärztin?« Der Ältere starrte den anderen ungläubig an. »Du ... hast du die entführt, oder was?« Seine Stimme drohte zu kippen. »Bist du völlig hirnverbrannt? Was sollen wir denn jetzt tun?«

»Ich hab sie nicht entführt. Ich bin ihr einfach hierher gefolgt. Sie ist allein hier. Ihre Familie ist übers Wochenende weg.«

»Ihre Familie ...?« Der Ältere war nicht in der Lage, einen vollständigen Satz herauszubringen. Er wurde blass. »Du bist wahnsinnig. Wir werden alle im Knast la–«

»Sei froh, dass es geklappt hat«, fuhr ihm der andere über den Mund. »Ich hatte mehr Glück als Verstand.« Er trat zu ihr und legte ihr die Hand schwer auf die Schulter. »Sie ist 'n Doc. Und sie kann den Kleinen wieder flottmachen.«

»Ich dreh durch«, schrie der Ältere auf, wurde aber mit dem nächsten Satz wieder leiser. »Das ist ihr Haus hier, oder was? Du hast die hier in ihrem Haus überfallen? Wo hast du überhaupt die Waffe her? Warst du im Schuppen?«

»Ja. Ich hab die Glocks geholt.« Er deutete auf den Rucksack.

»Und jetzt? Jetzt willst du die Frau durchs Dorf zu unserm Wohnwagen schleppen, oder was?«

»Nee, Mensch. Das hab ich schon durchdacht. Ich halte die hier so lange fest, bis ihr mit dem Wohnwagen hier seid. Ihr könnt allerdings erst heute Nacht vom Campground fahren, wenn's dunkel ist. Dann kriegen die Nachbarn hier nix mit, wenn wir sie einladen. Und dann ... dann kann sie sich in meiner Wohnung um den Kleinen kümmern, bis wir nach Polen loskönnen.«

»Erzähl ihr doch noch mehr!«, schrie der Ältere. »Erzähl ihr, wer wir sind und wo wir wohnen. Wo wir hinwollen, weiß sie jetzt ja schon.«

Seine maßlose Wut ließ Annika aufschluchzen. »Bitte, was wollen Sie denn nur von mir?«

Der Jüngere bohrte ihr den Pistolenlauf schmerzhaft in die Schläfe. »Du … sollst … ruhig sein!«

»Fuck, fuck, fuck!« Der Ältere hatte Tränen in den Augen. »Du hast uns damit ans Messer geliefert, du Riesenidiot. Was glaubst du denn, was wir danach mit ihr machen?«

Annika fühlte, wie ihr Blut in den Beinen nach unten sackte. Hätte sie nicht gesessen, wäre sie jetzt zusammenklappt. Angsterfüllt blickte sie den Mann an ihrer Seite an, dessen Zungenspitze über die Lippen fuhr.

»Das überlegen wir uns noch. Das kriegen wir doch hin, oder?« Seine Stimme klang überwältigend unsicher. »Wichtig ist doch erst mal, dass sie dem Kleinen hilft. Oder willst du ihn verrecken lassen?«

Der Ältere schüttelte nur verzweifelt seinen Kopf. »Ich muss Devil holen.« Er schluckte. »Meine Güte, der wird ausrasten.«

Devil? Ausrasten? In Annikas Kopf rauschte es. Was passierte hier nur? Das war ein Alptraum. Ja, bestimmt. Sie schlief und würde gleich schweißgebadet aufwachen.

Sie schloss die Augen, wissend, dass die Hoffnung auf einen Alptraum ein Hirngespinst war. Sie war in der Hölle.

*\*\**

»Rammberge!«, rief Lyn auf dem Flur des K1 in die offenen Bürotüren, als sie zurück im Polizeipräsidium war. Sie stellte die mit Schokolade überzogenen Rumberge im Besprechungszimmer ab, ging in die kleine Etagenküche und befüllte die Kaffeemaschine. Da der Geschirrspüler immer noch nicht ausgeräumt war – eigentlich Birgits Aufgabe –, standen nur noch zwei Becher im Schrank. Einer mit abgebrochenem Griff und Thilos heiliger Wacken-Becher mit dem Bullenschädel, den niemand anzufassen wagte. Seufzend machte Lyn sich daran, den Spüler zu leeren. Das war besser, als sich von der Sekretärin anzuhören, dass sie völlig überlastet sei.

Es dauerte keine fünf Minuten, dann waren die Mitglieder

der Mordkommission im Besprechungsraum vereint. Die Leckereien aus dem Itzehoer Café Ramm lockten zu jeder Zeit alle hinter den Schreibtischen hervor. Dass sie heute Morgen bereits ein ganzes Blech Streuselkuchen verputzt hatten, stellte niemand zur Diskussion. Kuchen ging immer.

Julia Kromme hatte Lyn die Datei mit den Fotos und Zertifikaten des geraubten Schmucks, soweit vorhanden, ausgehändigt. Sie würde sie an das BKA senden, damit sie in die dort geführten Datenbanken zu geraubten Schmuckstücken eingestellt würden. Außerdem ging die Datei an den Verband der Juweliere. Es waren ein paar sehr ausgefallene Stücke darunter. Die Juwelierin war noch nicht in der Lage, die genaue Schadenshöhe zu errechnen, aber laut ihrer ersten Schätzung belief sich der Verkaufswert des geraubten Schmucks auf circa dreihundertachtzigtausend Euro.

Im Schmuckstübchen Stöther war die Beute geringer ausgefallen. Dort belief sich der Schaden auf knappe zweihunderttausend Euro. Lyn schätzte, dass die Räuberbande für ihre heiße Ware von einem Hehler rund ein Drittel des Verkaufspreises bekommen würde. Den Erlös mussten sie dann noch vierteln. Und dafür hatte Alexander Kromme sterben müssen und seine Familie so viel Leid erfahren!

Lyn hatte ihren Rumberg mit Genuss gegessen, doch jetzt wurde ihr ein wenig schwummrig. Die Luft im Besprechungsraum war schlecht, trotz der gekippten Fenster. Sie pustete sich mit vorgeschobener Unterlippe Luft an ihre Stirn und blickte aus dem Fenster, durch das der Stadtverkehr zu hören war, gedämpft, weil die Mordkommission sich im zehnten Stock befand. Es sah nach einem Gewitter aus. Hoffentlich kühlte es sich danach weiter ab. Die Schwüle setzte ihr zu.

Wo die Räuber jetzt wohl steckten? Waren sie noch in der Nähe, oder brachte das Hoch Jolanda sie weiter südlich zum Schwitzen? Oder waren sie längst in Osteuropa oder wo auch immer untergetaucht? Es gab jedenfalls kein Krankenhaus, das sie aufgesucht hatten. Zumindest gab es keine Meldungen darüber. Und wer weiß, vielleicht war die Verletzung des Räubers auch nur oberflächlich. Bei einem Streifschuss würden sie vielleicht auf eine ärztliche Behandlung verzichten, um nicht geschnappt zu werden.

»Und, alles gut?«, flüsterte Hendrik ihr ins Ohr, als sie zurück in die Büros gingen.

Lyn sprach genauso leise. »Wenn du mich das heute noch einmal fragst, schreie ich.«

＊＊＊

Ein unsichtbares Gewicht schien am Minutenzeiger der Uhr zu hängen, so kam es Annika vor. Sie saß so, dass sie die Esszimmeruhr im Blick hatte. Die Zeit wollte nicht verstreichen. Und sie wusste nicht, ob sie dankbar dafür sein sollte oder nicht.

Was würde passieren, wenn der Ältere mit diesem Devil zurückkam? Was würde überhaupt mit ihr passieren? Wer waren diese Männer, und was wollten sie von ihr? Die Fragen überschwemmten sie und brannten ihr auf der Zunge, doch sie schwieg, so wie ihr Peiniger es von ihr verlangte. Immer wieder kreuzten sich ihre Blicke. Er saß am Esszimmertisch, die Waffe vor sich. Ab und an fummelte er auf seinem Handy herum, doch die meiste Zeit behielt er sie im Auge.

Annika registrierte, dass sein Shirt genauso durchgeschwitzt war wie ihres unter dem Morgenmantel. Und sie fragte sich, ob es die kolossale Anspannung war, die ihn schwitzen ließ, oder, wie bei ihr, auch Angst. Fürchtete er die Reaktion dieses Devil, von dem der andere gesprochen hatte?

Dieser Gedanke bereitete ihr zusätzliche Angst.

»Was wird mit mir passieren?« Sie konnte einfach nicht mehr schweigen. Sie musste diese Frage stellen.

Statt der erwarteten barschen Ansage, dass sie den Mund halten solle, antwortete er: »Dir? Dir passiert nix. Du –« Er brach ab, weil die Haustür aufgeschlossen wurde. Der Ältere hatte den Schlüssel mitgenommen, als er gegangen war.

Annika hoffte, dass einer der Nachbarn bemerken würde,

dass diese fremden Männer hier ein und aus gingen. Sie mussten das doch merken! Und reagieren!

Doch der Gedanke an die Nachbarn erstarb, als sie Sekunden später in das unbekannte Gesicht starrte, das zu dem Mann gehörte, den der Ältere mitgebracht hatte. Dieser Mann war … ein Tier. Breit wie ein Schrank, mit einem groben, an den Wangen vernarbten Gesicht. Doch all das war nichts gegen seine Augen.

Ungläubig, wutentbrannt starrte er sie an.

Annika war klar, dass sie Devil vor sich hatte. Ihr Herz hämmerte in der Brust. Die anderen beiden Männer hatten in ihr schon nackte Angst ausgelöst, aber diese Angst war durchaus noch steigerungsfähig, stellte sie fest, als sie in seine Augen blickte.

»Uns wird schon was einfallen«, begann der Ältere, »wir –«

»Seid ihr wahnsinnig?«, fuhr der Mann ihm über den Mund. Nicht laut, aber gerade diese leise Zurechtweisung war durchdringend. »Seid ihr to-tal bescheuert?«

Annika lief eine Gänsehaut über die Arme. Seine Stimme hatte etwas Reibendes, etwas Brutales.

»Wir mussten was tun«, sagte der Ältere aufgebracht, aber dennoch bemüht, seine Stimme nicht laut werden zu lassen. »Sie ist Ärztin und kann Roman helfen.«

Roman? Das musste der Name des »Kleinen« sein, von dem sie immer sprachen. Annika wünschte, er hätte den Namen nicht genannt. Sie wollte nichts über diese Männer wissen. Gar nichts, denn es brachte sie dem Tod näher als dem Leben. Und dass sie mit dieser Annahme recht hatte, bestätigten ihr die Worte des Mannes, den sie Devil nannten.

»Sie kann Roman helfen«, äffte er mit heller Stimme den anderen nach. »Warum gibst du ihr nicht gleich unsere Nachnamen! Und Adressen!« Seine Stimme schwoll an. »Am besten, wir latschen gleich zum Bullencontainer auf dem Gelände rüber. Dann sparen wir uns das dämliche Versteckspielen.« Speichel spritzte ihm aus dem Mund, so aufgebracht spie er seinem Gegenüber die Worte ins Gesicht.

Annika wurde vor Angst übel.

»War nicht meine Idee«, verteidigte der Ältere sich. »Aber nun ist es, wie es ist. Wir kriegen das schon geregelt.«

Devil schüttelte den Kopf. »Was stellst du dir vor, du Idiot? Etwa, dass wir sie laufen lassen können?«

Der Jüngere war vom Esstisch aufgestanden. Blass starrte er zu Boden, schluckend, mit zitternden Händen.

»Da fällt mir schon was ein«, stieß der andere aus. Dass er diesem Devil dabei nicht in die Augen sehen konnte, beruhigte Annika keineswegs.

»Da fällt mir schon was ein«, äffte Devil ihn noch einmal nach. Er packte den anderen am Shirt. »Was seid ihr nur für dämliche Arschlöcher! Jetzt werden wir noch 'ne Tote an der Backe haben!«

Annika schrie auf. Ihr Oberkörper ruckte stereotyp vor und zurück. »Bitte! Bitte, ich sage nichts! Kein Wort. Ich … ich habe Kinder. Bitte! Ich schwöre es. Bei meinem Leben.« Sie hielt in der Bewegung inne und starrte tränenblind zu den Männern hinüber.

Devil ließ den anderen los. Er kam langsam näher, blieb direkt vor ihr stehen und musterte sie. Ausgiebig.

Annika stockte der Atem. Sein Blick wanderte von ihrem Gesicht abwärts, verweilte auf ihren Brüsten, bevor er an ihren nackten, schlanken Beinen weiterglitt, die der kurze Morgenmantel freigab. Seine Zungenspitze fuhr über die für das breite Gesicht ungewöhnlich schmalen Lippen. Er grinste.

»Du solltest nicht auf dein Leben schwören, Süße. Denn das ist nur noch Dreck wert.« Sein Grinsen wurde breiter. »Aber uns beiden fällt vielleicht was ein, wie du es verlängern kannst, Sweetie.«

Annika blieb das Herz stehen. Zumindest fühlte es sich so an, als er vor ihr in die Knie ging und seine Hand langsam ihren nackten Schenkel hinaufwandern ließ.

»Spinnst du?«, kam unerwartet Hilfe von dem Älteren. Er packte Devil am Arm und zog ihn hoch. »Lass sie in Ruh. Glaubst du, die ist hier, damit du sie ficken kannst? Sie soll uns helfen. Und das wird sie. Und dann entscheiden wir, was wir mit ihr machen. Kapiert?«

»Alter, ich fick *dich* gleich«, fauchte Devil und packte sein Gegenüber am Shirt.

Der tat es ihm gleich. »Jetzt pass mal gut auf! Du bist schuld, dass der Junge mit 'ner Drecckskugel im Wohnwagen liegt. Hättest du die Räume im Laden besser gecheckt, hätte er sich die Kugel nicht eingefangen.«

Annika erstarrte. Sie wusste in diesem Moment, wen sie vor sich hatte.

Die Bankräuber!

Devil schien einen Moment verblüfft. Er ließ los, dann lachte er auf. »Hat der Stress dir das Gehirn verkokelt, oder was? Was laberst du da? Ich hatte alles gecheckt. Was weiß ich, wo der Typ hergekommen ist.«

In Presse und Radio hatte Annika die Meldungen über den Raub in Itzehoe und den Mord an Alexander Kromme entsetzt verfolgt. Der Juwelier hatte Matthias und ihr die Silberkette mit dem Schutzengelchen verkauft, die sie Ida zum Geburtstag geschenkt hatten.

Und in einer dieser Meldungen hatte sie auch gehört, dass einer der Räuber angeschossen worden war.

Devil schnaubte. »Das bringt uns alles jetzt auch nicht weiter. Die Fotze hier zu entführen«, sein Blick wanderte zu Annika, »war jedenfalls ein Fehler.«

Annika schrie. Bei dem, was sie in seinen Augen las, konnte sie es nicht zurückhalten. Die Angst ließ nicht mehr zu, ruhig zu bleiben, egal was passieren würde.

Sie hörte ihren eigenen Schrei seltsam dumpf in ihren Ohren und sah im gleichen Moment eine Faust kommen. Das Knacken ihrer Nase und den fürchterlichen Schmerz nahm sie mit in die Dunkelheit.

## ACHT

Als Annika aus der Bewusstlosigkeit erwachte, brauchte sie einen Moment, um sich zu orientieren. Ein Moment, in dem sie erneut inbrünstig hoffte, einen grässlichen Alptraum zu erleben, gleich aufzuwachen und nach Matthias' Hand fassen zu können.

Aber dieser Wunschgedanke schmolz sekundenschnell, als ihr klar wurde, dass sie nach wie vor auf dem Stuhl im Esszimmer hockte. Ihr Gesicht war ein einziger Schmerz. Auch ihre Schultern und Arme taten weh, und die Übelkeit war echt. Sie riss die Augen auf und wollte schreien, aber das war unmöglich. Panisch richtete sie sich so gerade wie möglich auf und versuchte, die Lippen aufzureißen. Vergeblich. Die Schreie aus ihrem tiefsten Inneren erstickten an der Barriere vor ihrem Mund, ließen sie nur noch schwindliger werden.

Die Übelkeit kroch nach oben.

Oh Gott, ich darf mich jetzt nicht erbrechen!

Panisch begann sie, durch die Nase zu atmen. Viel zu schnell, schoss es ihr durch den Kopf. Wimmernd versuchte sie, sich auf langsameres Atmen zu konzentrieren. Ein und aus ... ein und aus ... Sie musste ihren Herzschlag beruhigen, dann würde die Übelkeit vergehen. Aber das war in ihrer Panik alles andere als einfach.

Nicht erbrechen! Du erstickst!

Sie zwang sich, ihre Gedanken von ihrem Körper wegzulenken. Wo waren die Männer? Hatten sie sie hier allein gelassen? Ein Hoffnungsschimmer breitete sich in ihr aus. Sie drehte vorsichtig ihren vom Faustschlag noch brummenden Schädel, und ... der Hoffnungsschimmer zerbarst. Der jüngere Mann saß auf dem Sofa. Er wischte auf seinem Smartphone herum und hatte anscheinend noch nicht mitgekriegt, dass sie wach war.

Dankbar registrierte sie, dass ihr Kopf klarer wurde und

die Übelkeit ein wenig abnahm. Wieder versuchte sie, die Lippen zu öffnen. Wenn es doch nur einen Spalt gäbe! Aber es war nicht möglich. Sie spürte dem nach, was ihren Mund verschloss, und kam zu der Einsicht, dass es Klebeband war, das auf ihren Lippen lag und um ihren Kopf geschlungen war, denn es ziepte an den Haaren, wenn sie den Kopf bewegte. Vermutlich das gleiche silberfarbene Klebeband, mit dem ihr die Fußgelenke an die Stuhlbeine gebunden worden waren.

Sie versuchte, sich ein wenig anders zu positionieren, was mit den auf dem Rücken zusammengebundenen Händen nicht einfach war.

Erschöpft lehnte sie den Kopf in den Nacken zurück. Die wirrsten Gedanken schossen ihr durch den Kopf. Letztendlich kristallisierte sich ein Gedanke heraus. Er beherrschte ihr Denken.

Sie würden sie töten.

Die Bande konnte sie nicht gehen lassen. Sie hatte sie gesehen. Sie konnte jeden einzelnen der drei Männer beschreiben, denn die Gesichter hatten sich schon jetzt in ihr Hirn gebrannt.

Aber … es konnte doch nicht sein, dass niemand aufmerksam wurde! Die Nachbarn mussten doch sehen, dass fremde Männer das Haus betreten hatten.

Und Matthias würde ihr helfen! Ihre Kollegen würden sie vermissen!

Doch wann?

Wie ein Kübel Eiswasser ergoss sich die Erkenntnis über sie, dass Matthias sie noch nicht vermisste. Er war mit den Kindern bei seinen Eltern in Mölln. Er ging davon aus, dass sie nach der Nachtschicht ausschlief. Sie hatten abgemacht, dass sie am Nachmittag anrufen würde, um mit ihm und den Kindern zu plaudern. Und ihre Kollegen würden sie auch erst am Abend vermissen, wenn sie nicht zum Dienst erschien.

Annika begann zu weinen, als ihr klar wurde, dass Wienke sie bestimmt anrufen würde. Zu Hause … und auf dem Handy. Und sie würde nicht rangehen. Was würde die Krankenschwester dann tun? Matthias' Handynummer hatte sie nicht.

Annika musste sich zwingen, das verzweifelte Schreien, das in ihrer Kehle hockte, zurückzudrängen. Sie musste ruhig bleiben.

*\*\**

Die an den Schläfen herunterlaufenden Schweißtropfen kitzelten auf der Haut. Ulf wischte sie mit der Handfläche fort. Seine Haut klebte überall, sein Shirt war dunkel vor Feuchtigkeit, und er wäre zu gern aus dem Wohnwagen nach draußen geflohen, aber dazu hätte Devil ihn ablösen müssen. Doch der hatte sich, nachdem sie das Haus der Ärztin verlassen hatten und zum Campground zurückgekehrt waren, mit Rum zugeschüttet und war danach verschwunden.

Dieser Arsch! Von wegen: »Bin gleich wieder da.« Seit mehr als zwei Stunden war er schon weg. Ulfs Finger tackerten auf dem Tischchen herum. Er musste unbedingt eine rauchen, aber hier drinnen im Wohnwagen wollte er das nicht. Roman ging es schon dreckig genug in der miesen Luft. Da der Junge immer wieder stöhnte, traute er sich nicht, das Fenster auch nur kurz zu öffnen. Die Gefahr, dass einer ihrer Nachbarn ihn hörte, war bei dem Lärm um sie herum zwar gering, doch nicht auszuschließen.

Die Sucht trieb ihn letztendlich doch nach draußen. Er öffnete vorsichtig die Tür und spähte hinaus. Sarg-Gockel war nicht zu sehen. Hastig verließ er den Wohnwagen. Er lehnte sich gegen die Tür, steckte sich eine Gauloises an und inhalierte den Rauch tief.

Sein Blick fiel auf den Blechsarg, der in der Sonne glänzte. Am Morgen hatte Gockel einem Journalisten ein Interview für die »Festival Today« gegeben. Ulf hatte durch das Wohnwagenfenster beobachtet, wie er für ein Foto stolz hinter seinem Sarg posiert hatte. Glücklicherweise war der Journalist schnell wieder verschwunden.

Einen Moment lang hielt Ulf den Kopf der Sonne entgegen und genoss die Wärme. Die Luft war hier draußen besser, aber sein Schädel brummte, während er die Zigarette förmlich auf-fraß.

Was sollten sie nur tun? Ihm war bewusst, dass Devil recht hatte. Sie konnten die Ärztin nicht leben lassen. Sie würde sie alle verraten. Jannek hatte totale Scheiße gebaut, als er sie entführt hatte. Wie konnte der Junge nur so dumm gewesen sein, die Folgen auszublenden?

Er sog den Qualm tief ein und stieß ihn geräuschvoll wieder aus. Mit der Glut der Kippe steckte er sich gleich die nächste Zigarette an.

Ringsherum herrschte frohes Treiben. Sein Englisch war nicht gut genug, um die Songtexte zu verstehen, die aus ver-schiedenen Richtungen über den Campground klangen, aber die harte Musik passte zu seiner dunklen Stimmung.

Ganz tief innen drinnen nagte die Wut an ihm, ja der Hass. Es war Hass auf Devil, der den Juwelier getötet hatte. Der nicht aufgepasst hatte. Der an Romans Verwundung die Schuld trug.

Wo steckte der Typ eigentlich so lange? Oder war er etwa doch schon zurück?

Ulf ging zum Zelt. Tatsächlich, Devil pennte. Wie konnte er nur so ruhig bleiben? Ulf hatte das Gefühl, nie wieder schlafen zu können.

Trotz des geöffneten Eingangs herrschte schlechte Luft in dem Viermannzelt, was Devil anscheinend nicht störte. Nackt lag er auf dem Schlafsack und sägte, was das Zeug hielt. Zusam-mengeknüllte, feuchte Klamotten von ihm und Jannek lagen herum. Devils Füße starrten vor Dreck, auch der Rest seines Körpers hatte noch kein Wasser gesehen, seit sie hier waren. Es stank nicht nur nach Alkohol aus dem Zelt heraus.

Ulf schnaubte. Kein Wunder, dass Devil so weit weg war. Er hatte anscheinend etliche kalte Bier und dazu ein paar Cap-tain Morgans inhaliert. Wütend ging er die paar Schritte zum Wohnwagen zurück.

»Leckt mich alle am Arsch«, murmelte er. Er würde sich jetzt eine kalte Dusche gönnen. Was sollte schon passieren?

Roman schlief. Jannek hütete die Ärztin in ihrem Haus. Und Devil würde sich in den nächsten zehn Minuten kaum rühren.

Mit Duschgel und Handtuch machte Ulf sich zwei Minuten später auf den Weg zu den Duschen.

Ein stechender Schmerz am Fuß ließ Devil hochschießen. Er schlug mit der Hand auf seinen Knöchel. »Scheiße, was ...?« Eine Wespe zappelte auf dem Schlafsack, ihr Stachel steckte in seiner Haut. »Drecksvieh!« Er zog den Stachel raus und zerquetschte die Wespe mit einem herumliegenden Shirt.

»Fuck!« Wütend rieb er über die stechend brennende Stelle. Er krabbelte aus dem Zelt und reckte sich ausgiebig an der frischen Luft. Es war ihm egal, dass er nackt war. Und Sandra, die gerade aus dem Nachbarzelt krabbelte und sich auf ihren Klappliegestuhl setzte, schien es auch nicht zu stören. Sie trug zwar eine Sonnenbrille, und er konnte ihre Augen nicht sehen, aber er war sich sicher, dass sie ihn betrachtete.

Er hatte recht, denn sie setzte sich im Liegestuhl auf und beugte sich so weit vor, dass ihre Silikonbrüste in dem schwarzen Bikinioberteil noch besser zur Geltung kamen. »Ich könnte ein bisschen Gesellschaft gebrauchen. Mick ist los Richtung Infield. Er will nachher Trivium hören. Und vorher noch 'ne hiesige Gruppe. Asrock. Also, komm rüber, Adler-Man.« Sie deutete auf den leeren Liegestuhl neben sich. »Für dich auch ein Käffchen?«

Er grinste. Sie spielte auf sein Tattoo an, das sich über die komplette Brust, Hals und Schultern zog. »Nee, ich muss jetzt erst mal was Kaltes trinken.«

»Na dann.« Sie machte einen Schmollmund, zupfte an ihrem Oberteil herum und ließ sich langsam zurücksinken.

Devil drehte sich abrupt weg und verschwand wieder im Zelt. Die Schlampe erregte ihn. Und das, obwohl sie nicht in sein Beuteschema passte. Die Nutten, die er sich aussuchte, waren höchstens zwanzig. Und blond.

Aber die Nutten waren weit weg.

Es dauerte, bis die Erektion abklang. Er zwang sich im

Zelt in seine Jeans, die unten herum steif vom getrockneten Schlamm war. Wo steckten eigentlich die anderen? Hockten die etwa beide bei Roman im stickigen Wohnwagen? Und erst in diesem Moment schoss ihm wieder durch den Kopf, wo Jannek war und was der getan hatte.

Die Arzt-Schlampe!

Ernüchtert krabbelte er aus dem Zelt und trat an den Wohnwagen. Als er den Griff der Tür runterdrückte, gab sie nicht nach.

Mit der Faust hämmerte er einmal dagegen. »Mach auf!«

Aber es öffnete niemand. Und es kam auch keine Antwort.

Was war hier los?

Er ging zum Fenster, um durch die Gardinen zu linsen. Aber die Handtücher hingen davor. War Ulf etwa weggegangen? In ihm begann es zu brodeln. Das würde der Wichser doch nicht bringen? Er würde den Kleinen doch wohl nicht unbeaufsichtigt lassen?

Sein Blick wanderte über die Nachbarzelte, während er den Wohnwagen einmal umrundete. Auf dem zugemüllten Platz der bayerischen Clique herrschte gähnende Leere. Anscheinend hatte sich die Truppe komplett zu den Bühnen aufgemacht, von denen der leichte Wind harte Bässe herüberwehte. Von den Dänen saßen zwei auf Klappstühlen vor einem der Wohnmobile und daddelten auf ihren Smartphones rum, auf dem Grill zwischen ihnen verströmten Bratwürste einen herrlichen Duft.

Devil verspürte Appetit. Aber nicht nur auf Wurst. Und aus diesem Grund streifte er sich ein T-Shirt über, zog seine Stiefel an und marschierte los. Er würde Jannek einen Besuch abstatten. Und der hübschen Frau Doktor.

✳✳✳

Annika spürte, dass die Übelkeit zurückkam. Wo war ihr Peiniger? Sie musste ihn auf sich aufmerksam machen. Sie brauchte Wasser. Er musste ihr das fürchterliche Klebeband abnehmen.

Er war vor ein paar Minuten die Treppe hinaufgegangen und

noch nicht zurückgekommen. Die Vorstellung, dass er dort oben durch das Schlaf- und die Kinderzimmer ging, vielleicht Schränke und Schubladen öffnete und persönliche Sachen berührte, war schrecklich. Dieser Mann entweihte die Räume, die für Geborgenheit und Liebe standen.

Sie blickte auf die gläserne Esszimmer-Vitrine. Sie hatte es nicht glauben wollen, als Matthias ihr prophezeit hatte, dass die Gläser darin vibrieren würden, wenn die Bands auf den Haupttribünen spielten. Er hatte recht. Die Bässe drangen tatsächlich in ihr Haus ein. Wie die unheimlichen Männer.

Draußen tobte das Leben. Fünfundsiebzigtausend Metalheads amüsierten sich in ihrer eigenen friedlichen Welt. Musik und Spaß, Lachen und Gespräche, Essen und Trinken bestimmten diese Tage.

Annika kamen erneut die Tränen. Außerhalb ihres Gefängnisses war die Welt in Ordnung. Es war so unvorstellbar und unfassbar, dass um sie herum diese unglaubliche Party stattfand und keiner der Abertausenden Menschen auch nur im Geringsten ahnte, was hier vor sich ging. Keiner der Metalheads wusste, dass sich Bankräuber unter sie gemischt hatten. Bankräuber, von denen einer ein Mörder war. Vielleicht war es dieser Devil, vielleicht auch nicht, auf jeden Fall wollte er jetzt sie töten.

Hoffnung hatte das ständige Telefonklingeln in ihr ausgelöst, das seit dem Nachmittag immer wieder in kurzen Abständen erklang. Das konnte nur Matthias sein, der auf ihren Anruf wartete. Er sorgte sich bestimmt, und er würde doch irgendwie reagieren, wenn er sie nicht erreichte!

In diese Gedanken hinein hörte sie, wie die Haustür geöffnet wurde. Schwere Schritte erklangen auf dem Flurlaminat.

Bitte, bitte, lass es den anderen sein. Bitte, bitte!

Ihr Gebet wurde nicht erhört.

Mit weit aufgerissenen Augen starrte sie Devil an, als er das Esszimmer betrat, den Raum kurz scannte und dann die Tür hinter sich schloss.

Annikas Herzschlag galoppierte, als sein Blick sich ihr zuwandte und sich veränderte. Das Lauern darin wurde abgelöst von etwas anderem. Etwas, das ihr einen grausigen Schauder über den Rücken jagte.

»Sweetie.« Seine Stimme klang, als habe er einen ewig gesuchten Schatz endlich gefunden. Mit der rechten Hand – eigentlich war es eine Pranke – rieb er sich den Brustkasten. »Kein Schwein da. Nur du und ich.« Seine vom Nikotin gelblichen Zähne bleckten sie an. »Eigentlich sollte ich stinksauer sein auf die anderen beiden, was? Aber jetzt, wo wir beide hier so allein sind …«

Annika begann wie von Sinnen gegen das Klebeband zu schreien. Aber die Schreie waren so grauenhaft sinnlos. Ihr Kopf wollte platzen von der Anstrengung, einen lauten Ton herauszubringen.

»Sweetie, das hört keiner«, sagte er ungerührt und kam langsam auf sie zu. »Und falls Jannek auftaucht, kann er zugucken und noch was lernen.«

Jannek … Doch war es Annika inzwischen völlig egal, ob sie irgendwelche entscheidenden Informationen erhielt.

Devil verschwand in der Küche und kam mit einem Kartoffelschälmesser zurück. Er ging vor ihr auf die Knie und durchtrennte mit zwei Schnitten das Klebeband, mit dem ihre Knöchel an die Stuhlbeine fixiert waren. Er spreizte ihre Schenkel, und seine Hand griff hart in ihren Schritt.

Annika schrie sich die Lunge aus dem Hals, erstickte aber an der Barriere vor ihren Lippen.

Er zog sie hoch, als wöge sie nichts, und warf sie brutal zu Boden. Mit den noch auf den Rücken gefesselten Händen schlug sie mit dem Kopf so hart auf dem Laminat auf, dass ihr Schädel platzen wollte. Trotzdem strampelte sie mit den Beinen, so wild es nur ging. Aber er hatte Bärenkräfte. Er klemmte sich ihre Beine zwischen seine, sodass sie sich nicht mehr rühren konnte, und richtete sich nur sekundenlang auf, um seinen Hosenschlitz zu öffnen.

»'ne studierte Fotze hatt ich noch nicht.«

Sein ungewaschener Körper verströmte einen widerlichen Geruch, aber das spielte keine Rolle. Sie starb jetzt sowieso.

Ihr wurde schwarz vor Augen. Wie im Traum spürte sie, dass er ihren Morgenmantel zur Seite zerrte, das Shirt am Bündchen packte und es ruckartig entzweiriss. Im nächsten Moment würde er ihren Slip zerreißen.

»Bist du irre?«, erklang eine wütende Stimme.

Die Last von ihren Beinen verschwand. Wimmernd ging sie auf die Seite und zog die Beine an sich heran, während Jannek, den sie nicht hatte hereinkommen hören, seine Arme von hinten um den Brustkorb des anderen geschlungen hielt. Mit schreckensweiten Augen sah sie dem Gerangel zu.

»Lass mich los!«, zischte Devil, sich wild bewegend, aber der Jüngere gab nicht nach, sondern hielt ihn umklammert.

»Ich lass dich los, wenn du wieder normal bist!«

»Wenn ich … die Nutte … ficken will …«, Devils Stimme klang jetzt leiser, aber nicht weniger hasserfüllt, während er sich aus den Armen des Kumpels zu lösen versuchte, »dann tu ich das.«

»Nicht, solange wir hier sind«, stieß Jannek aus. Allerdings ließ er Devil los. »Und jetzt beruhig dich und verpiss dich! Geh am besten mal duschen. Du stinkst wie 'ne Pottsau.«

Ruckartig drehte Devil sich zu ihm um. Die Nasen der Männer berührten sich fast, so nah ging er mit seinem Gesicht an das des anderen. »Pass gut auf, Baumann, dass du mir nicht im Dunkeln begegnest!«

»Halt die Fresse, Mann!« Jannek warf ihr einen schnellen Blick zu.

Devil lachte hämisch auf. »Sie wird keine Namen mehr nennen können.« Er formte Daumen und Zeigefinger der rechten Hand zur Waffe und zielte auf ihren Kopf. »Bäm!«

Er warf ihr einen letzten hasserfüllten Blick zu. »Und vorher fick ich dich kaputt«, zischte er, bevor er das Esszimmer verließ.

*⁎*

»Eigenartig. Annika geht immer noch nicht ran.« Mit gerunzelter Stirn legte Matthias Blomberg das mobile Telefon auf den Gartentisch zurück und sah seine Mutter an, die ihm auf der Terrasse seines Elternhauses gegenübersaß. Sie hatte Emil auf dem Schoß und fütterte ihn mit einem Joghurt.

»Vielleicht ist sie einkaufen?« Gitta Blomberg stellte den leeren Joghurtbecher auf den Tisch und wischte Emils Mund mit einem feuchten Waschlappen ab, was er mit einem ungnädigen Laut quittierte. Er zog den Kopf weg. Sie setzte ihn runter, und er tappte auf unsicheren Beinchen Richtung Sandkiste, wo seine Schwester mit bunten Förmchen Sandkuchen backte.

»Aber dann hätte sie vorher angerufen. Sie weiß doch, dass wir auf ihren Anruf warten.« Matthias blickte auf seine Armbanduhr. »Sie muss ja gleich schon wieder los.«

Es war nach siebzehn Uhr, und Annika hatte Ida gestern versprochen, sich gegen sechzehn Uhr zu melden. Aber die Zeit war verstrichen, ohne dass sie etwas gehört hatten. Er hatte Ida getröstet und gesagt, dass ihre Mutter vielleicht länger als erwartet gearbeitet hatte und daher noch schlief. Aber dass sie jetzt immer noch nicht zu erreichen war, hinterließ ein komisches Gefühl.

»Sie schläft wahrscheinlich wirklich noch«, sagte Gitta Blomberg. »Und du hast doch gesagt, ihr Handy ist kaputt. Also konnte sie es dir nicht schreiben, bevor sie zu Bett gegangen ist.«

»Hm.« Matthias war nicht überzeugt. »Irgendwie passt es nicht zu Anni. Wenn es so wäre, hätte sie doch vom Festnetz aus hier angerufen, bevor sie zu Bett gegangen ist. Damit wir uns keine Sorgen machen.« Er stand auf, weil Ida nach ihm rief. Anscheinend gefiel es ihr nicht, dass Emil mit einer Plastikschaufel ihre Sandformen zertrümmerte.

»Ich warte jetzt noch eine halbe Stunde ab«, sagte er im Gehen zu seiner Mutter. »Dann ruf ich mal bei der Nachbarin an. Frau Karthun kann schnell mal rüberschauen.«

\*\*\*

Ulf hockte auf Knien auf der durchgeweichten Grasfläche vor dem Zelt und war dabei, Janneks Rucksack aufzurollen. Er hatte beschlossen, schon mal zu packen, damit sie das Festivalgelände sofort verlassen konnten, wenn es dunkel war. Jetzt, wo Jannek diesen Mist mit der Ärztin gebaut hatte, war es zu gefährlich, länger als nötig hierzubleiben.

Devil hatte dieser Planänderung nur widerwillig und mehr als wütend zugestimmt. Ulf hatte ihn weggeschickt, um Abendessen zu besorgen. Und vor allem, damit er sich abregte. Seit er vom Haus der Ärztin zurück war, war er unausstehlich gewesen.

Ulf fühlte sich von Sarg-Tobi beobachtet, der auf seinem rostigen Klappstuhl saß. Der Junge trug zwar In-Ears und Sonnenbrille, aber Ulf war sich sicher, dass er zu ihm herübersah. »Bin ich froh, wenn wir hier weg sind«, murmelte er vor sich hin und begann, die Kleidungsstücke, die verstreut im Zelt lagen, in den schwarzen Müllbeutel zu stopfen, der zum Inhalt der Full Metal Bag gehörte.

»Was brabbelst du da?« Devil war zurück. Er stank nach Alkohol. Seine Stimme klang noch immer schwer genervt. Er warf drei Pappen mit Würsten auf den Campingtisch.

»Der Sarg-Fuzzi steht mir bis zum Hals.«

Devil grunzte nur, weil Tobi aufgestanden war und zu ihnen herüberkam. In der Hand hielt er eine Konserve Ravioli, aus der er im Gehen löffelte.

»Wat is denn bei euch los? Packt ihr etwa?«

»Wir reisen ab«, antwortete Ulf kurz angebunden. Er sah zu Devil, der anfing, die Heringe herauszuziehen, obwohl das Zelt noch nicht leer geräumt war.

»Wieso denn? Dit jeht hier doch erst richtig los. Heut Abend stehen Apocalyptica und Megadeth auf der Black Stage. Ach nee«, er schlug sich gegen die Schläfe, »die Bühnen ham se ja umjetauft. Harder heißt die Black Stage nu. Wat 'n Quatsch. Aber haben se ja drüber abjestimmt. Und wir sind ja Demokraten, wa?«

Ulf starrte ihn an. Was faselte der Junge da?

Tobi nahm einen weiteren Happen aus der Raviolidose. »Und morjen wird der Hammer, sag ick dir. Powerwolf, Subway to Sally, Kreator ... Ick freu mir wie Bolle.«

Ruhig bleiben, befahl Ulf sich. »Ja, wir finden's auch scheiße, dass wir losmüssen, aber ... ist 'n Notfall. Family, weißt schon.«

Tobi ließ seinen Löffel sinken. »Oh shit. Kann ick wat für euch tun? Beim Reifenwechseln helfen oder so?«

Ulf sah ihn irritiert an. »Reifenwechseln?«

Auch Devil war aufmerksam geworden. »Was laberst du da?«

Tobi lachte trocken und steckte den Löffel in die Dose. Er deutete zum Campingwagen. »Jetzt sagt nich, dit hat noch keener von euch jemerkt. Ihr habt 'nen Plattfuß an Backbord.«

»Plattfuß?« Ulf lief um den Wohnwagen herum, gefolgt von Devil.

»Oh Mann!« Ulf wurde heiß, als er die Bescherung sah.

»Hab ick beim Pissen jesehn.« Tobi war ihnen hinterhergegangen. »Habt ihr 'nen Ersatzreifen?«

»Nee, haben wir nicht«, fauchte Ulf. »Das ... das ist doch alles ... Fuck!« Er trat wie wild auf den platten Reifen ein.

Devil packte ihn am Arm. »Beruhig dich«, sagte er mit Blick zu Tobi, der unbeeindruckt seine kalten Nudeltaschen weiteraß. »Das kriegen wir schon hin. Ich besorg einen Reifen.«

»Heut nich mehr«, sagte Tobi kauend. »Ist gleich achtzehn Uhr.«

»Na klasse«, sagte Devil ruhig. Der Blick, den er Ulf zuwarf, war allerdings eisig.

# NEUN

Annikas Kopf ruckte hoch, als es an der Haustür klingelte. Ihr Herzschlag erhöhte sich. Wer konnte das sein?

Nahte endlich Hilfe? Oder war es nur der Dritte der Bande? Aber der hatte doch bestimmt einen Schlüssel mitgenommen und musste nicht klingeln.

Annika blickte zu Devil, der vor einer halben Stunde zurückgekommen war und seitdem auf dem Sofa hockte und auf seinem Handy anscheinend irgendwelche Clips mit Hunden ansah, denn ab und an war ein Bellen zu hören. Er saß auf Matthias' Platz, die Füße in den schlammverdreckten Stiefeln auf dem Tisch, mit Matthias' Lieblingswhisky vor sich, nachdem er sich beschwert hatte, dass kein Bier im Haus war.

Jetzt richtete er sich abrupt im Sofa auf, nahm die Füße vom Tisch und starrte sie an. »Wer ist das?«, presste er heraus.

Als wenn sie hellsehen könnte. Und selbst wenn, hätte sie ihm nicht antworten können, schließlich war ihr nach wie vor der Mund zugeklebt.

Sie hob die Schultern. Im selben Moment klingelte es noch einmal.

»Fuck, wer ist das?« Der Jüngere war vom Esszimmerstuhl aufgesprungen.

Die beiden Männer hatten sich, als Devil gekommen war, erneut heftig gestritten. Annika hatte nicht alles mitbekommen, weil das Wortgefecht auf dem Flur stattgefunden hatte, aber anscheinend ging es um einen defekten Reifen an einem Wohnwagen, der erst am nächsten Tag gewechselt werden konnte. Ein weiterer Hoffnungsschimmer für Annika, denn es bedeutete, dass sie wohl heute Nacht noch nicht wie geplant das Haus verlassen würden.

Es klingelte ein drittes Mal. Beide Männer standen jetzt an der Tür zum Flur. Und beide hielten ihre Waffen in Händen. Sie starrten sie an.

Annika konnte nur erneut die Schultern heben.

Devil trat zwei hastige Schritte zur Seite, als jemand ans Wohnzimmerfenster pochte. Er verbarg sich hinter der Vitrine, obwohl die Rollos alle heruntergelassen waren. Die Stimme, die von draußen schwach zu ihnen hereindrang, erkannte Annika als die ihrer Nachbarin.

Frau Karthun war da! Annika begann vor Erleichterung zu weinen.

»Annika? … Annika, sind Sie zu Hause? Hier ist Frau Karthun von gegenüber. Ihr Mann hat mich angerufen. Er macht sich Sorgen. Ich soll ihn zurückrufen.« Ein Moment der Stille trat ein, in der sich Devils Gesicht zu einer hässlichen Fratze verzog, während er zu dem Fenster starrte, ohne selbst gesehen werden zu können.

»Annika?«, erklang erneut die Stimme der Nachbarin. »Geht es Ihnen gut? Ich habe heute Morgen zwei Männer ins Haus gehen sehen. Haben Sie Besuch?«

»Shit!«, entfuhr es dem Jüngeren.

Devil beachtete ihn nicht, sondern stürzte zu Annika.

Vor Schreck setzte ihr Herz einen Schlag aus, als er ihr die Waffe an die Stirn drückte. »Pass gut auf, Frau Doktor. Ich sag das jetzt nur einmal.« Während er sprach, legte er die Waffe auf den Tisch und zog ein Messer aus der Hosentasche. Er drückte einen Knopf am Messer, und die Klinge sprang heraus.

»Du öffnest jetzt die Tür.« Mit einem Schnitt löste er das Klebeband, mit dem ihre Beine an den Stuhl gefesselt waren. »Und dann sagst du der alten Schachtel, dass alles gut ist. Du sagst ihr, dass du 'ne Scheißgrippe hast und darum zu Hause geblieben bist. Verstanden? Denn wenn du das nicht tust, blas ich der Alten 'ne Kugel in die Rübe. Die ist schneller tot, als du bis zwei zählen kannst. Hast du das verstanden?«

Er ging um den Stuhl herum und schnitt die Kabelbinder von ihren Handgelenken.

Es war eine Wohltat, die Arme nach vorn nehmen zu können, aber Annika schenkte dem nicht viel Beachtung. In ihr herrschte ein einziges Gefühlschaos. Matthias hatte die Nachbarin angerufen! Frau Karthun stand vor der Tür, und sie hatte die Männer gesehen, als sie ins Haus gingen. Sie bedeutete Hilfe!

»Ein falsches Wort, und ich schlitz deinen Gören die Kehlen auf! Und ich schwör dir: Sie zu kriegen ist eine meiner leichtesten Übungen.«

Die Worte sickerten in Annikas Bewusstsein, während ihr das Klebeband mit einem Ruck vom Mund gerissen wurde. Es tat höllisch weh, ihre Lippen schienen unter Feuer zu stehen, aber Devils Worte brannten noch viel mehr.

Er packte ihren Arm, zog sie hoch und schleifte sie zur Tür. »Ruf sie zurück!«, fauchte er und öffnete die Haustür einen Spalt. »Und du öffnest die Tür nicht weiter, verstanden?« Er stellte sich so hinter die Tür, dass er von draußen nicht zu sehen war. Mit der Waffe zielte er auf Annikas Schläfe.

Sie konnte nur schlucken, nicken, nicht denken.

»Ruf sie!«

Sie fuhr sich mit der Zunge über die brennenden Lippen und krächzte: »Frau … Frau Karthun …« Das war viel zu leise. Die Nachbarin war schon über die Straße gegangen.

»Lauter!«, befahl Devil auch schon. »Denk dran, was ich dir gesagt hab.«

»Frau Karthun!«

Annika liefen die Tränen über die Wangen, als die Nachbarin stehen blieb und sich umdrehte.

»Ach, Annika, Sie sind ja doch da.« Mit einem für ihre fast achtzig Jahre sehr flotten Tempo kam sie über die Straße zurückgeeilt.

»Hör auf zu heulen«, fuhr der Jüngere Annika leise an, der bisher noch kein Wort gesagt, sondern das Ganze nur mit panischen Blicken verfolgt hatte. Er hatte hinter Devil Position bezogen.

»Na, da bin ich ja beruhigt«, sagte Frau Karthun, als sie vor der Tür stand. »Ich war schon ganz unruhig, nachdem Ihr Mann mich anruf…« Sie brach ab und starrte Annika durch den schmalen Spalt an, den die Tür geöffnet war. »Geht's Ihnen gut? Um Ihren Mund herum ist ja alles rot. Und … haben Sie geweint?«

»Nein … ich …« Annika versuchte, den Kloß in ihrem Hals wegzuschlucken.

Reiß dich zusammen! Reiß dich verdammt noch mal zusammen! Er wird sich Ida und Emil holen!

»Es geht mir gut«, sagte Annika mit festerer Stimme. »Also, nicht … wirklich gut. Eine Allergie …« Mit zittrigen Fingern deutete sie auf Mund und Augen. »Und dazu bin ich auch noch krank. Die Grippe hat mich voll erwischt.«

»Aber dann muss doch Ihr Mann mit den Kindern zurückkommen. Sie sollten nicht allein bleiben, wenn es Ihnen so schlecht geht.«

»Nein!«, stieß Annika panisch aus. »Nein, sie sollen nicht zurückkommen!« Sie mäßigte sich im selben Moment. »Ich … ich genieße einfach die Ruhe. Wenn die Kinder hier sind, kann ich mich nicht so gut erholen.«

»Na dann …« Frau Karthun trat noch einen Schritt vor. Sie legte eine Hand an die Tür. »Dann lassen Sie mich mal rein. Ich mach Ihnen einen schönen Tee. Oder eine Brühe. Das wird Ihnen guttun.«

»Nein!« Annikas Hand krampfte sich an die Tür. Aufstoßen können hätte Frau Karthun sie sowieso nicht, denn Devils Fuß stand innen wie ein Rammbock dagegen. »Das ist sehr nett von Ihnen, aber … ich möchte wirklich meine Ruhe haben. Ich gehe gleich wieder zu Bett.« Sie versuchte ein Lächeln, doch ihre Lippen zitterten so stark, dass es grotesk ausfallen musste.

»Na dann …«, sagte die alte Nachbarin noch einmal, einen Hauch pikiert klingend. »Dann rufen Sie jetzt aber bitte vorher noch Ihren Mann an. Er macht sich schließlich Sorgen.«

Annika nickte. »Ja, natürlich. Ich rufe ihn jetzt gleich an. Sie müssen ihn nicht zurückrufen.«

»Schön. Dann gute Besserung, Annika.« Sie drehte sich um, und Annika wollte die Tür schließen, als die alte Dame sich noch einmal umwandte. »Ach, wer waren denn jetzt diese Männer heute Morgen, die bei Ihnen reingegangen sind? Die trugen ja auch diese scheußliche schwarze Kleidung. Und war nicht heute Nachmittag auch noch ein Mann bei Ihnen? Es sah von drüben für mich aus, als hätte er selbst aufgeschlossen. Das kann doch wohl nicht sein?«

Annika warf einen panischen Blick zur Seite.

Devils Augen sprühten förmlich vor Hass. Er zielte direkt auf ihren Kopf.

»Das …« In Annikas Kopf rotierte es. »Das war mein Cousin. Aus Köln«, phantasierte sie drauflos. »Er ist mit Freunden auf dem Festival, und … und sie haben mich besucht. Ich habe ihnen einen Schlüssel gegeben, damit sie hier duschen können, wann sie möchten. Die Duschen auf dem Gelände sind immer belegt.«

»Ja, die vielen Menschen. Gut, dass ich da nicht sein muss.« Frau Karthun schüttelte sich. »Aber dann ist es ja schade, dass Sie krank sind, wo doch Ihr Cousin schon mal hier ist. Wenn meine Cousine Margret aus Bordesholm mich besucht, ist es ja immer so nett. Wir verplaudern Stunde um Stunde und –«

»Ich möchte jetzt wirklich ins Bett«, fuhr Annika ihr schwach über den Mund. Sie war am Ende ihrer Kräfte. »Auf Wiedersehen, Frau Karthun.«

Als sie die Tür ins Schloss drückte, lähmte sie der Gedanke, dass es vielleicht kein Wiedersehen geben würde. Es sei denn, es geschah ein Wunder.

»Das hast du gut gemacht, Sweetie.« Das Lob aus dem Mund des grässlichen Mannes an ihrer Seite war wie ein Schlag ins Gesicht. »Das hat die Alte geschluckt. Jetzt haben wir nur ein Problem …« Er sah Jannek an. »Sie muss ihren Mann anrufen. Sonst ruft der die Alte wieder an, wenn er nix hört.«

Annika sackte weinend an der Tür zusammen. »Das kann … ich nicht«, schluchzte sie. »Das geht … über meine Kräfte.«

»Und ob du das kannst.« Devils Pranken legten sich hart um ihre Oberarme. Er zerrte sie hoch. »Da bin ich mir ganz sicher. Die würden dir sogar 'nen Oscar dafür verleihen, denn alle Muttis können bestimmt brillant schauspielern, wenn sie Angst davor haben, dass Onkel Devil ihren Süßen die Kehlen aufschlitzt. Und das werd ich, Sweetie, das werd ich, wenn du jetzt nicht brav deinen Kerl anrufst und ihm klarmachst, dass hier alles okay ist und er seinen Arsch gefälligst lassen soll, wo er ist.«

※※※

»Morgen untersucht dich eine Ärztin, Roman. Dann wird's dir besser gehen.« Ulf strich seinem Sohn über die feuchte Stirn. Warum fieberte der Junge nur so? »Du hältst das doch noch aus, oder?« Er wartete die Antwort nicht ab, sondern setzte Roman den mit Wasser gefüllten Becher an die Lippen, damit er Flüssigkeit bekam.

Roman trank in kleinen Schlucken, aber gierig. Als er sich wieder auf das Kissen zurückfallen ließ, starrte er seinen Vater an. »Was für 'ne Ärztin? Wir können doch nicht zu einer Ärztin gehen!« Der Schreck in seinen blauen Augen war nicht zu übersehen.

Ulf lächelte beruhigend. Zumindest hoffte er, dass es ein zuversichtliches Lächeln war. »Dein Bruder hat die klargemacht. Die wird kein Wort verraten. Ist 'ne alte Freundin von Jannek.« Er traute sich nicht, Roman die Wahrheit zu sagen. Der Junge war schon fertig genug.

Aber Roman war trotz seines Zustands nicht so leicht hinters Licht zu führen. »Hä?«, stieß er matt aus. »Jannek kennt 'ne Ärztin? Seit wann das denn? Und selbst wenn – die hält doch nicht den Mund. Die liefert uns ans Messer!«

»Vertrau uns«, sagte Ulf nur und stand auf. »Das haben wir alles geklärt. Das … läuft. Und jetzt versuch mal zu schlafen. Dann wird's dir besser gehen.« Ohne Roman die Chance auf eine Antwort zu geben, öffnete er die Wohnwagentür und trat hinaus.

Der Duft von gegrilltem Fleisch hing in der Luft. Ulf blickte zu Sandra und Mick hinüber. Die beiden und Gockel hockten auf Campingklappstühlen um einen kleinen Grill herum und ließen sich Nackenkoteletts, Toastbrot und abgepackten Salat schmecken. Die Männer tranken Bier, neben Sandra stand eine Literflasche Rotwein.

Um sich zu beschäftigen, begann Ulf die Stühle zusammenzuklappen und lehnte sie gegen den Wohnwagen. Das meiste Zeug war bereits verstaut. Das Zelt abzubauen, traute er sich allerdings nicht, weil Gockel oder Sandra sich darüber bestimmt wundern würden. Schließlich konnte er ihnen nicht sagen, dass Jannek und Devil im Haus der Ärztin übernachten würden.

»Ulf!«, erklang Sandras Stimme.

Er sah zu ihr.

Sie winkte ihm zu. »Komm mal her.«

Zu gern hätte er ihr den Mittelfinger gezeigt, aber das ging natürlich nicht. Die Devise lautete immer noch: Nur nicht auffallen.

Widerwillig setzte er sich in Marsch. »Was gibt's?«, fragte er.

»Na, ihr seid ja noch da«, zwitscherte Sandra. »Tobi hat uns erzählt, dass es bei euch in der Familie ein Unglück gegeben hat.« Sie beugte sich weit vor, griff nach der Weinflasche und schenkte sich einen quietschgelben Plastikbecher voll.

Ulf war sich sicher, dass sie ihm absichtlich einen so tiefen Einblick in ihr pralles Dekolleté gewährte. Sie trug eine pinkfarbene Bluse, die sie unter dem Busen geknotet hatte. Einen BH schien sie für unnötig zu halten, wie die hervorstehenden Nippel verrieten. Ihre knochigen Beine steckten in schwarzen zerfransten Jeansshorts und geblümten Gummistiefeln.

»Ja, äh, wir können ja erst morgen nach dem Reifenwechsel fahren«, sagte Ulf. »Und das ist auch okay so. Meine Frau hat nämlich grad angerufen, dass meine Schwiegermutter nun doch noch nicht den Löffel abgeben will. Sah erst so aus, darum haben die Ärzte alle wild gemacht. Aber jetzt geht's ihr anscheinend wieder besser, und wir, äh, können uns Zeit lassen.«

»Ach, deiner Schwiegermutti ging es also schlecht?« Sandra

klang erstaunt. »Na, dann ist es ja gut, dass sie sich noch mal erholt hat. Wie alt ist sie denn?«

»Die ist ... vierundsiebzig.«

»Ist ja noch kein Alter«, sagte Sandra. »Sollen wir für euch noch ein Kotelett auf den Grill legen? Brot ist auch noch jede Menge da.«

»Nee, lass mal gut sein. Hab 'n bisschen Magenprobleme. Und die andern beiden sind unterwegs. Freuen sich auf Alice Cooper.« Ulf war froh, dass er sich die Running Order noch mal angeguckt hatte. So konnte er sein völliges Desinteresse am Festival wenigstens etwas kaschieren. »Die beiden wollen vorher noch was an den Buden futtern, aber danke fürs Angebot.«

Mick ließ das Ganze – wie immer – unkommentiert, wofür Ulf dankbar war.

Tobi hatte allerdings aufmerksam zugehört, während er einen Knochen abnagte. Er wischte sich mit dem Handrücken das Fett vom Mund und sagte: »Der Schwiegerdrachen ist krank, und ihr fahrt *alle* zurück?« Er schürzte die Lippen. »Ist ja 'ne dolle Freundschaft bei euch.«

Ulf wurde heiß. »Hä? Ja ...«, brummte er, weil er nicht wusste, was er sagen sollte. »Also, wir sehen uns dann.«

Sandra hob ihren Plastikbecher. »Lasst es krachen, Jungs! Die Schwiegermutti wird's freuen.«

Ulf nickte in die Runde. Als er sich umdrehte und ging, verfolgte ihn der Blick von Tobi. Das spürte er.

✳✳✳

»Ja, natürlich versteh ich, dass du jetzt gern deine Ruhe hättest, Anni, aber ...« Matthias Blomberg hielt das Handy fest ans Ohr gepresst, weil Ida um ihn herumsprang, die Hand nach dem Smartphone ausstreckte und immer wieder rief: »Mami, Mami, ich will mit Mami sprechen.«

Er legte seiner Tochter sacht die Linke auf den Mund und sprach ins Handy: »Ich glaube, ich gebe dir erst mal Ida. Sie lässt mir keine Ruhe.« Ohne Annikas Antwort abzuwarten, gab er das Smartphone an Ida weiter. »Mami hat die Grippe, Ida. Also gib ihr ein dickes Küsschen durch das Handy. Dann wird sie schnell wieder gesund.«

»Bist du krank, Mami?«, fragte Ida, ohne ihre Mutter zu begrüßen. »Arme Mami. Du sollst ganz schnell wieder gesund sein.« Ihr helles Stimmchen klang mehr als betrübt.

Matthias lächelte. Ida war immer sehr mitfühlend, wenn jemand krank war. Dass sie allerdings so gar nicht zu plappern begann und nichts von ihrem Tag mit Oma und Opa berichtete, war schon ungewöhnlich.

Ida hielt das Handy ebenfalls fest ans Ohr gepresst, während sie lauschte. Dann fragte sie unsicher »Mami?« in den Hörer und sah Matthias dabei mit großen Augen an. »Mami weint ganz doll.«

Matthias zog das Handy aus ihrer kleinen Hand. »Anni? ... Anni? Ah, da bist du wieder. Ida sagte, du weinst? ... Hallo? Bist du noch da?«

Gitta Blomberg kam mit Emil auf dem Arm ins Wohnzimmer. Mit gerunzelter Stirn betrachtete sie ihren Sohn. »Was ist mit Annika?«, fragte sie besorgt.

Matthias winkte ab. »Gleich. Ja, Anni, jetzt höre ich dich wieder. ... Ja, okay. Ich sag es Ida. ... Also gut. Ja, dann geh jetzt schnell wieder ins Bett. Und nimm verdammt noch mal eine Tablette. Du hörst dich wirklich nicht gut an. Ich melde mich in zwei Stunden noch mal. ... Was? Ja, okay, aber dann melde du dich. Bis Mitternacht bin ich auf jeden Fall noch wach. Gute Nacht, mein Schatz. Ich liebe dich. ... Ich ... Hallo? Anni?« Er starrte das Handy an. »Sie hat aufgelegt.«

»Was ist denn los?« Gitta Blomberg setzte Emil am Couchtisch ab. Sofort grapschten die kleinen Hände nach der Fernbedienung, die allerdings so weit in der Mitte des Tisches lag, dass er sie nicht erreichen konnte.

»Warum hat Mami geweint?«, fragte Ida. Sie stand auf dem Sofa.

»Mami sagt, sie hat nicht geweint. Das hast du falsch gehört.

Sie hat nur ganz doll geniest und durch die Nase gesprochen, weil sie so erkältet ist.«

Idas Gesicht verzog sich. Mit zusammengezogenen Augenbrauen blickte sie ihren Vater an, die Arme vor der Brust verschränkt. Mit dem Fuß stampfte sie auf dem Sofa auf. »Jawohl hat sie geweint.«

»Hat sie nicht, mein Schatz. Wenn die Nase ganz verstopft ist, hört sich das nur manchmal so an«, beruhigte Matthias seine Tochter. »Und jetzt runter mit den Füßen vom Sofa. Dalli.«

Schmollend verzog Ida sich in die Küche. »Papa ist doof«, teilte sie ihrem Opa mit, der in der Küche saß und die Zeitung las.

Matthias steckte das Handy in seine Hosentasche. »Anni geht's richtig mies«, sagte er zu seiner Mutter. »Die Grippe hat sie von einer Stunde zur anderen erwischt. Sie hat sich krankgemeldet und den ganzen Nachmittag geschlafen. Hat nicht mal das Telefon gehört.«

»Das ist schon ungewöhnlich.«

»Ja. Ich hab ihr natürlich angeboten, sofort nach Hause zu kommen, aber das will sie partout nicht. Sie sagte, dass sie froh wäre, die Kinder noch nicht zu Hause zu haben. Sie möchte einfach nur in Ruhe schlafen.« Er schüttelte den Kopf. »Sie hat mich förmlich angefleht, die Kinder von ihr fernzuhalten.«

»Dann geht es ihr wirklich dreckig«, sagte Gitta Blomberg.

»Ja. Aber du weißt ja, wie Ärzte sind.« Er lächelte. »Ich hab ihr gesagt, dass sie gefälligst was nehmen soll.«

Seine Mutter lachte. »Ja, das weiß ich allerdings. Dein Vater verschreibt haufenweise Pillen, aber wenn er selbst welche einnehmen sollte, weigert er sich. Möchtest du die Kinder zu Bett bringen, oder soll ich das machen?« Sie umrundete den Couchtisch und nahm Emil auf den Arm, der vergeblich versuchte, das Sofa zu erklimmen.

Matthias nahm ihr seinen Sohn ab. »Ich bring sie zu Bett. Du kannst ihnen dann ja noch eine Geschichte erzählen. Ida?«, rief er Richtung Küche. »Ab die Post nach oben. Zähne putzen.«

In das Protestgeschrei seiner Tochter hinein sagte er zu seiner Mutter: »Egal, was Anni sagt: Ich fahre morgen früh trotzdem zu ihr. Sie klang wirklich nicht gut. Ist es okay, wenn die Kinder bis Sonntag hier bei euch bleiben? Dann würde ich sie nachmittags abholen.«

»Ja, natürlich«, sagte Gitta Blomberg. »Aber willst du die Fahrerei wirklich auf dich nehmen?«

»Ja, klar. Anni geht's schlecht. Dann kann ich sie ein bisschen aufpäppeln. Das hättest du doch auch getan.«

Gitta Blomberg lächelte. »Natürlich. Wir werden morgen zeitig frühstücken, und dann kannst du Richtung Wacken starten. Annika wird dankbar sein, wenn du plötzlich in der Tür stehst.«

*\*\**

Es war nach zweiundzwanzig Uhr, als Ulf im Haus der Ärztin eintraf. Es gefiel ihm nicht, dass er Roman allein auf dem Campground zurückgelassen hatte, doch noch unschöner waren die Gedankengänge gewesen, die ihn im Wohnwagen attackiert hatten. Devil war nicht zu trauen. Wenn Jannek einschlief, wäre die Ärztin Devil ausgeliefert. Und das konnte das Unternehmen gefährden. Vergewaltigt und traumatisiert, wäre sie vielleicht nicht mehr in der Lage, Roman zu helfen. Und dann wäre Janneks ohnehin schwachsinnige Tat völlig für die Katz gewesen. Das musste er verhindern.

Die Hoodie-Kapuze tief ins Gesicht gezogen, schloss er die Haustür auf. Von der Nachbarin von gegenüber schien keine Gefahr auszugehen, denn hinter den Fenstern brannte kein Licht. Sie schlief wohl. Als Jannek ihn angerufen und vom Auftauchen der Alten berichtet hatte, war ihm fast das Herz stehen geblieben. Wenn sie hier nur erst weg waren!

»He, ich bin's. Nimm die Knarre runter«, begrüßte er Devil, der ihm mit Waffe in der Hand auf dem Flur entgegentrat.

Devil sicherte die Glock und steckte sie in den Hosenbund. »Nächstes Mal schreibst du uns, dass du kommst. Als ich den Schlüssel im Schloss gehört hab, dachte ich, der Typ von Sweetie taucht auf.«

»Ja, okay, hab ich vergessen.« Ulf sah zu seinem Sohn, der im Wohnzimmertürrahmen stand und seine Waffe ebenfalls wegsteckte. »Jannek, ich lös dich hier ab. Du pennst bei deinem Bruder im Wohnwagen. Mach dich gleich auf den Weg. Er sollte nicht allein sein. Und gib ihm reichlich zu trinken.«

»Okay.« Jannek stellte keine Fragen. Er schien sogar erleichtert zu sein, hier wegzukommen.

Devil verzog herablassend die Lippen, während er Ulf musterte. »Hast Schiss, was? Dass ich meinen Schwanz nicht von Sweetie lassen kann.« Er trat einen Schritt auf ihn zu. »Bist gar nicht so blöd, wie du aussiehst.« Er lachte schäbig. »Ich krieg schon noch meinen Spaß mit ihr.«

Ulf stieß ihn zur Seite. »Aber nicht, bevor sie Roman geholfen hat.«

»Schau'n wir mal.«

Jannek hatte schon seinen Rucksack gegriffen und verschwand mit einem »Bis morgen früh« nach draußen.

Ulf betrat das Esszimmer. Sein Blick verharrte auf der Ärztin, die ihn mit großen Augen ansah. Ihr Mund war mit Klebeband verschlossen. Feiner Schweiß stand auf ihrer Stirn und um die Nase herum.

»Hat sie schon mal was zu essen gekriegt?« Eine Wasserflasche stand auf dem Esszimmertisch. Sie hatten ihr also zu trinken gegeben. Er drehte sich zu Devil um, der wieder auf dem Sofa saß und den Fernseher anstellte.

»Keine Ahnung. Dafür war dein Sohn zuständig.«

Ulfs Wut auf Devil kehrte übermächtig zurück. »Stell die Glotze aus, Mensch! Sonst hörst du nicht, wenn tatsächlich einer reinkommt, der nicht zu uns gehört. Und Licht machen wir hier auch nicht an. Das scheint durch die Rolloritzen nach draußen, du Idiot. Aufmerksamkeit ist ja wohl das Letzte, was wir brauchen. Wenn die Alte von drüben Licht sieht, kommt die womöglich noch wieder rübergelatscht.«

Devil warf ihm einen düsteren Blick zu, stellte den Fernseher aber aus. Er stopfte sich eines der Sofakissen in den Nacken und legte sich längs auf das Sofa, ignorierend, dass der trockene Schlamm seiner Stiefel auf das helle Leder bröselte. Er bemerkte Ulfs Blick. »Was? Soll ich auch noch staubsaugen, oder was? Dir ist doch wohl klar, dass wir hier jede Menge DNA von uns allen verteilen? Und dass wir deshalb was unternehmen müssen?«

Ulf nickte knapp. Natürlich war ihm das durch den Kopf gegangen. Nicht umsonst dröhnte sein Schädel wie ein Treckermotor, trotz der Schmerztablette, die er sich eingeworfen hatte.

Devil hob seinen Oberkörper an, leerte das Whiskyglas und stellte es hart auf dem kleinen Couchtisch ab. »Wir werden die Hütte abfackeln, wenn wir gehen.«

Ulf sah die Ärztin an, die nach Devils Worten angefangen hatte, gegen das Klebeband zu schreien. »Halt's Maul«, sagte er und packte sie am Arm. »Hör auf zu schreien!«

Sie verstummte abrupt, als er die Hand von ihrem Arm nahm, ein Messer aus der Tasche zog und aufklappte. »Du hast recht«, sagte er dabei zu Devil. »Mir ist auch nix Besseres eingefallen. Ein Feuer ist die einzige Möglichkeit.«

Als Ulf begann, mit dem Messer das Klebeband von Annikas Waden und den Stuhlbeinen zu schneiden, sprang Devil auf. »Was machst du da?«

»Vorbereitungen. Sie wird sich jetzt anziehen, was essen und trinken und dann das Zeugs zusammenpacken, das wir brauchen.«

»Was für Zeugs?«

»Was glaubst du denn, womit sie Roman helfen wird?«, blaffte Ulf ihn an. »Ihre Arzttasche, Medikamente, Verbandszeug, frische Handtücher … das Zeugs eben.«

Annika starrte den Mann, der sie gerade von der Fesselung befreite, mit großen Augen an. Sie konnte kaum einen vernünftigen Gedanken fassen.

Sie wollten das Haus abbrennen!

»Aah!«, stöhnte sie, als er ihr mit einem Ruck das Klebeband vom Mund riss.

»Trink was!« Er hielt ihr die Wasserflasche an die Lippen. »Hast du schon was gegessen?«

Annika trank gierig, bevor sie den Kopf schüttelte. Der Jüngere hatte ihr Kekse angeboten, die er aus dem Vorratsschrank genommen hatte, Idas Müsli-Taler, aber sie hatte abgelehnt. Keinen Bissen hätte sie runtergebracht. »Ich habe aber auch keinen Hunger.« Sie befeuchtete mit der Zunge die wunden Lippen, was das Brennen noch intensivierte.

»Du wirst was essen und dich anziehen. Und dann wirst du deine Tasche packen mit allem, was du brauchst, um 'ne Schusswunde sauber zu machen. Und Antibiotikum und Schlafmittel und so 'n Zeugs. Der Junge ist völlig fertig.«

»Meine Tasche? Sie ... Sie meinen einen Notfallkoffer?« Annika schluckte. »So etwas habe ich nicht. Ich bin Chirurgin am Krankenhaus, keine praktische Ärztin.«

Er starrte sie an, als hätte sie einen ekligen Ausschlag im Gesicht.

Sein Gesichtsausdruck jagte ihr eine Gänsehaut über den Nacken, aber sie wiederholte tapfer ihre Worte. Was blieb ihr auch anderes übrig? »Ich habe nichts im Haus, womit ich helfen könnte«, fügte sie hinzu. »Außer ein paar Schmerztabletten.«

In seinen Wutschrei mischte sich Devils höhnisches Lachen.

»Wir sind so ... scheiße. So dämlich«, stieß Devil zwischen seinen hässlichen Lachsalven hervor. »Dein Sohn ist dämlich! Schleppt 'ne Ärztin an, aber nix weiter, womit sie dem Kleinen helfen kann. Ich schmeiß mich weg. Die ganze Aktion ist für'n Arsch.«

Dein Sohn? Annika schwirrte der Kopf. Der Mann vor ihr war der Vater des Jüngeren? Dann hießen sie wohl beide Baumann. Es war den Männern offensichtlich egal, dass ihr immer mehr Details bekannt wurden, und das erschreckte sie maßlos.

Baumann senior trat so heftig gegen einen der Esszimmerstühle, dass er umkippte. »Das kann doch nicht wahr sein!«

Annika sackte immer mehr in sich zusammen. Voller Angst starrte sie den wütenden Mann vor sich an, der jetzt noch einmal gegen den Stuhl trat. Was, wenn sie jetzt feststellten, dass sie sie nicht gebrauchen konnten? Dass sie wertlos war?

»Ich ... ich kann natürlich trotzdem helfen«, stieß sie aus. »Ich kann die Wunde säubern und –«

»Sei ruhig!«, unterbrach er sie wütend, während er, die geballten Fäuste an die Schläfen gepresst, vor ihr auf und ab lief. »Was machen wir jetzt, was machen wir jetzt?«

Devils Lachen war verstummt. Er kam mit düsterer Miene auf sie zu. »Da sie zu nix anderem zu gebrauchen ist, hätt ich 'nen Vorschlag: Ich fick sie durch bis morgen früh, dann bereit ich 'n schönes Feuerchen vor, während ihr einen Reifen besorgt. Und kurz vor unserer Abfahrt sorg ich dafür, dass der Laden hier an allen Ecken gleichzeitig abfackelt, damit auch ja nix übrig bleibt.« Er warf ihr einen eiskalten Blick zu. »Nix.«

Annika war nach Schreien. Nach absolutem Hinausschreien ihrer Angst, denn es war klar, dass er sie meinte, doch ihr Verstand siegte über die Angst. »Ich ... ich weiß, was wir tun können. Ich kann Ihrem Kollegen im Wohnwagen helfen!« Ihre Stimme zitterte.

Sie wusste, dass ihr Leben daran hing, ob sie überzeugend genug war. Und ob die Männer bereit waren, das Risiko einzugehen, das mit ihrem Vorschlag einherging. »Ich weiß, wo wir alle medizinischen Utensilien und Medikamente bekommen. Auch Verbandszeug. Ohne Schwierigkeiten, also, ohne dass es auffällt.« Sie hielt inne. Ihr Herz raste, während sie Baumann ansah. Ihn galt es zu überzeugen. Er musste gegen Devil stimmen!

»Wie willst du an das Zeug kommen?«

Annika befeuchtete ihre Lippen. Jetzt kam der schwierige Teil. Würde er ihrer wahnwitzigen Idee folgen wollen? War ihm der verletzte Kumpel wichtig genug, das Risiko einzugehen?

»Sie müssten einbrechen. Bei einem Landarzt hier in der Nähe.« Annika sprach schnell und ohne Pause weiter. Dazu riet der ungläubige Gesichtsausdruck der Männer. »Sie holen alles, was ich brauche, und dann … dann kann ich Ihrem Kumpel helfen. Wenn er wirklich so hohes Fieber hat, wie ich aus Ihren Gesprächen herausgehört habe, dann wird es höchste Zeit, dass ihm geholfen wird. Ich kann das. Ich brauche nur die notwendigen Medikamente und –«

»Schwachsinn!«, unterbrach Devil sie. Er sah Baumann an. »Du hörst dir diesen Scheiß doch wohl nicht länger an? Die Fotze will nur ihren Hals retten. Wir fahren morgen früh ab! Und der Kleine wird durchaus noch die drei Tage durchhalten, bis der Arzt in Polen alles geregelt hat. Wir werden garantiert –«

»Halt's Maul!«, fuhr Baumann ihm über den Mund. Er musterte Annika mit einem Ausdruck von Interesse. »Wie kommst du darauf, dass wir so ein Risiko eingehen würden? Wir könnten bei dem Einbruch geschnappt werden.«

»Nein!« Annika wäre gern aufgesprungen, aber sie wusste, dass ihre Beine sie nicht tragen würden. »Die Praxis von Dr. Rogelt ist geschlossen. Er ist im Urlaub. Ich habe die Anzeige mit den Vertretungsangaben in der Zeitung gelesen.« Das entsprach der Wahrheit. Die Anzeige war ihr ins Auge gefallen, weil Rogelt in Bokelrehm praktizierte, einem Nachbarort von Wacken.

Baumann musterte sie mit zusammengezogenen Augenbrauen.

»Du denkst doch wohl nicht ernsthaft darüber nach!«, ranzte Devil ihn an. »Die Praxis ist vielleicht geschlossen, aber das heißt nicht, dass der Arzt nicht im Haus ist. Das Risiko ist viel zu hoch. Wenn du erwischt wirst, sind wir alle dran.«

»Dr. Rogelt ist nicht zu Hause«, stieß Annika aus. »Er fährt immer in den Urlaub, wenn hier das Festival stattfindet.« Das war eine Lüge. Sie kannte weder den Landarzt noch seine Gepflogenheiten, aber das wussten die Männer nicht.

Ein heftiges Wortgefecht entbrannte zwischen den Männern. Mit gedämpften Stimmen geführt, aber so kontrovers, dass Annika still zu beten begann.

Bitte, Gott, bitte, bitte mach, dass sich Baumann durchsetzt. Bitte lass mich nicht sterben!

*\*\**

»*Du* warst wandern? In den Bergen?« Lyn war platt. »Hat dein Vater dir was in die Cola gemischt oder …« Sie hielt den Telefonhörer ein Stück vom Ohr entfernt, als Sophie empört losschimpfte.

Hendrik, der Lyn an ihrem Büroschreibtisch auf dem Besucherstuhl gegenübersaß, grinste, weil er Sophie sagen hörte: »Du bist doof, Mama! Ich bin sonst auch sportlich!«

»Du bist 'ne faule Nudel«, antwortete Lyn ihr. »Ich kann mich nicht entsinnen, wann du mich das letzte Mal beim Laufen begleitet hast.«

»Weil du immer so früh läufst.«

Lyn lachte in den Hörer. »Zehn Uhr ist nicht wirklich früh.«

»Am Wochenende schon. Da schläft man als Schülerin aus. Oder glaubst du, Schule ist nicht anstrengend?«

»Wenn ich an dein Zeugnis denke, kommen mir da in der Tat Zweifel.«

»Boah, ich ruf dich nicht mehr an.«

»Ach, Krümelchen«, Lyn schmatzte einen Kuss in die Leitung ins fränkische Bamberg, »ich mach doch nur Spaß. Du weißt, wie sehr ich mich über die Mathe-Vier gefreut habe. Das hätte schlimmer ausgehen können. Und an der Fünf in Latein können wir arbeiten.«

»Boah, musst du mich da jetzt dran erinnern? Jetzt hab ich gleich wieder miese Laune.«

»Ach was. Du gehst doch gleich mit Marie ins Schwimmbad. Deine alte Freundin wird dich schon aufmuntern. Und grüß alle ganz lieb von mir.«

»Ja, ja. Und, Mama, denk an Garfield! Geht's ihr gut?«

»Keine Angst, mein Schatz. Hendrik hat dir doch versprochen, dass er sich um Mieze kümmert. Sie wird bestens von ihm versorgt. Ich bin schon eifersüchtig.«

Mit mehreren Hin- und Herschmatzern endete das Gespräch.

Lyn nahm einen großen Schluck aus dem Wasserglas, das Hendrik ihr gefüllt hatte. »Sie war tatsächlich mit ihrem Vater wandern. Im Fichtelgebirge, den Ochsenkopf hinauf. Das hab ich damals knapp geschafft.«

Sie nahm noch einen Schluck und schüttete den Rest des Glases in die Kalanchoe, die auf ihrem Schreibtisch ein Dasein fristete, das zwischen fast vertrocknet und überwässert pendelte. Den grünen Daumen ihrer verstorbenen Mutter hatte sie eindeutig nicht geerbt.

»Du bist ja auch nicht gern gewandert«, sagte Hendrik, der seinen heißen Kaffee in kleinen Schlucken trank. »Hast du mir jedenfalls erzählt.«

»Stimmt ja auch. Die Berge sind mir immer fremd geblieben. Sie hatten etwas Erdrückendes. Wenn ich Bernd das gesagt habe, war seine Antwort immer die gleiche. ›Du bist eben ein Fischkopp. Ein Muschelschubser, der keine Ahnung hat, was majestätisch bedeutet.‹«

Hendrik lachte.

»Ehrlich«, Lyn war in Gedanken in Franken, »ich hatte in den Bergen immer das Gefühl, nicht richtig atmen zu können. Dieses kalte graue Riesengestein … Berge haben etwas Bedrohliches.« Sie atmete tief durch. »Es war eine der besten Entscheidungen meines Lebens, hierher zurückzukehren. In meine grüne Marsch, zu meinen Wiesen und Stränden und …«

»… *deiner* Elbe«, ergänzte Hendrik.

»Du bist doof.«

Er stand auf, ging um den Schreibtisch herum und beugte sich zu ihr. »Ich will dich doch nur ein bisschen ärgern.« Er küsste sie. »Heimatliebe ist doch etwas Wunderbares. Und außerdem: Wenn du nicht nach Schleswig-Holstein zurückgekommen wärst, wäre ich immer noch unverheiratet.«

Lyn tippte sich an die Stirn. »Quatsch. Du hättest nur eine andere Frau. Vielleicht eine hübschere. Auf jeden Fall eine jüngere.«

»Oh Mann, das wird wohl nie aus deinem Kopf verschwinden.« Hendrik ging neben dem Stuhl in die Knie und drehte sie zu sich herum. »Glaub mir, Gwendolyn Harms: In mir wäre immer etwas leer geblieben, wenn wir uns nicht begegnet wären. Und ich hätte niemals erfahren, was es ist.«

Lyn schossen die Tränen in die Augen. »Puh, das ... war schön.« Sie beugte sich zu ihm vor und presste ihren Mund auf seinen. Der Kuss wurde mehr als intensiv. Erst ein Räuspern in der Tür ließ sie auseinanderfahren.

»Wilfried«, sagte Lyn, peinlich berührt.

»Entschuldigt die, äh, Störung.« Wilfried war deutlich anzusehen, wie unangenehm ihm die Szene war. Gefühle, insbesondere am Arbeitsplatz, überforderten ihn.

Hendrik war entspannt. Er blieb neben Lyns Stuhl stehen. »Was gibt es, Chef?«

»Ich habe gerade erfahren, dass der alte Herr Karrenberger einen Herzinfarkt hatte. Er liegt auf der Intensivstation.« Wilfried blickte Lyn über seine Brille hinweg an. »Ich dachte, es interessiert dich, Lyn. Schließlich warst du vor Ort, nachdem er seine Frau, ja, erstickt hat. Man kann es einfach nicht schönreden.«

Lyn schluckte. »Danke für die Info, Wilfried.«

Mit einem Nicken verschwand ihr Chef.

Lyn spürte Hendriks Blick auf sich. Sie sah ihn an. »Ja, ich weiß, niemand hat das Recht, einem anderen das Leben zu nehmen. Niemand. Auch nicht ein liebender Ehemann in der Absicht, das Beste für seine Frau zu tun. Und trotzdem ...« Ihr stiegen die Tränen in die Augen. »Ich werde für ihn beten. Dass er zu ihr darf.«

# ZEHN

Die letzten Stunden waren wie im Traum an Annika vorbeigezogen. Da es die zweite Nacht ohne Schlaf war, fühlte sie sich wie von sich selbst abgetrennt. Ihr Körper funktionierte, auch ihr Kopf, obwohl er so schmerzte und ihr schwindlig war, aber gleichzeitig schien ihr Geist sich außerhalb von ihr zu befinden, sie wie eine neblige Aura zu umgeben. Oder kam es ihr nur so vor, weil das, was gerade geschah, so unwirklich, so unmöglich war?

Wie konnte es sein, dass sie hier um drei Uhr nachts neben einem Bankräuber, Entführer und vielleicht sogar Mörder in einem Auto saß? In *ihrem* Auto. In zwanzig Metern Entfernung zur Praxis des Landarztes Dr. Rogelt in Bokelrehm. Das konnte alles nur ein Traum sein.

Nach dem heftigen Streit der beiden Männer hatte sie vor Erleichterung einen Weinkrampf bekommen, als Baumann sich gegen Devil durchgesetzt hatte. Er wollte tatsächlich in die Arztpraxis einbrechen! Dass sie allerdings dabei sein würde …

»Du wirst mich begleiten«, hatte Baumann zu ihr gesagt. »Allein kann ich in der Praxis nix ausrichten. Schließlich weiß ich nicht, was man braucht, um 'ne Schusswunde zu behandeln.«

Devil hatte nach diesen Worten eine Whiskyflasche in den Fernseher geworfen und wutentbrannt das Haus verlassen. Er war auch nicht wieder aufgetaucht, bevor sie vor wenigen Minuten nach Bokelrehm gestartet waren.

Baumann, der ihren schwarzen Twingo hierhergelenkt hatte, stellte den Motor ab.

Während der knapp fünf Kilometer langen Fahrt hatte sie überlegt, ob es ihr gelingen könnte, zu fliehen. Aber es gab keine Kreuzung, an der er hätte halten müssen. Und doch hatte es eine Chance gegeben. Gerade eben, direkt im Ort. Er hatte stark abgebremst, weil eine Katze die Straße gequert hatte, an der Abbiegung nach Nienbüttel. Es wäre ihr vielleicht gelungen, die Tür zu öffnen, herauszuspringen, zu rennen, zu rennen, rennen, rennen ...

Aber sie hatte es nicht getan. Wie auch?

Ich schlitz deinen Gören die Kehlen auf! Und ich schwör dir: Sie zu kriegen ist eine meiner leichtesten Übungen ... Devils Worte prangten wie ein Brandzeichen in ihrem Kopf.

Es war stockfinster, als Baumann sie durch den Vorgarten von Dr. Rogelt vor sich hertrieb, die Waffe in ihren Rücken gebohrt. Die Landarztpraxis lag im Dunkeln. Auch in den Nachbarhäusern brannte kein Licht. Aus einer Birke im Garten des Arztes flatterte ein Vogel auf, sonst blieb alles ruhig, vom Rascheln der Bäume, durch die der leichte Wind fuhr, einmal abgesehen. Die Stille wirkte unheimlich. Wacken schien Lichtjahre entfernt.

Baumann lotste sie über den feuchten Rasen zur Rückseite des Hauses. Was dann geschah, lief wie ein Film vor Annika ab.

Er griff sich einen großen Blumentopf aus Ton, der mit Margeriten bepflanzt neben der Hintertür stand, stülpte ihn samt Inhalt um und stellte ihn als Tritt unter das Fenster. Mit einem Schraubendreher aus Matthias' Werkzeugkiste, aus der er sich bedient hatte, hebelte er das Fenster auf.

Annika hatte in der Dunkelheit nicht darauf geachtet, aber da er zum Öffnen des Fensters beide Hände gebrauchte, musste er die Waffe weggesteckt haben. Vielleicht in seinen Hosenbund? Kurz flammte die Möglichkeit auf, die Pistole an sich zu bringen. Doch der Gedanke daran, was Devil ihren Kindern anzutun bereit war, war stärker als jeder Fluchtgedanke.

Und dann schwang das Fenster auch schon auf. Nicht einmal eine Minute hatte Baumann gebraucht. Er hatte zweifellos nicht zum ersten Mal ein Fenster aufgebrochen.

Annika hatte Mühe, den Kloß, der in ihrem Hals steckte, herunterzuschlucken. Sie hatte ihre ganze Hoffnung darauf gesetzt, dass der Arzt, sollte er zu Hause sein, oder die Nachbarn es hören würden, wenn er in die Praxis einbrach. Aber das kräftige Knacken, das beim Aufhebeln zu hören gewesen war, schien dafür nicht laut genug gewesen zu sein. Im Haus rührte sich nichts. Auch bei den Nachbarn blieb alles dunkel.

»Rein da!«, flüsterte Baumann und richtete den Strahl der Lampe direkt in ihr Gesicht. Geblendet schloss sie die Augen. Er klang mehr als angespannt. »Und rühr dich nicht vom Fleck, wenn du drin bist.«

Sein Flüstern erschien Annika grotesk. Die Nachbarn hatten das laute Knacken nicht gehört. So würden sie wohl auch kaum ihre Stimmen hören.

»Mach schon!«

Sie war zierlich, sie war sportlich, und dennoch – es fiel ihr schwer, durch das Fenster zu klettern. Was daran lag, dass sie völlig fertig war. Groggy, erschöpft. Das Blut rauschte in ihren Ohren, und ihr war schwindlig.

Baumann folgte ihr mit einer Behändigkeit durch das Fenster, die sie ihm nicht zugetraut hätte. Das Licht der Taschenlampe zeigte, dass sie in einem Raum der Praxis gelandet waren, der wohl als Labor fungierte, denn es gab eine Zentrifuge und einen Blutsenkungsständer.

Annikas Blick fiel sofort auf den silberfarbenen Koffer, der griffbereit in einer Ecke neben einem der Einbauschränke stand. Sie deutete darauf. »Da, das ist ein Notfallkoffer.«

»Dann guck nach, ob da alles drin ist, was du brauchst.« Er schubste sie ein Stückchen vor und leuchtete mit seiner Taschenlampe, während sie den Koffer öffnete. Er war mit dem Üblichen gefüllt: Medikamenten, Verbandsmaterial, Stethoskop und Intubationsbesteck.

»Wir brauchen noch Antibiotikum und stärkere Medikamente«, sagte sie leise. Sie hasste sich für das Flüstern und noch mehr für das »Wir«, das sie gerade gebraucht hatte. Es gab kein Wir! Es gab sie, und es gab diese grauenhaften Männer.

»Dann such das Zeugs zusammen, das noch fehlt. Los, dalli.«

Sie verließen das Labor und standen am Schreibtisch der Anmeldung. Durch eine geöffnete Tür zur Linken erkannte man das Wartezimmer. Baumann zwang sie nach rechts. Sie öffnete die erste Tür. Es war ein Behandlungszimmer mit Einbauschränken, Liege und Ultraschallgerät. Sie öffnete die Schränke einen nach dem anderen, aber Medikamente fanden sich dort nicht. Dafür Spritzen, Kanülen und jede Menge Verbandszeug. Sie warf alles in die mitgenommene Plastiktüte, die Baumann aus der Tasche seines Hoodies gezogen hatte.

»Und jetzt weiter«, stieß er aus. »Such die Medikamente.«

Sie wechselten in den nächsten Raum. Es handelte sich eindeutig um das Arztzimmer. Auf dem Schreibtisch aus Kirschholz standen neben PC, Monitor und Büromaterialien zwei Fotografien. Das eine zeigte ein älteres Ehepaar in Wanderkleidung in einem Gebirge. Dr. Rogelt und Frau, vermutete Annika. Auf dem anderen Foto war eine Gruppe von jüngeren Männern und Frauen mit zwei Kleinkindern und einem Baby zu sehen. Es war eine typische Gruppenaufnahme, wie man sie Eltern und Großeltern schenkte.

»Glotz nicht auf dem Schreibtisch rum. Such die Medikamente!« Baumann leuchtete mit der Taschenlampe den Raum ab.

»Da«, sagten sie beide gleichzeitig, als der Strahl einen gläsernen Schrank gegenüber dem Fenster traf. Päckchen über Päckchen mit Medikamenten häuften sich darin. Annika vermutete, dass es Proben von Pharmaunternehmen waren, die den Ärzten zur Verfügung gestellt wurden. Sie drehte den Schrankschlüssel und öffnete die Glastür. »Ich brauche die Lampe, damit ich die richtigen Medikamente finde«, sagte sie und streckte die Hand aus.

Widerwillig brummend reichte er ihr die Taschenlampe.

Annika studierte die Packungen und nahm Schmerzmittel und Antibiotika heraus.

»Pack was richtig Starkes gegen Schmerzen ein«, stieß er aus. »Der Junge leidet. Der braucht was Ordentliches.«

Annika horchte auf. Der Junge? Der Vierte im Bunde war

also ein junger Mann? Ja, sie erinnerte sich, dass er ihn immer »den Kleinen« genannt hatte.

»Richtig starke Schmerzmittel werde ich hier nicht finden«, sagte sie. »Medikamente und Narkosemittel, die unter das Betäubungsmittelgesetz fallen, werden unter Verschluss gehalten.«

»Dann suchen wir sie.« Er riss ihr die Taschenlampe aus der Hand und wurde schnell fündig. Ein Schränkchen mit Milchglasscheiben, die nicht durchblicken ließen, was dahinter verborgen war, hing an der Wand hinter dem Schreibtisch. Es war verschlossen.

Baumann drehte sich zum Schreibtisch um und riss die Schubladen auf, aber er wurde nicht fündig. Es gab zwar zwei Schlüssel, aber die passten nicht in das kleine Schloss des Wandschranks. Annika beglückwünschte innerlich Dr. Rogelt, der einen nicht offensichtlichen Platz für den Schlüssel gewählt hatte. Je länger sie gezwungen waren, sich hier in der Praxis aufzuhalten, desto größer war die Chance, dass irgendjemand von außen auf sie aufmerksam wurde.

Überhaupt ... Warum nur sah niemand das flackernde Licht der Taschenlampe im dunklen Haus? Gab es keine Feiernden, die spät nach Hause zurückkehrten? Irgendjemand musste doch endlich aufmerksam werden!

Baumann verlor die Geduld. »Dann eben so.« Er zog den Schraubendreher aus der Hosentasche und rammte ihn in die Milchglasscheibe des Wandschranks.

Leider war das Klirren nicht so laut, wie Annika es sich wünschte. Trotzdem lauschte sie voller Hoffnung in die Stille. Aber nichts geschah. Dr. Rogelt war wohl tatsächlich verreist, schließlich hatte er Urlaub.

Baumann hämmerte das Loch in der Scheibe größer, um anschließend weitere Glasstücke aus dem Holzrahmen zu brechen. Klirrend fielen Scheibenstücke auf die Fliesen. Als er den Strahl der Taschenlampe auf den Schrankinhalt richtete, stand fest, dass sie am Ziel waren. Die notwendigen Schmerz- und Betäubungsmittel kamen zum Vorschein.

»Such raus, was du brauchst«, drängte er sie. »Schnell.«

Die Scherben knirschten unter ihren Sneakern, als Annika vortrat. Sie streckte die Hand aus, zog sie aber wieder zurück. An vielen Stellen ragten noch überstehende, scharfkantige Reste von Glas heraus. »Da schneide ich mich. Da kann ich noch nicht reinfassen.«

»Meine Fresse!« Seine Stimme bebte vor Wut, während seine Hand vorschnellte, um weitere Glasstücke mit der behandschuhten Hand wegzubrechen. Im selben Moment schrie er auf. »Ah! Verdammt ...« Er richtete den Lichtstrahl der Taschenlampe auf seinen Arm.

Annika starrte, genau wie er, auf das kleine Stückchen Haut, das zwischen Handschuh und Ärmel des schwarzen Hoodies freilag. Der Ärmel hatte sich anscheinend beim Hineingreifen hochgeschoben. Blut quoll über sein Handgelenk und tropfte zu Boden.

»Scheiße!« Hektisch drückte er die verletzte Stelle an den Hoodie. »Los, mach ein Verbandspäckchen auf«, wies er sie an. »Wickel das um meinen Arm.«

Annika tat, was er verlangte, und nahm eines aus der Plastiktüte. Weil es schnell gehen sollte, wickelte sie den Mullverband einfach um die Wunde. Ohne sterile Wundauflage. Ihm war nur wichtig, dass der Blutfluss gestoppt wurde.

»Hast du Sterilisationsspray und so 'n Zeug eingepackt?« Er leuchtete auf die Tüte zu ihren Füßen. »Das brauchen wir nämlich jetzt. Ich hab nicht vor, hier meine Spuren zu hinterlassen.«

Er scheuchte sie durch die Praxis, bis sie in einer kleinen Abstellkammer auf einen Handfeger und eine Schaufel stießen. Er zwang sie, die Scherben vor dem Hängeschränkchen zusammenzufegen. Er selbst brach die Scherben aus dem Rahmen heraus, an denen sein Blut haftete.

In Annika arbeitete es fieberhaft. Er hatte Angst! Das Blut konnte seine Identität verraten. Sie zögerte nur einen Moment, dann tastete sie mit ihrer Linken in der Dunkelheit über die Scherben auf dem Boden, in der Hoffnung, dass sie sein Blut an die Finger bekam. Dann fasste sie nach einer der Scherben, befingerte sie mehrfach und ließ sie hastig in ihrer Jeanstasche verschwinden, während sie mit der Rechten weiterfegte, damit er nicht aufmerksam wurde.

Er zwang sie, die Scherben in den Papierkorb zu werfen. Es folgten die Scherben aus dem Schränkchen, dann die Schaufel und der Handfeger.

Anschließend musste sie die Taschenlampe halten, während er selbst – er schien ihr nicht zu trauen – das Schränkchen gewissenhaft mit Sterilisationsmittel auswischte, ebenso die Fliesen am Boden.

Annika nutzte den Moment, in dem er am Boden hockte. Mit zitternden Fingern zog sie die Scherbe aus der Hosentasche und legte sie hinter dem Locher auf dem Schreibtisch ab.

Sie zuckte zusammen, als er sie ansprach.

»Hast du jetzt noch genug Sterilisationsmittel für meinen verletzten S…«, er unterbrach sich, »für meinen Kumpel?«

Er hatte ihre Aktion nicht bemerkt, wie seine Worte verrieten. Annika nickte. »Ja. Wir müssen nichts mehr holen.«

»Gut.« Er deutete auf das Schränkchen. »Dann sack jetzt das Zeug ein, das du brauchst.«

Annika nahm mehrere morphinhaltige Präparate heraus und legte sie zu den anderen Dingen in die Plastiktüte.

Baumann schien endlich zufrieden. »Auf! Wir haben alles.« Er klemmte sich den Papierkorb unter den linken Arm, in der linken Hand hielt er die Taschenlampe. Mit der Waffe in der rechten scheuchte er sie hinaus.

Sie verließen die Praxis durch die Hintertür, in deren Schloss der Schlüssel von innen steckte. Draußen blickte Annika sich verzweifelt um. In keinem der Häuser brannte Licht. Als sie zurück zum Vorgarten schlichen, packte sie der Mut der Verzweiflung, als an ihrer rechten Seite eine altertümliche Mülltonne aus Blech in den schwachen Taschenlampenstrahl geriet. Die Tonne war mit Sommerblumen bepflanzt.

Annika tat, als stolpere sie. Dabei stieß sie die Blechtonne mit den Händen um.

Es schepperte ordentlich. Das Geräusch ließ ihr Herz einen Schlag aussetzen, während Baumann zu ihr sprang und sie am Arm packte. »Bist du irre?« Er rammte ihr die Waffe seitlich so stark in den Hals, dass sie vor Schmerz aufschrie.

Ohne ein weiteres Wort packte er sie am Arm und schleifte sie zu ihrem Wagen am Straßenrand. »Steig ein, schnell, oder, bei Gott, ich schwör dir, deine Gören baden es aus!«

Seine Stimme hallte in ihren Ohren wider, gesellte sich zu dem Rauschen darin.

»Mist, verdammter!«, stieß er aus, als er sich auf den Fahrersitz fallen ließ und den Wagen startete.

Annika folgte seinem Blick zum Nachbarhaus der Praxis, in dem im oberen Stockwerk gerade ein Licht anging.

Mit quietschenden Reifen fuhr er davon.

Was hatte sie getan? Sie begann zu weinen. »Bitte«, bat sie schluchzend, »bitte, sagen Sie Devil nicht, dass ich die Tonne umgeworfen habe. Ich wollte das nicht! Ich bin gestolpert. Es war doch dunkel!«

»Halt die Fresse!« Seine Stimme klang dunkel vor unterdrückter Wut, während er das Gaspedal durchtrat und sie Bokelrehm hinter sich ließen. »Halt einfach die Fresse und bete, dass sie uns nicht auf die Schliche kommen. Denn dann seid ihr fällig. Du und deine Family.«

✳✳✳

Lyn fuhr hoch, als das Telefon klingelte. Neben ihr grunzte Hendrik unwillig in sein Kopfkissen, rührte sich aber nicht weiter. Kein Wunder, er war erst gegen ein Uhr nachts aus dem Büro nach Hause gekommen, und jetzt war es fünf Uhr morgens, wie ein Blick auf den Wecker verriet.

Mit erhöhtem Herzschlag griff sie das Mobilteil vom Nachttisch, als es erneut klingelte. Wenn um diese Zeit jemand auf dem Festnetz anrief, bedeutete es selten etwas Gutes. Und das machte Angst, wenn die Kinder nicht zu Hause waren. Erleichtert sah sie, dass es keine bayerische Vorwahl war, die angezeigt wurde, sondern die Itzehoer. Es war die Nummer ihres Chefs.

»Moin, Wilfried«, meldete sie sich, während Hendrik neben ihr die Augen öffnete und herzhaft gähnte.

Lyn lauschte Wilfried Knebel. Das, was er zu berichten hatte, trieb sie aus dem Bett. Vor dem Fenster mit den blau geblümten Vorhängen begann sie, hin und her zu laufen.

Hendrik saß jetzt auch. »Was ist los?«, fragte er, nachdem Lyn sich von Wilfried verabschiedet hatte. Seine Stimme klang mehr als mürrisch, während sein Blick – absolut unmürrisch – über sie glitt. Sie schliefen momentan nackt, weil es in der Stauwärme des Dachgeschosses anders nicht auszuhalten war.

»Wir haben eventuell eine Spur zu den Räubern.«

Er wälzte sich auf ihre Bettseite, hockte sich auf die Kante und griff nach ihr. Zärtlich ließ er seine Lippen über ihren Bauch streifen. »Die Bande interessiert mich gerade überhaupt nicht«, murmelte er dabei.

Lyn genoss seine Lippen auf ihrer erhitzten Haut. Ihre Finger strichen durch sein Haar. »Wir müssen los, Liebling.«

Hendrik löste seine Lippen. »Gleich.« Er zog sie mit sich auf das Bett und drückte seinen Schenkel zwischen ihre Beine, während er begann, ihren Hals zu küssen, und seine rechte Hand sich um ihre Brust legte.

»Hendrik …« Sie begann heftiger zu atmen, als seine Lippen sich um die Brustwarze schlossen. »Dafür ist keine Zeit.«

Er machte keine Anstalten, seinen Kopf zu heben.

Lyn drückte beide Hände gegen seine Schultern, obwohl sie viel lieber genau das Gegenteil gemacht hätte. »Lass mich aufstehen.«

»Aber klar doch«, sagte er, packte sie allerdings um die Hüfte und zog sie mit sich herum, sodass sie auf ihm lag. Seine Erektion war deutlich zu spüren, und das gefiel ihr. Es war ein verdammt gutes Gefühl, zu wissen, wie schnell ihr Körper ihn erregen konnte.

»Wir müssen das hier leider verschieben.« Sie setzte sich auf, wobei sie ihren Unterleib aufreizend hin und her bewegte.

Er lachte dunkel. »Du führst dich nicht gerade auf, als würdest du es verschieben wollen.« Er ließ beide Hände über ihre Brüste streifen.

Lyn atmete schneller. »Vielleicht kommt es ja auf fünf Minuten nicht an.«

Als sie ihn in sich aufnahm und den Rhythmus vorgab, stöhnte Hendrik: »Ich glaube, wir schaffen es in zwei.«

Während Lyn duschte, hatte Hendrik Kaffee gekocht. Nachdem auch er geduscht und sich angezogen hatte, tranken sie den Kaffee im Stehen in der Küche. Lyn hatte das Fenster weit geöffnet, damit die frische Morgenluft hereinströmen konnte. Vom Friedhof erklang das vorwurfsvolle Miauen der Katze. Mieze hatte die Nacht draußen verbracht, weil sie auf Lyns Rufe vor dem Zubettgehen nicht reagiert hatte.

Lyn stellte sich ans Fenster. »Komm rein, du Stromer.«

Die Katze reagierte prompt, sprang auf die weiße Holzbank unter dem Fenster und von dort in die Küche. Lyn strich ihr über das grau getigerte Fell. Mit Samtpfoten tappte die Katze über die Ablagefläche der Spüle, verharrte kurz, tappte zur anderen Seite, wo die Kaffeemaschine stand, und entschied sich schließlich doch, den Sprung zu Boden von der Spüle aus zu machen.

»Wenn Krümel wüsste, dass sie die Nacht draußen verbracht hat ...« Lyn grinste, während Mieze ihr schnurrend um die Beine strich.

»Sie weiß es ja nicht.« In der einen Hand den Becher, zog Hendrik mit der anderen Lyn an sich heran. »Unser Morgen-Date eben war mehr als schön. Kurz, aber schön.« Seine Lippen legten sich zärtlich auf ihre. »Ich liebe dich.«

»Und ich liebe dich.« Sie fühlte sich wunderbar. Geliebt und ... einfach wunderbar.

Er lächelte. »Und weißt du, was mich noch viel glücklicher macht?«

»Ja. Dass ich immer noch nicht meine Regel habe. Und nein, ich werde heute noch keinen Test kaufen.«

»Ich versteh nicht, warum du so stur bist. Wozu gibt es denn diese Frühtests?«

Lyn machte sich frei. »Und ich verstehe nicht, warum ich dir die Gründe jeden Tag neu vorkauen muss.« Sie trank zwei hastige Schlucke Kaffee und stellte den Becher weg. »Wenn ich wirklich schwanger bin, bin ich es noch neun Monate lang. Es kommt also auf zwei Tage nicht an.«

Hendrik musterte sie. »Weißt du, was ich glaube? Dass du viel mehr Angst vor einer Enttäuschung hast als ich. Ich könnte wirklich damit leben, wenn es diesen Monat wieder nicht geklappt hat. Dann klappt es eben im nächsten. Oder übernächsten. Ich würde es einfach nur gern wissen.«

Lyn fühlte sich ertappt. Ja, sie hatte eine Wahnsinnsangst vor einer Enttäuschung. Es war noch nicht lange her, dass sie nach der Schussverletzung notoperiert worden war und den Fötus verloren hatte. Was, wenn ihr Körper gar nicht mehr schwanger werden wollte?

»Einen Tag noch«, sagte sie und küsste Hendrik. »Oder zwei.«

Hendrik seufzte. »Du Feigling. Aber nun erzähl, was Wilfried gesagt hat. Warum treibt er uns so früh aus dem Bett?«

Lyn stellte den Kaffeebecher ab, öffnete den Schrank unter der Spüle, in dem das Katzenfutter lagerte, und griff nach einer Dose mit Thunfisch in Gelee. »Wir treffen uns mit Kollegen vom Einbruch. Den Bereitschaftsbeamten wurde vor etwa zwei Stunden ein Einbruch in eine Arztpraxis in Bokelrehm gemeldet. Und da haben die Kollegen vom K7 gleich geschaltet.« Sie schaufelte die Hälfte der Dose in den Keramiknapf mit den aufgemalten Fischgräten, den Sophie der Katze am Valentinstag geschenkt hatte.

»Versteh ich nicht.« Hendrik war anzusehen, dass er nicht schaltete.

»Hallo? Einbruch in Arztpraxis? Wer hat eine Schusswunde und kann nicht in ein Krankenhaus oder zu einem Arzt gehen?«

»Was? Die Bande und ein Einbruch in eine Arztpraxis in

Bokelrehm? Da soll es einen Zusammenhang geben?« Er tippte sich an die Stirn. »Das glaubst du doch selbst nicht. Die sind mittlerweile über alle Berge und nicht nur zwanzig Kilometer vom Tatort entfernt.«

»Keine Ahnung.« Lyn verstaute die angebrochene Dose mit dem Katzenfutter in einer Plastikdose mit Geruchsverschluss. »Wir hören uns einfach mal an, was die Kollegen vom Einbruch zu sagen haben.«

## ELF

Lyn parkte ihren roten Beetle neben Hendriks Volvo auf dem Polizei-Parkplatz in der Großen Paaschburg. Sie hatten beschlossen, mit zwei Wagen zu fahren, weil momentan nie sicher war, wann wer Feierabend machen konnte. Gemeinsam gingen sie die paar Schritte vom Parkplatz zum Polizeihochhaus.

Lyn warf einen unsicheren Blick auf das Gebäude, als ein dumpfes Geräusch von oben erklang. »Irgendwann begräbt uns dieses marode Teil unter sich und wird zum Mausoleum, sag ich dir.«

»Da hat nur jemand in den oberen Stockwerken ein Fenster zugemacht.«

»So klang es aber nicht.«

»Nicht mehr lange, und wir sitzen in einem Neubau. Glaub mir, das wird geschehen.«

Lyn lachte. »Das seh ich noch nicht. Allerdings glaubt sogar Thilo daran. Und das soll was heißen. Aber falls es doch keinen Neubau gibt, das hat er mir jedenfalls letzte Woche ins Ohr geraunt, wird er den Parthenon von Itzehoe höchstpersönlich in die Luft jagen.«

Hendrik grinste. »Ich könnte mir vorstellen, dass er einige Mitstreiter finden würde.«

Sie flachsten weiter herum, bis sie im neunten Stock eintrafen.

»Wilfried meinte, wir sollen mit Jessica Wilbur sprechen«, klärte Lyn Hendrik an der Eingangstür zum K7 auf. »Die kenn ich gar nicht.«

»Oh, Jessica Wilbur. Du kennst die Terminatorin nicht?«

»Jetzt weiß ich, glaube ich, doch, wer das ist.«

Die Oberkommissarin begrüßte sie mit einem herzlichen »Kommt rein, Leute. Es gibt Kaffee und Informationen«. Sie stand hinter ihrem Schreibtisch auf und reichte Lyn und Hendrik über den Tisch hinweg die Hand. »Hi, ich weiß grad nicht, ob wir uns schon mal vorgestellt wurden. Bin ja erst seit drei Monaten in diesem Laden. Jessica Wilbur. Für euch Jessy.«

»Ich bin Hendrik Wolff. Freut mich, Jessy. Und das«, er deutete auf Lyn, »ist meine Frau.«

Innerlich verdrehte Lyn die Augen. Er konnte es nicht oft genug sagen. Als würde es hier eine Rolle spielen, dass sie verheiratet waren.

»Lyn Harms«, stellte sie sich vor. »Vom Sehen kennen wir uns.« Ihr Blick glitt dabei über die Ein-Meter-achtzig-Frau, die in ihrem Alter sein musste. Allerdings, das gestand Lyn sich mit einem Hauch Neid ein, war Jessy Wilbur eindeutig besser in Form. Trainierte Oberarme, ein kleiner, straffer Busen, der vermutlich auch ohne BH auskam, und ein flacher Bauch zeichneten sich unter einem engen Shirt in knalligem Neongrün ab. Ihr zweifellos getöntes tiefschwarzes Haar trug sie kurz und an den Seiten rasiert.

»Puh«, flüsterte Lyn, als die Kommissarin das Büro verließ, um Zucker für ihren Kaffee zu holen, »sie sieht eher aus wie der Hulk und nicht wie der Terminator.«

Hendrik grinste. »Ihr Shirt ist wirklich *sehr* grün. Aber die Muckis sind nicht schlecht.«

»Hm. Ich finde das nicht sehr weiblich.«

»Och …«

Lyn boxte ihm auf den Arm.

»Was ist los, Leute?«, erklang hinter ihnen die Stimme von Jessy Wilbur. »Kloppt euch zu Hause.« Sie griff mit den Fingern in das Schälchen und ließ ein Stück Zucker in ihren Becher plumpsen. Sie setzte sich auf den orangefarbenen Sitzball, der anstelle eines Stuhls hinter ihrem Schreibtisch stand, und hüpfte mit geradem Rücken leicht darauf herum, während sie berichtete.

»Es gab einen Einbruch in die Landarztpraxis eines Dr. Rogelt in Bokelrehm. Ein Nachbar wurde durch Geräusche und angeblich auch durch einen Schrei aufgeweckt. Er sah draußen nach dem Rechten, entdeckte in der Arztpraxis ein offenes Fenster und wählte den Notruf.«

»Ein Schrei?«, hakte Lyn nach. »Vom Arzt, oder wie?«
Jessy-Hulk schüttelte den Kopf. »Nee, der ist im Urlaub
in Österreich. Beziehungsweise: war. Jetzt ist er auf dem
Rückweg. Von wem der Schrei stammt, ist nicht geklärt. Das
Geräusch, das den Nachbarn weckte, stammte eventuell von
einer Blechtonne, die am Haus stand und umgekippt ist. Der
Schrei könnte also ein Schreckensschrei des Einbrechers beziehungsweise der Einbrecher gewesen sein, als sie die Tonne
umstießen. Auf jeden Fall sind wir gleich stutzig geworden und
auf euren Fall mit dem verletzten Täter gekommen, weil der
Wohnraum im ersten Stock des Gebäudes nicht durchwühlt
wurde, sondern nur die Praxis. So wie es aussieht, nach Medikamenten.«

»Ah!« Lyn sah Hendrik an. »Das klingt in der Tat interes-
sant. Ist die Spurensicherung schon vor Ort?«

Jessy nickte. »Ja, klar.«

Hendrik schien nach wie vor skeptisch. »Und es wurden
wirklich nur Medikamente gestohlen? Steht das fest?«

»Wie denn? Ist ja keiner da, den wir fragen können, was
sonst noch fehlt. Die Tippse ist auch im Urlaub. Allerdings
sind zwei Medikamentenschränke geöffnet beziehungsweise
aufgebrochen worden. Der normale Medikamentenschrank
und einer mit den Sachen mit mehr Kawumm. Ihr wisst schon:
Opiathaltiges, Morphine …«

»Dann war es vielleicht ein Junkie«, sagte Hendrik, »der –«

»Nee! Never!«, würgte Jessy ihn ab. »Ein Junkie hätte alles
mitgehen lassen. Aber im Crack-Schrank lag noch 'ne Menge
Zeug zum Highwerden, das nicht mitgenommen wurde.«

Lyn griff nach dem Kaffeebecher und nahm einen tiefen
Schluck. Jessy gefiel ihr. Sie erinnerte sie ein wenig an ihre
Nachbarin und Freundin Carmen, die ihr Herz auch auf der
Zunge trug.

»Der Nachbar hat übrigens, als er aufstand und aus dem
Fenster sah, einen Wagen wegfahren sehen. Leider gibt's keine
Beschreibung dazu, weil's dunkel war.« Jessy erweiterte ihre
Gymnastikübungen auf dem Ball, indem sie die Hände hinter

dem Kopf verschränkte und die Arme in kurzen ruckartigen Bewegungen nach hinten zog.

Lyn setzte sich automatisch gerader im Stuhl auf. »Dann bin ich gespannt, ob die Spurensicherung was findet.«

\* \* \*

Ulf Baumann warf den Kreuzschlüssel zur Seite und drehte die letzte Mutter am Wohnwagenrad von Hand ab. Es brauchte nur wenig Kraftaufwand, das Rad mit dem platten Reifen von der Aufhängung zu nehmen. Er warf ihn zur Seite, zog den neuen Reifen, den er in Itzehoe besorgt hatte, zu sich heran und wuchtete ihn auf die Aufhängung. Eines der Mädchen aus der bayerischen Clique rannte kreischend am Wohnwagen vorbei, weil einer ihrer Kumpel mit einer Mega-Wasserpistole hinter ihr her war.

Ulf blickte ihnen hinterher und schrak zusammen, als Devil plötzlich neben ihm stand. Er war losgezogen, um die Tageszeitung zu kaufen.

»Alter, wir haben ein mächtiges Problem. Hier!« Devil warf ihm die »Norddeutsche Rundschau« vor die Knie. Er hatte leise gesprochen, obwohl weder Sarg-Tobi noch Mick und Sandra in der Nähe waren. Die drei hatten das Camp vor einer halben Stunde gemeinsam verlassen. Tobi wollte ins Wackener Freibad, die anderen beiden hatten sich zum örtlichen Edeka-Markt aufgemacht. Und die schwedischen Wikinger waren zu weit entfernt, um sie hören zu können.

Ulf starrte auf die aufgeschlagene Seite der geknickten Zeitung. Ein Phantombild nahm ein Drittel der Seite ein. Das Profil zeigte einen etwa fünfundvierzigjährigen Mann mit eher groben Gesichtszügen und Vokuhila-Frisur. »Wer …? Scheiße, soll ich das etwa sein?«

»Bis auf die Frise sieht's dir nicht wirklich ähnlich«, sagte Devil. »Aber wir müssen jetzt doppelt vorsichtig sein. Am besten rasierst du dir den Schädel kahl.«

Ulfs Herz raste. Er studierte die Zeichnung wieder und wieder. Hatte Devil recht? Sah ihm der Mann auf der Zeichnung wirklich nicht ähnlich? Vom Gefühl her stimmte er Devil zu. Die Kopfform war zwar ganz gut getroffen, aber Auge, Nase und Mund passten überhaupt nicht. Oder war er vielleicht voreingenommen? Konnte man überhaupt sein eigenes Phantombild beurteilen?

»Nee«, sagte er, sich auf Devils Worte besinnend. »Ich werd mir garantiert nicht den Schädel rasieren. Unsere Nachbarn hier würden sich doch wundern, wenn ich plötzlich anders aussehe. Die lesen vielleicht die Zeitung auch. Und dann bringen die das viel eher mit dem Phantombild in Verbindung.«

»Okay«, stimmte Devil nach kurzem Überlegen zu und nahm Ulf die Zeitung aus der Hand. »Wieso können die Bullen das überhaupt gemacht haben? Wer hat dich denn gesehen?«

»Woher soll ich das wissen? Vielleicht jemand aus der Fußgängerzone? Wir sind schließlich das kurze Stück zum Parkplatz ohne Maske gelaufen.«

»Egal«, sagte Devil. »Wird einfach Zeit, dass wir hier wegkommen.«

»Allerdings.« Mit zitternden Fingern sammelte Ulf die Radmuttern aus dem Gras und schraubte sie von Hand an.

»Wenn ihr den Reifen vor dem Coup ausgetauscht hättet, wären wir hier schon längst weg«, kotzte Devil sich weiter aus. »Ich hab schließlich gleich gesagt, dass das Material porös ist. Aber ihr seid ja immer schlauer.«

»Hallöle!« Sandra kam auf sie zu. »Fleißig, Jungs. Ihr habt den Reifen ja schon drauf.«

»Wolltest du nicht ins Dorf?«, fragte Ulf, um etwas zu sagen. Warum konnte die Alte nicht einfach zu ihrem Zelt gehen und sie in Ruhe lassen?

»Ach, die paar Sachen, die wir wollten, haben wir auch in dem kleinen Supermarkt in der Hauptstraße gekriegt.« Sie wedelte mit einer Zeitung. »Habt ihr die heute schon gelesen?« Sie sah Ulf an.

Sein Mund wurde schlagartig trocken. Er versuchte krampfhaft, so unbeteiligt wie möglich auszusehen. »Ja, wieso?«

»Ich hab so gelacht, als ich die aufgeschlagen hab.« Sie blätterte sich durch die Zeitungsseiten, dann hatte sie gefunden, was sie suchte. Sie hielt Ulf die Seite vor die Nase. »Fast könntest du das sein, oder?«

Ulf hatte das Gefühl, brechen zu müssen, als sie ihn lachend musterte.

»Der Typ hat jedenfalls die gleiche Frisur wie du. Scheint wieder modern zu werden.«

Ulf war nicht in der Lage, zu antworten.

Devil lachte rau auf. »Hab ich auch schon zu ihm gesagt.« Er lachte noch mal und boxte Ulf auf den Oberarm. »Ich wollt dich schon bei der Polizei melden, nicht, Kumpel?« Er sah wieder zu Sandra. »Aber die Visage passt ja leider so gar nicht. Der Typ auf dem Foto ist einfach 'ne Ecke hübscher.«

Ulf war Devil dankbar, dass er die Sache ins Lächerliche zog. Sandra warf die Zeitung ins Gras, als Devil ihr eine Zigarette anbot.

Gegen die Übelkeit ankämpfend, zog Ulf die Schrauben am Reifen nach. Das war gerade noch mal gut gegangen. Jetzt wurde es wirklich Zeit, dass sie hier verschwanden. Der Plan für das weitere Vorgehen stand jedenfalls. Sie würden Roman und die Ärztin nach Hamburg in Janneks Wohnung bringen. Dadurch würden sie etwas Zeit gewinnen, und er konnte Steffi auf Romans Verwundung vorbereiten. Ulf graute davor. Steffi würde ausrasten, wenn sie erfuhr, was geschehen war. Aber da musste er durch. Es würde nicht gelingen, sie noch weiter hinzuhalten. Sobald das Festival vorbei war, würde sie sich nicht mehr mit Ausreden abspeisen lassen.

Sie hatten vereinbart, dass Jannek den Wohnwagen vom Gelände fahren würde. Jetzt passte er gerade auf die Ärztin auf. Ulf sah auf die Uhr. Gleich würden er und Devil Jannek ablösen.

∗∗∗

Annika erwachte, als jemand grob an ihrer Schulter rüttelte. Sie lag auf dem Sofa im Wohnzimmer, die Hände auf dem Rücken gefesselt. Ihr Mund war wieder mit einem Klebeband verschlossen. Ein Blick zur Wanduhr verriet, dass es halb zehn war. Die heruntergelassenen Rollos sperrten die Morgensonne aus.

Ihre Schultern schmerzten stark. Umso mehr wunderte sie sich, dass sie tatsächlich geschlafen hatte. Baumann hatte sie, als sie nach dem Einbruch in die Praxis wieder in Wacken eingetroffen waren, gezwungen, eine Schlaftablette zu schlucken. Und die zwei schlaflosen Nächte hatten wohl ein Übriges dazugetan, dass sie trotz des Stresses eingeschlafen war.

Es dauerte, bis sie sich besonnen hatte. Das Gefühl, noch zehn Stunden schlafen zu wollen, beherrschte sie, aber die Realität holte sie schnell ein. Insbesondere, weil ihr ein beißender Geruch in die Nase drang. Der Gestank verdrängte sogar den Gedanken, dass sie dringend auf die Toilette musste. Bisher hatte sie sich einen Toilettengang verkniffen, doch ihre Blase war übervoll.

Was war das für ein Gestank?

Baumann, der sie geweckt hatte, zog sie aus ihrer Seitenlage hoch in eine sitzende Position. Ihr Herzschlag beschleunigte sich. Was passierte jetzt?

Als könne er Gedanken lesen, sagte er: »Wir werden jetzt mit deinem Wagen zu unserem Treffpunkt fahren. Da wirst du dann in den Wohnwagen steigen und dich um … den Verletzten kümmern. Verstanden?«

Annika nickte automatisch, obwohl sie die Worte erst einmal sortieren musste. Der Geruch beschäftigte sie. Die Erkenntnis, dass es Benzin war, was sie roch, holte sie endgültig in den Wachzustand zurück. Sie wollten tatsächlich das Haus abbrennen!

»Und dann fahren wir weiter«, hörte sie Baumann sprechen. »Du musst nicht wissen, wohin. Auf jeden Fall gehen wir in eine Wohnung, in der du unsern Kumpel zwei Tage versorgen wirst.«

Und dann? Diese Frage beherrschte ihr Denken. Und hätte sie sprechen können, sie hätte sie hinausgeschrien.

»Fertig.« Devils Stimme erklang von der Tür zum Flur. »Abfahrt ist in fünf Minuten. Verabschiede dich von deiner Hütte, Sweetie.« An Baumann gewandt sagte er: »Ich bin in der Garage. Verteil da auch noch 'n bisschen Sprit.« Mit einem hässlichen Lachen verschwand er.

Annika war zum Heulen. Sie wusste, dass sich, wenn sie den Tränen ihren Lauf ließ, auch ihre Blase entleeren würde. Also wimmerte sie gegen das Klebeband.

Ihr stetes »Hmmm! Hmmm!« sorgte dafür, dass Baumanns Augenbrauen sich finster zusammenzogen, aber letztendlich gab er nach und zog ihr das Band von den Lippen.

»Was?«

Sie schnappte nach Luft, bevor sie sagte: »Ich muss dringend auf die Toilette.«

»Ach so?« Er starrte zum Flur, wo das Gäste-WC war, das er und die anderen schon benutzt hatten. Annika hatte das Geräusch der Spülung mehrfach gehört. Allerdings schien es, als hätte er dieses Bedürfnis ihrerseits nicht eingeplant, denn er wirkte hilflos.

»Komm mit.« Er zog sie hoch und dann Richtung Flur.

Annika steuerte das Gäste-WC an, aber unerwarteterweise zog er sie zur Treppe. »Wir gehen nach oben.« Vor dem Bad im Obergeschoss schnitt er ihr die Kabelbinder von den Handgelenken.

Was für eine Wohltat. Annika reckte Schultern und Arme vor und zurück.

»Mach hinne«, drängte er sie und zog die Badtür auf.

Annika ging hinein. Ihr Blick fiel auf das Velux-Fenster in der Dachschräge. Wenn es ihr gelingen würde, sich auf die Fensterbank zu hocken, könnte sie aus dem Fenster klettern. Es konnte doch nicht so schwer sein, das kleine Stückchen Dach herunterzurutschen, sich an die Dachrinne zu hängen und … einfach zu springen. Der Weg zu den Nachbarn war kurz. Bevor ihre Peiniger es bemerkten, würde sie hoffentlich in Sicherheit sein.

Ihr Herz schlug schneller. Konnte sie es wagen? Vielleicht

würde schon das leichte Knacken, das das Fenster beim Öffnen stets verursachte, sie verraten. Nur: Wenn die Polizei die Bande nicht zu fassen bekam, würde Devil sich rächen.

Schon als sie die Badtür hinter sich zuziehen wollte, wurden all diese Überlegungen ad absurdum geführt. Baumann hielt die Tür fest. »Die bleibt auf.«

»Was?« Die Vorstellung, dass er sie dabei beobachtete, wie sie sich die Hose und den Slip hinunterzog und auf das Klo setzte ... Annika begann zu weinen.

»Flenn nicht«, fuhr er sie. »Setz dich einfach hin und mach. Ich guck dir schon nix weg.«

Sie schüttelte den Kopf. »Nein, ich kann das nicht.«

»Ich bin extra mit dir hier hochgegangen, damit Devil nix mitkriegt. Wenn du jetzt nicht spurst, ruf ich ihn aus der Garage. Vielleicht kannst du dann.«

»Nein!« Weinend, mit zittrigen Fingern, machte Annika sich daran, den Hosenknopf zu öffnen. Sie zog Jeans und Slip zusammen herunter, sich gleichzeitig setzend. Es war so fürchterlich demütigend, das Plätschern des Urins in der Kloschüssel zu hören, während er in der offenen Tür stand. Wenigstens sah er nicht zu ihr hin. Er hatte Kabelbinder aus seiner Hosentasche gezogen und pfriemelte zwei davon zusammen.

Hastig, bevor eventuell Devil hier oben auftauchte, zog sie die Hosen wieder hoch und spülte.

Keine Sekunde zu früh, denn die raue Stimme erklang von unten. »Fertig, Baumann? Wo steckt ihr?«

»Oben.«

»Dann mach hinne. Der Wagen ist startklar. Der Doktorkoffer und das andre Zeugs ist verstaut.«

»Gleich.«

Entgegen ihrer Erwartung band Baumann ihr die Handgelenke nicht wieder auf dem Rücken zusammen. Er zog sie Richtung Treppe. Idas Zimmertür stand offen. Annika blieb einfach stehen. Sie starrte auf das Hochbett mit dem Prinzessinnen-Vorhang. Wie oft hatte sie mit Ida dahinter gesessen, wenn Emil seinen Mittagsschlaf hielt. Sie hatten sich in die Kissen gekuschelt und Bilderbücher angesehen oder Geschichten erzählt. An den Kinderzimmerwänden hingen Idas gemalte Bilder, und ihre Kuscheltiere lagen überall im Zimmer verstreut.

Alles würde verbrennen.

Es war ein eigenartiger Trost zu wissen, dass Ida wenigstens Kuddel bleiben würde, ihre Schlafmaus. Denn die hatte sie natürlich zur Oma mitgenommen. Kuddel reiste überallhin mit.

»Los, weiter!« Er schubste sie. Für einen längeren Blick in Emils Zimmer blieb keine Zeit. Die Tür stand auch nur einen Spalt offen, kaum weit genug für einen vagen Blick auf die Elefantenbordüre an der gelben Tapete.

Im Erdgeschoss zog Baumann sie in die Küche und zwang sie auf einen Stuhl.

Ungläubig starrte sie ihn an, als er die halb volle Kanne von der Heizplatte der Kaffeemaschine nahm, einen Becher vollschenkte und vor ihr abstellte. Aus der Obstschale nahm er eine der braun gewordenen Bananen und legte sie dazu. »Hau rein. Du musst was essen.« Er griff nach der Kekspackung, die auf dem Küchentisch lag, und schüttete einfach ein paar auf den Tisch.

»Los!« Er drückte ihr die Banane in die Hand.

Es blieb ihr nichts anderes übrig, als die Schale zu öffnen und hineinzubeißen.

»Was ist hier los?«, erklang Devils wütende Stimme in der Küchentür. »Bist du nicht ganz frisch?«, fuhr er Baumann an, während sein Blick an Annika haftete. »Ist das hier das Kempinski, oder was? Wieso sitzt die da und frühstückt in aller Seelenruhe?«

»Irgendwann muss sie auch mal was essen. Du hast dich hier doch auch vollgefressen«, stieß Baumann aus. »Wenn die mir umkippt, nützt sie Roman gar nix. Und bei dem Gestank hier ist die Gefahr groß, dass sie abseilt.«

»Ja, Entschuldigung, dass ich hier dafür sorg, dass die Bullen nix finden, womit sie uns am Arsch kriegen.« Devil spie die Worte aus. »Ich bin es, der immer die Drecksarbeit für euch macht. Ohne mich wärt ihr Weicheier doch alle längst am Arsch!« Er stellte sich so dicht vor Baumann, dass die Gesichter sich fast berührten. »'n bisschen Dankbarkeit wär nicht schlecht. Wichser!«

Als sein Blick zu ihr wanderte, machte Annika sich automatisch klein auf dem Stuhl. Sie legte die angebissene Banane auf den Tisch und wischte mit zittrigen Fingern über einen Kaffeefleck auf der Tischplatte.

Devil lachte hässlich auf. »Du brauchst hier nicht mehr sauber machen, Sweetie.«

Sie starrte ihn an. Er hatte recht. Gleich würde alles brennen.

»Los jetzt«, forderte Devil. »Mir wird ja selbst schon schwummrig hier. Und kleb ihr die Fresse wieder zu«, sagte er, bevor er ging.

Baumann zog sie hoch, fesselte und knebelte sie und lotste sie Richtung Hauswirtschaftsraum, von dem eine Verbindungstür in die Garage führte.

An der Tür zur Garage hing Idas geblümter Regenmantel an einem Haken. Sie hatten ihn gerade erst gekauft. Wie hatte Ida sich gefreut, als es regnete und sie den bunten Mantel endlich zum Kindergarten anziehen konnte. Auf der Waschmaschine standen Emils erste Schühchen, aus denen er schon herausgewachsen war. Sie hatte die Schuhe noch einmal säubern wollen, bevor sie sie als Andenken weggelegt hätte.

Das Feuer würde alle Erinnerungen wegfressen. Doch mit diesem Gedanken hielt noch ein weiterer Gedanke Einzug in ihren dröhnenden Schädel.

*Sie* würde nicht hier verbrennen. Gott hatte ihr Gebet diesmal erhört. Und das gab ihr Hoffnung. Sie musste leben! Sie musste alles tun, was die Männer von ihr verlangten, denn Matthias und die Kinder würden auf alles, was das Feuer vernichtete, verzichten können.

Aber nicht auf sie.

✳✳✳

»Hoffentlich lässt Meier nicht seinen gesamten Frust an Wilfried aus«, sagte Lyn zu Karin Schäfer. »Es wird getratscht, dass es mit Meiers Ehe nicht zum Besten steht. Seine Frau soll ausgezogen sein. Ist das bei dir auch schon angekommen?« Sie sah ihre Kollegin an.

Karin hatte sich mit einem Kaffee zu ihr ins Büro gesetzt. Die Frühbesprechung war verschoben worden, weil Staatsanwalt Meier ihren Chef zu sich zitiert hatte. »Ja, klar. Klatsch ist wie Güllegestank. Er durchdringt alles. Wenn es stimmt, kann man Meiers Frau zu dieser Entscheidung nur gratulieren.«

»Ich …« Lyn brach ab, weil das Telefon klingelte. Sie nahm das Gespräch an. »Hallo, Thilo, du Lieblingskollege. Geht's dir gut?« Sie zwinkerte Karin zu, die die Augen verdrehte.

Wenn Thilo auf dem Festival war, rief er immer gern mal im Büro an. Vorzugsweise, wenn er lattenstramm war.

Karin tippte auf ihre Armbanduhr und flüsterte: »Es ist noch nicht mal zehn Uhr. Er kann doch nicht schon besoffen sein?«

Lyn machte sich nicht die Mühe, die Hand auf den Hörer zu legen. »Er kann.« Dann wandte sie sich wieder ihrem Kollegen zu. »Ja, Thilo, das klingt wirklich super. Schön, dass du sie alle ins Stroh befördert hast.« Sie flüsterte Karin zu: »Er hat gestern bei irgendwelchen Highland Games alle Gegner vernichtend von einem Baumstamm heruntergeschlagen. Was auch immer er damit meint.«

Milde lächelnd schüttelte Karin den Kopf. »Er ist und bleibt ein großer Junge.«

»Einen Kilt?« Lyn hielt amüsierten Blickkontakt mit Karin, während sie mit Thilo sprach. »Hm, ich weiß nicht so recht. Hübsche Beine hast du ja, aber … wann willst du den denn tragen? … Im Büro! Hm, das ist eine tolle Idee. Kauf ihn, und dann kommst du Montag damit hierher.«

Karin lachte laut auf.

»Ja, Thilo, du hast richtig gehört. Das war Schäferlein, die gelacht hat. Sie sitzt bei mir im Büro. Wir trinken einen Kaffee. … Ja, wir hätten eigentlich Besseres zu tun. Allerdings lassen wir uns ein kleines Päuschen nicht entgehen. Denn während du dich prächtig amüsierst, kloppen wir hier jede Menge Überstunden. ... Nein, ich bin nicht sauer auf dich.« Sie verdrehte die Augen. »Ja, natürlich haben wir dich alle lieb. ... Ja, auch Schäferlein. Die ganz besonders. Ich soll dich herzlich von ihr grüßen. ... Nein, du kannst nicht mit ihr sprechen, denn unsere Pause ist jetzt zu Ende. Tschüs, Thilo. Hab weiterhin ganz viel Spaß. ... Ja, wir dich auch. Tschü-hüs!« Sie legte auf.

Karin stimmte in ihr Lachen ein. »Danke, dass du den Hörer nicht an mich weitergereicht hast. Hat er denn mit seinen Saufkumpanen schon die Bierpipeline angezapft, so wie er es angekündigt hat?«

»Wenn sie wüssten, wo die verläuft, würd ich ihm glatt zutrauen, dass er den Spaten schwingt.«

Im selben Moment klingelte das Telefon erneut.

»Anscheinend will er doch noch mit dir reden«, sagte Lyn. Doch ein Blick auf das Display zeigte eine hausinterne Nummer an. Die Spurensicherung. Sie lauschte dem K6-Mitarbeiter aufmerksam und legte nachdenklich auf.

»Neuigkeiten?«, fragte Karin.

»Ja. Das war Spusi-Kröger. Er sagt, dass der beziehungsweise die Einbrecher aus der Landarztpraxis alle Scherben des kaputten Glasschranks mitgenommen haben.«

»Was?«

»Ja. Und der/die Täter haben anscheinend den Schrank und den Boden steril gesäubert.«

Karin überlegte kurz. »Das könnte bedeuten, dass sich der Täter eventuell geschnitten hat, oder?«

»Ganz genau«, gab Lyn ihr recht. »Die Spusi – und jetzt kommt die wirklich gute Nachricht – hat allerdings eine Scherbe auf dem Schreibtisch des Arztzimmers entdeckt. Mit offensichtlichen Blutspuren. Sie ist bereits auf dem Weg zur KTU. Ich bin gespannt, was bei der Untersuchung rauskommt. Hoffentlich dauert es nicht so lange mit dem Ergebnis. Die in Kiel sind ja auch immer mit Arbeit überhäuft.«

»Laut sagen darf man es ja nicht, aber es kommt auf eine Stunde mehr oder weniger doch nicht an. Den Juwelier holt nichts und niemand mehr ins Leben zurück. Und die Täter werden nach dem Desaster kaum innerhalb der nächsten Tage noch einmal zuschlagen. Auf jeden Fall ist es sehr gut, dass die Einbrecher doch nicht so gründlich beim Scherbenmitnehmen waren. So kommen wir hoffentlich weiter. *Wenn* die Fälle überhaupt zusammenhängen. Das wissen wir ja noch gar nicht.«

»Kröger hat noch etwas Interessantes gesagt. Er meinte, es hätte so ausgesehen, als sei die Scherbe dort bewusst deponiert worden.«

»Was?«

»Ja, das passt nicht zusammen, nicht wahr?« Lyn spielte mit dem leeren Kaffeebecher. »Die Scherbe hätte offenbar beim Einschlagen der Scheibe nicht so weit springen können. Schon gar nicht an diese exponierte Stelle. Es sieht nach Absicht aus.«

»Das verstehe ich nicht.«

»Tja …« Auch Lyn hatte keine Antwort darauf. »Auf jeden Fall bin ich rasend gespannt, ob DNA gefunden wird, die in der Analysedatei erfasst ist.«

*∗ ∗ ∗*

»Oh mein Gott!« Matthias Blomberg drängte sich durch die dunkle Masse der Schaulustigen, die die Straße Duhorn bevölkerten. »Lasst mich durch!«, schrie er.

Er hatte die dunkle Rauchsäule schon gesehen, als er nach Wacken hineingefahren war. Ein diffuses, ungutes Gefühl hatte ihn dabei befallen. Er hatte seinen Wagen einfach auf einem Grundstück in der Bokelrehmer Straße geparkt, weil die Polizei alles weiträumig abgeriegelt hatte und ein Durchkommen mit dem Auto nach Duhorn nicht möglich war.

Jetzt bestätigten sich seine dunklen Ahnungen. Feuerwehrfahrzeuge, Polizei, ein Rettungswagen … Sie alle standen in seiner Straße.

»Oh Gott!«, schrie er noch einmal, als er sich durch die Menschenmenge hindurchgekämpft hatte. Es war tatsächlich sein Haus, das brannte. Im Grunde war es schon abgebrannt. Die Feuerwehrmänner spritzten Wasser in eine brennende Ruine. Stinkend, beißend zog der dunkle Qualm gen Himmel.

»Anni!« Er kroch unter dem rot-weißen Absperrband, das die Gaffer fernhalten sollte, hindurch. »Anni! Da ist meine Frau drin!«, schrie er und rannte auf das brennende Haus zu. »Anni!«

Ein Feuerwehrmann stellte sich ihm in den Weg.

»Anniii!«

Matthias wollte sich an dem Mann vorbeidrängen, doch dessen kräftige Hand packte ihn. »Kommen Sie hier weg, Mann!«

Matthias blickte in das von Schweiß und Ruß verschmierte Gesicht des Feuerwehrmanns. »Anniii!« Er schrie, wie er nie geschrien hatte, während er versuchte, sich frei zu machen. »Meine Frau ist da drin!«

»Ich brauch hier mal Hilfe«, rief der Feuerwehrmann einem Kollegen zu. Gemeinsam zogen sie Matthias mit sich. »Wir bringen Sie zur Einsatzleitung.«

Matthias hörte kaum, was der Wehrführer, dem die Hitze ins Gesicht geschrieben stand, zu ihm sagte. Er konnte nur schreien.

»Herr Blomberg!«

Matthias erstarrte, als eine Hand an seine Wange klatschte. Der Schutzpolizist neben dem Wehrführer hatte ihn geohrfeigt.

»Kommen Sie mit«, sagte der Beamte und nahm seinen Arm. »Ich bringe Sie zu Ihrer Nachbarin.« Er blickte sich in dem Menschenwirrwarr um. »Sie hat gesagt, dass Ihre Frau kurz vor dem Brand das Haus verlassen hat. Sie ist mit dem Auto weggefahren.«

Matthias wurden die Knie weich. Er blickte sich zur Garage um. Sie war quasi auch nicht mehr vorhanden. Aber wenn das Auto darin gebrannt hätte, hätte man noch Reste des ausgebrannten Fahrzeugs gesehen. Aufatmend stellte er fest, dass das nicht so war. Das Auto war wirklich weg.

Erleichterung ungeahnten Ausmaßes durchflutete ihn.

»Da ist Ihre Nachbarin«, sagte der Beamte und deutete zum gegenüberliegenden Bürgersteig.

»Matthias!«, erklang auch schon die aufgeregte Stimme von Frau Karthun. Sie winkte mit beiden Armen.

Er stürzte auf sie zu. »Annika … Sie haben sie wegfahren sehen?«

Frau Karthuns Nicken war befreiend.

»Ja, das hab ich. Und kaum waren sie weg, da brannte es auch schon. Ich habe die Feuerwehr angerufen, also die 110. Eigentlich soll man ja die 112 anrufen, aber –«

»Frau Karthun!«, unterbrach Matthias sie barsch. »Sie haben wirklich gesehen, dass Anni weggefahren ist?« Ein ängstlicher Blick zurück auf das Haus begleitete seine Worte.

»Aber ja doch. Annika hat hinten im Auto gesessen. Der Cousin ist wohl gefahren, weil sie sich nicht gut fühlte. Sie ist doch krank. Darum hat es mich auch so erschreckt, dass der andere Mann hinten bei ihr gesessen hat. Er hätte doch vorn auf dem Beifahrersitz sitzen können. Da saß ja keiner. Ob es der Annika so schlecht geht, hab ich gedacht. So schlecht, dass jemand hinten bei ihr sitzen muss?«

»Was?« Matthias starrte sie an.

»Vielleicht sind sie ja mit ihr ins Krankenhaus gefahren. Ihr Cousin hat sich vielleicht Sorgen gemacht, weil Sie ja auch nicht da waren, Matthias.«

»Was reden Sie denn da bloß?« Matthias blickte verwirrt von ihr zu dem Polizisten. »Welcher Cousin? Welche Männer?«

»Na, Annikas Cousin«, beharrte Frau Karthun. »Aus Köln. Er und seine Freunde haben Annika doch besucht. Hat Sie Ihnen das denn gar nicht erzählt?« Sie schüttelte den Kopf. »Die Männer sind hier ein und aus gegangen. Sie hatten sogar einen Schlüssel.«

Matthias' Hirn fühlte sich leer an. Die Information war zu

ihm durchgedrungen, aber er konnte nichts, absolut nichts damit anfangen. Die Hintergrundgeräusche – das Knistern der Flammen, das Rauschen des Wassers, das Zischen, die Rufe der Feuerwehrleute, ein Lachen aus der Menge der Gaffer – verschmolzen zu einem akustischen Chaos.

»Welcher Cousin?«, stieß er noch einmal aus. »Anni hat keinen Cousin. Weder in Köln noch sonst wo.«

»Oh.« Frau Karthun riss die Augen auf. »Aber genau das hat sie mir gesagt, als ich an der Tür war. Und mal ganz ehrlich: Wenn sie diese schwarzen Männer nicht gekannt hätte, wären die doch hier nicht ein und aus spaziert, oder?«

Die schwarzen Männer … Matthias wurde schlecht.

Idas Worte kamen ihm in den Sinn. Die schwarzen Männer tun dir doch nichts, Mama?

Er drehte sich um und starrte auf das brennende Haus. Was war hier geschehen?

»Ich brauche Hilfe«, stammelte er und drehte sich wieder zu dem Polizisten um, der ein Handy in der Hand hielt und telefonierte. Er packte den Beamten am Arm. »Etwas ist passiert. Ich weiß nicht, was, aber ich glaube, meine Frau ist in Gefahr.«

## ZWÖLF

Fassungslos sah Annika zu, wie Devil aus einem Kanister Benzin über ihren Twingo schüttete, den er am Rand einer Spurbahn abgestellt hatte. Derselbe Gestank, der auch durch ihr Haus gezogen war, kroch ihr in die Nase, während Ulf Baumann sie zu einem mit schwarzen Schriftzügen bemalten Wohnwagen zog.

Jannek Baumann hatte erleichtert ausgesehen, als sie vor zwei Minuten hier eingetroffen waren. Anscheinend hatte er das Wohnwagengespann hierhergefahren. Der Feldweg war für Devil nicht so einfach zu finden gewesen. Er hatte mehrfach geflucht, als sie Wacken Richtung Autobahn verlassen hatten. Nach wenigen Kilometern waren sie rechts Richtung Jagdhaus Schweinehof abgebogen und dem betonierten Weg gefolgt. Annika kannte die Strecke, weil sie und Matthias im Schweinehof schon gegessen hatten. Allerdings war Devil nicht zu dem herrlich idyllisch gelegenen Jagdhaus abgebogen, sondern einen halben Kilometer weiter gefahren, bis an der rechten Seite die Spurbahn aufgetaucht war.

Annika hatte erneut das Gefühl, neben sich zu stehen.

Sie hatten tatsächlich das Haus angesteckt. Mit dem Knistern des Feuers im Ohr hatte Baumann sie in der Garage ins Auto gezwungen. Sie hatte zugesehen, wie Devil auch noch ein Streichholz in die Ecke der Garage geworfen hatte, dann waren sie gefahren. Devil hatte ihren Twingo hierhergelenkt, gelotst von Baumann, der neben ihr auf der Rückbank gesessen und mit seinem Sohn über das Handy kommuniziert hatte. Und jetzt standen sie hier. Zwischen Feldern, Knicks und Bäumen, wo sich Hase und Igel gute Nacht sagten.

Annikas Blick glitt über den schäbigen Wohnwagen. Darin lag also das vierte, das verletzte Mitglied der Bande?

Ihr Herz begann noch stärker zu schlagen, als Baumann die Hand hart auf ihre Schulter legte. Im nächsten Moment wurde sie grob in den Wohnwagen gedrängt. Sie bekam beim Eintreten kaum die Füße schnell genug hoch.

Verwirrt nahm sie wahr, was sich ihren Sinnen bot: warme, abgestandene Luft, der Geruch von Schweiß, Urin und Blut. Rechts von ihr lag ein junger Mann in einem schmalen Bett. Das Haar klebte ihm in feuchten Strähnen am Kopf. An einem unnatürlich roten Kopf.

»Kümmer dich um ihn!«, fuhr Baumann sie an und riss ihr mit einem Ruck das Klebeband vom Mund. »Er hat 'ne Wunde an der Hüfte.«

Während er den Notfallkoffer und eine der Tüten aus der Arztpraxis auf ein kleines Einbautischchen an der linken Seite stellte, musterte Annika den jungen Mann auf der schmalen Pritsche. Eigentlich sah er nicht aus wie ein Mann. Eher wie ein großer Junge. Auf jeden Fall ein Junge, dem es nicht gut ging. Das war eindeutig zu erkennen. Sie legte kurz die Hand an seine heiße Wange.

Aus glasigen Augen musterte er sie.

Annika nahm die Decke von ihm. Ein blutdurchtränkter Verband um den Bauch kam zum Vorschein. Übler Geruch ging davon aus. »Was genau ist mit ihm passiert?«, fragte sie, den Älteren ansehend.

»Das weißt du doch schon. Er hat 'ne Schusswunde. Die Kugel steckt in ihm.«

Der Junge stöhnte.

»Behandel ihn«, stieß Baumann aus. »Los!«

»Eine Schusswunde kann ich hier nicht behandeln«, stieß Annika verzweifelt aus und sah zu dem Jungen. »Er muss schnellstens in ein Krankenhaus! Er hat hohes Fieber. Er muss operiert werden!«

Baumann zog eine Pistole hinten aus dem Hosenbund und bohrte ihr den Lauf an die Stirn. »Bist du schwerhörig? Du tust jetzt für ihn, was du kannst, verstanden? Wir werden ihn in ein Krankenhaus bringen. In zwei Tagen. Und bis dahin senkst du das Fieber und machst die Wunde vernünftig sauber!«

Sein Blick wanderte zu der Notfalltasche. »Du hast doch in

der Praxis alles eingesackt, was du dafür brauchst. Damit wirst du das Fieber schon runterkriegen. Und jetzt nimm ihm den Verband ab! Und gib ihm vor allem was Anständiges gegen die Schmerzen, damit er mal richtig schlafen kann.«

Annika liefen die Tränen über die Wangen, während sie mit zitternden Fingern den Koffer vom Tischchen nahm und öffnete. »Er muss sofort in ein Krankenhaus.« Sie sah Baumann an. »Die Kugel muss rau–« Das Wort blieb ihr in der Kehle stecken, weil er ihr den Pistolenlauf in den Mund rammte. Annika würgte. Vor Schmerz. Vor Angst. Der kalte Stahl in ihrem Mund schmeckte seltsam bitter. Vor ihren Augen begann die Szenerie sich zu drehen.

»Ein Wort noch! Und ich knall dich ab! Jetzt halt die Fresse und kümmer dich um ihn.« Er zog die Pistole zurück.

Annika schloss für einen Moment die Augen, was den Schwindel allerdings verstärkte. Ihre Hand wanderte zu ihrem schmerzenden Mund und tastete. Ein Stück Schneidezahn war abgebrochen.

»Du sollst dich um ihn kümmern!« Diesmal drückte er ihr den Pistolenlauf in die Wange.

Mit zittrigen Fingern klaubte sie Gummihandschuhe und eine Schere aus dem Notfallkoffer. Sie zog die Handschuhe an und begann, den blutigen Verband aufzuschneiden. Ihre Gedanken wanderten dabei zu dem Juwelier, den diese Männer eiskalt getötet hatten.

Bitte, lieber Gott, hilf mir! Bitte, bitte!

\*\*\*

»Wer kommt nachher mit Mittag essen?«, fragte Thomas Martens in die Runde, als Wilfried das Gespräch im Besprechungsraum für beendet erklärte.

»Ich ess meine Stulle«, sagte Karin Schäfer. »Axel kocht heute Abend. Und zweimal warm essen geht auf die Hüften.«

»Wie sieht's mit euch aus?« Thomas blickte von Lyn zu Hendrik.

Hendriks »Nein, danke« kam zeitgleich mit Lyns »Oh ja, gern, ich hab einen Mordshunger«.

Lyn sah Hendrik an, dessen Augenbrauen sich minimal zusammengezogen hatten. »Nun komm schon«, sagte sie. »Dann müssen wir heute Abend nicht mehr kochen.«

»Na gut.« Hendriks Gesicht blieb unentspannt. »Wo soll's hingehen?«

Thomas lächelte. »Das darf Lyn aussuchen. Wo sie doch am Verhungern ist.«

»Dann gehen wir zu Bobby & Fritz. Ich hab Appetit auf Currywurst und Pommes. Möchtest du uns begleiten, Wilfried?« Sie sah ihren Chef an, der auf dem Flur stehen geblieben war.

»Was? Äh, nein«, sagte er und griff in seine Cordhosentasche, weil sein Handy klingelte.

Lyn blickte ihm nach, als er in sein Büro ging. Wilfried sah groggy aus. Was kein Wunder war, denn er konnte in den letzten Nächten kaum mehr als vier Stunden geschlafen haben. Noch dazu hatte Staatsanwalt Meier ihn ordentlich auf den Pott gesetzt, weil die Ermittlungen bisher kaum Brauchbares ergeben hatten. Da die KTU gemeldet hatte, dass das Blut des angeschossenen Täters nicht in der DNA-Analysedatei vertreten war, und auch das Phantombild noch keine entscheidenden Hinweise gebracht hatte, blieb jetzt nur zu hoffen, dass das Blut an der Scherbe ein Ergebnis lieferte.

Eine Stunde später tunkte Lyn genüsslich ihre Pommes in die Mayo. Sie standen zu dritt an einem Stehtisch vor dem kleinen Imbiss am Itzehoer Modehaus Behrens & Haltermann, dem ehemaligen Stör-Carree.

Das Gespräch während des Essens bestritt sie fast ausschließlich mit Thomas. Hendriks Wortkargheit schob Lyn auf seine Eifersucht. Es amüsierte sie, wie er den Kollegen ansah, wenn der sie anstrahlte. Als Thomas dann noch mit einem »Darf ich mal die Mayo probieren?« seine Pommes in die Mayonnaise auf ihrer Pappschale tunkte, bildeten Hendriks Augenbrauen endgültig eine Linie.

Lyn war geradezu dankbar, als ihr Handy ging. »Oh Mann«, nuschelte sie mit vollem Mund. »Wilfried schon wieder.« Sie kaute schneller. »Wieso ruft er eigentlich immer mich an? Hat er eure Nummern nicht mehr, oder was?« Sie schluckte den Bissen runter und nahm das Gespräch an.

»Was ist los?«, fragten Hendrik und Thomas gleichzeitig, als sie mit einem »Ja, wir fahren gleich los, Chef« auflegte.

»Leute, es geht voran.« Lyn warf die Pappschale mit den restlichen Pommes in die Mülltonne. »Wir fahren nach Wacken. Dort ist eine Ärztin verschwunden.«

*⁂*

Annika stand der Schweiß auf der Stirn, während ihre zittrigen Finger eine Spritze mit einem fiebersenkenden Mittel aufzogen. Die Messung mit dem Thermometer hatte gezeigt, dass der Junge starkes Fieber hatte. Sie hatte Haut und Einschussstelle gesäubert und die Wunde steril verbunden. Mehr konnte sie hier in dem holpernden Wohnwagen nicht tun. Später würde sie sich die Wunde genauer ansehen und versuchen, sie mit dem Skalpell zu öffnen. Dazu musste der Junge betäubt sein. Die Chance, an die Kugel zu gelangen, war allerdings gering.

Die Fenster waren mit dunklen Badehandtüchern verhängt, sodass sie nicht sehen konnte, wohin sie fuhren. Aber auf jeden Fall befanden sie sich mittlerweile auf der Autobahn. Sie mussten an der Auffahrt Schenefeld auf die A 23 gefahren sein. Eine andere Möglichkeit gab es angesichts der Kürze der Zeit nicht. Die Frage war nur, in welche Richtung sie fuhren.

»Ich sterb doch nicht, oder?«, holte die klägliche Stimme des Jungen sie aus ihren Gedanken, während sie ihm das Mittel spritzte. Seine fiebrigen Augen starrten sie ängstlich an. Er hatte den Verbandswechsel mit viel Stöhnen über sich ergehen lassen.

Mit Argusaugen hatte Baumann, dessen T-Shirt in der Wärme des Wohnwagens an ihm klebte, jede ihrer Aktionen verfolgt. Annika spürte seinen Blick auch jetzt wieder auf sich, doch sie ignorierte ihn und versuchte, den Jungen mit einem

Lächeln aufzumuntern. »Nein … nein, das wird schon wieder. Wir sind ja dabei, das Fieber zu senken. Es geht nicht so schnell. Sie brauchen Geduld.«

Am liebsten hätte sie ihn geduzt. Er wirkte fast kindlich, so wie er da lag. Verschwitzt, schwer atmend, manchmal stöhnend. Aber das Letzte, was sie wollte, war, eine vertraute Beziehung zu ihm aufzubauen. Er war ein Bankräuber. Und vielleicht sogar der Mörder von Alexander Kromme. Die Wahrscheinlichkeit war groß, dass er den Schusswechsel mit dem Juwelier gehabt hatte. Schließlich hatte er sich selbst eine Kugel dabei eingefangen.

Baumann griff nach der Tüte mit den Kabelbindern und steckte zwei zusammen. »Umdrehen!«, befahl er ihr. »Hände auf den Rücken.«

Annika gehorchte anstandslos. Als er fertig war, drückte er sie zu Boden, neben das Bett. Erschöpft legte sie den Kopf zurück an die Wand in ihrem Rücken und ließ den Blick schweifen. Es war ein uralter Wohnwagen. Die ehemaligen Einbauten fehlten zum Teil, wie herausgerissene Verstrebungen an den Wänden zeigten. Einzig das Bett, die Sitzbank und das Tischchen schienen zur ursprünglichen Ausstattung zu gehören. Über dem Bett hatte es wohl einst eine zweite Schlafmöglichkeit gegeben. Jetzt hing dort ein Schränkchen, dessen Schiebetüren mit einem Vorhängeschloss gesichert waren.

»Können wir bitte ein Fenster öffnen?«, bat sie. Für sich selbst, aber auch für den Jungen, denn die Luft wurde immer unerträglicher. »Der Junge braucht frischere Luft. Sie sehen doch selbst, wie mühsam er atmet.«

»Die Fenster bleiben zu.«

»Papa … bitte«, kam es vom Bett.

Annika riss die Augen auf und starrte von dem Jungen zu dem Älteren. »Sie sind sein Vater?«

Baumanns verschwitztes Gesicht verzog sich wutentbrannt. »Du sollst die Fresse halten!«, fuhr er sie an.

Annika schluckte herunter, was ihr auf der Zunge lag. Die beiden Jüngeren waren also Brüder. Und Baumann der Vater.

Erschöpft schloss sie die Augen. Was war das nur für eine Familie?

Eine Familie, die lieber ein Kind verrecken ließ, als sich zu ihren Taten zu bekennen.

\*\*\*

Etliche Metalheads bevölkerten den Bürgersteig, als Lyn, Hendrik und Thomas sich den Weg zur Brandruine in Wacken bahnten. Den Dienstwagen hatten sie in der Bokelrehmer Straße geparkt.

»Das ist schräg«, sagte Lyn mit Blick auf einen Ganzkörpertätowierten, der nur eine abgeschnittene Jeans, Gummistiefel und einen Zylinder auf der bunten Glatze trug. »Wie kann man sich sein Gesicht nur so zutätowieren? Faszinierend gruslig. Man möchte eigentlich nicht hinschauen, man kann aber auch nicht weggucken.«

»Ekel-Faszination«, sagte Thomas. »Geht mir so bei Schimmelpilzen. Da gibt es ja auch phantastische Gebilde.«

»Geht's noch?« Hendrik warf Thomas einen nicht sehr freundlichen Blick zu. »Du willst doch jetzt nicht ernsthaft diesen coolen Typen mit Schimmel vergleichen?«

»Und jetzt auch noch der Brand. Mir tun die Kollegen hier in Wacken leid«, änderte Lyn vorsichtshalber das Thema. »Was für ein Chaos.« Sie deutete nach links. »Da ist Duhorn. Puh, wie's hier stinkt.« Der Geruch von Ruß und Qualm hing schwer in der leicht schwülen Luft.

Am Grundstück der Blombergs besprachen sie sich mit den Kollegen vor Ort. Hendrik zog sich anschließend mit der Nachbarin der Blombergs, Frau Karthun, in einen Streifenwagen zurück, um sie zu befragen. Thomas ging zu den Kollegen der Spurensicherung, die bereits aktiv waren.

Lyn führte das Gespräch mit Matthias Blomberg, dem Ehemann der Ärztin. Sie hatte ihn dazu zum Dienstwagen geführt, um mehr Ruhe zu haben.

»Ida, unsere Kleine, hat während des Telefonats mit Annika

bemerkt, dass etwas nicht stimmt«, stieß Matthias Blomberg aus, nachdem er Lyns erste Fragen erregt, aber konzentriert beantwortet hatte. »›Mama weint‹, hat sie gesagt. Und ich, ich Idiot, hab das abgetan. Ich habe Anni wirklich geglaubt, als sie sagte, dass die Grippe sie schwer erwischt hat. Wenn ich mir vorstelle, dass diese Männer bei ihr waren, dass sie sie gezwungen haben, das zu sagen …« Er schüttelte sich. »Ich hätte es doch merken müssen! Was hat Anni nur gedacht? Sie muss doch verzweifelt gewesen sein! Gehofft haben, dass ich es merke. Dass ich komme und ihr helfe.« Er weinte, verzweifelt, und dieses Weinen traf Lyn mitten ins Herz.

»Es tut mir sehr leid, Herr Blomberg«, sagte sie und strich ihm über den Arm. »Aber ich verspreche Ihnen, dass wir alles tun, um Ihre Frau wohlbehalten zu Ihnen zurückzubringen. Darum ist es auch von außerordentlicher Bedeutung, dass Sie uns jede Kleinigkeit des Telefonats mit Ihrer Frau mitteilen. Vielleicht hat sie ja doch eine versteckte Mitteilung gegeben?«

Weinend schüttelte er den Kopf. »Nein. Ich kann mich jedenfalls nicht erinnern. Auffallend war einfach nur, dass sie so vehement darauf bestand, dass wir wegbleiben sollten.« Er wischte die Tränen mit dem Handrücken von den Wangen. »Ich hab ihr geglaubt, dass sie die Kinder nicht um sich haben wollte, weil sie von der Grippe angeblich so fertig war. Aber jetzt … jetzt sehe ich das natürlich in einem anderen Licht.« Er sah sie an.

Lyn erkannte in seinem Blick, was er dachte. Weil sie das das Gleiche dachte. Und sie wollte ihm nichts vormachen.

»Die Wahrscheinlichkeit ist groß, dass die Entführer Ihre Frau emotional unter Druck gesetzt haben. Und natürlich wollte Ihre Frau verhindern, dass Sie nach Hause kommen. Sie hat Sie und die Kinder damit geschützt, Herr Blomberg. Und genau das Gleiche hätten Sie in ihrer Situation gemacht. Und ich auch.«

Er schluchzte erneut auf. »Aber ich hätte es doch merken müssen. Ich hätte die Polizei anrufen müssen … Ich war Annis Chance auf Rettung!«

Lyn bekam eine Gänsehaut, obwohl es im Wagen warm war. Matthias Blomberg würde momentan jeden Trostversuch als schal empfinden. Darum beschränkte sie sich darauf, noch einmal über seinen Arm zu streichen.

»Wenn wir mit unserer Annahme richtigliegen, dass es sich bei den Entführern um die Bankräuber handelt«, sagte sie, als er sich beruhigt hatte, »dann können wir davon ausgehen, dass Ihre Frau gebraucht wird, Herr Blomberg. Wir können also guter Hoffnung sein, dass wir sie finden. Denn irgendwann machen die Täter den entscheidenden Fehler.«

»Eine Zeugin, wie ich sie gern öfter hätte«, sagte Hendrik zu Lyn, als er mit der Befragung der Nachbarin fertig war und sie sich am Dienstwagen trafen. Matthias Blomberg war zur Brandruine zurückgekehrt. »Ihre Neugier und Aufmerksamkeit hat viel Verwertbares für uns ergeben. Ein Kollege von der Schutzpolizei ist mit meinem Aufnahmegerät unterwegs zu Wilfried.«

Das, was Hendrik ihr in Kurzform berichtete, ließ Lyn schaudern. Die verweinten Augen von Annika Blomberg, die sie Frau Karthun gegenüber als Allergie ausgegeben hatte ... Es konnte keinen Zweifel mehr daran geben, dass sie es hier mit der Bande zu tun hatten. Zu viele Indizien sprachen dafür.

»Es passt alles haargenau zusammen«, sagte sie zu Hendrik, nachdem sie sich Richtung Festivalgelände aufgemacht hatten. »Die Täter entführen die Ärztin beziehungsweise nisten sich mit ihr in ihrem Haus ein – warum auch immer. Auf jeden Fall brauchen sie Medikamente für den verletzten Kumpan. Darum sind sie in die Arztpraxis in Bokelrehm eingebrochen.«

»Warum sind sie nicht irgendwo hier in Wacken eingebrochen?«, unterbrach Hendrik sie. »Schließlich gibt es hier auch Ärzte.«

Lyn blieb stehen und deutete um sich. »Warum wohl?«

Die Hauptstraße war gefüllt mit Besuchern, die sich an den verschiedenen Ständen die Bäuche mit Crêpes, Pizza, Eis oder Wurst vollschlugen. Bierstände gab es zuhauf.

»Ja, okay«, gab Hendrik zu, »in Wacken ist momentan wirklich zu viel los. Das wäre aufgefallen.«

»Sehr gut, Hendrik«, lobte sie ihn in lehrerhafter Sprache. »Also erst denken, dann reden.«

»Aber warum haben sie Annika Blomberg entführt? Das versteh ich nicht. Wenn sie einen Arzt für den Verletzten brauchen, hätten sie gleich einen Arzt mit eigener Praxis entführen können. So haben sie sich doppeltem Risiko ausgesetzt.«

»Keine Ahnung, was in deren Köpfen vorgeht.« Lyn überholte ein Pärchen in Wacken-Shirts, das einen Buggy schob. Sie warf im Vorbeigehen einen Blick auf das Baby. Konnte das sein? Nuckelte es tatsächlich an einem schwarzen Schnuller?

»Vielleicht können uns Annika Blombergs Kollegen im Sani-Zelt weiterhelfen«, sagte sie, als Hendrik, der ebenfalls einen Blick auf das Kind geworfen hatte, wieder neben ihr war.

»Hast du das Kind gesehen?«, flüsterte er ihr zu. »Hatte es einen Wacken-Schnuller im Mund?«

Lyn lachte. »Ich hab schon an mir gezweifelt. Aber wenn du es auch gesehen hast ...«

»Sollte es so etwas wirklich geben und sollten wir wirklich einmal ein Kind bekommen, weiß ich jetzt schon, was Thilo uns zur Geburt schenkt.«

»Nur über meine Leiche. Niemals wird unser Baby einen teuflisch schwarzen Metal-Nuckel im Mund haben.«

»Ich will ja gern zugeben«, wurde Hendrik wieder dienstlich, »dass die Bande bei der Sachlage mit dem verwundeten Kumpel genötigt ist, sich Hilfe zu erzwingen. In ein Krankenhaus können sie schließlich nicht gehen. Aber dass sie sich hier auf dem Open Air aufgehalten haben sollen, das kann ich einfach nicht glauben.«

»Tatsächlich eine irrwitzige Idee«, sagte Lyn. »Aber vielleicht gerade deshalb schon wieder genial? Überleg doch mal: Die sind mit dem Fluchtwagen aus Itzehoe rausgefahren, haben ihn in Brand gesetzt und sind mit einem anderen Fahrzeug weitergefahren. Wer sagt denn, dass die Weiterfahrt nicht nach Wacken ging?«

»Dazu bräuchten sie aber Karten. Und die waren ausverkauft.«

»Stimmt. Aber wenn die wirklich so irre sind, könnten sie es von langer Hand geplant haben.«

✳✳✳

»Ich soll was?« Annika starrte Ulf Baumann entsetzt an.

Er hatte ihre Handgelenke von den Kabelbindern befreit, griff nach einer der Reisetaschen und wühlte darin herum. »Du sollst dir was spritzen oder meinetwegen Tabletten einwerfen, die dich benommen machen. Und zwar jetzt. Damit du schön die Klappe hältst, wenn wir aussteigen. Wir sind nämlich in 'ner halben Stunde da.«

Er musterte sie. »Devil hat Schiss, dass du aufmuckst, wenn wir aussteigen. Und darum wirst du dir irgendein nettes Zeug aus deiner Tasche spritzen. Du weißt schließlich am besten, wie viel du nehmen musst.«

Annika registrierte kaum, dass er eine Stange Gauloises aus der Tasche zog. »Aber wohin fahren wir denn?« Die Tränen liefen wieder. »Bitte! Setzen Sie mich doch einfach an einer Raststätte ab, bitte! Ich verspreche Ihnen, dass ich kein Wort –«

»Halt doch jetzt endlich die Klappe!«, fuhr er sie so laut an, dass Roman sich unruhig im Schlaf bewegte. Er warf die Zigarettenstange auf die Sitzbank.

»Sie wollen … mich töten«, würgte sie hervor und schloss die Augen. »Sie töten mich, wenn ich benommen bin.« Im selben Moment öffnete sie die Augen wieder. Sie richtete sich gerade auf, soweit ihre Sitzposition auf dem Boden es zuließ, und sah Ulf in die Augen. »Aber ich werde Ihnen nicht den Gefallen tun und mich besinnungslos in mein Schicksal fügen.« Sie schluckte. »Ich werde mir nichts spritzen und nichts einnehmen. Ich will, dass Sie mir in die Augen sehen, wenn Sie mich … erschießen … oder ersticken oder was auch immer Sie Grässliches machen, wenn Sie einen Menschen töten!« Ihre Stimme wurde fester. »Ich will, dass Sie für immer damit leben müssen.«

»Wir werden dich nicht töten.« Er wischte sich mit einem schmuddeligen Handtuch den Schweiß von der Stirn. »Wir kriegen das hin. Wir müssen dich nur erst mal unbehelligt in die Wohnung schaffen. Und wenn wir dann in Sicherheit sind, dann … lassen wir dich frei.« Er schaffte es nicht, ihr dabei in die Augen zu blicken.

»Wir wissen doch beide, dass das eine Lüge ist.« Annika fühlte sich seltsam taub, während sie ihn ansah, den dröhnenden Kopf erschöpft an die Wohnwagenwand gelehnt.

Er schluckte, sagte aber nichts.

»Sie sind ein feiges Schwein.«

Es war ihr egal, dass er seine Hände zu Fäusten ballte. Sollte er sie doch schlagen. Doch er beherrschte sich. Oder lag es daran, dass sie anhielten?

»Scheiße, wieso stoppen wir?«, murmelte er vor sich hin und griff nach der Waffe, die er auf dem Tischchen abgelegt hatte.

Doch als sich die Tür öffnete, war es nur Jannek.

»Was ist los?«, fragte Baumann. »Wieso halten wir?«

Jannek sah blass aus. »Den Rest der Strecke fahr ich hier hinten bei euch mit. Ich ertrag Devil nicht mehr. Er ist so ein … Schwein.«

Es jagte Annika einen Schauder über den Rücken, dass er sie bei seinem letzten Satz angesehen hatte. Was hatte Devil ihm erzählt? Etwa, was er mit ihr vorhatte? Sie stieß ein wehes Schluchzen aus. Wenn sogar dieser Jannek, der weiß Gott schon brutal genug war, sich vor Devil ekelte …

Sie zuckte zusammen, als Ulf Baumann ihr die Medikamententüte auf den Schoß warf. »Du kannst dir jetzt überlegen, ob du dir selbst was raussuchen willst oder ob ich das übernehmen soll.«

## DREIZEHN

»Der blaue Klaus«, sagte Hendrik, als sie den Polizeicontainer auf dem Festivalgelände erreicht hatten.

»Vielleicht können wir ja nach Feierabend noch mal über das Gelände gehen?« Lyn deutete hinter sich Richtung Infield.

»Jetzt ist ja keine Zeit dafür.«

»Du willst freiwillig noch mal hierher zurück?« Hendrik blieb stehen und packte sie am Arm. »Wer bist du, und was hast du mit meiner Frau gemacht?«

Lyn lachte und zog ihn weiter. Das ganz besondere Flair dieses Mega-Events reizte sie, das war schon bei dem Schwedtke-Fall vor fünf Jahren so gewesen, sie konnte hier herrlich verweilen, schauen und sich wundern.

»Dann lade ich dich hier heute Abend auf ein Met ein«, sagte Hendrik. »Egal wie spät es wird mit unserem Feierabend.« Grinsend fügte er hinzu: »Und auf ein Wacken-Nacken, und wenn du brav bist, kauf ich dir noch ein Trinkhorn.«

»Von dieser Auswahl gefällt mir nur das Trinkhorn. Füllen die das hier auch mit trockenem Rotwein?«

»Vermutlich finden wir den Barolo an dem Stand mit den Hummerschwänzen und dem Kaviar.«

»Idiot.«

»Aber du willst doch nicht wirklich Wein trinken?«

»Nein, natürlich nicht.« Solange Lyn nicht wusste, ob sie schwanger war, war Alkohol tabu.

Sie zeigten die Wristbands, die ihnen ausgehändigt worden waren, der Security, und gingen die wenigen Meter zum blauen Polizeicontainer. Der Kollege, bei dem sie sich angekündigt hatten, fing sie ab und begleitete sie zum Sanitätszelt.

»Wir haben im Sani-Team schon einige Details erfragt. Frau Dr. Blomberg arbeitet eigentlich im Itzehoer Klinikum. Seit Mittwoch gehört sie dem Sanitäts-Team hier auf dem Gelände an. Sie war eingeteilt für die Nachtschichten. Und die hat sie

Mittwoch und Donnerstag auch gemacht. Freitagnachmittag hat sie sich dann krankgemeldet.«

Er führte sie nicht durch das Sanitätszelt, sondern außen daran vorbei zum Kantinenzelt. Die Tische waren kaum besetzt. Vereinzelt hockten ein paar Männer und Frauen an den Bierzeltgarnituren und tranken Kaffee oder löffelten einen Joghurt. Ein Mittdreißiger in blauem Poloshirt mit dem Aufdruck »Notarzt« saß auf einer der Holzbänke und biss gerade in eine Banane.

»Das ist Dr. Löwe«, stellte der Kollege ihnen den Arzt vor. »Er kann euch hoffentlich ein paar Fragen beantworten. Das Problem ist, dass jetzt die Tagschicht hier ist. Und mit der hatte Annika Blomberg ja nichts zu tun.«

Dr. Löwe stand auf und gab ihnen die Hand. »Ja, die Kollegen von der Nachtschicht schlafen jetzt natürlich.«

»Das ist schlecht«, sagte Lyn. »Dann brauchen wir von Ihnen oder von wem auch immer die Telefonnummern und Adressen der Leute, die in der Nacht von Donnerstag auf Freitag mit Frau Dr. Blomberg zusammengearbeitet haben. Insbesondere interessieren uns die Mitarbeiter, die Kontakt mit den Patienten hatten.«

»Gibt es denn schon etwas Neues?«, fragte Dr. Löwe. »Wir machen uns hier alle große Sorgen, seit wir von Ihnen gehört haben.« Er blickte den Polizeibeamten aus dem blauen Klaus an. »Ist etwas mit Annika geschehen?«

Hendrik übernahm die Antwort. »Wir verstehen Ihre Sorgen, können Ihnen allerdings keine Auskunft erteilen. Bitte haben Sie Verständnis.«

Dr. Löwe suchte ihnen die gewünschten Telefonnummern heraus. »Diese Nummer ist von Wienke Koch.« Er tippte mit dem Finger auf eine der Zahlenreihen. »Sie hat nicht nur in der Nachtschicht mit Frau Dr. Blomberg zusammengearbeitet, sondern kennt sie auch aus dem Itzehoer Krankenhaus, genau wie ich. Vielleicht hilft Ihnen das?«

Lyn wählte die Nummer von Wienke Koch. Es überraschte sie nicht, dass die Frau nicht ans Telefon ging, schließlich hatte sie Nachtschicht gehabt und das Telefon vermutlich leise gestellt.

»Wir fahren hin«, entschied Hendrik.

Doch Lyn winkte ab. »Nein, wir schicken einen Streifenwagen zu ihr. Ich möchte sie gern hier vor Ort haben. Das könnte der Erinnerung helfen. Überleg doch mal: Wenn die Täter wirklich hier auf dem Festivalgelände waren, könnten sie Annika Blomberg hier aufgelauert oder zumindest beobachtet haben. Diese Wienke Koch könnte etwas mitbekommen haben, ohne es vielleicht einordnen zu können.«

»Jeder Mitarbeiter der Nachtschicht könnte etwas registriert haben, das uns weiterhilft«, sagte Hendrik und starrte auf die Auflistung der Namen und Nummern in seiner Hand.

»Ja, natürlich«, gab Lyn ihm recht. »Darum müssen Karin und Jochen uns bei den Befragungen unterstützen. Die Zeit rennt uns davon.«

Wienke Koch war eine Mittdreißigerin. Ihr brünettes Haar stach von dem rot-weißen Sanitäter-Shirt ab, das sie trug, obwohl sie keine Schicht hatte. Wahrscheinlich war sie zu verwirrt gewesen, als die Kollegen von der Streife sie zu Hause geweckt und abgeholt hatten. Leicht zusammengesunken saß sie Lyn auf einer Partybank im Kantinenzelt gegenüber, die Lyn kurz entschlossen als Befragungsstätte requiriert hatte.

Wienke Koch hatte alle bisherigen Fragen gewissenhaft beantwortet.

»Ist Ihnen irgendetwas Verdächtiges in der Nacht von Donnerstag auf Freitag aufgefallen? Oder, was noch hilfreicher sein könnte: jemand Verdächtiges?« Lyn sah sie aufmunternd an.

»Oje.« Wienke Kochs Wangen nahmen immer mehr Farbe an. »Hier ist ja immer so viel los. Ich kann im Nachhinein nicht unbedingt einordnen, wer wann hier war. Und dann noch jemand Verdächtiges?« Wienke Kochs Stirn lag in Falten. Wahrscheinlich ließ sie die Patienten der vergangenen Nächte Revue passieren.

»Ich weiß, dass ich viel von Ihnen verlange, Frau Koch«, sagte Lyn. »Aber jede Kleinigkeit könnte von Nutzen sein. Vielleicht fällt Ihnen auch erst zu Hause etwas ein. Dann scheuen Sie sich nicht, mich anzurufen. Auch wenn Sie es für noch so nebensächlich halten oder vielleicht lächerlich finden.« Lyn zückte eine Karte aus dem Portemonnaie und reichte sie der Sanitäterin.

Wienke Koch überlegte lange, doch etwas Ungewöhnliches wollte ihr nicht einfallen.

»Aber Sie können mir einen Gefallen tun«, sagte Lyn und stand auf. »Ich möchte einmal den Ablauf erleben, wenn ein Patient zu Ihnen ins Zelt kommt und eine Behandlung möchte.«

Während Hendrik mit Wilfried telefonierte, verließen Lyn und Wienke Koch die Kantine. Wienke führte sie über den Haupteingang ins Sani-Zelt, vorbei an den Partybänken, die als Wartezimmer fungierten. Dort saßen zwei Jungen um die achtzehn, bei denen nicht ersichtlich war, warum sie ärztliche Hilfe brauchten. Bei dem rothaarigen Mann daneben war es eindeutig. Er trug eine abgeschnittene Jeans, und beide Knie waren wund gescheuert, wovon auch immer.

Lyn hatte schon die merkwürdigsten Sachen gehört, die hier passierten. Es sollte Leute gegeben haben, die sich Patches auf die Arme genäht hatten. Oder mit Sekundenkleber leere Bierdosen an die Stirn pappten. Da gehörten wunde Knie wohl eher zu den Lappalien.

»Das ist unsere Anmeldung.« Wienke Koch deutete auf einen Schreibtisch, an dem eine junge Frau saß. »Hier geben wir die Anmeldeformulare aus. Auf so einem Klemmbrett.« Sie nahm eines hoch, klemmte ein leeres Formular darunter und reichte es Lyn.

»Was ist mit Krankenkassenkarten?«

»Die müssen nicht vorgelegt werden. Erst, wenn eine Einweisung ins Krankenhaus erfolgt.«

»Ach ja«, sagte Lyn in Erinnerung an ihren eigenen Besuch im Sani-Zelt vor fünf Jahren. »Wir brauchen Kopien aller Anmeldungen. Vom ersten Patienten, der hier behandelt wurde, bis zu denen, die kamen, als Annika Blomberg zuletzt Dienst hatte. Also bis Freitagmorgen, acht Uhr.«

Hendrik, der zu ihnen stieß, hatte die letzten Worte gehört. »Aber wir benötigen nur die Angaben der männlichen Personen«, sagte er mit Blick zu Lyn.

»Lass uns das Aussortieren selbst übernehmen.« Sie sah Wienke Koch an. »Sie haben hier alle selbst so viel zu tun.« Das war nicht die ganze Wahrheit. Lyn befürchtete, dass im Eifer ein paar Namen untergehen würden. Schließlich war das Patientenaufkommen hier international, und es gab bestimmt viele nicht vertraute Namen. Es würde Fleißarbeit sein, aber die übernahm sie lieber selbst.

»Sobald Sie die Kopien fertig haben, wird ein Kollege sie abholen«, sagte Hendrik.

Wienke Koch brach von einer Sekunde zur nächsten in Tränen aus. »Sie kann doch nicht einfach weg sein.« Sie sah von Hendrik zu Lyn. »Ihr wird doch nicht jemand was angetan haben? Oder?«

»Wir ermitteln in alle Richtungen und hoffen das Beste«, sagte Lyn.

»Sie hat doch zwei kleine Mäuse.« Die Krankenschwester weinte bittere Tränen. »Ida und Emil. Die liebt sie über alles. Und ihren Mann auch. Sie ist unter keinen Umständen freiwillig verschwunden.«

Lyn war dankbar, dass eine Kollegin sich der aufgelösten Frau annahm, denn ihr selbst wurde ein wenig schwummrig.

Hendriks Handy ging. »Wilfried«, sagte er mit Blick auf das Display und ging ran.

»Ich warte draußen auf dich«, flüsterte Lyn ihm zu und verließ das Zelt. Das leichte Unwohlsein kam vermutlich von dem starken Kaffee, den sie mittags getrunken hatte. Dabei hatte sie den Becher nur halb geleert.

Draußen ging sie ein wenig hin und her und schaute dem Treiben zu. Auf den »Wartezimmer«-Bierzeltbänken saßen jetzt neben dem Rothaarigen zwei offensichtlich total betrunke Frauen in schwarzen Miniröcken und mit Nieten beschlagenen Ledertops, von denen eine hysterisch heulte.

»Ich will ihn aber wiederhaben«, weinte sie auf. »Ich lieb ihn doch. Trotzdem.«

»Der Wichser haddich nich … verdient«, tröstete die andere sie lallend. »Du bis … für was Besseres vorge…sssehen.«

Lyn fragte sich, ob die Frauen nicht im Seelsorgerzelt besser aufgehoben wären, das direkt neben dem Sani-Zelt stand, denn verletzt wirkte keine von beiden.

Ein Sanitäter wollte sich an die Frauen wenden, doch dann nahm er Lyn wahr. Er kam auf sie zu. »Sie sind von der Kripo? Sie haben doch eben Wienke verhört?«

»Ja, ich bin von der Kripo. Aber wir haben Frau Koch nicht verhört, sondern sie befragt.«

»Egal. Also, wenn wir hier irgendwas tun können, sagen Sie es! Wir wollen alle, dass Annika heil und unverletzt gefunden wird. Das sag ich im Namen aller Kollegen und Kolleginnen hier. Und auch im Namen aller Metalheads. Da gehöre ich nämlich auch zu. Und ich kann Ihnen versichern, dass hier alle friedlich sind. Und alle Metaller sind dankbar für die ärztliche Betreuung. Darum feier ich dieses Jahr auch mal nicht ab, sondern arbeite hier ehrenamtlich. Also«, er lächelte aufmunternd, »können wir Metalheads irgendwas tun?«

Lyn erwiderte sein Lächeln. »Danke. Ich bewundere das friedliche Miteinander hier. Aber momentan sehe ich keine Möglichkeit für Ihre Hilfe.«

»Wir helfen jedenfalls gern.« Er wandte sich mit einem Nicken ab, ging zu den Wartezimmerbänken und vor den Frauen, die jetzt beide weinten, in die Knie und sprach beruhigend auf sie ein.

»Was ist hier los?«, fragte Hendrik, der neben Lyn auftauchte.

»Die mit dem Eidechsen-Tattoo hat Liebeskummer«, klärte Lyn ihn auf. »Und die mit dem Rosen-Tattoo auf der Brust ist die Trösterin.«

»Aber sie heulen beide.«

Lyn griente. »So sind wir Frauen. Empathisch. Und natürlich verstärkt, wenn wir einen gezwitschert haben.«

»Gezwitschert?« Hendrik lachte. »Die beiden sind lattenstramm.«

»Wohl wahr. Was sagt Wilfried?«, lenkte sie das Gespräch zurück in berufliche Bahnen.

»Er spannt Kollegen aus den anderen Kommissariaten mit ein, damit sie uns beim Abgleich der Daten der Patienten aus dem Sani-Zelt helfen.«

»Super. Und gibt es schon Nachricht von der KTU bezüglich des Bluts an der Scherbe?«

»Nein, die können ja nicht hexen.«

»Aber sich gefälligst beeilen. Annika Blombergs Leben kann davon abhängen.«

✳✳✳

»Mann, die Viecher nerven! Such dir bloß 'nen neuen Klingelton«, fuhr Ulf seinen Sohn an, als der Minion-Ring-Ring-Song von Janneks Handy erklang. Er warf ihm von der kleinen Sitzbank im Wohnwagen aus einen bösen Blick zu. Jannek saß auf dem Boden, zu Füßen der benommen daliegenden Ärztin.

Großstadtlärm drang durch die Wohnwagenwände herein. Sie hatten gerade St. Pauli hinter sich gelassen, und es war noch ein ganzes Stück Weg durch die Stadt. Ulf war dankbar, dass Devil das Gespann vorsichtig und vorschriftsmäßig durch die Stadt lenkte. Devil war zwar ein irrer Arsch, aber negativ auffallen und geschnappt werden wollte er definitiv nicht.

Jannek stellte den Handy-Ton etwas leiser, während er auf das Display sah. Ohne den Anruf anzunehmen, legte er das Handy wieder neben sich.

»Deine Mutter?«, fragte Ulf, dem mit jedem Meter, den er sich seinem Zuhause näherte, das Herz schneller klopfte. Steffi erwartete sie erst morgen zurück. Und er hatte nicht vor, ihr vorher zu gestehen, was mit Roman passiert war.

»Nein«, antwortete Jannek, »das war nicht Mutsch, sondern

Cassy. Ich ruf sie nachher zurück. Wenn wir alles erledigt haben.«

»Wimmel deine Flamme die nächsten Tage bloß ab«, sagte Ulf, schob das Handtuch vor dem Fenster ein Stückchen zur Seite und lugte hinaus. Devil ordnete sich gerade rechts Richtung Nordkanalbrücke ein. »Nicht dass die auch noch was mitkriegt. Wir werden genug damit zu tun haben, deine Mutter ruhig zu halten.«

Jannek brummte eine Zustimmung und griff noch einmal nach dem Handy, das wieder anschlug. Diesmal mit dem WhatsApp-Ton.

»Oh shit!«, stieß Jannek aus, als er die Nachricht gelesen hatte.

»Was ist los?« Ulf richtete sich alarmiert auf.

»Das ist doch alles Scheiße!« Janneks Stimme klang weinerlich. »Cassy ist in meiner Wohnung. Sie streicht das Wohnzimmer. Was sollen wir denn nun tun?«

»Sie macht was?« Ulf starrte seinen Sohn an.

»Sie renoviert. Wir wollten das eigentlich nächste Woche zusammen machen, aber –«

»Die hat einen Schlüssel zu deiner Wohnung?« Ulf hatte das Gefühl, ihm würde der Kopf platzen. »Mann, schmeiß die Alte raus!«, schrie er. »Schreib ihr, dass sie verschwinden soll. Sofort.«

»Und mit welcher Begründung?« Jannek schrie auch. »Die ist nicht blöd. Die will dann wissen, warum ich mich über die Überraschung nicht freu. Und ich kann ihr wohl schlecht schreiben, dass wir meinen Bruder in die Wohnung bringen, der 'ne Schussverletzung hat und kurz vorm Abnippeln ist.«

»Schreib einfach, dass Schluss ist.«

»Nee!« Jannek schloss die Augen. »Nee, das schreib ich nicht. Never. Wegen diesem ganzen Scheiß werd ich nicht auch noch Cassy …« Er brach ab.

Ulf sah zu ihm hin. Sein Sohn weinte.

»Ich kann nicht mehr«, kam es stockend zwischen den Schluchzern. »Das ist alles zu viel. Das war doch nicht so geplant. Erst der Juwelier und Roman ... Ich will nicht ins Gefängnis! Das übersteh ich nicht.«

Ulf war fast so weit, mitzuheulen. »Jetzt krieg dich wieder ein!« Er versuchte, ruhig zu sprechen, während er zu Roman sah, der schlief und von alledem nichts mitbekam. »Ich muss nur kurz überlegen, wohin wir deinen Bruder jetzt schaffen. Vielleicht fahren wir doch zu uns? Mit eurer Mutter krieg ich das schon irgendwie hin.«

»Wir bringen Roman und die Ärztin einfach in Devils Wohnung«, fiel Jannek ihm ins Wort. Er wischte die Tränen mit den Handflächen von den Wangen. »Dann kannst du Mutsch in Ruhe auf alles vorbereiten, und alles läuft wie geplant.«

»Hm.« Ulf lachte schäbig. »Devil wird begeistert sein.« Wobei ...

Dass die Ärztin in seiner Wohnung sein würde, würde Devil vermutlich wirklich begeistern. Ulf atmete tief durch. Sie mussten auf jeden Fall verhindern, dass er allein mit ihr blieb. Sie brauchten sie schließlich noch.

»Scheiß drauf.« Jannek drückte bereits Devils Nummer auf seinem Handy. »Ist doch nur für ein, zwei Tage. Bis wir Roman nach Polen schaffen können.«

Devils genervtes »Was?« hörte sogar Ulf durch Janneks Smartphone.

»Planänderung, Devil«, klärte Jannek ihn mit erstaunlich ruhiger Stimme auf. »Wir müssen Roman und die Ärztin zu dir bringen. Meine Freundin ist in der Wohnung. Da können wir nicht rein. ... Nein, Mann, ich will dich nicht verarschen. Erklären wir dir gleich, wenn wir vorm Haus sind. Ist ja nicht für lange. Das kriegen wir hin.«

Ulf hörte, dass Devil am anderen Ende ausrastete.

Jannek drückte ihn einfach weg. Er warf einen Blick auf die gefesselte und geknebelte Frau am Boden. Er beugte sich zu seinem Vater und flüsterte. »Devil wird sie doch in Ruhe lassen, oder? Roman ist dann ja auch in seiner Wohnung.« Er boxte Ulf auf den Arm. »Das stoppt ihn doch, oder?«

Ulf schürzte verächtlich die Lippen. »Jetzt machst du dir

Sorgen um die Frau, oder was? Toll! Schleppst sie an ...« Er blickte zu ihr. »Sie wird sterben, Junge. So oder so. Sie muss sterben. Oder wir sind alle am Arsch.«

✳✳✳

»Samstagnachmittag. Und wir hocken im Büro, statt unsere seltene Zweisamkeit zu Hause genießen zu können.« Hendrik klang mehr als missmutig, während er seinen PC runterfuhr. »Ohne jede Ahnung, wo Annika Blomberg steckt, wo die Raubmörder stecken, geschweige denn definitiv zu wissen, ob die Fälle überhaupt zusammenhängen. Ist doch zum Brechen, dass wir so gar nicht vorankommen.«

Lyn verstand Hendriks Unmut. Wann waren sie schließlich schon mal kinderlos? Die wenigen Wochenenden ohne die Mädchen zelebrierten sie sonst, ohne schlechtes Gewissen. Doch daran war dieses Wochenende nicht zu denken. Es ging um das Leben einer Frau, das hoffentlich noch gerettet werden konnte.

Sie stellte sich hinter ihn und massierte seine verkrampften Schultern. »Hilft es dir, wenn ich verspreche, spätestens Montag in der Apotheke einen Test zu holen?«

»Allerdings.« Er drehte sich in seinem Stuhl zu ihr um. Seine grauen Augen schienen von innen heraus zu leuchten. »Fahr doch jetzt gleich los. Ich könnte auch die Kollegen von der Streife bitten, die Besorgung zu erledigen.«

Lyn starrte ihn an. »Sag, dass das ein Scherz war.« Er sah nämlich nicht so aus, als sei es einer gewesen.

»Wir lassen uns auch Eis oder Kuchen von den Kollegen mitbringen. Also können wir auch –«

»Hendrik Wolff!«

Er lachte herzhaft auf. »Unglaublich, dass du mir so was wirklich zutraust.«

»In deinem Schwangerschaftstestwahn trau ich dir alles zu.« Sie küsste ihn auf die Wange. »Und jetzt komm. Brainstorming im Besprechungsraum.«

Die anderen schenkten sich gerade Kaffee ein. »Entschuldigung«, sagte Lyn, nachdem sie mit einem herzhaften Gähnen Platz genommen und Wilfried es gesehen hatte. Bis auf Thomas Martens, der zu einem hohen Familiengeburtstag gefahren war, war das K1 komplett vertreten.

»Dafür«, Wilfried hatte sich anstecken lassen und gähnte ebenfalls, »musst du dich nicht entschuldigen, Lyn. Uns allen fehlt Schlaf. Und daher erst einmal euch allen meinen Dank dafür, dass ihr alle hier seid. Dafür, dass ihr euer Wochenende opfert und die Bereitschaftskollegen nicht alleinlasst. Es zeichnet unser Team einfach aus. Und dafür, äh, wollte ich, wie gesagt, einfach mal Danke sagen. Wollte ich, also, immer schon mal. Sagen.«

Sekundenlang herrschte Schweigen. Wilfried war ein herzensguter Mensch, aber er offenbarte seine Gefühle so gern, wie andere sich einen Backenzahn ohne Betäubung ziehen ließen. Lyn freute sich für ihn, dass es ihm hiermit gelungen war, und sie schloss sich den beschwichtigenden Statements ihrer Kollegen mit einem »Da nicht für« an.

Und es war die Wahrheit. Die Besonderheit des Falles ließ keinen von ihnen auf ihr Wochenende pochen. Das Leben einer jungen Mutter stand auf dem Spiel.

»Doch da uns jetzt die Kollegen aus dem K4 und K5 unterstützen, können wir unsere Kräfte wenigstens ein bisschen schonen. Thomas ist ja schon zu Hause, und ich möchte, dass zwei von euch heute und die anderen beiden morgen pünktlich Feierabend machen, wenn wir schon am Wochenende arbeiten.«

»Und was ist mit dir?«, fragte Karin ihn.

»Ach ich«, winkte Wilfried ab. »Ich bin senil. Ich brauch nicht mehr so viel Schlaf.«

Karin schüttelte den Kopf, sagte aber nichts. Weil jeder wusste, dass es sowieso nichts brachte. Wilfried würde sich nicht mehr ändern. Er würde immer der Erste sein, der kam, und der Letzte, der ging. Erst wenn der Fall gelöst war, würde er sich einen freien Tag gönnen.

»Also, wenn es für euch okay ist«, Hendrik sah die anderen an, »würden Lyn und ich gern heute pünktlich Feierabend machen. Wir wollen noch einen Abstecher nach Wacken machen. Alice Cooper tritt heute Abend auf.«

»Ja, klar«, gab Karin ihr Okay.

Jochen brummte: »Meinetwegen. Dann geh ich morgen aber so pünktlich, dass ich zum Bingogucken zu Hause bin.«

Wilfried nahm ein Foto aus einem Aktenordner und legte es auf den Tisch. »Das ist eines der Fotos von Annika Blomberg, die Matthias Blomberg auf seinem Handy hat.«

Lyn griff danach. Matthias Blomberg hatte verschiedene Fotos zur Verfügung gestellt. Auf diesem lächelte die junge Ärztin zart in die Kamera. Sie war darauf ungeschminkt und trug ihr Haar zum Pferdeschwanz gebunden, so wie sie es laut ihrem Mann zumeist tat. Annika Blomberg hatte ein ovales, ebenmäßiges Gesicht mit etwas breiterer Wangenpartie und einer zierlichen Nase. Mit ihren hellen blauen Augen war sie das Sinnbild nordisch-natürlicher Schönheit.

»Allerdings werden wir es nicht an die Presse geben«, führte Wilfried weiter aus. »Da wir davon ausgehen können, dass Annika Blomberg verschleppt wurde, würden wir sie nur unnötig in Gefahr bringen, wenn wir es veröffentlichen.«

Lyn nickte. Solange die Täter sich in Sicherheit wiegten, bestand Hoffnung, die Ärztin zu retten.

»Ich habe in Kiel noch mal Druck gemacht«, sagte Wilfried. »Die Scherbe wird vorrangig untersucht. Spätestens morgen Abend sollte das Ergebnis vorliegen.« Er blickte über seine Brille in die Runde. »Noch Fragen? Nein? Dann auf, Leute. Die Formulare mit den Patientendaten aus dem Sanitätszelt wollen abgeglichen werden. Uns ist wohl allen bewusst, dass der Täter, sollte er tatsächlich im Zelt gewesen sein, vermutlich einen falschen Namen benutzt hat. Dennoch müssen wir jede kleine Chance nutzen.«

Die Tischrunde begann sich aufzulösen.

»Ach ja, bevor ich es vergesse«, sagte Wilfried. »Unser werter Kollege Thilo hat sich – voll wie eine Haubitze – vom

Festival gemeldet. Ich soll euch alle grüßen. In seinem letzten Satz hat er mir kundgetan, dass er es gruselig findet, dass auf *seinem* Wacken-Festival die Schlange vor dem Stand mit dem Veggie-Food länger ist als am Pulled-Pork-Stand.« Er sah in die Runde. »Was, bitte, ist Pulled Pork?«

»Zerrupftes Schwein, lecker mariniert und gewürzt«, übernahm Hendrik die Antwort. »Ich würde jedenfalls nicht in der Vegetarier-Schlange stehen.«

Lyn und Karin tauschten einen amüsierten Blick, als Wilfried den Kopf schüttelte und sagte: »Nächstes Jahr mach ich's wie Thilo. Ich verschwinde nach Wacken. Da hab ich dann keine größeren Probleme, als mich über Vegetarier zu entsetzen.«

*\*\*\**

Jannek öffnete die Wohnwagentür und scannte die Eingänge vor dem Mietshaus zu beiden Seiten. Zwei Türken verließen gerade den Block.

Er zog die Tür wieder zu. »Moment noch. Da kommen grad zwei Ölaugen ausm Haus gelatscht.« Sein Blick glitt über Annika, die auf wackligen Beinen stand, eingehakt von Devil und Ulf. Die Kapuze seiner Sweatshirtjacke, die sie ihr übergezogen hatten, verdeckte ihr Gesicht.

Jannek wartete noch eine halbe Minute, dann öffnete er die Tür erneut und blickte von links nach rechts. Die Bahn war frei. »Schnell«, stieß er aus. Er lief vor, schloss die Eingangstür des Mietblocks auf und hielt sie für die anderen auf.

Devil und Ulf schleiften die benommene Annika hastig ins Haus. »Hoffentlich funktioniert der Fahrstuhl heute«, sagte Jannek und drückte wie wild auf den Knopf. Ein Rumpeln verriet, dass der Fahrstuhl sich aus einem der oberen Stockwerke auf den Weg nach unten machte.

»Nein«, ordnete Devil an. »Wir nehmen die Treppe. Ist sicherer. Die benutzt hier doch keiner, wenn der Fahrstuhl geht.«

Nach dem ersten Stock half Jannek den beiden, indem er Annikas Beine packte. Obwohl sie zu dritt waren, stand ihnen der Schweiß im Gesicht, als sie im fünften Stock vor Devils Wohnungstür standen. Jannek warf einen ängstlichen Blick auf die gegenüberliegende Wohnungstür, während Devil aufschloss.

Auch Ulf gestattete sich ein Aufatmen erst, als sie auf dem schummrigen Flur in Devils Wohnung standen und die Tür wieder geschlossen war. »Wohin mit ihr?«

Devil musste nicht überlegen. Er deutete auf die offen stehende erste Tür zur Rechten. »Ins Wohnzimmer. Da kann ich sie an die Heizungsrohre binden. Euer Kleiner kriegt zur Feier des Tages mein Bett.« Er ging voran.

»Feier des Tages?« Ulf warf ihm einen wütenden Blick zu. »Du Arsch. Roman muss so schnell wie möglich nach Polen. Sonst verreckt er uns unter der Hand.«

»Zwei Tage schafft der noch locker. Eher geht's nun mal nicht.« Devil stieß mit dem Fuß eine Kiste Bier zur Seite, die neben dem fleckigen Sofa stand. »Hierher mit ihr.«

Ulf und Jannek ließen Annika auf den Boden sinken. Jannek zog sie an die Wand, neben das Sofa.

Devil hockte schon auf Knien, holte ein paar Kabelbinder aus der Tasche seiner schmuddeligen Jeans und steckte sie zusammen. Es dauerte, bis er ihre Handgelenke ans Heizungsrohr gefesselt hatte, denn Annika war noch so benommen, dass sie immer wieder zur Seite kippte. Die Kapuze war ihr vom Kopf gerutscht.

Devil hob ihr Kinn an. Das Klebeband hatten sie ihr abgenommen. Für den Fall, dass ihnen doch jemand begegnete. Er strich mit dem Daumen über ihre strapazierten Lippen. »So wund schon, Püppchen. Dabei hab ich noch nicht mal angefangen.«

»Lass sie in Ruhe!« Jannek packte Devils Schulter. »Lass sie einfach. Wir haben doch schon Stress genug.«

»Genau.« Devil stand grinsend auf. »Und darum brauchen wir mächtig Entspannung. Dein Vater«, er boxte Ulf auf den

Oberarm, »kann's gleich Steffi besorgen, du deiner Renovier-Mieze, und ich«, sein Blick fiel wieder auf Annika, »ich hab mir was to go mitgebracht.«

Ulf spürte Janneks Blick auf sich. Aber was konnten sie für die Frau tun? Nichts.

Er packte seinen Sohn am Arm. »Komm jetzt. Wir müssen Roman aus dem Wohnwagen holen. Und du hilfst uns dabei, Devil. Aber verpass ihr vorher 'n Stück Klebeband. Nicht dass sie wach wird und schreit, wenn wir aus der Tür sind.«

»Würd in diesem Bums nicht weiter auffallen«, sagte Devil. »So 'n Vogel, der irgendwo unter mir wohnt, vermöbelt seine Alte jeden Tag. Die schreit andauernd.«

»Umso besser«, sagte Ulf, und an Jannek gewandt: »Wenn wir Roman und die Beute hier oben haben, kannst du anschließend den Wohnwagen in die Garage fahren.«

»Und wie komm ich zurück?«

»Nimm einfach den Opel wieder. Wir bringen ihn in die Garage, sobald wir meinen BMW aus dem Schuppen in Itzehoe geholt haben.«

\*\*\*

Annikas Schädel dröhnte, als sie sich langsam besann. Mit geschlossenen Augen richtete sie ihren Oberkörper gerade auf. Sie hörte die Stimmen der Männer, spürte, dass ihre Lippen wieder zugeklebt und die Arme hinter dem Rücken gefesselt und an der Wand fixiert waren. Schemenhaft erinnerte sie sich, dass Baumann und Devil sie aus dem Wohnwagen geschleift hatten. In einen Wohnblock.

Annika atmete mehrfach tief ein und aus, um im Kopf klarer zu werden. Abgestandene, nach kaltem Rauch müffelnde Luft drang ihr dabei in die Nase. Sie hob die schweren Lider und brauchte ein paar Sekunden, um zu fokussieren, wohin die Bande sie verschleppt hatte.

Es war ein Wohnzimmer, mit Raufaser tapeziert und weiß gestrichen. Wobei der letzte Anstrich Jahre her sein musste, denn die Tapete war schmuddelig gelb, und an der Decke stachen Wasserränder hervor. Sie saß mit dem Rücken an der Wand neben einem beige-braunen Sofa, das einen muffigen Geruch absonderte. Dieser Geruch vermischte sich mit dem von schalem Bier, der der Kiste neben ihr entströmte, die zur Hälfte aus leeren Flaschen bestand. Ein mächtiger Ledersessel mit Relax-Funktion sah aus, als sei er neueren Datums. Spinnweben verhängten den dreiflammigen Strahler an der Decke.

Stöhnend drehte sie den Kopf. Ihr gegenüber gab es einen modernen TV-Schrank, auf dem der größte Flachbildschirm thronte, den sie je gesehen hatte. Das Fenster an der Wand zu ihrer Rechten war geschlossen. An der hölzernen Gardinenstange hingen keine Vorhänge. Ein Lamellenrollo hing schief auf halber Höhe. Dekoration fehlte gänzlich. Dies war kein Heim, sondern nur ein Aufenthaltsraum.

Aus ihrem Blickwinkel konnte sie nicht jede Ecke des Raumes einsehen. Links führte eine schäbige cremefarbene Tür auf einen Flur. Sie stand offen, daher hörte sie die Männer sprechen.

Annika schluckte. Wo war sie?

Wacken hatten sie auf jeden Fall hinter sich gelassen. Sie mussten in einer Stadt sein. In einer Großstadt, denn trotz des geschlossenen Fensters war steter Straßenverkehr zu hören. Vielleicht Kiel oder Hamburg?

Annika musste sich ermahnen, ruhig und tief durch die Nase zu atmen. Ihr Kopf ruckte herum, als sie Roman erbärmlich stöhnen hörte. Er war also in einem der Nebenzimmer. Sekunden später knarzten Holzdielen, dann stand der Mann, den sie mehr fürchtete als alles andere zuvor in ihrem Leben, im Rahmen der Tür.

Stumm, doch die Lippen zu einem hässlichen Lächeln verzogen, kam Devil näher, ihren Blick haltend. Direkt vor ihr ging er in die Knie.

Aus einem Nebenraum erklang die Stimme von Ulf Baumann. »Ist sie wach?«

Heftig gegen das Klebeband atmend, presste Annika sich

mit Kopf und Rücken gegen die Wand, als Devil mit seinem Daumen über ihre unter dem Klebeband verborgenen Lippen strich und sich vorbeugte. Seine Lippen berührten ihr Ohr, als er hineinflüsterte: »Jaaa, sie ist wach.«

Die Hässlichkeit seiner Stimme, die Gier darin ließen Annika schreien. Doch die Laute konnten das Band vor ihrem Mund nicht durchbrechen.

Er zog sich ein Stück zurück und blickte ihr flüsternd in die Augen. »Wär doch langweilig, wenn du nicht bei Bewusstsein wärst. Ich versprech dir: Du wirst nichts verpassen von dem, was ich mit dir mache. Nichts.«

Während Annika wie wild gegen das Klebeband schrie, rief er laut Richtung Tür. »Ja, sie ist wach.« Er zog ein Taschenmesser aus der Jeans. »Ich schneide dich jetzt los, damit du dem Kleinen einen neuen Verband und ein Schmerzmittel verpassen kannst. Er blutet mächtig. Der Umzug war wohl nicht so gut für ihn.«

Er grinste. »Und dann verschwinden alle in ihre Buden, und wir zwei«, mit der Spitze des Taschenmessers strich er die Konturen ihrer Brüste entlang, »wir machen es uns schön.«

## VIERZEHN

Feierabend! Lyn atmete genüsslich durch, während sie neben Hendrik über den Zeltplatz in Wacken ging. Sie fühlte sich für einen Moment lang in den Schwedtke-Fall zurückversetzt. Auch vor fünf Jahren hatten die Metalheads sie in Bezug auf die Gestaltung der Campground-Schollen zum Staunen gebracht. Natürlich gab es zuhauf die Normalos, die nach dem Motto »Gut is« einfach ihr Iglu und den Grill aufstellten. Aber es gab auch unglaublich viele Kreative, die ihre persönliche Note setzten. Mit alten Sofas und Sesseln, mit Blumentöpfen, mit Sonnenschirmständern, die mit schwarzer Wolle umstrickt waren. Einige hatten sogar Gartenzäune mitgebracht.

»Spielen die Wacken Firefighters heute auch noch?«, fragte sie Hendrik, der im Programmheft blätterte.

Er studierte die Running Order. »Nein. Da hast du Pech. Die haben am Spätnachmittag auf der Beer Garden Stage gespielt.«

»Schade. Ich entsinne mich noch ganz genau, obwohl es Jahre zurückliegt. ›Highway to Hell‹ auf Blechblasinstrumenten. Das war so schräg. Und die Masse hat getobt.«

»Guck dir das an«, sagte Hendrik grinsend und blieb auf dem Feldweg vor einem Fake-Grab stehen. »Seine Fans haben Lemmy ein Denkmal gesetzt.«

Lyn betrachtete das liebevoll verzierte Minigrab. »Lemmy wer?«

Hendrik musterte sie mit aufgerissenen Augen. »Du hast ja wirklich *keine* Ahnung, was?«

»Ach, doch, ich weiß. Der von Motörhead, oder? Lemmy Killinster ... Killister ... jetzt sag schon.«

»*Kilmister*, Liebling, Lemmy Kilmister.«

»Ich war dicht dran.«

Hendrik zog sie weiter. »Du weißt schon, dass du jetzt tot wärst, wenn Thilo dich gehört hätte?«

»Wenn ich ihm sage, dass ich vor Lemmys Grab stand, werde ich in seiner Achtung steigen.«

Händchenhaltend spazierten sie weiter. Am Anfang hatte Lyn noch darauf geachtet, möglichst nicht durch Schlamm zu waten, aber es war unmöglich, sauber von A nach B zu gelangen. Und da ihre Sneaker vom Vormittag sowieso noch verdreckt waren, brauchte sie keine Rücksicht mehr zu nehmen, sondern stapfte einfach voran, ohne auf den Boden zu achten. Die Waschmaschine musste es richten.

Schon im nächsten Moment fand sie ihre Sorgen lächerlich. Sie kriegte Annika Blomberg nicht aus dem Kopf. Was machte die Frau gerade durch? Lebte sie überhaupt noch? Ja, bestimmt, denn die Männer brauchten sie. Und das bedeutete Hoffnung.

Lyn behielt diese Gedanken für sich. Sie wollte Hendrik nicht den Feierabend verderben. Ihm fiel es leichter, abzuschalten. Er entspannte sich zusehends nach dem arbeitsreichen Tag, nachdem er im Wackinger Village genüsslich einen Becher Bier getrunken und einen Barbarenspieß verputzt hatte. Lyn hatte sich für Falafel entschieden. Und für Mineralwasser. Schließlich würde sie fahren. Und dann gab es natürlich noch einen möglichen Grund, keinen Alkohol zu trinken.

»Wenn du Alice Cooper noch hören möchtest, müssen wir uns jetzt zum Holy Ground aufmachen«, sagte Hendrik mit Blick auf das Programm, das er aus der Hosentasche gezogen und aufgeschlagen hatte. »Sein Auftritt endet um Viertel nach acht.«

»Was?« Lyn hatte nicht zugehört, weil sie einen jungen Mann beobachtete, der in zwei Metern Entfernung vor ihr herumtänzelte, in der einen Hand einen Cocktail mit Schirmchen und Strohhalm haltend, in der anderen Hand einen rosafarbenen Vibrator.

Hendrik folgte ihrem Blick. »Du guckst so neidisch. Ich hoffe mal, auf seinen Cocktail.«

»Allerdings. Wenn es so weit ist, dass ich einen Dildo brauche, kriegst du von mir die Scheidungspapiere.«

»Never.« Er zog sie an sich und küsste sie.

»Was war jetzt mit Alice Cooper?«, fragte Lyn, als er sie losließ.

Hendrik wiederholte seine Worte.

Lyn sah auf ihre Armbanduhr. »Dann los. Hören muss ich ihn nicht unbedingt.« Sie grinste. »Aber einmal live sehen. Ich hab noch den Bravo-Starschnitt vor Augen, der jahrelang an der Zimmertür des großen Bruders meiner Freundin hing. Das ist ewig her. Ich war fünf oder so. Ich fand ihn damals gruslig wegen seiner schwarz geschminkten Augen.«

Sie zog Hendrik hinter sich her, über das Wacken-Center-Gelände Richtung Metal Market, und betrachtete die Leute. Allein die verschiedenen Kopfbedeckungen waren sehenswert. Von schwarzen Weihnachtsmannmützen über Cowboyhüte und Tücher bis hin zu einem roten Fascinator war alles vertreten. Und wer zerrissene Strumpfhosen liebte, für den war es hier das Mekka.

Lyn drängelte sich bis an den Rand des Infields vor, von dem aus die gigantischen Leinwände gut zu sehen waren. Für einen Blick direkt auf die Bühne hätten sie sich durch Abertausende auf dem Infield durchkämpfen müssen, und darauf verspürte Lyn nicht den Hauch von Lust.

»Toll!«, sagte sie, nachdem sie das Geschehen eine Weile schweigend verfolgt hatten. »Dass der noch so fit ist! Und die Gitarristin hat's auch drauf, was?«

Eine blonde Frau in schwarzen Klamotten beherrschte gerade die Leinwand.

Hendrik ging mit dem Mund nah an Lyns Ohr, damit sie ihn hören konnte. »Das ist Nita Strauss. Von der schwärmt Thilo doch immer. Sie gehört zu den besten Gitarristinnen weltweit.«

»Ah ja.« Lyn griente. »Ich kenn nur den Vogel Strauß.«

Sie teilte ihre Aufmerksamkeit zwischen der Leinwand und dem Geschehen um sie herum. Es gab genug zu gucken, da sie direkt neben dem Ausgang des Infields standen. In dem mehrere Meter breiten Bereich, wo die Metaller das Infield verlassen konnten, versuchten gleichzeitig etliche Gäste, das Feld zu betreten. Was die Ordner, die mit dem Rücken zum Infield standen, zu verhindern wussten. Sie hatten alle Hände voll zu tun, den Leuten klarzumachen, dass dies nur ein Aus- und kein Eingang war. Im Sekundentakt erklangen ihre Stimmen: »Halt! Bitte rechts halten. Da ist der Eingang.« Die Ordner – junge Leute mit orangefarbenen Westen – redeten sich den Mund fusslig.

Erstaunlicherweise akzeptierten die Leute das ohne Widerworte. Von vereinzelten abgesehen. Lyn lachte in sich rein, als ein deutlich alkoholisierter Enddreißiger mit Hörnerhelm und Kutte den Ordnern seine Meinung geigte, als sie ihm den Eintritt verwehrten. »Ihr seid so scheiße! So scheiße seid ihr!« Dann trollte er sich schimpfend Richtung Beer Garden.

Lyn zwinkerte dem jungen Ordner zu, der in diesem Moment Blickkontakt mit ihr hielt. Ob er zurückzwinkerte, sah sie nicht, denn ihr Handy beanspruchte ihre Aufmerksamkeit. Es vibrierte in der Hosentasche. Ein Blick darauf verriet, dass es Wilfried war. Ihr Chef war also immer noch im Büro. Seufzend nahm Lyn das Gespräch an. Wilfried würde sie nicht in ihrem Feierabend stören, wenn es nicht wichtig war.

»Ja, Wilfried?«, grölte sie in den Hörer. »Wir sind vor der Bühne. Was gibt's? … Du musst lauter sprechen. Ich verstehe hier nichts.«

Sie lauschte, bekam nur die Hälfte mit, aber das Wichtigste hatte sie verstanden.

»Was ist los?«, fragte Hendrik, als sie das Handy zurück in die Hosentasche steckte. Er klang genervt.

»Er wollte uns nur informieren, dass Thilo ihn angerufen hat.« Lyn nahm Hendriks Hand und zog ihn mit sich durch die Menschenmenge. Sie hatte keine Lust, ihm alles ins Ohr zu schreien. Im Wackinger Village war es ruhiger.

»Wilfried sagte, dass Thilo mal wieder mächtig einen in der Krone hatte, aber er wollte unbedingt wissen, wie weit wir in dem Fall sind. Während des Gesprächs hatte Thilo jedenfalls eine Idee, die Wilfried nicht abwegig erschien. Thilo ist eingefallen, dass er ja auf dem Hurricane-Festival in Scheeßel war, als vor zwei Jahren der Raub im niedersächsischen Altenburg stattfand. Jetzt meinte er, es könne ja durchaus sein, dass die Bande sich seinerzeit schon genau die Zeit des Festivals für den Überfall ausgesucht hat, um sich dort nach der Tat zu verstecken. Das würde erklären, warum auch damals die schnell eingerichteten Straßensperren zu den Autobahnen nichts brachten.«

»Hm.« Hendrik überlegte. »Da könnte was dran sein. Allerdings verstehe ich immer noch nicht, warum Wilfried dich deswegen anruft. Das hätte er uns auch morgen erzählen können.«

Natürlich hatte Hendrik recht. Trotzdem nahm sie ihren Chef in Schutz. »Er war so aufgeregt. Und ich kann ihn verstehen. Das heißt doch, dass wir auf der richtigen Fährte sind.«

»Thilos Info bringt uns nur keinen Schritt weiter, denn die Kollegen in Niedersachsen konnten uns zu der Bande von damals nichts sagen. Wir haben also immer noch nichts in der Hand, was uns irgendwie auf die Täter bringt.«

»Leider.« Lyn sah sich um, tief durchatmend. »So, wir sind satt, ich hab Alice Cooper gesehen … Wollen wir nach Hause? Ich möchte nur noch auf mein Sofa.«

»Endlich. Ich dachte schon, du willst hier gar nicht mehr weg.« Hendrik legte einen Arm um ihre Schulter und lotste sie von einer Gruppe Jugendlicher fort, die ihnen entgegenkam, den Schlachtruf des Festivals mit Hingabe herausbrüllend.

»Wackeeen!«

\*\*\*

»Jannek.« Annika wählte bewusst den Vornamen ihres Entführers, der neben ihr am Bett von Roman stand. »Hilf deinem Bruder bitte, den Unterkörper zu heben.« Sie hatte die Wunde, die sich eindeutig entzündet hatte, gesäubert, und jetzt musste der Verband angelegt werden.

Da Roman stark fieberte und kaum in der Lage war, sich auf seinem gesunden Bein auf der Matratze abzustützen, packte Jannek mit an.

Annika ließ sich Zeit beim Verbinden. Sie hatten ihr das Klebeband abgenommen, und es war eine Wohltat, normal atmen zu können. Ansonsten fühlte sie sich wie ein überfahrenes Tier, das dem Tod näher war als dem Leben. Rücken, Genick und Arme schmerzten fürchterlich vor Verspannung, die Handgelenke waren wund von den Kabelbindern. Ihr Kopf dröhnte, und ihr Kreislauf spielte verrückt. Der Schwindel hatte sie taumeln lassen, als Devil sie vom Wohnzimmer in das Schlafzimmer zu Roman gezogen hatte. Und dennoch hatte sie versucht, sich auf dem kurzen Stück Weg über den Flur einzuprägen, welche Räume es noch gab. Da alle Türen offen standen, war es kein Problem.

Von der Wohnungstür aus betrachtet, war das Wohnzimmer der erste Raum, der rechts vom Flur lag. Daneben gab es einen Raum mit einem riesigen alten Schrank, ansonsten war er nur mit blauen Säcken und Kartons vollgemüllt. Der nächste Raum auf der Seite war das Schlafzimmer. Gegenüber lag die Küche, das Bad an der Querseite dazwischen.

Sie hatte noch längst nicht aufgegeben. Sie wollte leben! Vielleicht ergab sich irgendwann eine Möglichkeit zu fliehen.

»Mach hinne!« Devil sah mit ineinander verschränkten Armen von der Tür aus zu, wie sie Roman mit Janneks Hilfe verband. Ulf Baumann hantierte in der Küche herum.

Annika nickte, doch ihr Atem wurde heftiger. Sie wollte das Alleinsein mit Devil so lange es nur irgend ging hinauszögern. Ihre Finger zitterten, während sie die Mullbinden um den schmächtigen Unterleib des Jungen wickelte. Ihr Herz stockte bei dem Gedanken daran, was passieren würde, wenn Ulf Baumann und Jannek die Wohnung verließen.

Jannek sah zu ihr. Schweigend, schluckend. Sekundenlang blickten sie sich in die Augen, und Annika fragte sich, ob er die grauenhafte Angst, die sie empfand, in ihren Augen sehen konnte.

»Devil?« Baumanns Stimme erklang aus der Küche. »Hast du irgendwo 'nen Dosenöffner?«

»In der Schublade, Mann.«

Baumann wollte seinem Sohn anscheinend eine Dose aufmachen. Aber Annika war sich sicher, dass Roman, wenn überhaupt, nur ein, zwei Bissen herunterbringen würde. Es wurde wirklich Zeit, dass der Junge in ein Krankenhaus kam. Es war unverantwortlich, dass die Bande noch zwei Tage warten wollte, bis die Reise nach Polen beginnen sollte. Allein das nochmalige Umbetten in den Wohnwagen würde die Kräfte des Jungen aufzehren. Vielleicht würde er nicht einmal die Fahrt überstehen.

Annika entschlüpfte ein Wimmern. Sie musste es ihnen sagen! Sie musste ihnen sagen, dass Roman sich in akuter Lebensgefahr befand. Aber sie wusste auch, dass sie es nicht sagen würde. Denn sie setzte auf die Zeit, die er noch hier verbrachte. Es war die Zeit, in der sie noch leben würde.

Ein Handy-Klingelton erklang. Annika verbat sich, zu Devil zu sehen, der Sekunden später »Oleg! Was ist los?« in sein Smartphone ranzte. »Was? Noch einen Tag? … Wieso dauert das so lange? … Alter, ich will endlich meinen Flug buchen! Du kannst jetzt nicht immer noch einen Tag dranhängen.«

Annika sah aus dem Augenwinkel, dass Jannek ihn beobachtete.

Und Devil schien das nicht zu gefallen, denn genervt auf diesen Oleg einredend verließ er das Schlafzimmer.

Annika war es egal, worum es bei diesem Telefonat ging. Sie erkannte vielmehr ihre Chance. »Jannek«, stieß sie leise aus und legte ihre Hand auf den Unterarm des jungen Mannes. »Bitte!« Ihre Stimme klang so flehentlich, wie ihre Angst groß war. »Du musst mir helfen! Devil … er wird mich töten! Und vorher wird er mich …« Sie brach ab. Sie konnte das Wort nicht einmal aussprechen, so sehr raubte ihr die Angst den Atem vor dem Gedanken, von dem grausamen Mann vergewaltigt zu werden.

Jannek entzog ihr ruckartig den Arm. »Lass mich zufrieden! Und halt die Klappe!« Er wandte den Blick ab. Seine Stimme wurde leiser. »Ich kann dir nicht helfen.«

»Bitte!« Annika liefen die Tränen. »Bitte! Ich hab doch zwei kleine Kinder. Emil ist noch ein Baby und –«

»Sei endlich ruhig!«, fuhr Jannek ihr verhalten über den Mund. Sein Blick ging gehetzt zur Tür. »Er wird dich *gleich* umbringen, wenn du nicht aufhörst, hier rumzuheulen.«

Doch Annika hatte nicht vor, aufzugeben, zumal Janneks Stimme einen Hauch Verzweiflung in sich trug. »Ich will nicht sterben!«, sagte sie leise, aber eindringlich und packte noch einmal seinen Arm. »Ich will leben, hörst du? Leben! Ich kann nichts dafür, dass ihr so einen Mist gebaut habt. Nichts! Ich bin unschuldig. Ich will zu meiner Familie zurück!«

»Du … musst … ihr helfen … Jannek«, kam unerwartet Hilfe. Aus dem Mund von Roman, der sie beide aus glasigen Augen musterte.

Sie sahen ihn beide an.

Roman fixierte seinen Bruder schwer atmend. »Sie hat … das nicht … verdient.«

»Kümmer dich nicht darum«, fuhr Jannek ihn an. »Du hast mit dir selbst genug zu schaffen.«

Roman hob mühsam den Arm und griff nach Annikas Hand. »Ich pass … auf dich auf.«

Annika weinte verzweifelt auf. Der Einzige, der ihr helfen wollte, konnte nicht einmal das Bett verlassen.

»Was ist hier los?« Devil stand plötzlich hinter ihnen. Er zog Annika vom Bett weg. »Hast du ihn fertig verbunden? Dann komm, Püppchen. Es wird anscheinend Zeit, dass ich dir wieder das Maul stopfe. Du laberst mir zu viel.«

Annika stolperte hinter ihm her. Seine Pranke lag eisenhart um ihren Oberarm, während er sie ins Wohnzimmer zurückzerrte, zu Boden drückte und an das Heizungsrohr fesselte. Sie schloss die Augen, als er ihr den Mund zuklebte. Sie konnte ihm nicht in die Augen blicken. Es ging über ihre Kräfte.

Sie zuckte zusammen, als seine Lippen ihr Ohr berührten. »Du hast ja so 'ne Angst vor mir, Sweetie«, flüsterte er. »Du glaubst gar nicht, wie mich das anmacht.«

In ihr Wimmern hinein erklang Baumanns energische Stimme an der Tür. »Jetzt lass sie zufrieden. Geh lieber einkaufen, damit wir was zwischen die Beißer kriegen. Schließlich sind wir bis morgen hier.«

»Hm.« Devil musterte ihn unter zusammengezogenen Augenbrauen, während er aufstand. »Hab mir schon gedacht, dass du das Zusammentreffen mit deiner Alten noch rauszögern willst.«

Baumann verzog keine Miene. »Warum soll ich mir den Stress antun und sie heut schon einweihen? Roman hilft's nicht, und Steffi hat so noch einen Tag Schonfrist. Ich fahr morgen Mittag rüber. Sie erwartet uns ja zum Rouladenessen.«

Annika schwirrte der Kopf, während sie die Männer reden hörte. Rouladenessen? Diese Kerle waren Mörder. Sie hatten Blut an den Händen, waren ekelhafte, furchterregende Menschen … Wie konnte es sein, dass sie auch ein normales Leben führten? Das war alles so irreal.

Und doch war sie dankbar, dass Baumann noch nicht nach Hause fahren würde. Solange er hier war, würde Devil sie in Ruhe lassen.

Mehr als eine Stunde lang ließ sich niemand blicken. Annika hockte geknebelt und gefesselt neben dem Sofa und lauschte fortwährend der Geräuschkulisse hinter der geschlossenen Wohnzimmertür. Devil war anscheinend zum Einkaufen gegangen, denn seine Stimme fehlte. Sie hörte Baumann und Jannek sprechen, Türen klappen …

Sie schrak zusammen, als die Klinke der Wohnzimmertür sich bewegte. Mit schreckgeweiteten Augen starrte sie auf die sich öffnende Tür. Fast erleichtert nahm sie wahr, dass es nicht Devil war, der eintrat, sondern Baumann. In seinem Mundwinkel hing eine Kippe.

»Mmam … mmam!«, klang es bei dem Versuch zu sprechen durch ihre Kehle. Annika hob die Beine und ließ sie wieder und wieder auf den Boden fallen.

»Sei ruhig!«, herrschte er sie mit gedämpfter Stimme an.

»Mmam!« Sie deutete mit dem Kopf zur Tür. Immer wieder.

Vielleicht nahm er ihr das Klebeband vom Mund, wenn er glaubte, sie wolle etwas zum Zustand seines Sohnes sagen.

Und sie hatte Glück. Genauso fasste er ihre Bewegung auf. Er ging vor ihr auf die Knie und begann das festsitzende Klebeband zu lösen. »Halt ja die Fresse, wenn es ab ist, sonst lass ich gleich Devil zu dir rein. Verstanden? Der ist nicht so nett wie ich, wie du ja festgestellt hast.«

Annika nickte. Es tat grässlich weh, als er ohne jede Rücksichtnahme zwei Lagen Klebeband von Kopf und Haar wickelte und die letzte Bahn mit einem Ruck abzog. Etliche Haare hingen daran, als er das Band zusammenknüllte und hinter sich warf. Sie leckte sich ihre brennenden Lippen.

»Was ist los?«, fuhr er sie an.

»Ihr Sohn ... ich ... ich würde ihm gern Wadenwickel machen. Das ist ein altes Hausmittel, das die Fiebersenkung unterstützt.«

»Das weiß ich auch.«

Warum hast du dann noch keine Wickel gemacht?

Diesen Gedanken behielt sie natürlich für sich. Stattdessen sagte sie: »Und er muss viel trinken. Das ist wichtig. Er darf nicht austrocknen. Und ich habe auch fürchterlichen Durst. Mir ist schon ganz schlecht.« Das war nicht gelogen. Erschöpft lehnte sie den Kopf zurück.

»Hm«, grummelte er, aber er löste ihre Fesselung. »Komm mit.«

Auf wackligen Beinen lief sie vor ihm ins Schlafzimmer. Jannek war nicht zu sehen.

Baumann griff nach einer Flasche Mineralwasser, die auf dem Kunststoffnachttisch stand. Er schenkte ein angelaufenes Glas voll und trat neben seinen Sohn. »Roman ... Roman!« Er bewegte ihn leicht an der Schulter. Als der Junge die Augen aufschlug, hob er ihn am Oberkörper an und hielt ihm den Becher an die Lippen. »Du musst mehr trinken. Mach den Mund auf.«

Der Junge schluckte, bis der Becher leer war. Die Hälfte lief ihm dabei über das Kinn.

»Gut gemacht«, lobte sein Vater ihn. Dann griff er die halb volle Flasche und hielt sie Annika hin.

Gierig setzte sie die Flasche an die Lippen und schluckte das Wasser. Es war warm, denn die Sonne brannte durch das Fenster direkt auf das Tischchen, wo die Flasche gestanden hatte, aber das spielte keine Rolle. Hauptsache, etwas Nasses lief durch ihre trockene Kehle.

»Mehr«, bat sie, als er die Flasche wegzog, und er gab ihrem Wunsch nach.

»Danke«, sagte sie automatisch, als ihr Durst gelöscht war und er die Flasche wieder abstellte.

»Und jetzt mach ihm die Wadenwickel. Was brauchst du dazu?«

»Eine Schüssel mit Wasser. Und Handtücher.«

Er packte sie am Arm und zog sie mit sich, während er alles zusammensuchte. Es blieb ihr keine Chance auf Flucht, aber sie prägte sich ein, was in welchem Raum zu finden war. Alles konnte irgendwann hilfreich sein.

Roman stöhnte, als sie ihm die feuchten Handtücher um die heißen Waden legte. Annika strich ihm über das Knie. »Es wird alles gut.«

Baumann brachte sie ins Wohnzimmer zurück. »Oh, bitte nicht!«, flehte sie verzweifelt, als er nach der Klebebandrolle auf dem Sofa griff. »Bitte, kleben Sie mir nicht wieder den Mund zu. Ich … ich kann kaum atmen. Bitte! Ich bin auch ruhig. Kein Ton kommt mir über die Lippen! Und Sie sind doch hier. Sie werden sehen, dass ich ganz ruhig bin.«

Er musterte sie mit zusammengezogenen Augenbrauen. »Ich bin bei Roman und nicht hier bei dir, also –«

»Aber Sie könnten mich doch bei Roman anbinden«, unterbrach sie ihn hastig. »Dann bin ich immer da und sehe, wenn es ihm nicht gut geht. Es ist doch egal, wo ich angebunden bin, oder? Und … und dann bin ich auch nicht allein in einem Raum.« Sie hoffte, dass er den Wink verstand, denn bisher hatte er sie immer vor Devil geschützt.

Er schien genau darüber nachzudenken. »Also gut. Ich

binde dich im Schlafzimmer an. Und solange einer von uns bei dir ist, lassen wir das Klebeband ab. Aber wenn du auch nur einmal aufmuckst, dann –«

»Danke!«, fiel sie ihm ins Wort. »Danke.«

Er brachte sie zurück ins Schlafzimmer und fixierte ihre Handgelenke mit den Kabelbindern am Heizungsrohr. Sie hatte direkten Blick auf Roman, der sie aus fiebrigen Augen musterte.

Für den Moment war die Gefahr, dass Devil über sie herfiel, gebannt. Und doch wucherte die Angst mit scharfen Krallen in ihr. Es war nur eine Frage der Zeit, bis Baumann und Jannek sich dem Willen Devils beugen und dem Entschluss, sie zu töten, zustimmen würden. Beugen mussten, wenn sie nicht geschnappt werden wollten.

Verzweifelt schloss Annika die Augen. Sie musste sich unentbehrlich machen! Sie musste auf jeden Fall versuchen, ihren Tod hinauszuzögern. So lange, bis die Polizei sie fand, denn die würde irgendwann nach ihr suchen.

Die Gedanken wirbelten nur so durch ihren Kopf. Dann stand fest: Sie musste dafür sorgen, dass der Junge das Fieber nicht loswurde. Denn dann wäre sie überflüssig. Es musste ihm so schlecht gehen, dass der Vater sie vor Devil schützen würde, weil er ihre Hilfe für seinen Sohn brauchte.

Ja, so musste sie handeln. Sie würde dem Jungen das fiebersenkende Mittel vorenthalten oder zumindest so gering dosiert geben, dass es ihm weiterhin schlecht ging. Das war wider jegliche ärztliche Ehre. Wider ihren hippokratischen Eid. Und es fühlte sich alles andere als gut an, als sie ihren Blick dem Jungen zuwandte, der sich mit fieberrotem Kopf unruhig im Schlaf bewegte.

Aber es war ihre einzige Chance.

## FÜNFZEHN

Annika haderte mit sich. Sollte sie schweigen, damit sie ihr den Mund nicht wieder zuklebten? Ihr graute davor, die sauerstoffarme Raumluft nur durch die Nase einatmen zu können. Andererseits hatte sie vielleicht nicht mehr viele Möglichkeiten, sich Gehör zu verschaffen. Und sie musste es ausnutzen, dass Baumann und Devil in der Küche und momentan nur die beiden Söhne im Raum anwesend waren.

»Ich habe zwei Kinder«, brach sie ihr Schweigen. »Ida ist vier Jahre alt. Sie liebt Märchen und Schokomuffins. Und sie findet frühes Aufstehen ganz fürchterlich. Sie versteckt sich dann immer unter der Bettdecke.«

Jannek, der auf der anderen Bettseite auf einem Stuhl hockte und mit seinem Smartphone rumhantierte, hatte den Kopf ruckartig gehoben, als sie zu sprechen begonnen hatte. Er starrte sie an.

Sie nutzte den Moment, den er brauchte, um zu verdauen, was sie gerade gesagt hatte. »Mein Kleiner ist gerade ein Jahr alt geworden. Emil. Er ist so süß. Wenn ihr ihn sehen könntet ... Er lacht den ganzen Tag und kurvt in seiner Lauflernhilfe durchs Haus. Er ist ein kleiner fauler Sack. Er will einfach noch nicht allein lauf–«

»Hey, sei ruhig!« Jannek war aufgesprungen. Er umrundete das Bett und kniete sich vor sie. »Du sollst nicht sprechen. Ist das so schwer zu kapieren?« Er griff nach der Klebebandrolle, die neben ihr auf dem Boden lag.

»Bitte!« Annikas Lippen zitterten. Tränen schossen ihr in die Augen. »Ich will doch nur zurück zu meiner Familie! Ich liebe sie so sehr. Und ich schwöre euch bei allem, was mir heilig ist, dass ich nicht ein Wort über euch verrate, wenn ihr mich gehen lasst. Mein Mund bleibt für alle Ewigkeiten verschlossen.«

Roman starrte sie vom Bett aus an.

Jannek fingerte hektisch an der Klebebandrolle herum. Da seine Fingernägel gänzlich abgenagt waren, gelang es ihm nicht, das Ende des Bands von der Rolle zu lösen.

Annika nutzte die verbleibende Zeit. »Eure Mutter liebt euch doch bestimmt genauso sehr, wie ich meine Kleinen liebe.« Sie sprach hastig, hoffend, dass die jungen Männer in dieser Steffi eine Mutter hatten, die ihre Kinder liebte. Und die sie wiederliebten.

Aber würde eine Mutter, die ihre Kinder liebte, ihre Söhne zu solchen Verbrechern erziehen? Nein. Wahrscheinlich war die Mutter eine Asoziale, die sich einen Dreck um ihre Familie scherte.

Das Ratschen des Klebebandes, als es Jannek gelang, es abzureißen, jagte Annika einen Schauer über den heißen Nacken. Gleich würde ihr wieder die Luft knapp werden. Der Schwindel würde wieder einsetzen.

»Bitte helft mir!«, sagte sie unter Weinen. »Ihr könnt doch nicht zulassen, dass … dass dieser Devil mich tötet. Ida und Emil warten auf mich. Sie werden ihr Leben lang traurig sein, wenn ich nicht wiederkom–«

Der Rest des Wortes verschwand unter dem Klebeband, das Jannek ihr ohne Rücksichtnahme stramm über die geöffneten Lippen presste.

Sie schloss die Augen, aus denen die Tränen liefen. Es hatte alles keinen Sinn. Diese Männer hatten kein Herz, sondern einen Stein in der Brust. Einen kalten, schweren Klotz, an dem Mitgefühl abprallte wie ein Tropfen Regen und im dunklen Nichts versickerte.

»Du musst dafür sorgen, Jannek, dass sie am Leben bleibt. Sie wird uns … nicht verraten.«

Annika riss die Augen auf. Sie blinzelte zum Bett, von wo die schwache Stimme gekommen war. Durch den Tränenschleier erkannte sie, dass Roman seinen Bruder ansah, der noch vor ihr kniete.

»Das kann ich nicht, verdammt!« Janneks Stimme klang weinerlich. »Devil lässt das niemals zu. Und du willst doch auch nicht im Knast landen, oder? Glaubst du etwa wirklich, dass sie die Klappe hält? Und überhaupt, ich hab die für dich geholt! Damit sie dich fit macht, bis wir ein Krankenhaus gefunden haben. Also halt die Fresse, Roman.« Er sprang auf. Zitternd. »Halt einfach die Fresse.«

\*\*\*

»Könntest du bitte aufhören, wie das berühmte Honigkuchenpferd zu grinsen?«, bat Lyn Hendrik, als sie am Sonntagmorgen die Tür zum K1 aufstießen. Dabei war sie auch aufgeregt, denn ihre Regel hatte immer noch nicht eingesetzt. Doch sie verbat sich jede Freude.

Sie hatte Hendrik unter Androhung schwerster Konsequenzen aufgefordert, sich seine Vorfreude nicht anmerken zu lassen, denn Kollegin Karin hatte für so etwas einen sechsten Sinn.

»Oh Mann. Wie soll ich denn aufhören, mich zu freuen? Ich kann mir doch nicht die Emotionen aus dem Gesicht zaubern.« Seine grauen Augen strahlten sie an, und sie wusste, dass sie ihm mit ihrer Weigerung, den Test zu machen, alles abverlangte.

»Hör auf, mich mit deinen wundervollen Augen so anzusehen«, bat sie leise, während sie weitergingen. »Du weißt ganz genau, dass mir immer noch die Knie wacklig werden, wenn du diesen Blick aufsetzt.«

»Na, das ist doch von Vorteil.« Er grinste frech. »Da eine deiner Schwerstkonsequenzen Sexentzug war, wenn ich mich verplappere, könnte ein einziger Blick von mir das ad absurdum führen.«

Lyn lachte auf. »*So* toll sind deine Augen nun auch wieder nicht.« Das war gelogen.

Wilfried unterbrach ihre Plänkelei, als er aus seinem Büro trat. »Ah, Lyn …« Er klang erleichtert. »Wie schön, dass du da bist.«

»Ich bin auch da«, sagte Hendrik.

»Wie?« Wilfried sah irritiert zu ihm.

Lyn seufzte. Dass Wilfrieds Haar in alle Richtungen abstand, war kein gutes Zeichen. Er war wieder einmal völlig verpeilt.

»Äh, ja, natürlich«, sagte ihr Chef. »Guten Morgen, ihr beiden. Also, ich dachte, Lyn, du könntest vielleicht … Also, der Mann von Annika Blomberg ist hier. Er will wissen, ob es etwas Neues gibt. Birgit hat ihn in den Vernehmungsraum gesetzt. Sie sagte, er sei völlig fertig. Du bist ja in solchen Situationen immer … einfühlend. Und ich muss mich auf das Gespräch mit dem Staatsanwalt vorbereiten. Meier ist auf dem Weg hierher.«

Lyn nickte. »Ich sehe Meiers diabolische Augenbraue direkt vor mir! Ich spreche mit Herrn Blomberg.«

»Gut.« Wilfried nickte dankbar. »Dann sag ihm bitte auch gleich, dass die Kollegin seiner Frau, diese Sanitäterin …« Er suchte nach Worten.

»Wienke Koch«, half Lyn ihm weiter.

»Ja, genau. Frau Koch ist während der Nachtschicht etwas eingefallen. Und zwar hat einer der Patienten in der Nacht, in der Annika Blomberg Dienst hatte, sehr massiv nach der Uhrzeit des Schichtwechsels gefragt. Er hat sich dabei zwar auf einen der männlichen Ärzte bezogen, aber das heißt ja nichts. Ich habe sie sofort für ein Phantombild nach Kiel geschickt.«

Matthias Blomberg stand am Fenster, als Lyn den Vernehmungsraum betrat. Ein Muskel zuckte in seinem sommerbraunen Gesicht, als sie auf ihn zuging.

»Guten Morgen, Herr Blomberg. Wie geht es Ihnen?« Sie streckte ihm die Hand entgegen.

Er ergriff sie, ohne den Gruß zu erwidern. »Wie soll's mir schon gehen? Gibt es etwas Neues?« Er klang atemlos und mühsam beherrscht.

»Bitte.« Sie deutete zum Tisch, setzte sich und wartete, bis er auch Platz genommen hatte. »Wir müssen die Untersuchungsergebnisse der KTU abwarten. Es kann nicht mehr lange dauern. Und dann müssen wir hoffen, dass es Ergebnisse sind, die uns voranbringen. Ich kann Ihnen auf jeden Fall versichern, dass wir alles tun, um Ihre Frau zu finden.«

»Aber wie denn nur, wenn Sie nichts in der Hand haben?«

»Es ist noch kein Durchbruch zu verzeichnen«, gab Lyn zu. »Was aber nichts heißt. Jeder Hinweis könnte der entscheidende sein.« Sie berichtete ihm von Wienke Koch und dem Phantombild des verdächtigen Patienten, das noch heute erstellt werden würde.

Matthias Blomberg hatte mit schreckgeweiteten Augen zugehört. Seine Stimme zitterte, als er wieder sprechen konnte. »Wenn Anni tot ist …«

Lyn beugte sich vor und legte ihre Hand auf seinen Unterarm. »Versuchen Sie, nicht an das Schlimmste zu denken, Herr Blomberg. Ich weiß, dass das leicht dahergesagt ist, aber wir können davon ausgehen, dass Ihre Frau von den Bankräubern entführt wurde. Und die brauchen sie lebendig.«

»Was für kranke Schweine sind das?« Er stand wieder auf und starrte aus dem Fenster. »Warum hat sie sich nur für Wacken gemeldet? Ida, unsere Kleine, hat sich gefürchtet, als ich von den ›schwarzen Männern‹ sprach. Und ich hab das auch noch ins Lächerliche gezogen.«

»Ich kann Ihre Verzweiflung gut verstehen, Herr Blomberg. Aber die Wacken-Fans sind nicht die Täter. Im Gegenteil. Die Metaller haben uns auf den sozialen Plattformen schon hundertfach ihre Hilfe angeboten. Wir werden geradezu überschwemmt mit Hilfsangeboten und Zuspruch.«

Lyn nahm ein Glas aus der Tischmitte und griff nach der Wasserflasche, die Birgit dort vorsorglich hingestellt hatte. Sie schenkte ein Glas voll und stellte es vor ihm auf der Fensterbank ab. »Trinken Sie einen Schluck, Herr Blomberg.«

Sie zuckte zusammen, als er schrie. »Ich will nichts trinken, verdammt! Ich will meine Frau zurück! Sie … sie …« Er brach unvermittelt in Tränen aus. Seine Stimme wurde leise. »Wir lieben sie unendlich.«

Lyn nahm seinen Arm und führte ihn zum Stuhl zurück.

Widerstandslos ließ er sich daraufdrücken. »Lassen Sie es einfach raus.« Sie sprach leise auf ihn ein, während er weinte. »Es wird Sie erleichtern.«

Sie ließ ihre Hand auf seiner Schulter liegen. Waren es die ersten Tränen? Sein Adrenalinspiegel hatte einen Ausbruch bisher vielleicht verhindert.

»Entschuldigung«, würgte er schließlich heraus.

»Sie haben jedes Recht der Welt, die Fassung zu verlieren.« Sie ging zu dem Regal, auf dem immer ein Paket mit Taschentüchern lag. In diesem Zimmer waren schon viele Tränen geflossen.

Lyn öffnete ein Päckchen, schob es zu ihm rüber und setzte sich wieder. »Ihre Kinder sind weiterhin bei Ihren Eltern?«, fragte sie, um ihm etwas Zeit zu geben.

Er schnäuzte sich in ein Taschentuch, bevor er sagte: »Ich habe mir hier in Itzehoe ein Hotelzimmer genommen. Die Kinder bleiben vorerst bei meinen Eltern. Emil ist noch zu klein, und Ida … sie weiß auch noch nichts. Obwohl sie spürt, dass etwas nicht stimmt. Meine Mutter ist schließlich auch völlig fertig davon.«

»Kinder haben eine Antenne für Unausgesprochenes. Hoffen wir, dass Ida nichts davon erfahren muss. Wir tun jedenfalls alles erdenklich Mögliche, Herr Blomberg, um Ihre Frau zu finden. Das kann ich Ihnen versichern.«

Er sah sie an, dann holte er sein Portemonnaie aus der hinteren Hosentasche. Er öffnete es, fummelte darin herum und zog schließlich ein Foto heraus. Mit zitternden Fingern hielt er es Lyn hin.

Es war eine Fotografie, auf der die kleine Familie zusammen abgebildet war. Ein fröhlicher Sommerschnappschuss. Zu viert saßen sie in einem Mini-Planschbecken auf dem Rasen. Matthias Blomberg hielt seine Knie an die Brust gepresst, während Annika, die Emil hielt, die langen Beine aus dem Becken streckte, damit alle Platz hatten. Ida hockte vor ihnen und kippte sich mit einer Plastikgießkanne Wasser über das hellblonde Haar. Alle lachten in die Kamera.

»Das war vor drei Wochen«, sagte Matthias Blomberg, nahm es zurück und sah selbst noch einmal darauf. »Das Glück, das Sie da sehen, das fühlen wir in jeder Minute, in der wir beisammen sind.« Er sah Lyn an. »Annika darf nicht tot sein.«

∗∗∗

Annika erwachte, als Roman stöhnte. Sie richtete sich aus ihrer unbequemen Haltung so gerade auf, wie es bei der Fesselung am Heizungsrohr möglich war. Verwundert stellte sie fest, dass es hell war. Sie hatte also doch noch geschlafen, obwohl die Schmerzen an Armen und Rücken, Genick und Kopf kaum auszuhalten waren und sie die Nacht über wach gewesen war. Endlos waren die Stunden gewesen.

Verzweifelt hatte sie sich in diesen Stunden den Kopf zerbrochen, was sie tun konnte, um sich zu retten. Und ob es überhaupt noch eine Chance auf Rettung gab. Sie war hin- und hergerissen gewesen in ihren Gefühlen und Überlegungen. Gesiegt hatte der Überlebenswille. Sie wollte nicht aufgeben. Nein, alles in ihr wollte leben. Für Ida und Emil, für Matthias, für ihre Eltern. Und für das Leben selbst, das doch so unendlich schön war!

So viel Wunderbares und auch Absurdes war ihr eingefallen, was sie wieder tun wollte: Emils Speckfüßchen abküssen, mit Ida Plätzchen ausstechen und sie den Teiglöffel mit einem »Hmm, so lecker, Mama« abschlecken sehen. Sie wollte im nächsten Frühling den Duft des Flieders einsaugen, die Sterne am Sommerhimmel betrachten, mit den Zehen im Nordseesand bohren und einfach nur die Sonne auf der Haut spüren. Wind und Sonne und frische, kühle Luft. Sie wollte nicht mit dem ekelhaften Mief dieses Lochs gehen.

Sie musste doch noch den roten Blümchenknopf an Idas Lieblingskleid annähen und Matthias die von ihm heiß geliebte Linsensuppe kochen. Warum musste er immer darum betteln? Warum hatte sie ihm die Suppe nicht viel öfter gekocht, auch wenn sie selbst keine Linsen mochte?

Tränen schossen ihr in die Augen. Doch sie kämpfte dagegen an. Tief sog sie die abgestandene Luft durch die Nasenlöcher ein. Sie durfte nicht aufgeben. Solange sie lebte, würde sie kämpfen. Und noch brauchten die Männer sie. Aus deren Gesprächen hatte sie herausgehört, dass der ominöse Arzt in Polen erst in zwei Tagen zur Verfügung stand. So lange würde sie also Roman noch behandeln müssen. Und in diesen beiden Tagen ergab sich vielleicht die Chance zur Flucht.

Annika schloss die Augen wieder. Vielleicht war das Glück ja auch auf ihrer Seite, und die Polizei würde sie finden. Darauf musste sie hoffen.

Bitte, Gott, hilf mir! Und wenn du es nicht für mich tun willst, dann tu es bitte für Ida und Emil. Bitte, bitte.

Sie schrak zusammen, als der Junge im Bett stöhnte. Er hatte den Kopf so weit gedreht, dass er sie ansehen konnte. »Mir ist … nicht gut. Sie müssen mir helfen … Bitte!«

Der verschleierte Blick aus den angsterfüllten blauen Augen des Jungen verstärkte ihr schlechtes Gewissen. Schließlich enthielt sie ihm vorsätzlich die ausreichende Menge des fiebersenkenden Mittels vor. Aber was blieb ihr denn anderes übrig?

»Ich hab Angst«, wimmerte der Junge neben ihr. »Ich will nicht sterben. … Ich sterb doch nicht, oder?« Eine Träne löste sich aus seinem Auge und lief über die rot verschwitzte Wange. »Sie passen auf mich auf, oder?«

Annika senkte den Blick. »Ja, das tue ich. Sie werden nicht sterben.«

»Sie müssen nicht Sie sagen. Ich heiß Roman.«

»Ja, ich weiß.«

»Sie können das ruhig zu mir sagen. Roman.«

Annika sah ihn an. Er war ein großes Kind. »Roman«, sagte sie leise.

Er leckte sich über die trockenen Lippen. »Und … wie heißen Sie?«

Dr. Blomberg, lag ihr auf den Lippen, aber ein Gefühl in ihrem tiefsten Inneren ließ sie diese Antwort zurückdrängen. Der Junge wollte keine Distanz. Und vielleicht half ihr das?

Je persönlicher ihr Verhältnis zu dem Jungen wurde, desto schwerer würde es ihm fallen, sie tot zu sehen.

»Annika. Mein Name ist Annika.«

Er nickte leicht und schloss die Augen. »Annika. Das ist ein schöner Name.«

Sie zuckten beide zusammen, als Baumann plötzlich in der Tür stand. »Was redet ihr da?«, fuhr er Annika an und kam näher.

Sie presste sich an die Wand in ihrem Rücken. »Ich habe Ihrem Sohn nur gesagt, dass er keine Angst haben muss. Es wird alles wieder gut. Ich sollte jetzt den Verband noch einmal wechseln.«

»Sprich nicht mit ihr«, sagte er zu seinem Sohn und strich ihm über die verschwitzte Stirn. Sein Blick wurde skeptisch.

»Wieso ist das Fieber immer noch so hoch? Du hast ihm doch schon ein paar Spritzen verpasst.« Er ging vor Annika in die Knie. »Du gibst ihm doch das Richtige, oder? Du würdest doch nicht mit deinem Leben spielen und ihm was Verkehrtes geben? Irgendwas, was nicht hilft? Oder was es vielleicht sogar noch schlimmer macht?«

Annika wurde innerlich heiß, aber sie zwang sich, seinen argwöhnischen Blick zu halten. »Ich bin Ärztin. Ich habe mich unter Eid verpflichtet, jedem zu helfen, der meine Hilfe braucht. Und das tue ich.« Sie wunderte sich selbst über die Festigkeit ihrer Stimme.

»Paps, das stimmt«, kam Beistand von dem Jungen. »Das tut sie nicht. Sie gibt mir nichts Falsches. Ich glaub ihr das.«

Er stand wieder auf. Sein Blick scannte Annika. »Wieso geht es ihm dann so schlecht?«

»Weil er in ein Krankenhaus gehört. Er muss dringend operiert werden. Und bis dahin«, fügte sie schnell hinzu, »helfe ich ihm. Die Wunde muss immer fachmännisch gesäubert und verbunden werden. Und … ich kann vielleicht noch einmal eine andere Wirkstoffkombination an Medikamenten versuchen.«

Annikas Herz stolperte, als er noch einmal in die Knie ging

und sie am Shirt packte. »Ich sag dir eins, Ärztin: Wenn er verreckt, bist du schneller unter der Erde als er.«

»Er ... er wird nicht sterben.«

»Dann ist es ja gut.«

\*\*\*

Wilfried klopfte an die offen stehende Bürotür. »Lyn, komm bitte sofort ins Besprechungszimmer.« Er klang aufgeregt und wedelte mit einem dünnen Pappordner. »Wir haben was.«

Lyn stand auf. Wilfried lief vor ihr den Flur entlang und trommelte die übrigen Kollegen zusammen.

Sie saßen noch nicht einmal, als Wilfried den Ordner öffnete und ein Blatt herausnahm. »Das ist der Bericht der KTU bezüglich des Bluts auf der Scherbe. Und jetzt haltet euch fest. Die DNA ist tatsächlich in der Analysedatei erfasst.« Er sah auf das Blatt und las ab: »Ulf Baumann. Neunundvierzig Jahre alt, wohnhaft in Hamburg. Er saß vier Jahre in Santa Fu. Wegen eines Raubüberfalls auf eine Tankstelle in Pinneberg.«

Erleichtertes Gemurmel erklang. Endlich eine heiße Spur!

Lyn wurde von Aufregung gepackt. Ein Mann, der bereits einen Raubüberfall begangen hatte, das passte. Nun konnten sie endlich agieren.

»Darf ich das Foto mal sehen?« Sie nahm das Blatt von Wilfried entgegen und betrachtete den Mann darauf. Sein Gesicht hatte keinerlei Ähnlichkeit mit dem Phantombild, aber die Frisur passte. »Vokuhila«, sagte sie, auf die Haare tippend. »Das ist unser Mann.«

»Wann hat er eingesessen?«, fragte Thomas Martens und griff nach dem Foto.

Wilfried blickte auf die Notizen. »Von 1999 bis 2003.«

»Lange her«, sagte Thomas. »Und seitdem hat er sich nichts zuschulden kommen lassen? Außer, dass er immer noch die gleiche hässliche Frisur trägt.«

Lyn grinste.

Ihr Chef nicht. »Nein.« Er blickte über den Rand seiner

Brille in die Runde. »Jedenfalls nichts, von dem wir wüssten. Es gibt noch eine zweite vielversprechende Nachricht. Kollege Heinzen vom K5 ist beim Checken der Daten der Sani-Zelt-Patienten auf etwas gestoßen.« Er blätterte im Ordner, bis er das Blatt fand, das er suchte. »Jemand hat sich unter dem Namen Dennis Mattusek mit einer Adresse in München eingetragen, die es gar nicht gibt. Der Kollege bleibt dran und checkt den Namen. Das Formular ist jedenfalls auf dem Weg zur KTU.«

»Und ich werde überprüfen, ob dieser Ulf Baumann auf dem Festival war«, bot Lyn an. Sie sah ihre Kollegen an. »Die Eintrittskarten sind doch personalisiert?«

Sie erntete nur fragende Blicke und Schulterzucken. Und Thilo war natürlich nicht da, wenn man ihn mal brauchte.

Ihr Chef nickte. »Gut. Versuch das rauszufinden, Lyn.« Er sah Thomas an. »Magst du checken, ob die alte Adresse von Ulf Baumann noch die aktuelle ist?« Er schob das Blatt zu ihm rüber.

»Ja, klar.« Thomas stand auf und eilte in sein Büro.

Wilfried zog sein Handy aus der Hosentasche. »Ich ruf den Staatsanwalt an. Er soll sehen, dass er einen Richter auftreibt, der uns einen Durchsuchungsbeschluss für Baumanns Wohnung ausstellt.« Er drückte die eingespeicherte Nummer des Staatsanwalts. »Und dann verständige ich schon mal das SEK.«

\*\*\*

»Roman muss unbedingt etwas essen, wenn er wach wird. Ich weiß, dass er nichts Festes runterkriegt, aber er braucht zumindest ein paar Löffel Suppe, die ihn kräftigen.«

Ulf, der auf einem Stuhl an Romans Bett saß, zuckte bei diesen Worten zusammen. Wieso quatschte die verdammte Ärztin jetzt wieder? Er hatte es ihr doch verboten. »Jetzt hast du über 'ne Stunde dein Maul gehalten«, stieß er aus. »Es wär gut für dich, wenn es dabei bleibt.«

Er sah sie nicht an. Es hatte ein eigenartiges Gefühl ausgelöst, sie Romans Namen sagen zu hören. Es gefiel ihm nicht. Es verursachte ihm … Ja, was?

Ein schlechtes Gewissen, gab er sich selbst die Antwort. Es fühlte sich nicht gut an, sie dort auf dem Boden hocken zu sehen. Blass, verschwitzt, verweint, zitternd vor Angst. Und doch immer wieder dem Jungen helfend, indem sie ihm Wickel machte, den Verband wechselte und Spritzen gegen das Fieber und die Schmerzen gab. Roman schlief endlich einmal tief und fest. Und Ulf war dankbar dafür.

»Er kriegt nachher was Ordentliches«, sagte er. »Sobald seine Mutter …« Er brach ab. Es ging sie nichts an, was nachher passierte. Er wusste ja selbst nicht, wie Steffi genau reagieren würde. Auf jeden Fall würde sie sich um Roman kümmern, ihn bemuttern und bekochen.

»Hi.« Jannek erschien in der offenen Tür. »Du kannst jetzt losfahren, Paps. Ich pass auf die beiden auf.«

Aus der Küche erklang Devils Lachen. Es klang amüsiert. Er hatte anscheinend jedes Wort verstanden. Mit einer Dose Bier in der Hand kam er die paar Schritte über den Flur und blickte ins Schlafzimmer. »Ihr könnt nicht ewig auf die Fotze aufpassen. Ich krieg schon meinen Spaß mit ihr.«

Annika schluchzte verzweifelt auf.

»Pass einfach auf sie auf«, sagte Ulf zu Jannek. »Und am besten bringst du sie zurück ins Wohnzimmer. Es wär nicht so gut, wenn deine Mutter sie gleich sieht. Die wird schon mit Romans Anblick genug zu kämpfen haben. Das mit ihr«, er deutete auf Annika, »müssen wir ihr schonend beibringen.«

Dann folgte er Devil ins Wohnzimmer und schloss die Tür hinter sich. Devil ließ sich auf die Couch fallen und sah gelangweilt zu ihm auf. Der Fernseher lief, aber er hatte den Ton ausgestellt.

»Jannek bindet die Ärztin hier wieder an, damit Steffi sie nicht gleich sieht. Ich fahr jetzt los. Ich kann Steffi nicht länger hinhalten. Mach dich darauf gefasst, dass wir hier gleich auftauchen werden. Ich werd sie nicht in der Wohnung halten können. Sie wird zu Roman wollen.«

Devil stand wieder auf, packte Ulf am Shirt und sagte mit Eisstimme: »Hauptsache, sie macht keinen Aufstand. Das rat ich dir.«

Ulf packte ihn seinerseits am Kragen. »Wegen dir haben wir diesen Mist überhaupt erst an den Hacken. *Du* hast den Juwelier erschossen. *Du* bist dafür verantwortlich, dass mein Junge hier mit 'ner Schusswunde liegt.«

Speicheltröpfchen schlugen Ulf ins Gesicht, als Devil ausspie: »Überleg dir gut, was du noch von dir gibst, Baumann. Denn ohne mich könnt ihr den Kleinen gleich einbuddeln. Oder habt *ihr* die Connections nach Polen?«

Ulf schluckte runter, was ihm auf der Zunge lag, und ließ Devil los. »Ich fahr jetzt zu Steffi.«

Devils Hand blieb in Ulfs Shirt verkrallt. »Sorg dafür, dass sie ruhig bleibt. Ich hab nach dem ganzen Scheiß keinen Bock, wegen deiner Alten noch aufzufliegen.«

Ulf packte Devils Hand und riss sie von seinem Shirt los. »Ich mach das schon mit Steffi. Sie wird keinen Scheiß bauen.«

\*\*\*

Lyn legte den Telefonhörer auf die Basis und ging zurück ins Besprechungszimmer, wo Wilfried, Hendrik und Karin sich aufhielten. »Bullshit, Chef. In diesem Jahr waren die Eintrittskarten nicht personalisiert.«

Wilfried winkte ab. »Das ist im Moment zweitrangig, Lyn. Meier gibt uns grünes Licht. Er bringt den Durchsuchungsbeschluss persönlich vorbei.«

Lyn verdrehte die Augen. Warum blieb Meier nicht, wo er war? Der Beschluss kam sonst auch per Fax vom Gericht.

»Endlich geht es voran«, sagte Karin. »Wird auch Zeit. Allerdings immer noch unter dem Vorbehalt, ob Ulf Baumann überhaupt zu der Bande gehört. Vielleicht agiert er allein und hat die Ärztin, wenn überhaupt, aus anderen Gründen – vielleicht sexuell motiviert – entführt.«

»Schäferlein«, Hendrik schüttelte den Kopf, »das glaubst

du doch selbst nicht. Wenn er der Entführer ist, ist er das Risiko bestimmt nicht aus sexuellen Gründen eingegangen. Da hätte er unter den Abertausenden alkoholisierter Mädchen und Frauen leichtere Opfer gefunden. Und warum dann der Einbruch in die Arztpraxis?«

»Die Nachbarin der Blombergs hat außerdem mehrere Männer in das Haus gehen sehen«, ergänzte Wilfried. »Hendrik und Lyn, ihr fahrt nach Hamburg. Die Adresse hat sich laut Thomas übrigens geändert. Ulf Baumann ist seit vier Jahren in der Scheplerstraße in Hamburg-Altona gemeldet. Genau wie seine Frau und ein Sohn.«

Hendrik nahm das Blatt mit der Adresse, das Wilfried ihm reichte. »Okay. Ist das SEK einsatzbereit?«

Wilfried nickte. »Wir warten nur noch auf den Durchsuchungsbeschluss. Meier muss jeden Moment hier sein.«

Fünfzehn Minuten später verabschiedete Wilfried Lyn und Hendrik und auch den Staatsanwalt am Fahrstuhl. »Du hast die Einsatzleitung in Hamburg, Hendrik. Stimm dich mit dem SEK-Einsatzleiter ab. Ich koordiniere von hier aus alles Weitere. Insbesondere brauchen wir die Namen der Mittäter. Also quetscht Baumann aus, sobald ihr ihn dingfest gemacht habt.«

Staatsanwalt Meier nickte zu jedem von Wilfrieds Worten. »Und bitte keine Ihrer James-Bond-Aktionen, Herr und Frau Wolff. Alles maßvoll und nach Vorschrift«, fügte er mit zuckender Augenbraue noch an.

»Ich heiße nach wie vor Harms«, sagte Lyn, bemüht, nicht allzu patzig zu klingen. Ihr Name war das Einzige, was an seiner Aussage inhaltlich zu bemängeln war. Schließlich hatte es in der Vergangenheit durchaus einige Aktionen gegeben, die die Bemerkung des Staatsanwalts rechtfertigten.

Sie sah Hendrik an, dass es auch ihn Mühe kostete, ruhig zu bleiben. Aber er hielt sich zurück, während sie im Fahrstuhl gemeinsam mit dem Staatsanwalt nach unten fuhren. Erst als sie sich draußen in verschiedene Richtungen getrennt hatten, sagte er: »Arschloch.«

## SECHZEHN

Köstlicher Rouladenduft schlug Ulf entgegen, als er die Tür zu seiner Wohnung öffnete. Sekundenlang stellte er sich vor, wie das Nachhausekommen hätte sein können: Schwatzend und lachend wären sie zu viert eingetreten. Die Jungs wären erleichtert gewesen, aber vor allem stolz, dass sie es gepackt hatten. Steffi wäre froh gewesen, dass alles gut gelaufen war. Sie hätte sogar Devil ertragen, der den Überfall minutiös nacherzählt hätte. Dann hätten sie sich die Rouladen und den Rotkohl schmecken lassen, bevor sie die Beute auf dem Wohnzimmerboden ausgebreitet und genau in Augenschein genommen hätten, um sie sich dann durch Hände gleiten zu lassen.

Er konnte Devil schon verstehen: Es war durchaus berauschend, das glitzernde Gold und Silber und die Edelsteine zu berühren.

»Endlich!« Steffis Stimme, die aus der Küche erklang, holte ihn aus der Phantasie.

Als sie auf den Flur trat und sie sich ansahen, stieg ein eigenartiges Gefühl in Ulf auf. Er fühlte sich daheim und gleichzeitig verwundbar wie nie. Dies war sein Zuhause. Hier müsste – eigentlich – alles gut sein. Steffi trug ihr langes blond gefärbtes Haar zu einem Pferdeschwanz gebunden. Das machte sie nur, wenn sie kochte. Und er wusste, wenn er jetzt an ihrem Haar schnuppern würde, trug es den Geruch nach gebratenem Fleisch. Auf ihrem mintfarbenen Shirt fiel ein eingetrockneter Senffleck ins Auge.

Alles schien so wundervoll normal.

Von Erleichterung war in ihrer Stimme allerdings nichts mehr zu hören, als sie sah, dass er allein war. »Wo sind die Jungs?«

Sie schien ihm anzusehen, dass keine beruhigende Begründung folgen würde. In sein Schweigen hinein stieß sie mit schriller Stimme aus: »Wo die Jungs sind, hab ich gefragt!«

»Steffi …« Er machte zwei Schritte auf sie zu. »Die sind beide bei Devil in der Wohnung. Jannek geht's gut.« Sein Mund war trocken.

»Aber?« Steffis Augen waren weit aufgerissen, während sie die letzte Distanz zwischen ihnen überwand und ihre Fingernägel in seinen Arm krallte. »Was ist mit ihm?«

»Jannek ist okay. Roman … er ist derjenige, der angeschossen wurde, nicht Devil. Ich konnte es dir nicht früher –«

Er brach ab, weil sich aus Steffis Mund nach einer Sekunde der Sprachlosigkeit ein irrer Schrei löste. Dann begann sie auf ihn einzuschlagen.

»Was sagst du da? Was …?« Sie war blass. »Ich hab geahnt, dass was nicht stimmt. Ich hab's geahnt! … Wo ist er? Wo ist Roman? Im Krankenhaus?« Ihre blauen Augen glitzerten.

»Nein, er ist bei Devil. Er liegt in Devils Schlafzimmer.« Je ungläubiger ihr Blick wurde, desto lauter wurde seine Stimme. »Wir konnten ihn doch nicht ins Krankenhaus bringen! Sie hätten uns alle eingebuchtet!«

Noch während er diese Sätze sprach, wurde ihm bewusst, was er da sagte. Wurde ihm bewusst, wie er Roman zurückgelassen hatte. Stark fiebernd, kaum noch bei Besinnung, mit einer Kugel im Körper. Seit Tagen.

Steffis Hand klatschte an seine Wange. Irgendwie war es erlösend. Fast genoss er den Schmerz, denn er hatte ihn verdient.

Steffi riss ihm den Autoschlüssel weg, den er immer noch in der Hand hielt. Er musste nicht fragen, wo sie hinwollte. Er folgte ihr einfach, als sie die Wohnungstür aufriss und im Treppenhaus weinend die Treppen hinunterstürzte.

»Warte! Ich fahre«, rief er ihr hinterher. »Und beruhig dich um Gottes willen! Devil dreht ab, wenn du dich nicht beherrschst.«

Sie blieb auf dem Treppenabsatz stehen und schoss herum. »Devil? Weißt du eigentlich, wie egal der mir ist?« Sie schlug auf seinen Brustkasten ein, als er bei ihr war. »Ich will zu meinem Jungen. Ich … ich muss einen Arzt für ihn rufen!

Einen Notarzt!« Sie tastete wild ihre Hosentaschen ab. »Mein Handy, ich brauch mein Handy.«

Sie wollte nach oben zurückeilen, um es zu holen, aber Ulf hielt sie am Arm zurück. »Du musst keinen Arzt rufen. Es ist eine Ärztin bei ihm.«

»Was?« Irritiert sah sie ihn an.

»Du kannst ganz ruhig bleiben«, sprach er gegen seine innere Überzeugung. »Wir haben alles im Griff. Der Junge ist versorgt.«

»Aber wie?«

»Komm einfach mit und ... flipp nicht aus. Es ist alles geregelt.« Er zog sie mit sich die Treppen hinunter. »Roman kommt in ein Krankenhaus. In Polen. Devil hat da was klargemacht bei einem Arzt. Der operiert ihn, ohne dass die Bullen verständigt werden.« Er brach ab, weil ihnen im Treppenhaus zwei Mädchen im Grundschulalter entgegenkamen.

Auch Steffi hatte inzwischen glücklicherweise begriffen, dass sie vorsichtig sein mussten. Sie schwieg, bis die Kinder weiter oben waren – auch wenn es ihr augenscheinlich schwerfiel.

»Nach Polen? Operiert?«, zischte sie schließlich ungläubig, während sie vor ihm die letzte Treppe nahm und aus dem Haus stürzte. »Mein Gott. Wo genau ist er überhaupt verletzt? Wie schlimm ist es denn?«

»Entspann dich erst mal.« Ulf, selbst bemüht, ruhig zu klingen, schwieg zu Romans Zustand, weil er Angst vor ihrer Reaktion hatte. »Wir haben alles im Griff. Und jetzt gib her.« Er nahm ihr die Autoschlüssel ab. »Ich fahr. Du bist viel zu aufgeregt.«

＊＊＊

»Willst du dich nicht endlich in deine Wohnung verpissen?« Devil folgte Jannek vom Wohnzimmer ins Schlafzimmer. Seit Ulf die Wohnung verlassen und sie die Ärztin ins Wohnzimmer gebracht hatten, wanderte Jannek wie ein Tiger in einem

Zoogehege zwischen den beiden Räumen hin und her. Unruhig, nie verharrend.

»Nein, will ich nicht«, sagte Jannek. Seine Stimme flatterte dabei. »Ich bleib bei Roman, bis Paps und Mutsch hier sind.« Er sah zu seinem Bruder, der unruhig und nur mühsam atmend schlief.

Devil zog an seinen Fingern und ließ sie knacken. Die beruhigende Wirkung blieb allerdings aus. Es war klar, warum Jannek nicht ging. Der Junge versuchte zu verhindern, dass er mit der Fotze allein blieb. Aber genau das wollte er. Er konnte es kaum noch erwarten.

»Warum gehst du nicht mal duschen?«, fuhr Jannek ihn an. »Du stinkst widerlich, Alter.«

»Was stört's dich? Dich will ich doch nicht ficken.«

Janneks Kopf färbte sich rot. »Hör einfach auf, Mensch! Mach doch nicht alles noch schlimmer!«

Devil grinste. »Kleiner, entspann dich. Ich mach schließlich auch die Drecksarbeit. Dann solltest du wenigstens gönnen können.« Weiterhin grinsend hob er seinen Arm und roch an seinen Achselhöhlen. »Hast aber recht. 'n bisschen Wasser könnt vielleicht nicht schaden.«

Er verließ das Schlafzimmer. Vor der Badtür machte er allerdings kehrt und ging zum Wohnzimmer. In der offenen Tür blieb er stehen. »Ich mach mich mal hübsch, Sweetie, damit gleich keine Klagen kommen. Wobei, du duftest auch nicht nach Rosen. Vielleicht dusch ich dich vorher auch erst mal ab. Und wenn ich dann gleich über deine Titten …« Er brach ab, weil es klingelte.

Er ging zur Sprechanlage neben der Wohnungstür. »Ja?«

»Wir sind's«, ertönte schnarrend Ulfs Stimme.

Devil drückte den Türöffner, und weil aus dem Wohnzimmer erstickte Laute klangen, seit er den Abduschvorschlag gemacht hatte, rief er Richtung Schlafzimmer: »Jannek, mach mal Musik an. Laut. Sonst hören die Nachbarn Sweetie womöglich trotz Klebeband noch.«

Außerdem machte die Musik Sinn, weil Steffi gleich oben

sein würde. Und deren Gekreische würde vermutlich noch verräterischer sein.

*\*\**

Annika hörte auf, gegen das Klebeband zu schreien, als Heavy Metal laut vom Flur her erklang. Die harten Bässe des ihr unbekannten Songs und die markige Stimme des Leadsängers brachten sie wieder zur Besinnung. Erschöpft ließ sie den Kopf auf die Brust sinken.

Sie würde Devil nicht entkommen. Und das machte ihr eine Angst, die unbeschreibbar war. Aber in genau diesem Moment, in dieser Sekunde, wo die dunkle Stimme des Musikers den Raum füllte, passierte etwas in ihr.

Sie hob den Kopf und sah sich um. Sie war ihm hier ausgeliefert. In seiner Wohnung, deren Ausstattung aussagte und abbildete, was er war. Ein Mann, der rauchte, soff und TV konsumierte. Dem egal war, wie er wohnte. Jemand, der keine Gemütlichkeit brauchte, weil seine Empathieschwelle so niedrig war, dass er nicht einmal sich selbst einen Gefallen tun würde. Er war ein Mann, der nur seine elementaren Bedürfnisse stillte, für den Frauen nur Objekte waren, die man benutzte und – wenn sie kaputt waren – wegwarf. Und der sich daran aufgeilte, wenn die Frauen ihre Angst zeigten.

Mit geschlossenen Augen verharrte sie, tief durch die Nase atmend.

Ich werde es dir zeigen, du krankes Schwein! Ich werde dir zeigen, dass ich stark bin! Dass du mich nicht brechen wirst. Nicht, solange ich lebe.

Diese Gedanken liefen wie heißes Öl durch ihren Körper und sandten Wärme in jede Zelle. Sie würde aushalten, was er mit ihr tat. Sie würde sich nicht rühren, nicht wehren, nicht schreien. Denn genau *das* würde ihm nicht gefallen. Es würde seine kranke Lust schmälern.

Annika riss den Kopf hoch, als sie durch die laute Musik hindurch Stimmen an der Wohnungstür wahrnahm. Sie hörte

Ulf Baumann heraus und eine weitere, unbekannte Stimme. Die einer Frau, hoch und laut.

Steffi!

Annika hörte Devil reden, aber sie verstand nicht, was er sagte. Die Stimme der Frau dagegen schraubte sich in die Höhe. Annika reckte den Oberkörper und blickte über das Sofaende zur offen stehenden Wohnzimmertür, die den Blick auf eine alte Kiefernkommode auf dem Flur freigab. Darauf stand Janneks Bluetooth-Lautsprecher, aus dem der Heavy Metal erklang. Personen konnte sie nicht sehen, aber im nächsten Moment stürzte eine blonde Frau an der Wohnzimmertür vorbei.

Annika wurde heiß. Das musste Steffi sein, denn Ulf folgte ihr auf dem Fuß. Steffi konnte gerade erst einen Schritt in das Schlafzimmer gesetzt haben, als ihr Schrei erklang. Ein Schrei, den Annika nachvollziehen konnte, denn jede Frau, die Mutter war, hätte ihn ausgestoßen, wenn sie ihr Kind in einem solchen Zustand das erste Mal sah. Und es war Roman deutlich anzusehen, wie schlecht es um ihn bestellt war. Seine Mutter hatte es auf den ersten Blick erkannt.

Annika starrte weiter zum Flur. Jannek tauchte auf. Er warf nur einen kurzen Blick zu ihr rein, dann verließ er die Wohnung, wie das Türklappen verriet. Wahrscheinlich ertrug er es nicht, seine Mutter bei Roman zu sehen. Oder er war einfach froh, endlich in seine Wohnung verschwinden zu können, jetzt, wo seine Eltern hier waren.

Annika zuckte zurück, als Devil in der offenen Wohnzimmertür erschien und sie ansah. Er spitzte seine Lippen und hielt den Zeigefinger davor. Sie hörte das »Psch!« nicht, aber sie sah es an der Bewegung seiner schmalen Lippen. Dann zog er die Tür zu, und Annika war allein. Sie konzentrierte sich auf die Geräusche in der Wohnung, auf die Stimmen, aber nur die Musik drang zu ihr herein.

Sie sah vor sich, wie die Frau zum Bett stürzte, die Hände ihres Sohnes ergriff, seine heißen Wangen streichelte und das feuchte Haar aus seiner verschwitzten Stirn strich. Wahrscheinlich würde sie vor Angst zu weinen beginnen und seinen Namen stammeln.

Annika schloss die Augen. Hoffentlich würde sich Steffi die Wasserflasche vom Nachttisch greifen und damit auf die Schädel der Männer einschlagen, die ihrem Sohn das Krankenhaus verweigerten. Denn genau so hätte sie selbst es gemacht.

Leider erklangen keine Schmerzensschreie der Männer. Dafür aber die jetzt deutlich zu vernehmende Stimme der Frau. Es war ein Kreischen und Schreien, das sogar die Musik durchdrang. Steffi war anscheinend maßlos wütend, und das war gut. Annika spürte eine immense Hoffnung. Sie musste die Frau auf sich aufmerksam machen.

Sie begann aus Leibeskräften gegen das Klebeband an ihrem Mund zu schreien. Sie hob die Beine und ließ sie auf den Boden fallen. Wieder und wieder. Sie hielt damit erschrocken inne, als etwas von außen gegen die Wohnzimmertür rumste. Da im gleichen Moment die Musik aus war, wusste Annika, dass es der Lautsprecher war, der wohl gegen die Tür geworfen worden war.

Zweifellos von Steffi Baumann, denn die Tür wurde aufgerissen, und die Frau stürzte herein. Ihr Blick scannte den Raum und verharrte dann. Den Mund öffnend und wieder schließend, starrte ihr die Frau ungläubig in die Augen.

\*\*\*

Das SEK hatte Vorder- und Hintereingang des Hochhauses in der Scheplerstraße in Hamburg-Altona, in dem Ulf Baumann wohnte, gesichert. Der SEK-Leiter und Hendrik hatten sich in Anbetracht der Lage – das Leben der Ärztin war in Gefahr – dazu entschlossen, auf eine Observation des Gebäudes und der Wohnung zu verzichten und sofort zuzugreifen.

Lyn stand neben Hendrik beim Einsatzleiter des Sonderkommandos. Mehrere SEK-Leute waren auf dem Weg zu Baumanns Wohnung im siebten Stock.

Lyn wartete fieberhaft auf die Meldung: Zielperson festgenommen. Doch nach langen Warteminuten kam die enttäuschende Meldung: »Wohnung sicher. Keine Personen angetroffen.«

»Scheiße!«, fluchte Hendrik und besprach sich mit dem Einsatzleiter.

Lyn blickte das sanierte vierzehnstöckige Gebäude hinauf. Die hellen Fassadenplatten waren sauber und wirkten angenehm frisch. Überhaupt war die Gegend nicht die schlechteste in Hamburg. Wie konnte sich ein Hartz-IV-Empfänger – Wilfried hielt sie auf dem Laufenden – hier eine Wohnung leisten?

Hendrik würde sie diese Frage auf jeden Fall vorerst nicht stellen. Er war stinksauer auf sie. Er hatte sie gar nicht mit nach Hamburg nehmen wollen, aber Lyn hatte darauf bestanden. Schließlich hatte Wilfried es angeordnet.

»Wilfried weiß auch nicht, dass du schwanger sein könntest«, hatte Hendrik sie angefahren, als sie sich geweigert hatte, den Einsatz mit einem Kollegen zu tauschen, wie Hendrik es vorgeschlagen hatte.

Noch auf der Fahrt im Dienstwagen hierher hatten sie sich gestritten. Hendrik hatte ihr am Ziel klargemacht: »Wenn du einen Schritt in dieses Haus setzt, bevor es gesichert ist, wenn du dich irgendwie in Gefahr begibst, ziehe ich in ein Hotel.«

Ihr »Natürlich werde ich mich nicht in Gefahr bringen, aber ...« hatte er unterbrochen. Mit einem Statement, dem sie kein vernünftiges Argument hatte entgegensetzen können.

»Ich habe es satt, Lyn, mir deine Entschuldigungen anzuhören, warum du bisher noch keinen Test machen wolltest. Jetzt trag die dienstlichen Konsequenzen so lange, bis wir sicher sind, ob wir ein Baby bekommen oder nicht.«

»Ja, Massa«, hatte sie patzig geantwortet, was er mit einem verächtlichen »Pff!« abgetan hatte. Seither ignorierte er sie weitestgehend. Und sie konnte es ihm nicht übel nehmen. Hendrik hatte in diesem Fall einfach recht. Sie hätte den Einsatz mit einem Kollegen tauschen müssen.

»Ich gehe jetzt rauf in die Wohnung«, wandte sich Hendrik an sie, als der SEK-Leiter zu einem seiner Leute ging. »Und du kommst erst nach, wenn ich dir sage, dass alles gesichert ist, klar?«

»Natürlich warte ich, dass du mir das Okay gibst. Warum sollte ich dem SEK vertrauen?« Sie lächelte schief.

Hendrik drehte sich einfach um und ging.

Immer wieder auf ihre Armbanduhr blickend, folgte Lyn Hendrik gedanklich die Stufen des Treppenhauses hinauf. Der Fahrstuhl war von den SEKlern blockiert worden. Somit gab es nur den Zugang über das Treppenhaus. Hendrik würde durch die von den Männern und Frauen des Sondereinsatzkommandos mit der Ramme aufgebrochene Tür die Wohnung betreten und sämtliche Räume begutachten, bevor er sie anrief.

Wieso dauerte das so lange?

Im selben Moment ging ihr Handy. »Ja, Hendrik? … Okay, ich komm rauf.«

Lyn behielt die schusssichere Weste an, während sie zum Hauseingang ging. Ihre Dienstwaffe, eine Walther P99, steckte im Holster. Sie hatte die Walther erst seit acht Wochen. Ihre alte SIG Sauer war ausgemustert worden.

Lyn nahm die ersten Treppen noch im Eiltempo, dann wurde die Puste knapper. Angekommen im siebten Stockwerk, japste sie nach Luft, als Hendrik sie im Flur der Baumann'schen Wohnung empfing.

»Na? Fehlt uns ein wenig Kondition, Frau Harms?« Er zwinkerte ihr zu.

Lyn ersparte sich einen Kommentar. Nicht, weil sie froh war, und das war sie wirklich, dass er anscheinend nicht mehr sauer war, sondern weil ihr schlichtweg die Luft zum Reden fehlte. Immerhin brachte sie für die SEK-Leute ein »Moin« raus.

»Kein Mensch hier«, sagte Hendrik. »Es sieht aus, als hätten die Bewohner fluchtartig die Wohnung verlassen.«

»Was lässt darauf schließen?« Lyn sah ihn an, während sie den Essensgeruch in der Wohnung zuzuordnen versuchte. Rotkohl, so viel stand fest. Dann noch etwas Gebratenes. Vielleicht Gulasch?

»In der Küche stehen die Töpfe auf dem Herd. Und die Platten waren noch an.« Er zeigte auf eine Tür.

»Aber sie können unmöglich gewusst haben, dass wir kommen«, sagte Lyn, wieder besser bei Puste.

Hendrik hob die Schultern. »Ja, ich bin auch ratlos. Das SEK hat das Haus bis unters Dach und in den Keller abgesucht. Von Ulf Baumann und seiner Frau keine Spur.«

Lyn überließ Hendrik das Gespräch mit dem SEK-Einsatzleiter und ein erstes Telefonat mit Wilfried, während sie von Raum zu Raum ging. Das Bad war klein, die cremefarbenen Kacheln alt und zum Teil eingerissen, aber alles war sauber. Im Schlafzimmer waren die Betten gemacht, ebenso im Zimmer gegenüber. Lyn vermutete, dass es das Zimmer des Sohnes war, denn in den Schubladen einer Kommode stieß sie auf Boxershorts und T-Shirts, die auf einen jungen Mann schließen ließen.

Die Küche bot Platz für einen Tisch für vier Personen. Die Einbauschränke waren nicht die neuesten, doch die Elektrogeräte blitzten. Für eine Sekunde wünschte Lyn sich, sie wäre eine so gute Hausfrau wie die Frau von Ulf Baumann.

Sie trat an den Herd, dessen Platten von Hendrik oder einem der SEKler bereits ausgestellt worden waren, und hob die Deckel der Töpfe an. Kein Gulasch, sondern Rouladen verströmten ihren appetitlichen Duft. Das Wasser im Kartoffeltopf war noch nicht verkocht. Sie nahm den Holzlöffel, der auf einem Kuchenteller lag, und rührte damit im Rotkohl herum. Er hatte ein wenig angesetzt, aber er roch noch nicht angebrannt. Also waren die Baumanns verschwunden, kurz bevor sie gekommen waren.

Und mit Sicherheit würde eine so gute Hausfrau, wie die Baumann es anscheinend war, normalerweise nicht die Herdplatten anlassen, wenn sie aus dem Haus ging. Es musste einen triftigen Grund dafür geben, dass sie Hals über Kopf gegangen war.

Hendrik kam zurück. »Wilfried hat uns bereits vor vierzig Minuten Verstärkung hinterhergeschickt. Karin und Thomas müssten gleich hier sein. Der Chef möchte, dass wir die Wohnung observieren, damit wir nicht verpassen, falls Baumann hier auftaucht. Die Observation kann das SEK übernehmen. Baumann hat noch einen zweiten Sohn, sagt Wilfried, er lässt checken, wo er wohnt. Die Adresse gibt er gleich durch.«

»Hier jedenfalls scheint wirklich nur ein Jugendlicher zu wohnen.« Lyn deutete auf das der Küche gegenüberliegende Zimmer. »Ich hab dort in den Schrank geguckt.«

»Das hier ist schon komisch, oder?« Hendrik nickte Richtung Herd. »Warum hat sie die Platten nicht ausgestellt?«

»Wenn wir das wüssten … Auf jeden Fall hat die Frau nicht nur für zwei Leute gekocht.« Lyn schaute in den ovalen Bräter. »Es sind …«, sie zählte schnell, »… zehn Rouladen. Und Kartoffeln für eine ganze Garnison.«

»Sie hat für fünf Personen gekocht«, sagte Hendrik. »Im Wohnzimmer ist der Esstisch für fünf Leute gedeckt.«

»Frau Baumann plus vier weitere Personen.« Lyn schnalzte mit der Zunge. »Vier Männer, die zwei Juweliere überfallen haben?«

»Würde perfekt passen«, sagte Hendrik. »Das Festival ist zu Ende, und sie waren hier verabredet. Kochen kann sie jedenfalls.« Hendrik schnupperte über dem Topf. »Mir läuft grad das Wasser im Mund zusammen. Wenn dieser Fall gelöst ist, müssen wir auch unbedingt mal wieder was Vernünftiges essen.«

»Na, danke. Entschuldigung, dass ich nicht auch noch als Hausfrau und Köchin perfekt funktioniere, wenn ich mir die Tage und Nächte im Job um die Ohren haue.«

»Hilfe.« Hendrik hob die Hände. »Das war doch nicht gegen dich gerichtet.«

»Gegen wen denn sonst?«

»Gegen niemanden. Oder vielleicht gegen mich selbst? Schließlich koche ich öfter als du.«

»*Das* ist noch ein Vorwurf!«

Hendrik lachte. »Was bist du denn empfindlich? Echt, Liebling, ich weiß gar nicht –«

»Wir sind hier nicht zu Hause.« Lyn wurde leiser, damit die SEKler sie nicht hörten. »Also nenn mich gefälligst nicht Liebling. Und schon gar nicht, wenn du mich eigentlich lieber mit blöde Gans betiteln würdest.«

Hendrik musterte sie ungläubig, dann begann er zu lachen, leise, aber von Herzen.

»Was?«

»Ich freu mich grad mächtig.«

»Das merk ich. Darf man auch wissen, warum der Herr so doof lacht?«

Hendrik nahm ihr Gesicht in seine Hände und küsste sie lang und zärtlich. Lyn war so perplex, dass sie vergaß, sich zu wehren. Und sie vergaß zu schimpfen, als er mit einem Lächeln zurücktrat.

»Ich freu mich, weil du so eigentlich nicht bist, Gwendolyn Harms. Jedenfalls nicht *so* empfindlich. Und ich bin mir sehr sicher, zu wissen, was das bedeutet.«

Jetzt war es an Lyn, ungläubig zu gucken. Dann tippte sie sich lachend an die Stirn. »Selbst wenn ich schwanger wäre – so schnell wird aus einer Frau nun auch wieder kein Hormonspielball.«

»Ich störe euch ja nur ungern«, erklang eine weibliche Stimme amüsiert von der Küchentür. »Aber Wilfried hat Thomas und mich als Verstärkung für euch hergeschickt. Also, was liegt an?«

Lyns Wangen wurden heiß, als Hauptkommissarin Karin Schäfer ihr zuzwinkerte.

»Hallo, Schäferlein.« Hendrik schien nicht im Geringsten peinlich berührt zu sein. »Gut, dass ihr hier seid. Ihr könntet die Nachbarschaftsbefragung übernehmen. Ich fahre mit Lyn zu dem Sohn, der aushäusig wohnt, sobald wir die Adresse haben. Oh, warte.« Er zog sein Handy aus der Jeans, als der James-Bond-Klingelton erklang. »Das ist Wilfried.« Er nahm das Gespräch an.

Thomas Martens tauchte in der Küche auf und schenkte Lyn ein Lächeln. »Alles klar?«

»Alles bestens. Davon abgesehen, dass wir keine Ahnung haben, wo Ulf Baumann steckt.«

»Vielleicht bei einem Mitglied seiner Bande?«, mutmaßte Thomas. »Wilfried hat Jochen beauftragt, herauszufinden, mit wem Ulf Baumann in Santa Fu eingesessen hat. Sie waren zu viert, als sie die Juweliere überfallen haben. Vielleicht hat dieser Baumann seine drei Kumpane oder wenigstens einen von ihnen im Knast kennengelernt.«

Lyn nickte. »Einen Versuch ist es wert.«

»Ich habe die Adresse des Sohns.« Hendrik steckte das Handy weg. »Jannek Baumann wohnt hier in Hamburg. Lyn und ich fahren hin und checken mal, ob er was weiß.«

»Nehmt ihr das SEK mit?«, fragte Thomas Martens. »Ulf Baumann könnte sich bei ihm versteckt halten.«

»Nein«, antwortete Hendrik. »Wir haben keinen Durchsuchungsbeschluss für die Wohnung des Sohns. Und Gefahr im Verzug gilt hier nicht. Der Sohn ist schließlich nicht verdächtig, sondern der Vater. Es bleibt vorerst bei einer Observation des Hauses, in dem Jannek Baumann wohnt.«

\*\*\*

Steffi Baumann konnte ihren ungläubigen Blick nicht von Annika lösen, während sie um den Sessel herumging und vor ihr stehen blieb. Das Entsetzen in ihrer Stimme hätte nicht größer sein können. »Was …? Du meine Güte!«

Und das gab Annika Hoffnung. Sie sah zu der Frau hoch und schrie gegen das Klebeband. Alles Flehen, zu dem sie fähig war, lag darin. Dabei ruckte ihr Oberkörper vor und zurück, soweit die Fesselung es zuließ.

»Du große Güte«, flüsterte Steffi Baumann wie erstarrt. Dann ruckte ihr Kopf zu ihrem Mann und Devil herum. »Seid ihr wahnsinnig geworden?« Ihre Stimme wurde lauter. »Was habt ihr gemacht?«

»Dein dämlicher Sohn hat die Ärztin entführt, damit sie Roman behandelt.« Devils Stimme klang emotionslos. »Jetzt haben wir sie an der Backe. Und zwar noch zwei Tage, dann könnt ihr euch auf den Weg nach Polen machen.«

»Nach Polen? In zwei Tagen?«, schrie Steffi Baumann. Sie machte drei Schritte auf Devil zu. »Du bist doch total irre. Keine Minute guck ich mir das noch an. Roman kommt jetzt sofort in ein Krankenhaus. Sofort!« Sie drehte sich zu ihrem Mann um, der stumm und steif neben dem Sessel stand. »Gib mir dein Handy!«

»Ich …« Ulf schluckte und sah von seiner aufgebrachten Frau zu Devil, dessen Gesicht eine hässliche Röte annahm.

Annika verfolgte jede seiner Regungen. Devil sah nicht aus, als würde er seine Zustimmung zu Steffi Baumanns Vorhaben geben. An seiner Schläfe war deutlich eine dicke Ader zu erkennen, die pochte, als wolle sie jeden Moment auseinanderspringen.

»Dein Handy!«, fauchte Steffi Baumann ihren Mann an. Sie trat zu ihm und begann, seine Jeanstaschen abzutasten. »Du sollst mir dein Handy geben!«

Devil war mit zwei Schritten hinter ihr. Er riss sie so heftig am Arm herum, dass sie vor Schmerz aufschrie. »Hier wird …«, er versuchte sie abzuwehren, als sie mit der Faust auf ihn einzuschlagen begann, »… niemand angerufen. Es läuft, wie wir es besprochen haben.«

Steffi schlug weiter auf ihn ein und kreischte: »Ich lass mir von dir gar nichts sagen! Gar nichts!«

Devil fuhr Ulf an: »Jetzt schaff mir deine Alte vom Hals!« Er hatte Mühe, die hysterische Frau zu bändigen.

Ulf löste sich aus seiner Starre und packte sie von hinten an den Oberarmen, doch sie machte sich ruckartig frei. »Lass mich!«, kreischte sie.

Im selben Moment holte Devil aus. Seine flache Hand klatschte mit solch einer Wucht an Steffis Wange, dass sie ins Schwanken geriet.

Ulf Baumann stützte sie. »Bist du irre?«, schrie er Devil an. »Es reicht jetzt! Steffi hat recht. Wir müssen was unternehmen. Wegen Roman. Wir können nicht mehr warten.«

Annika hatte das Gerangel und die Schreie mit rasendem Herzen verfolgt. Doch als Devil jetzt eine Waffe in der Hand hielt, setzte es einen Schlag aus.

Woher hatte er die Pistole so plötzlich? Die einzige Möglichkeit war, dass er sie hinten in der Jeans verborgen gehalten hatte. Annika keuchte. Die Waffe trug einen Schalldämpfer.

Ulf stand stocksteif da. Er starrte auf die Waffe in Devils Hand.

Auch Steffi war einen Moment lang still, dann stammelte sie: »Nimm ... nimm das weg. Du bist ja wahnsinnig, Devil.« Sie drehte sich zu ihrem Mann um. Ihre Stimme wurde wieder schrill. »Sag ihm, dass er das Ding wegnehmen soll! Ihr seid alle wahnsinnig. Ich ruf jetzt einen Arzt an.«

Annika schrie gegen das Klebeband. Sie konnte Steffis Schmerz nachfühlen, als Devil die Frau am Hals packte und ihr die Waffe in den Hals rammte, sodass sie zu würgen begann. »Ich knall dich ab, du Schlampe, wenn du jetzt nicht die Fresse hältst und dich –«

Er kam nicht dazu, den Satz zu beenden, denn Ulf war aus seiner Schockstarre erwacht und presste von der Seite die Hände um Devils mächtigen Hals. »Lass ... sie ... los, verdammt!«

Devil versuchte sich mit einem Ruck frei zu machen, doch auch Ulf entwickelte Bärenkräfte.

Annika sah mit schreckgeweiteten Augen zu, wie Devil die Waffe in Ulfs Bauch rammte. Der versuchte, die Waffe wegzuschlagen, indem er die Hände von Devils Hals nahm, doch dadurch war Devil wieder frei. Mit der Hand, die nicht die Waffe hielt, riss er Ulfs Kopf zurück.

Steffi kreischte in das Gerangel, und dann gab es einen gedämpften Knall. Gefolgt von Stille.

Annika vergaß zu atmen.

Steffi stand stocksteif da. Mit weit aufgerissenen Augen starrte sie zu den Männern, von denen einer langsam, als fiele er in Zeitlupe, zu Boden sank.

Annikas Blick saugte sich an dem schnell größer werdenden

dunklen Fleck auf Ulf Baumanns T-Shirt fest, während seine Knie den Boden berührten und er zur Seite kippte. Weg war er aus ihrem Blickfeld.

Und dann passierte etwas, das Annika an ihrem Verstand zweifeln ließ. Steffi Baumann stieß einen Schrei aus, der grauenhaft war. Und kurz. Denn Devil setzte ihr die Waffe auf die Stirn und drückte ab.

Die Wucht des Schusses ließ Steffis Kopf nach hinten knicken. Blut spritzte und hinterließ an der Wand ein bizarr gesprenkeltes rotes Muster. Das Geräusch, als ihr Körper zu Boden fiel, war um ein Vielfaches lauter als bei Ulf.

In Annikas Kopf war Leere. Und Watte. Und ein Karussell. Es drehte sich und drehte und drehte ...

## SIEBZEHN

»Whoo!« Devil tänzelte von einem Bein auf das andere, die Glock krampfhaft in der Hand haltend. Er starrte auf die beiden Körper vor sich, auf das Blut, das aus ihnen herauslief. Steffis Blut versickerte in den Ritzen der alten Bodendielen, Ulfs im Teppich. »Scheiße, Alter, Scheiße verdammt!« Er warf die Waffe auf das Sofa, als hätte er sich an ihr verbrannt. »Scheiße!«

Im Stehen beugte er sich über seinen Kumpel. Die starren Augen blickten an ihm vorbei.

Mit einem Wutschrei griff Devil sich mit beiden Händen in die Haare, sich um sich selbst drehend. Was hatte er gemacht? Was hatte er nur gemacht?

Sein eigenes irres Lachen holte ihn in die Realität zurück. Scheiße. Er hatte seinen Kumpel abgeknallt. Und die blöde Fotze Steffi.

Sein Blick ruckte herum zu Annika, die zusammengesunken neben dem Sofa kauerte. War sie ohnmächtig? »He!« Er rammte ihr seinen Fuß an den Schenkel.

Mit einem Schmerzenslaut hob sie den Kopf. Ihre Augen brauchten einen Moment, um ihn zu fokussieren. Ihr Blick fiel auf die rot glänzende Lache am Boden, von der sich ein Rinnsal in ihre Richtung aufgemacht hatte. Sie begann wie eine Wilde unter dem Klebeband zu schreien, die Beine an sich heranziehend.

»Halt's Maul, verdammt!«, schrie er sie an. »Halt dein Maul!« Er musste überlegen.

Sie schrie weiter. Mit einem Schritt war er wieder bei ihr und schlug ihr seine Hand mit einer Wucht ins Gesicht, dass ihr Kopf an die Wand knallte. Sie verdrehte die Augen und sackte erneut zusammen.

»Geht doch«, murmelte er und drehte sich wieder um.

Was nun?, jagte es durch seinen Kopf, während er auf die Leichen starrte. Was nun? Er musste sie hier wegschaffen.

Schnellstens, bevor Jannek kam. Und überhaupt, was war mit Roman? Hatte er die Schüsse gehört? Er musste sie gehört haben, denn selbst mit Schalldämpfer mussten sie bis ins Schlafzimmer gedrungen sein.

Er stieg über Ulf hinweg, darauf achtend, dass er nicht in die Blutlachen trat. Als er das Schlafzimmer betrat, hielt Roman die Augen geschlossen, aber sein Kopf bewegte sich unruhig hin und her.

»Alles klar?«, fragte Devil und rüttelte ihn an der Schulter.

»Was ... was ist los?«, flüsterte Roman, die Augen öffnend. »Das war laut.«

»Ich hab den Fernseher an. Guck 'nen Krimi«, sagte Devil. »Ich mach ihn leiser, okay.«

Roman stöhnte und schloss die Augen wieder.

Devil musterte ihn. Das Gesicht des Jungen war aschfahl, gespickt mit großflächigen rötlichen Flecken. Schweiß stand ihm auf der Stirn.

Devil grunzte. Viel fehlte nicht mehr. Dann war der Junge hops. Bis nach Polen hätte er es sowieso nicht mehr geschafft.

Er ging zurück ins Wohnzimmer. Die Ärztin kam gerade wieder zu sich, als es an der Tür klingelte. Devil überlief es heiß. Das war bestimmt Jannek. Leise zog Devil die Wohnzimmertür zu und schlich zur Wohnungstür. Er starrte durch den Spion.

Er überlegte fieberhaft. Was sollte er jetzt tun? Jannek wusste schließlich, dass seine Eltern hier waren. Als es ein zweites Mal klingelte, zog Devil die Tür auf.

»Was ist los?«, fuhr er Jannek an. »Willst du wieder den Aufpasser machen?«

»Wieso? Paps und Mutsch sind doch jetzt hier.«

»Die sind schon wieder weg.«

»Was?« Jannek sah ihn irritiert an. »Wieso?«

»Deine Mutter ist ausgeflippt. Kannst du dir doch denken, oder? Dein Alter bringt sie gerade nach Hause. Die muss sich erst mal beruhigen.«

Jannek überlegte. »Dann hätte Paps mir doch Bescheid gesagt. Er hätte die Ärztin nicht mit dir allein gelassen.«

»Der hatte keine Zeit, dir Bescheid zu sagen«, unterbrach Devil ihn barsch. »Hättest deine Mutter mal sehen sollen. Die ist voll ausgetickt. Die muss er zu Hause erst mal beruhigen.«

»Ja, kann ich mir denken, aber –«

»Nix, aber. Und jetzt zieh Leine. Ich will duschen.« Ohne ein weiteres Wort knallte er Jannek die Tür vor der Nase zu.

»Mach wieder auf!«, rief der und hämmerte an die Tür, aber Devil ignorierte es.

Er musste jetzt überlegen. Da Oleg den Reisepass noch nicht fertig hatte, musste er noch ein paar Tage hier verweilen. Er musste also Zeit schinden. Und die beiden Leichen loswerden, denn er würde Jannek nicht ewig fernhalten können.

\*\*\*

Lyn und Hendrik hatten den Dienstwagen in der Horner Landstraße geparkt, in zehn Metern Entfernung zu dem Wohnblock, in dem Jannek Baumann wohnte. Eine Seitenstraße führte linker Hand am Gebäude vorbei. Von dort war die Sicht auf die vier hinteren Eingänge des Hauses besser, aber es war kein Parkplatz frei gewesen. Und da sie nicht auffallen wollten, konnten sie nicht im Halteverbot parken.

Wer das Haus verließ oder hineinging, konnten sie trotzdem sehen, denn es gab nur den Gebäudezugang über die Seitenstraße.

»Ich werf mal einen Blick auf die Klingelleiste«, sagte Hendrik und nahm seine Jacke von der Rückbank. Es war zwar warm genug, um ohne Jacke zu gehen, aber er trug die schusssichere Weste, und die sollte verdeckt sein.

Lyn sah ihm nach, wie er die Horner Landstraße überquerte, die wenigen Meter auf dem Bürgersteig entlanglief und um die Hausecke verschwand.

Sie betrachtete die mit Efeu berankte Front des Gebäudes, die von kleinen Balkonen beherrscht wurde. Die Balkone hätten nicht diverser gestaltet sein können. Es gab aufgehängte Wäsche zu betrachten, Fahnen, bunte Lampiongirlanden und

Blumenkästen mit Sommerblumen. Zwei Balkone waren mit Bastmatten als Sichtschutz ausgestattet, andere waren völlig schmucklos. Die Bewohner schienen genauso unterschiedlich zu sein. Hinter einigen Fenstern gab es nette Deko, andere Scheiben waren mit siffigen Gardinen verhängt.

Da Hendrik noch nicht wieder in Sicht war, griff Lyn zum Handy und drückte die Kurzwahltaste, die sie mit Wilfried verband. Sie setzte ihn in Kenntnis, dass sie vor dem Haus von Jannek Baumann Stellung bezogen hatten. Dann lauschte sie den Neuigkeiten, die Wilfried zu berichten hatte. Sie beendete das Gespräch gerade, als Hendrik zurückkam.

»Und?«, empfing sie ihn.

»Jannek Baumann wohnt im mittleren Teil des Hauses. Ich habe seinen Namen an der Klingelleiste der zweiten Tür entdeckt. In welchem Stock er wohnt, ist nicht ersichtlich. Und bei einem der Nachbarn klingeln, um ins Haus zu kommen, wollte ich nicht.«

»Ich habe mit Wilfried telefoniert. Jochen hat herausgefunden, dass, während Ulf Baumann in Santa Fu gesessen hat, zeitgleich drei Männer mit ihm eingesessen haben, die den Spitznamen Devil trugen. Einer der drei saß wegen brutaler Vergewaltigung. Den können wir wohl ausklammern. Aber die anderen beiden haben wegen Einbruchs und Raubes gesessen. Jochen checkt alle ab.«

Hendrik lachte hämisch auf. »Wer sich Devil nennt, ist bestimmt 'ne gaaanz coole Socke. Was glaubst du, Liebling, gibt es mehr Devils oder mehr Kings im Knast?«

»Keine Ahnung. In meinen Augen können die sich alle Asshole nennen. Passt immer.«

✳✳✳

»Meine Fresse!« Devil wischte sich mit dem Unterarm über die schweißnasse Stirn, während er den schwarzen Sack über Ulf Baumanns Kopf und Oberkörper zog. Die Beine des Leichnams hatte er zusammengeschnürt. »Du bist schwerer, als ich

dachte, Kumpel.« Dann fuhr er herum und schrie Annika an:
»Hör endlich auf zu heulen, du dumme Fotze!«

Sie zuckte zusammen, weinte und atmete heftig, ab und zu
Rotz aus der Nase stoßend, denn der Mund war nach wie vor
durch das Klebeband verschlossen.

Devil starrte sie mit herabgezogenen Mundwinkeln an. Das
Geflenne und Geschnaufe war abtörnend. Sein Blick wanderte
zu der Waffe auf dem Sofa. Sollte er sie einfach abknallen? Es
kam auf eine Leiche mehr oder weniger nicht an.

Andererseits … wer weiß, wie lange es dauern würde, bis
er eine finden würde, die er mal wieder so richtig nach seinen
Gelüsten durchficken konnte. Die Nutten ließen ja nicht alles
mit sich machen.

Jetzt gerade war ihm allerdings nicht danach. Die beiden
Toten hatten jede Lust erstickt.

Er packte Ulfs Leichnam an den Knöcheln und zog ihn aus
dem Wohnzimmer in das zugemüllte Abstellzimmer. Er hatte
regelrecht eine Schneise zu dem alten Holzkleiderschrank frei-
räumen müssen. Die Sachen, die im Schrank unter der Klei-
derstange gelegen hatten, hatte er einfach in eine Zimmerecke
geworfen.

Es war schwerer als erwartet, den Leichnam in den Schrank
zu hieven. Stöhnend richtete er sich auf, als es geschafft war.
Kopf und Rücken von Ulf, unter dem Müllsack verborgen, lagen
auf dem Schrankboden, die Beine hingen wie eingeklappt darüber. Für zwei Tage musste es so gehen. Bis Baumann zu stinken
begann, wäre er längst in der Karibik. Er schloss die knarzende
Tür und wischte sich erneut den Schweiß von der Stirn.

Die Frage war jetzt: Wohin mit Steffi? Noch eine Leiche
konnte er nicht in den Schrank stecken. Die Türen ließen sich
nicht abschließen, und die Gefahr, dass sie herausfielen, wenn
Jannek hier war, war zu groß.

Ja! Er hatte eine viel bessere Idee.

Aber dafür musste er Vorarbeit leisten. Er ging zurück
ins Wohnzimmer und dort vor Annika in die Knie. »So,
Sweetie …«

Die vom Weinen rot geschwollenen Lider in ihrem verschwitzten Gesicht begannen wie irre zu flackern.

Er grinste. »Jetzt darfst du mir einen Wunsch erfüllen.«

Ihre erstickten Schreie hinter dem Klebeband waren lauter als je zuvor.

* * *

»Und, was sagst du dazu?«

»Hä?« Irritiert sah Jannek seine Freundin Cassy an. »Was hast du gesagt?«

Sie standen in seinem Wohnzimmer, das jetzt fertig gestrichen und von intensivem Farbgeruch erfüllt war. Mit seinen Gedanken war er allerdings nicht bei ihrem munteren Geplapper, sondern bei Devil, der ihm die Tür vor der Nase zugeknallt hatte.

Ob er schon über die Ärztin hergefallen war?

Natürlich, gab Jannek sich selbst die Antwort, schließlich hatte er nur darauf gewartet, endlich mit ihr allein zu sein. Und diese Überlegung brachte ihn zurück zu seinem größeren Problem: Wo steckten seine Eltern nur?

»Boah, du hörst schon wieder nicht zu. Ich will wissen, wie du es findest.« Cassy deutete auf die brombeerrot gestrichene Wohnzimmerwand.

Jannek starrte auf den Farbklecks auf ihrer Wange, der den gleichen Ton hatte wie die Wand. Es hätte alles so schön sein können. Ihm kamen die Tränen, und darum wandte er sich schnell ab. »Sieht gut aus«, murmelte er.

»Gut? Das sieht voll geil aus. Eigentlich könnte ich die Wand auf dem Flur doch auch noch so streichen, oder? Die mit der Garderobe. Farbe ist noch genug da.«

»Nein!« Er schoss herum. »Jetzt ist Schluss!«

Seine lauten Worte hatten sie zusammenzucken lassen. Mit großen Augen sah sie ihn an.

»Ich mein …«, er wurde kleinlaut, »ich hab da jetzt keinen Bock mehr drauf. Mir ist nicht so gut. Grippe oder so. Wir können ein andermal weiterrenovieren.« Er wollte einfach seine Ruhe haben. Er wollte, dass Cassy ging. Nicht für immer. Nur für heute. Und für morgen. Und so lange, bis sie aus Polen zurück waren und alles wieder gut war.

Cassy schien ihm nicht übel zu nehmen, dass er laut geworden war. Im Gegenteil. Sie legte ihre Arme um seinen Hals. »Mensch, Janni, du bist ja echt mies drauf.«

Er schloss die Augen. Cassys Haut war so warm und weich, und es war so schön, gehalten zu werden. Er hätte stundenlang einfach so dastehen können. Doch Cassy begann an seinem Ohr zu knabbern und flüsterte an seiner Wange: »Ich weiß was, was dich aufmuntert.«

Er löste ihre Arme und trat einen Schritt zurück. »Ich … ich bin echt nicht gut drauf. Ein andermal.« Er zog das Handy aus der Tasche und starrte auf das Display. Wieso meldete sein Vater sich nicht endlich?

»Boah, jetzt hab ich die Nase voll«, stieß Cassy aus. »Mit dir ist ja echt nix anzufangen, seit du aus Wacken hier bist. Scheiß-Sauftour.« Mit einem bösen Blick verschwand sie im Bad, die Tür hinter sich zuknallend.

Jannek war dankbar, dass sie seinen Zustand auf das Festival schob. An den Nägeln nagend, wanderte er auf dem Flur auf und ab. Was trieb Devil jetzt? Und wie es wohl Roman ging?

Abrupt blieb er stehen. Er hatte doch einen Schlüssel für Devils Wohnung! Sie hatten sie ausgetauscht, falls mal einer von ihnen seinen Schlüssel verlor oder verlegte. Er brauchte also nicht darauf zu warten, dass Devil ihn reinließ. Er konnte einfach in die Wohnung reinmarschieren und nach dem Rechten sehen.

Als der Minions-Song erklang, durchflutete Jannek Erleichterung. Hoffnungsvoll zog er sein Handy aus der Hosentasche, doch es war nicht sein Vater. Es war Devil.

»Ja?«, nahm er das Gespräch an. Er lauschte. »Ja, ja, okay. Bin gleich da. … Was? Nee, ich hab auch keinen Schnaps. … Nee, auch nicht. Das letzte Bier hat Cassy getrunken.« Er legte auf.

Junge, Devil war mächtig mies drauf. Und dass er anscheinend keinen Tropfen Alkohol mehr in der Wohnung hatte, schien die Situation nicht besser zu machen. Devil konnte nicht aus dem Haus gehen, um was zu kaufen. Schließlich würde er die Ärztin nicht allein mit Roman in der Wohnung lassen. Sie war zwar gefesselt und geknebelt, aber das Risiko würde er doch nicht eingehen?

Jannek grunzte. Wahrscheinlich würde Devil ihn gleich losschicken, um den Schnaps zu kaufen. Er ging zum Bad und drückte die Klinke runter, doch Cassy hatte sich eingeschlossen.

»Was ist?«, erklang ihre genervte Stimme von drinnen.

»Ich muss noch mal weg. Dauert nicht lange. Du kannst aber ruhig nach Hause gehen. Wir –«

»Du bist echt 'n Arschloch«, fauchte sie durch die Tür. »Dir fehlt Sex. Dann bist du nicht mehr so mies drauf.«

Sie schimpfte noch weiter, aber Jannek hörte nicht mehr zu. Ihre Worte machten ihn nachdenklich. Cassy hatte recht. Aber wieso war Devil dann so mies drauf? War er doch nicht über die Ärztin hergefallen? Falls nicht, war das eigenartig.

In diese Überlegung hinein wählte er noch einmal die Nummer seines Vaters. Dann die Nummer seiner Mutter. Erfolglos.

Wo steckten die beiden nur?

✳✳✳

»Endlich!«, ranzte Devil Jannek an, als der vor der Tür stand. »Wenn ich sofort sage, mein ich auch sofort.«

Jannek drückte ihn zur Seite und trat ein. »Ich konnte schlecht gleich losstürzen. Das hätte Cassy doch stutzig gemacht.«

»Cassy, Cassy …«, spie Devil aus und knallte die Tür ins Schloss. »Die Fotze geht mir auch mächtig auf den Sack. Eure Scheißweiber vermasseln uns noch alles.«

Jannek ignorierte seine Worte. »Was ist denn jetzt? Warum sollte ich kommen? Ist was mit Roman?« Er eilte ins Schlafzimmer.

Devil folgte ihm. »Nee, der ist so weit in Ordnung.«

»In Ordnung?«, fauchte Jannek. »Der ist ja kaum noch bei Besinnung. Hey, Roman!« Er tatschte seinem Bruder leicht an die heiße Wange. »Hey …«

Roman öffnete die Augen. Seine Lider flatterten. »Jannek. Mir ist nicht gut … Gar nicht gut.«

»Wird schon, Kleiner.« Jannek strich ihm unbeholfen über die Schulter.

»Der ist schon okay.« Devil sprach ruhig. »Sweetie allerdings …«

»Was?« Janneks Kopf ruckte herum. Er trat vom Bett weg und war mit zwei Schritten bei Devil. »Was ist mit ihr? Was hast du gemacht?«

Devil gab die Schlafzimmertür frei und deutete den Flur entlang. »Ich hab sie abgeknallt.«

Jannek wurde bleich. Wie ferngesteuert ging er zum Wohnzimmer und stieß die Tür auf. Sekundenlang war Stille. Dann stammelte er: »Oh Gott. Scheiße … Scheiße!« Stocksteif stand er in der Tür und starrte auf den in Müllbeutel verpackten Leichnam.

Devil legte ihm die Hand auf den Rücken und schob ihn in den Raum. »Die Sache ist ’n bisschen ausm Ruder gelaufen. Ich wollte, dass sie mir einen bläst, aber als ich ihr das Klebeband vom Mund gezogen hab, hat sie nicht wieder aufgehört zu schreien, und da …« Er zog die Glock aus dem Hosenbund und wedelte damit in der Luft herum.

»Was hast du getan?«, schrie Jannek ihn an. Die Lethargie war von ihm abgefallen. Er ging vor dem verpackten Leichnam in die Knie und strich mit der Hand über die schwarze Folie, als wolle er sich überzeugen, dass er nicht träumte. »Oh Gott, sie ist tot. Sie ist tot.« Fassungslos wanderte sein Blick weiter über den mit Blut getränkten Teppich zu den dunklen Stellen auf den Dielen.

Devils Augenbrauen zogen sich zusammen. Er hatte das Blut nicht gänzlich vom Holz wegwischen können. Feuchte Stellen zeichneten sich noch ab. Aber Jannek fiel nicht darüber, dass es an verschiedenen Stellen Blut gab. Wie sollte er auch wissen, dass es von zwei verschiedenen Leuten war?

»War doch von Anfang an klar, dass sie draufgeht«, stieß Devil aus. »Jetzt mach hier nicht die Mutter Terese oder wie die heißt. Du hast sie angeschleppt. Ich hab dir die Drecksarbeit abgenommen. Also heul nicht, sondern sei dankbar, dass ich das alles für euch mach.«

Er steckte die Waffe zurück in den Bund. »Und jetzt wirst du mir helfen, sie wegzuschaffen. Am besten in mein Kellerabteil. Da kann sie ruhig lagern, bis ich in der Dominikanischen Republik bin.«

Jannek würgte und griff sich mit der Hand an den Hals, während er auf den Leichnam starrte.

Devil packte ihn am Arm. »Jetzt kotz mir hier nicht die Bude voll.«

Jannek stand auf. Schwankend. Sein weißes Gesicht verzog sich. »Du bist so eine dumme Sau, Devil. So ein … ein …«

»Ja, ja.« Er ging zu dem Relaxsessel und schob das Möbelstück vom Teppich herunter, ebenso den Couchtisch. Dann stellte er sich hinter den Kopf der Leiche und ergriff das Bündel vor sich. »Los, pack mit an. Nimm die Beine. Wir wuchten sie auf den Teppich, rollen sie da rein, und dann schaffen wir das Ding mit dem Fahrstuhl ins Erdgeschoss und dann in den Keller. Wenn uns einer begegnet, sehn die nur den Teppich. Alles easy.«

Doch Jannek schüttelte den Kopf. »Nee … Nee, jetzt müssen wir erst mal in Ruhe überlegen.« Er ließ sich auf den Sessel fallen, so schlapp, als hätten ihn seine Beine sowieso keine Sekunde länger getragen. »Wir dürfen jetzt keinen Fehler machen.«

Devil spürte, wie ihm die Hitze in den Kopf stieg. Jannek machte doch immer, was er ihm sagte. Wieso laberte er jetzt rum?

»Das ist doch alles viel zu auffällig«, sagte Jannek. Mit zitternden Fingern drückte er sich an die Schläfen. »Wir müssen sie woandershin schaffen. Nicht in den Keller. Da fängt sie doch an zu stinken, und dann finden sie sie in deinem Abteil und –«

»Aber ich bin dann weg.«

»Ja, du!«, stieß Jannek wütend aus. »Aber wir andern nicht. Und insbesondere mich haben die Bullen vielleicht bald auf dem Schirm.«

»Boah, Mann! Dann schaffen wir sie eben heut Nacht raus. Ins Auto, und dann … dann versenken wir sie in der Elbe oder irgendwo in der Stadt. Im Kanal oder so. Da finden die doch dauernd Leichenteile.«

»Allerdings finden sie die. Und ich will nicht, dass sie die Ärztin auch finden. Wir müssen uns was Besseres überlegen.« Janneks weiße Gesichtshaut bekam langsam wieder Farbe.

Devil kochte innerlich. Scheiße. Der Junge spurte einfach nicht.

Jannek schloss die Augen und presste die Handflächen davor. »Was sagt denn Paps? Hast *du* ihn erreicht? Und überhaupt«, er nahm die Hände weg und riss die Augen auf, »wie konntest du sie einfach abknallen? Jetzt ist keiner mehr da, der Roman helfen kann. Oder weißt du, wie viel und wovon du ihm was spritzen musst?« Ein wütender und zugleich weher Laut schlüpfte Jannek über die Lippen. »Roman braucht sie doch noch, Mensch!«

Devil atmete tief durch. Seine Hand wanderte hinter seinen Rücken. Zur Waffe. Vielleicht sollte er sie einfach alle abknallen? Dann war Ruhe. Und letztendlich spielte die Zahl der Leichen keine Rolle mehr. Lebenslang würde es sowieso werden, wenn sie ihn am Arsch kriegten. Vielleicht noch Sicherheitsverwahrung, wenn die Zeit um war.

Allerdings hatte er nicht vor, sich schnappen zu lassen. Und Roman würde eh abnippeln. Aber Jannek … Es wär schade um den Jungen. Er war okay. Zu weich für die Welt, aber okay.

Er nahm die Hand wieder von der Waffe und legte sie Jannek auf die Schulter. »Gut, dann lassen wir sie hier erst noch mal liegen und überlegen uns was Besseres. Geh nach Haus und denk nach. Und ich grübel hier in Ruhe. Vielleicht erreichst du ja irgendwann deinen Alten. Versteh nicht, wieso der sich nicht meldet.« Devil schürzte die Lippen.

Wenn der Junge wüsste, wie Ulf im Schrank rumhing ... Es wäre gut, wenn Jannek endlich ging. Er würde zwar kaum das Nebenzimmer betreten, aber besser war besser.

»Und wenn die Polizei Paps geschnappt hat?« Jannek stand auf. Es war deutlich zu sehen, wie seine Knie zitterten. »Vielleicht hat ihn doch jemand auf dem Phantombild erkannt.«

»Nee, glaub ich nicht. Der ist wahrscheinlich einfach nur damit beschäftigt, deine Mutter im Zaun zu halten. Und jetzt mach dir keinen Kopf. Ich regel das schon alles. Du verpisst dich jetzt erst mal wieder nach Hause.« Das war die Hauptsache. »Aber vorher rollen wir sie in den Teppich ein.«

Jannek sagte nichts, packte aber das Fußteil des Folienpakets. Gemeinsam wuchteten sie den Leichnam auf den Teppich und rollten ihn ein. Jannek würgte dabei, aber er behielt seinen Mageninhalt bei sich.

»Wollen wir ... den Teppich ins Nebenzimmer bringen?«, fragte er Devil.

»Nee! Wir lassen sie hier liegen. Ist zu schwer zu schleppen.«

»Aber willst du da immer draufgucken? Das ist doch –«

»Sie bleibt hier!«, fuhr Devil ihm über den Mund. »Ich komm damit schon klar.«

»Na gut. Ich warte jetzt noch mal 'ne halbe Stunde und versuch, Paps zu erreichen. Wenn er sich dann nicht rührt, fahr ich mal zur Wohnung rüber. Und du kümmerst dich um Roman, kapiert! Lass ihn nicht aus den Augen.«

»Klar.«

Als Jannek endlich aus der Tür war, biss Devil sich vor Wut in die Fingerknöchel. Es lief absolut nicht so, wie er es wollte. Was würde Jannek tun, wenn Ulf und Steffi sich nicht meldeten? Und das würden sie definitiv nicht. Der Junge war unberechenbar. Und das war nicht gut.

✳✳✳

Während Lyn und Hendrik vom Wagen aus das Gebäude observierten, verließen in Abständen einige Kinder und ein älteres Ehepaar das Haus. Niemand sonst, der in irgendeiner Weise verdächtig erschien, tauchte auf oder ging.

Da Hendrik schon seit Minuten unruhig auf dem Fahrersitz hin und her rutschte, wunderte es Lyn nicht, als er sagte: »Ich geh da jetzt hin und klingel bei einem der anderen Mieter, damit ich ins Haus komme. Dann kann ich checken, wo genau Jannek Baumann wohnt.«

»Das wirst du schön bleiben lassen. Wir wissen nicht, ob Ulf Baumann sich bei seinem Sohn aufhält. Ohne SEK sollten wir nicht reingehen.«

»*Wir* sowieso nicht. Ich will doch nur mal gucken, in welchem Stock er wohnt. Sonst kommen wir nicht weiter. Und eventuell werde ich mich dann mal ein paar Minuten an Baumanns Wohnungstür rumdrücken. Vielleicht höre ich ja drinnen Stimmen. Jetzt guck nicht so. Das ist völlig ungefährlich. Die wissen doch nicht, wer ich bin, selbst wenn einer von den Baumanns die Wohnung verlässt und mich sieht.«

Lyn seufzte. Hendrik hatte ja recht. Es konnte nichts passieren. »Aber du klingelst gefälligst nicht bei ihm.«

»Bin ich lebensmüde?«

»Das hoff ich mal nicht, Mr. Bond. Es reicht schon, dass du da jetzt reinmarschierst, ohne es mit Wilfried abzustimmen. Sei vorsichtig«, gab sie ihm mit auf den Weg, als er ausstieg.

»Bin ich doch immer.«

»Wer's glaubt.«

Er grinste, dann wurde er ernst. »Und du bleibst im Wagen, verstanden?«

»Natürlich. Ich gehorche doch immer.« Sie warf ihm einen Kussmund zu.

»Wer's glaubt«, grummelte er und ging.

## ACHTZEHN

Es war mühsam, die Augen zu öffnen. Die Lider wogen Tonnen. Und es wäre so schön gewesen, einfach wieder in das schwarze Nichts zurückzusinken, aber der schmerzende Körper ließ es nicht zu. Annika stöhnte gequält, und dieses Stöhnen erstickte abermals an der Barriere über ihren Lippen. Sie öffnete die Augen.

Wo war sie?

Sie wendete den dröhnenden Kopf und stellte fest, dass sie in einer Badewanne lag, die Hände weiterhin auf dem Rücken gefesselt. Und dieses Mal waren auch ihre Beine an den Knöcheln zusammengebunden.

Je klarer sie im Kopf wurde, desto besser kehrte die Erinnerung zurück. Die Erinnerung an die grauenhafte Szene, als Devil sich vor sie gehockt hatte. »So, Sweetie«, hatte er gesagt und sein teuflisches Grinsen gezeigt, »jetzt darfst du mir einen Wunsch erfüllen.«

Sie hatte ihre grauenhafte Angst gegen das Klebeband geschrien. Wie von Sinnen. Doch statt der erwarteten Vergewaltigung hatte er sie gezwungen, sich bewusstlos zu spritzen. Und sie hatte es getan. Ihre Finger hatten so gezittert, dass es fast unmöglich gewesen war. Und eigentlich war es ihr auch egal gewesen, ob sie starb.

Wieso lag sie jetzt hier, in diesem Badezimmer? In einer eklig versifften Wanne, wie ihr klarer werdender Blick zeigte. Fettige Schmutzränder zeichneten sich an der Emaille ab.

Hatte er sie vergewaltigt, als sie nicht bei Sinnen war, und dann hier abgelegt?

Mit rasendem Herzen horchte Annika in sich hinein, spürte ihrem Körper nach, insbesondere dem Unterleib, dem Intimbereich. Man würde es doch merken, wenn man vergewaltigt worden war? Gerade von … ihm. Er wäre brutal gewesen.

Aber sie fühlte sich untenherum wie immer. Sie trug noch

ihre Jeans, und die hätte er ihr kaum wieder angezogen. Und noch etwas sprach dagegen, dass er sie vergewaltigt hatte, während sie bewusstlos war. Er hätte es nicht genossen. Sie wusste, dass er seine größte Lust daraus ziehen würde, die Angst und das Grauen in ihren Augen zu sehen.

Was also war passiert? Warum hatte er sie aus dem Wohnzimmer fortgeschafft und in die Wanne gelegt?

Und erst in diesem Moment kam die Erinnerung an Ulf Baumann und Steffi zurück. Mit der Wucht eines Donnerschlages war die Erinnerung an die Schüsse wieder da. An das Blut. An das viele Blut, das sich rot und glänzend zu Rinnsalen formiert hatte und auf sie zugeflossen war, als wolle es sie mit dem Tod infizieren.

Ein Husten vor der Badezimmertür ließ sie innehalten. Ihr Herz begann zu galoppieren. Devil kam. Sie schloss die Augen, und es fiel ihr nicht einmal schwer, einfach dazuliegen und sich nicht zu rühren. Sie war fertig. Kaputt. Innerlich taub.

Vielleicht fiel er darauf rein, wenn sie so tat, als sei sie noch weggetreten.

Annika hörte, wie sich die Tür öffnete. Ein wenig gedämpft klang es, als hätte sie Watte in den Ohren. Aber das lag wohl an dem Medikament, das in ihr nachwirkte und sie nach wie vor benommen machte.

Eine unheimliche Stille trat ein. Sah er sie an? Sie versuchte, ihren Atem zu kontrollieren. Ruhig zu bleiben.

Ein und aus, Annika, langsam, ein und aus. Einfach nur atmen. Nicht denken. Ein und aus …

Und sie wappnete sich. Er konnte sie jede Sekunde packen, wieder hinaustragen. Sie durfte sich dann nicht erschrecken. Sie wollte einfach nicht, dass er wusste, dass sie wach war.

Und dann war sie da, seine Hand an ihrer Schulter. Er rüttelte an ihr. »He!«

Sie schaffte es, ruhig zu bleiben. Vielleicht lag es an ihrer Benommenheit, dass es ihr egal war, ob sie lebte und starb? Jedenfalls entschlüpfte ihr nicht einmal ein winziger Laut, als er ihr mit der Hand ins Gesicht patschte.

Als er sich an ihren Beinen zu schaffen machte, glaubte sie, er würde sie aus der Wanne heben, aber er zog nur an den Kabelbindern, die um ihre Knöchel gewickelt waren. Er vergewisserte sich, dass sie stramm saßen.

Wieder herrschte ein paar Sekunden Ruhe. »Fotze«, stieß er dann verächtlich aus und ging.

Er zog tatsächlich die Tür hinter sich ins Schloss. Annika wagte nicht, erleichtert aufzuatmen. Stattdessen ließ sie die Augen geschlossen und lauschte den Geräuschen in der Wohnung. Sie hörte ihn über den Flur gehen. Irgendwo klappten Schranktüren. Dann erklangen wieder Schritte auf dem Flur. Jannek schien nicht in der Wohnung zu sein. Sonst hätten sie doch gesprochen. Oder saß er bei seinem Bruder?

Es mochten kaum drei Minuten vergangen sein, als sie Devil erneut auf dem Flur husten hörte. Gleich darauf fiel eine Tür ins Schloss.

Annika öffnete die Augen und lauschte.

Konnte das sein? War er wirklich gegangen? Es war eindeutig die Wohnungstür gewesen, die geschlossen worden war. Die Zimmertüren klangen anders.

Ließ er sie tatsächlich allein zurück? Nein, das konnte nicht sein. Jannek saß bestimmt im Wohnzimmer oder bei seinem Bruder.

Aber Jannek würde das Blut im Wohnzimmer sehen und Fragen stellen. Devil würde ihn also von der Wohnung fernhalten. Schließlich hatte er die Eltern der Jungen getötet.

War sie tatsächlich allein in der Wohnung? Allein mit Roman, der das Bett nicht verlassen konnte?

*\*\**

Während Lyn im Wagen wartete, ließ sie ihren Blick über die Straßen und Gebäude der Hansestadt schweifen. Jedes Mal, wenn sie in Hamburg ermittelten, war sie dankbar, dass sie auf dem Land lebte. Für kein Geld der Welt hätte sie mit den Menschen tauschen mögen, die hier wohnten. Es gab zwar ein paar Bäume, aber der Blick auf die Häuserfluchten war erdrückend. Auch der Großstadtlärm nervte, obwohl sie sich nicht einmal im Zentrum befanden. Sie wollte das Autofenster allerdings auch nicht wieder hochfahren. Dafür war es zu warm im Wagen.

Ihr Blick verharrte auf einem Puschen mit Fellbesatz, der neben dem Auto auf dem Bürgersteig lag. Wem mochte der Hausschuh gehören? Auf jeden Fall einer Frau. Vielleicht hatte die Besitzerin damit nach jemandem geworfen?

Lyn blickte auf die Uhr. Hendrik war schon einige Minuten weg.

Sie merkte auf, als zwei Leute kurz hintereinander den Häuserblock verließen. Sie griff nach dem Fernglas. Einer der Männer war zwar in dem Alter von Ulf Baumann, aber er war es definitiv nicht, denn er hatte keinerlei Ähnlichkeit mit dem Mann auf dem Foto, das ihnen von Baumann vorlag.

Als ihr Handy ging, sah sie auf dem Display, dass es Wilfried war. Sie nahm das Gespräch an und notierte das Kennzeichen, das er ihr durchgab. Es gehörte zu dem Wagen, den Ulf Baumann fuhr, einen BMW 316.

Sofort ließ sie ihren Blick über die am Straßenrand stehenden Pkws schweifen. Aber es war kein Wagen mit diesem Kennzeichen dabei. Vielleicht ein Stückchen weiter die Straße entlang? Oder in der Seitenstraße?

Sie fuhr die Wagenscheibe hoch und zog den Schlüssel ab. Was sollte schon passieren? Die Bürgersteige rauf- und runterzulaufen war ungefährlich. Dabei konnte sie die Nummernschilder studieren und vor allem der Wärme im Wagen für einen Moment entkommen.

Entschlossen stieg sie aus.

✳✳✳

Annika überlegte nicht lange. Sie robbte in der Wanne ein Stückchen nach hinten, stemmte die angewinkelten Beine gegen den Wannenrand und kam hoch. Im Sitzen konzentrierte sie sich auf ihre Atmung, denn ihr war schwindlig. Ruhig bleiben. Erst einmal musste sie aus der Wanne raus.

Sich wieder hinlegend, legte sie die gefesselten Beine über den Wannenrand, aber es stellte sich schnell heraus, dass sie so ihren Oberkörper nicht hinterherbekam. Sie zog die Beine wieder zurück, drehte sich in der Wanne um neunzig Grad und schob ihren Oberkörper den Wannenrand hoch, wobei sie sich an der Längsseite der Wanne mit den Füßen abstieß.

Es kostete keine Überwindung, sich auf die harten Fliesen fallen zu lassen, denn dazu fehlte schlicht die Zeit. Devil würde nicht lange weg sein. Vielleicht war er nur in den Keller gegangen. Dann war ihr Unterfangen sowieso umsonst. Er würde zu schnell wieder zurück sein. Doch es bestand die winzige Hoffnung, dass er länger wegblieb als ein paar Minuten.

Der Schmerz, als sie aufschlug, zog durch den gesamten Körper bis in den Kopf, aber sie stemmte sofort die Hände auf den Boden, um ins Sitzen zu kommen. Schwieriger war es, mit den gefesselten Händen und Knöcheln ins Stehen zu kommen. Aber ihre Fitnessstunden machten sich bezahlt. Als sie stand, gönnte sie sich zwei Sekunden der Besinnung, um den Schwindel zu dämmen. Sie machte zwei Hüpfer Richtung Tür und verharrte, als ihr Blick in den Spiegel fiel.

Das war sie?

Silberfarbenes Klebeband war mehrfach um Kopf und Mund gewickelt. Die Lippen brannten darunter wie Feuer. Ein paar Haarsträhnen hatten sich aus dem Zopfband gelöst und klebten in ihrem verschwitzten Gesicht und unter der Knebelung. Um die Nase herum war das Gesicht geschwollen von dem Faustschlag, den Devil ihr verpasst hatte. Die frische Sommerbräune schien wie weggezaubert. Grünlich blau hob sich um die Nase ein Bluterguss in ihrem blassen Gesicht ab.

Einen Moment lang sah sie ihrem Spiegelbild in die Augen. Gib nicht auf, Annika!

Und mit dieser inneren Beschwörung hüpfte sie zur Tür. Sie drehte sich, damit sie mit den auf dem Rücken gefesselten Händen an die Klinke kam, und drückte sie herunter. So leise es nur ging. Sie zog die Tür auf und lauschte. Die Schlafzimmertür stand offen. Romans Stöhnen war zu hören. Ansonsten herrschte Stille.

Ohne weiter zu überlegen, hüpfte Annika los. Ein Blick ins Schlafzimmer verriet, dass Roman allein war. Die Tür des Nebenzimmers war geschlossen. Sie hüpfte weiter Richtung Wohnzimmertür und strauchelte. Sie prallte an die Kommode, berappelte sich aber und stand nach zwei weiteren Hüpfern vor der offenen Tür. Ihr graute davor, einen Blick ins Wohnzimmer zu werfen. Lagen die Leichen dort noch?

Nein. Erstaunt stellte sie fest, dass sie fort waren. Und nicht nur die Leichen, auch der Teppich war weg. Zweifellos hatte Devil auch versucht, das Blut auf den Bodendielen wegzuwischen, aber das war ihm nicht zur Gänze gelungen. Dunkel hoben sich die Umrisse der Lachen und Rinnsale ab.

Weiter, Annika!

Sie hüpfte zur Wohnungstür. Ihr Herz raste so stark, dass sie glaubte, jeden Moment umzukippen, aber sie wusste, dass das Adrenalin das nicht zulassen würde. Sie drehte sich an der Tür und drückte die Klinke herunter.

Es war abgeschlossen. Obwohl sie es erwartet hatte, trieb ihr die Tatsache, dass sie eingeschlossen war, Tränen in die Augen.

Überlege, Annika, überlege!

Sie schluckte die Tränen hinunter und ließ ihren Blick über den Flur schweifen. Es gab kein Schlüsselschränkchen oder ein Bord mit einem Ersatzschlüssel. Sie hüpfte zur Kommode und zog die beiden Schubladen auf, drehte sich um, um hineinzusehen, aber auch dort gab es keinen Schlüssel, nur Krimskrams und Werkzeuge. Sie hüpfte zu der geschlossenen Zimmertür und öffnete sie. Der Raum war vollgemüllt, nur der Weg zu dem großen Schrank war frei. Auch dort würde sie kaum einen Schlüssel finden, aber sie hüpfte trotzdem hin, weil der Weg zum Schrank so offensichtlich freigeräumt worden war.

Die Schranktür knarzte, als sie sie aufzog. Hüpfend drehte sie sich wieder um, um hineinzusehen. Sie schrak zurück, fiel dabei fast um. Ihr Schrei hallte dumpf in ihren Ohren. Sie starrte auf das groteske Bild, den in einem blauen Sack verborgenen Kopf und Oberkörper mit den Beinen darüber.

Ulf Baumann!

Hysterisch hüpfte sie zurück, dann wieder zum Schrank. Mit rasendem Herzen drückte sie die Tür wieder zu und verharrte einen Moment mit dem Rücken daran.

Weiter, trieb sie sich selbst an, weiter, Annika!

Auf dem Flur zog sie die Tür des Nebenzimmers wieder zu und hüpfte Richtung Küche. Dabei warf sie noch einmal einen Blick ins Schlafzimmer.

Sie erschrak, als Romans Stimme erklang. »Mama …« Ein Stöhnen. »Mama?«

Annika verharrte. Roman stöhnte noch einmal und schwieg dann.

Sie hüpfte in die Küche zum Fenster. Der Blick nach draußen zeigte, dass sie sich in einem Block oder Hochhaus, im fünften oder sechsten Stock, befand. Vielleicht konnte sie das Fenster öffnen und sich bemerkbar machen?

Mit den gefesselten Händen kam sie nicht an den Griff heran. Also schob sie einen der beiden Küchenstühle zum Fenster. Doch wie sollte sie sich bemerkbar machen? Schreien konnte sie nicht.

Ihr Blick irrte umher und blieb kurz an einem Foto haften, das mit einem Magneten an der Kühlschranktür befestigt war. Devil war darauf zu sehen, wie er neben einem Hund hockte. Er hatte einen Arm um den Mastiff gelegt, die andere Hand hielt er mit dem Daumen nach oben in die Kamera. Mit einem … ja, es war wohl ein Lächeln. Annika wandte sich schaudernd ab. Ein Tier konnte wohl nur für ein Tier etwas empfinden.

Sie blickte sich hektisch um. Gab es etwas, mit dem sie das Klebeband vom Mund lösen konnte?

Nein. Schließlich war es mehrfach um den Kopf gewickelt. Sie hätte eine Schere oder etwas Scharfes gebraucht, um es durchzutrennen, aber mit auf dem Rücken gefesselten Händen war das unmöglich. Und noch in diese Überlegung hinein entwich ihr ein Stöhnen, denn ihr Blick war wieder zum Fenster zurückgekehrt. Ein Mann lief mit eiligen Schritten die Straße entlang. Devil.

Er kam zurück.

Sie glaubte, das Adrenalin ihren Körper fluten zu spüren. Wild wimmernd hüpfte sie zurück zum Flur. Sollte sie sich zurück in die Wanne legen? Nein, sie musste die winzige Chance nutzen, die ihr blieb. Die einzige Chance.

So schnell es nur ging, hüpfte sie zum Wohnzimmer und dort hinter die Tür. Ihr Blick fiel dabei auf den Teppich, der vor dem Fernsehtisch lag. Zusammengerollt. Zu einer unnatürlich dicken Rolle. Steffi.

Annika heulte gegen das Klebeband, aber nur kurz.

Reiß dich zusammen!

Es kostete unendliche Anstrengung, ruhig zu bleiben.

Da die Wohnzimmertür offen gestanden hatte, konnte sie sie nicht schließen. Es würde ihm vielleicht auffallen. Also blieb sie hinter der offenen Tür stehen.

Am ganzen Körper zitternd, mit einem Herzen, das bis in den brummenden Schädel hinein klopfte, wartete sie.

\*\*\*

So unauffällig wie möglich nahm Lyn die in der Seitenstraße geparkten Autos in Augenschein, während sie langsam daran vorbeiging. Nach wenigen Minuten stand fest: Es gab hier keinen BMW 316 mit dem von Wilfried genannten Kennzeichen.

Auch die Horner Landstraße lief sie ein gutes Stück in beide Richtungen ab, aber Ulf Baumanns BMW war nicht unter den geparkten Fahrzeugen. Sie wäre gern noch weitergegangen, doch sie traute sich nicht. Während des Ablaufens der Straßen und Checkens der Kennzeichen hatte es schon genug Momente gegeben, in denen sie die Hausecke nicht im Blick gehabt hatte.

Während Lyn zum Dienstwagen zurückging, dachte sie noch einmal darüber nach, warum die Baumanns so fluchtartig ihre Wohnung verlassen hatten. Eine Antwort wollte ihr nicht einfallen. Es blieb mysteriös.

Als sie ins Auto stieg, waren ihre Gedanken bei Annika Blomberg. Hoffentlich lief der jungen Ärztin nicht die Zeit davon. Den Gedanken, dass sie bereits tot sein konnte, schob Lyn beiseite. Stattdessen rief sie das Foto der Blombergs im Planschbecken in sich ab. Die kleine Familie würde wieder so glücklich werden. Bestimmt.

Sie saß gerade, als Hendrik um die Hausecke bog, den Verkehr passieren ließ und schließlich mit langen Schritten über die Straße gelaufen kam.

»Und?«, begrüßte Lyn ihn.

»Jannek Baumann wohnt im vorletzten Stock. Ich hab mich vor die Wohnungstür gehockt und minutenlang meine Schuhe immer wieder auf- und wieder zugebunden. Also, für den Fall, dass er seine Wohnung verlassen hätte.«

»Ich bin nicht blöd.«

Er lachte, wurde aber gleich wieder ernst. »Ich konnte tatsächlich Stimmen durch die Tür hören. Eine männliche junge und eine weibliche junge. Eine ältere Stimme, die zu Ulf Baumann passen würde, war nicht zu hören.« Er nahm sein Handy. »Ich ruf den SEK-Einsatzleiter an. Er kann noch mal ein paar Leute abstellen, die uns hier bei der Observation unterstützen beziehungsweise ablösen. Irgendwann müssen wir ja auch mal was essen.«

»Und ich muss dringend aufs Klo.«

In diesem Moment kam ein Streifenwagen die Horner Landstraße entlanggefahren und bog in die Seitenstraße ab. Er hielt direkt vor der Grundstücksauffahrt des Gebäudes, in dem Jannek Baumann wohnte. Die beiden Beamten stiegen aus und verschwanden um die Hausecke zu den Eingangstüren.

Lyn und Hendrik sahen sich an.

»Was geht jetzt ab?«, fragte Lyn. »Was machen die Kollegen von der Streife hier?«

»Keine Ahnung. Aber das finde ich raus.« Hendrik öffnete die Wagentür und stieg aus. Bevor er sie schloss, beugte er sich zu Lyn. »Ruf doch mal Wilfried an«, bat er sie. »Der soll bei der Leitstelle checken, wer die gerufen hat.«

\*\*\*

Annika stand stocksteif, verborgen hinter der offenen Wohnzimmertür. Ihre Augen waren geschlossen.

Bitte, Gott, mach, dass er nicht abschließt. Und wenn er doch abschließt, dann lass ihn bitte, bitte den Schlüssel nicht abziehen. Bitte!

Alles in ihr war zum Zerreißen gespannt. Es dauerte länger, als sie erwartet hatte, bis sich der Schlüssel im Schloss der Wohnungstür drehte. Annika stellte das Atmen ein und lauschte. Wenn er ins Wohnzimmer kam, war es vorbei.

Sie hörte, wie Devil eintrat und den Schlüssel von innen ins Schloss steckte und abschloss. Ob er ihn wieder abzog, konnte sie nicht hören. Auf jeden Fall kam er nicht ins Wohnzimmer.

Annika atmete so leise wie möglich durch die Nase. Als sich seine Schritte entfernten, drehte sie ihre Füße so leise und zugleich so schnell wie möglich hin und her, um hinter der Wohnzimmertür hervorzukommen. Zu hüpfen traute sie sich nicht. Es wäre zu laut gewesen.

Jetzt konnte sie die Haustür sehen, und ihr Herzschlag setzte vor Aufregung einmal aus. Der Schlüssel steckte.

Sie bewegte sich weiter Richtung Flur, wo seine Schritte noch zu hören waren. Wenn er gleich ins Bad ging, um nach ihr zu sehen, würde sie es nicht bis zur Tür schaffen. Aber es bestand die Chance, dass er zuerst in die Küche ging. Als sie aus dem Fenster geblickt hatte, hatte sie gesehen, dass er eine Discounter-Tüte trug. Er war einkaufen gewesen.

Sie lugte um die Ecke, und ihr Herz trommelte in der Brust, als er tatsächlich in die Küche ging. Die Füße so leise wie möglich drehend, bewegte sie sich den Meter bis zur Wohnungstür. Mit dem Rücken zur Tür, den Blick in den Flur gerichtet, tastete sie nach dem Wohnungsschlüssel und versuchte, ihn zu drehen. Ihre Finger zitterten so heftig, dass es fast unmöglich war, doch dann hörte sie es klicken. Sie drehte weiter, weil sie nicht wusste, ob er ein- oder zweimal abgeschlossen hatte. Es klickte noch einmal.

Wie konnte er das nicht hören? Warum kam er noch nicht aus der Küche gestürzt?

Weil er pfiff. Ungläubig lauschte sie dem fröhlichen Pfeifen, während sie langsam die Klinke herunterdrückte. Er hatte gerade zwei Menschen getötet. Seinen Freund. Dessen Frau. Was war er für ein Tier, dass er nach diesen grauenhaften Morden in der Lage war, ein Lied zu pfeifen?

In diesem Moment verstummte er. Sie erwartete, ihn jeden Augenblick aus der Küche kommen zu sehen. Doch sie hörte dort Flaschen klirren. Er hatte also Alkohol gekauft.

Annika nutzte die Geräusche für sich und zog die Tür auf. Ein Schwall abgestandener, doch kühlerer Luft kam vom Hausflur herein, und eine Flutwelle der Hoffnung durchlief sie, während sie sich drehend durch die Tür bewegte. Noch bevor sie die Wohnungstür schließen konnte, erklang seine Stimme laut und fordernd aus der Küche. »Bist du wach, Sweetie?«

Sie schrak heftig zusammen, aber er kam nicht. Er war nach wie vor in der Küche und schien zu hoffen, dass sie ihn bis ins Bad hörte. »Jetzt bist du nämlich fällig. Ich hab lange gewartet.«

Mit rasendem Herzschlag zog sie die Tür leise ins Schloss. Wie irre ließ sie ihren Blick über den Hausflur schweifen. Gegenüber gab es eine Tür. Nachbarn!

Treppenhaus und Fahrstuhl waren gleich schnell zu erreichen.

Annika wusste, dass keine Zeit zum Überlegen war. Sie musste sich binnen Sekunden entscheiden. Der Fahrstuhl schied aus, denn wenn er sich nicht gerade auf dieser Etage befand, fehlte die Zeit, um auf ihn zu warten. Ein Wimmern entwich ihr. In ihrer Situation blieb ihr eigentlich nur eine Möglichkeit.

Sie hüpfte los. Zum Nachbarn. Denn die Wohnung lag zu

hoch, um die vielen Treppenstufen hinunterhüpfen zu können. Devil würde sie einholen.

Sie musste sich wieder drehen, um an die Klingel zu gelangen. Ihr zitternder Finger drückte den Klingelknopf, wieder und wieder, während sie die weit aufgerissenen Augen starr auf die gegenüberliegende Tür gerichtet hielt, die Devil jeden Moment aufreißen würde.

Und dann passierten zwei Dinge gleichzeitig. Die Tür hinter ihr wurde aufgezogen. Mit einem gedämpften Schrei der Hoffnung hüpfte Annika herum und blickte in das Gesicht einer blonden Frau.

Die Frau starrte sie entgeistert an und wich erschrocken einen Schritt zurück.

Aus Devils Wohnung erklang in diesem Moment ein ungeheuerlicher Wutschrei durch die geschlossene Tür.

Er war auf dem Weg.

Annika wimmerte, während Devils Wohnungstür aufgerissen wurde. Für eine Sekunde sahen sie sich in die Augen, dann hüpfte Annika los. Sie drängte sich an der Frau vorbei in deren Wohnung, während sein Schrei über den Flur hallte.

»Du verdammte Fotze!«

Annika profitierte von der Verwirrung der jungen Frau, die stockssteif dastand, und warf sich von innen gegen die Tür. Keine Sekunde zu früh fiel sie ins Schloss. Devil prallte gegen die Tür. »Mach auf, verdammt!«, schrie er und hämmerte gegen die Tür.

»Was ist denn nur …?« Die junge Frau konnte ihren Blick nicht von Annika lösen.

Annika lehnte mit dem Rücken gegen die Tür und ging langsam in die Knie. Sie konnte nur wimmern und den Kopf wild hin und her bewegen, um die Frau dazu zu bringen, ihr das Klebeband abzunehmen.

Nackte Angst flutete sie, denn Devil begann, gegen die Tür zu treten. Würde er sie eintreten?

Die junge Frau blickte zur Tür, die in den Angeln erzitterte, dann wieder zu Annika und ging schließlich vor ihr in die

Knie. Sie begann an dem Klebeband zu ziehen. »Ich … krieg das nicht runter. Was ist denn hier bloß los?« Ihr angstvoller Blick wanderte wieder zur Tür, hinter der es plötzlich ruhig war.

Annika lauschte. Was machte Devil jetzt? Wieso hatte er so schnell aufgegeben?

Die junge Frau stand auf. »Ich hol eine Schere und … und Hilfe.«

Tränenblind sah Annika ihr hinterher. Ihre Sinne waren zum Zerreißen gespannt. Sie hörte Wasserrauschen. Eine Dusche? Gleichzeitig spürte sie die kühlen Bodenfliesen unter sich und nahm einen intensiven Geruch wahr.

Farbe?

Und in diese Wahrnehmungen hinein hörte sie die junge Frau wild an eine Zimmertür klopfen. »Janni? Janni, duschst du noch? … Jannek! Mach auf. Sofort. Hier passiert irgendwas. Dein Nachbar dreht durch. Hier ist eine Frau, die … die ist gefesselt und … geknebelt.«

Annika hörte auf zu atmen.

Jannek?

Das war unmöglich, das … Alles begann sich zu drehen.

✳✳✳

Lyn lauerte auf den Rückruf ihres Chefs. Wieso dauerte das so lange? Die Hamburger Einsatzleitstelle musste doch wohl wissen, warum die Schutzpolizei hier in die Horner Landstraße gerufen worden war.

Sie musste sich noch eine weitere Minute gedulden, bis Wilfried sich meldete.

»Okay, danke, Chef«, beendete sie das Gespräch.

Ein Bewohner des Hauses hatte weibliche Schreie gehört und die Polizei gerufen.

Aufgeregt wählte sie Hendriks Nummer.

Er ging gleich ran. »Ja, Lyn, die Kollegen hier haben mich schon aufgeklärt. Ich hab sie noch an der Eingangstür erwischt.« Er sprach leise. »Es ist zwar der Gebäudeteil, in dem Jannek Baumann wohnt, aber nicht seine Wohnung. Wir stehen hier im dritten Stock. Die Kollegen waren schon öfter hier. Es handelt sich um ein Ehepaar. Die Schreie stammten von der Frau. Ihr Ehemann, ein Alkoholiker, ist besoffen und hat sie geschlagen. Passiert anscheinend wöchentlich.«

»Scheiße.« Enttäuschung schlug ihre Krallen in Lyns Oberbauch. »Ich hatte gehofft, dass wir nahe an Annika Blomberg dran sind.«

»Ich auch. Leider ein Trugschluss.«

Als Hendrik auflegte, spürte sie, wie die Nervosität in ihr abflaute. Es war keine unangenehme Nervosität gewesen, eher eine … aufregende. So, wie es bei jedem Einsatz war, wenn es ums Ganze ging.

Die weiblichen Schreie hatten Hoffnung bedeutet, und die war jetzt erloschen.

Die Minuten tropften vor sich hin. Sie griff nach dem Smartphone, als es erneut klingelte. Es war eine fremde Nummer.

»Harms.«

»Ich bin's.«

»Hendrik, was ist los? Warum rufst du mich unter dieser Nummer an?«

»Weil mein Handy kaputt ist. Dies ist das Handy eines der Schutzbeamten.« Er klang genervt. »Meins wurde mir von der Ehefrau, *vom Opfer*, aus der Hand geschlagen. Sie ist genauso stinkbesoffen wie ihr prügelnder Liebster.«

»Warum bist du denn in die Wohnung mit reingegangen? Das ist doch Sache der Schutzpolizei.«

»Ja, ja. Ich wollte mich einfach vergewissern, dass es nicht Annika Blomberg ist. Das hättest du auch gemacht.«

Hendrik klang enttäuscht, als er weitersprach. »Diese Leute hier haben allerdings mit Jannek Baumann absolut nichts zu tun. Der Mann ist ein Ekel, und das Auge seiner Holden ziert ein nettes Veilchen, aber sie möchte keine Anzeige gegen ihren Mann erstatten. Soweit ich ihr Lallen richtig gedeutet habe … Echt krank.«

Lyn sah vor sich, wie Hendrik den Kopf schüttelte.

»Ich bin gleich wieder bei dir«, verabschiedete er sich. »Bis dann.«

»Ja, bis gleich.« Lyn warf ihr Handy in die Ablage. »Shit.«

## NEUNZEHN

Annika bekam kaum mit, dass die junge Frau sich wieder vor sie hockte, ein Kartoffelschälmesser in Händen haltend. Immer noch hallte der Name durch Annikas pochenden Schädel: Jannek ... Jannek ...

Die Frau trennte mit einem Schnitt die Kabelbinder an den Fußknöcheln durch. Dann ging sie auf Knien an Annikas Seite.

»Wenn Sie sich drehen, dann kann ich Ihre Hände befreien.«

Annika sah die Frau nicht an. Sie starrte ununterbrochen auf die Badtür, hinter der das Geräusch des rauschenden Wassers erstorben war. Sie atmete heftig gegen das Klebeband, unfähig, zu begreifen, was passierte.

»Jetzt drehen Sie sich doch um.« Die Frau hob das Messer. »Ich möchte Ihre Hände damit losschneiden.«

Die Frau packte sie am Oberarm und half ihr auf, sodass sie auf die Knie kam. Während die junge Frau die Kabelbinder an den Handgelenken vorsichtig durchtrennte, öffnete sich die Badtür, auf die Annika nach wie vor den Blick gerichtet hielt.

Der Mann, der auf den Flur trat, trug ein dunkelblaues Handtuch um die Hüften. Wassertropfen glitzerten auf seiner Haut. Das halblange Haar hing in nassen Strähnen bis auf die Schultern herab.

Annika brachte nicht einmal ein Wimmern heraus. Sie schloss die Augen.

Jannek Baumann.

»Janni, endlich«, stieß die junge Frau aus, während sie mit zitternden Fingern das Klebeband an Annikas Kopf befummelte. Sie hob die Hand mit dem Messer und nahm sie wieder herunter. Sie schien nicht zu wissen, wo sie ansetzen sollte, doch dann traute sie sich. Während sie das Klebeband stückchenweise aufschnitt, forderte sie: »Ruf du die Polizei, Janni.«

»Was zum Teufel ...«, stammelte er nur.

Annika öffnete die Augen wieder.

Ungläubig blickte er sie an. Langsam, wie in Trance, kam er näher. »Wie kann das sein? Du bist doch ... tot!«

Annika nahm nicht wahr, was er sagte. Auch nicht, dass die junge Frau ihr vorsichtig das klebrige Band von den Lippen zog und ein verwirrtes »Janni, was?« ausstieß.

Sie war am Ende. Sie fühlte sich wie losgelöst von der realen Welt. Sie musste in der Hölle sein. Ja, eine andere Möglichkeit gab es nicht. Sie war in der Hölle. Sie musste irgendetwas Grauenhaftes getan haben, von dem sie nicht wusste, was es war, aber Gott strafte sie dafür. Wie sonst konnte es sein, dass die wunderbare Hoffnung auf Rettung sich gerade in ihren größten Alptraum verwandelte?

Jannek Baumann war der Nachbar von Devil!

Das Gefühl des Irrealen nahm weiter Besitz von Annika. Sie begann zu kichern. Er war der Nachbar! Das, was als strahlender Hoffnungsschimmer geleuchtet hatte, riss sie in eine flirrende Dunkelheit. Ihr Kichern wurde lauter.

Das Wasser perlte an seinem schlanken Körper ab, während er sie immer noch völlig verwirrt anstarrte. »Du bist tot! Ich hab dich doch selbst gesehen. Eingewickelt in Plastiktüten. Ich ... ich hab dich in den Teppich eingerollt!«

»Was redest du denn da bloß, Janni?« Die junge Frau starrte ihren Freund entsetzt an. »Was ist denn hier los? Du kennst diese Frau?«

In Annikas Hirn waberten seine Worte. Du bist tot ... Du bist tot ...

Vielleicht war sie ja wirklich tot? Vielleicht war *so* der Tod? Nein. Ihr Kichern ebbte ab. Nein. Der Tod wäre Erlösung. Nicht Grauen.

»Ich bin nicht tot«, sagte sie, um es sich selbst zu bestätigen, und es hörte sich eigenartig an, wieder ihre Stimme zu hören.

Jannek starrte sie weiter ungläubig an. Und erst jetzt begriff Annika, was er gesagt hatte. Eingewickelt in Plastiktüten?

Sie schloss die Augen. Ihr Kopf sackte nach unten. »Du ... du hast wohl deine Mutter in den Teppich eingerollt. Er hat sie beide … erschossen. Deinen Vater und deine Mutter.« Sie öffnete die Augen. »Bum! Bum!«

Die Laute waren so heftig aus ihr herausgebrochen, dass Jannek zusammenzuckte. Seine Stimme wurde hoch. »Wovon redest du?«

Es störte sie nicht, dass er zu ihr stürzte, sie packte und schüttelte. Ihr Kopf würde doch sowieso jeden Moment bersten.

Es war die junge Frau, die ihn von ihr wegriss. »Janni! Hör auf!«

Annika blickte die beiden an. »Er hat sie einfach getötet«, sagte sie emotionslos. »Deine Mutter hat geschrien und geschrien … Erst hat er deinen Vater erschossen, dann sie. Einfach so. Als wären sie keine Menschen, sondern …« Ihr wollte kein passendes Wort einfallen.

Jannek begann am ganzen Körper zu zittern, während das letzte bisschen Farbe aus seinem Gesicht wich.

Annika lehnte den Kopf erschöpft an die Tür. »Er ist der Teufel.«

✳ ✳ ✳

Lyn betrachtete auf ihrem Handy das Phantombild, das Wilfried ihr gerade per E-Mail geschickt hatte. Das, was Wienke Koch mit dem Zeichner zustande gebracht hatte, war wenig hilfreich, denn der Mann darauf hatte ein Tuch bis über die Lippen gezogen, trug eine Sonnenbrille und hatte sich die Kapuze tief in die Stirn gezogen.

Interessanter war Wilfrieds zweite Nachricht. Ein junger Berliner, der am Wacken-Festival teilgenommen hatte, hatte sich telefonisch gemeldet. Beim Zusammenpacken war ihm die »Norddeutsche Rundschau« in die Hände gefallen, die das Phantombild von Ulf Baumann zeigte. Er glaubte, darin einen Campingnachbarn erkannt zu haben, der ihm schon während des Festivals suspekt vorgekommen sei. Wilfried wartete momentan auf den jungen Mann, den er umgehend ins Kommissariat zitiert hatte.

Lyn hoffte, dass er helfen konnte. Insbesondere zu den Kumpanen von Ulf Baumann würde der Berliner vielleicht Angaben machen können.

Sie blickte auf die Handy-Uhr. Seit Hendriks Anruf waren mehrere Minuten vergangen. Unruhe überkam Lyn. Wo blieb er? Das prügelnde Ehepaar ging ihn nichts an. Das konnte er den Kollegen der Schutzpolizei überlassen.

War er etwa wieder nach oben gegangen? Auf den Flur vor Jannek Baumanns Wohnung?

»Wehe«, presste sie heraus. Ohne funktionierendes Handy würde er das doch wohl hoffentlich nicht machen?

Nach weiteren zwei Minuten Wartezeit stieg Lyn aus dem Wagen und begann hin und her zu laufen, immer nur wenige Meter. Nach weiteren drei Minuten sperrte sie den Wagen ab und ging über die Straße. Es konnte nicht schaden, einmal nach dem Rechten zu sehen. Sie würde nur bis zum dritten Stock gehen, wo die Schutzpolizisten noch sein mussten, denn sie hatten das Haus noch nicht verlassen. Und sollte Hendrik nicht bei ihnen sein, würde sie einen der Kollegen hochschicken, um ihn – verdammt noch mal! – runterzuholen.

Entschlossen ging sie zur Rückseite des Gebäudes. An der zweiten Eingangstür studierte sie die Klingelleiste. Die Namen ließen auf eine Multikulti-Mischung an Bewohnern schließen. »Baumann« war auf dem oberen rechten Klingelschild zu lesen. Neben acht weiteren Namensschildchen war eines leer.

Lyn drückte auf die beiden unteren Klingeln für die Bewohner Cengiz und Heller.

»Ja?«, erklang eine weibliche Stimme durch die Sprechanlage.

Lyn wunderte sich, dass die Reaktion so schnell erfolgt war. Da schien jemand direkt an der Tür gestanden zu haben.

»Polizei«, sagte Lyn. »Öffnen Sie bitte die Tür.«

Auch der Türsummer erklang sofort.

Lyn trat ein, orientierte sich kurz und wollte die Treppe nehmen, als sich eine der Wohnungstüren im Erdgeschoss öffnete. Eine blonde Frau um die sechzig blickte sie an. »Sie haben geklingelt. Wollen Sie zu mir? Oder zu dem Pack nach oben?«

»Frau Heller?«, hakte Lyn nach.

»Ja.«

»Danke, dass Sie mir geöffnet haben. Sie können in Ihre Wohnung zurückgehen. Ich gehe nach oben.« Lyn begann die Treppe hinaufzusteigen.

»Irgendwann prügelt er sie tot«, rief die Frau ihr hinterher. »Muss es denn erst dazu kommen? Sperren Sie ihn doch endlich weg!«

Lyn antwortete nicht. Was sich Verbotenes hinter Türen von Wohnungen und Häusern abspielte, kam nur zu einem sehr geringen Prozentsatz heraus. So viel Grauenhaftes blieb unentdeckt, und so viele Seelen, insbesondere von Kindern, wurden verletzt.

∗∗∗

Annika sah Jannek in die aufgerissenen, ungläubig blickenden Augen, während sie mit dem Rücken an der Wohnungstür matt auf dem Boden saß. Er war so weiß im Gesicht, vielleicht würde er zusammenbrechen? Ein Hauch Hoffnung streifte Annika bei diesem Gedanken, denn die junge Frau schien keine Gefahr zu bedeuten, sondern ihr helfen zu wollen.

»Ich ruf jetzt die Polizei an«, sagte die Frau in diesem Moment, und Annika raffte sich auf. Sie ging auf die Knie, weil ihre Beine sie nicht getragen hätten, und krabbelte auf sie zu. »Ja! Schnell! Rufen Sie die −«

»Nein!« Jannek packte Annika an der Schulter und stieß sie grob zurück.

»Jannek!« Die junge Frau begann zu weinen. Sie griff nach seinem Arm. »Hör auf! Hör doch endlich auf! Was ist nur mit dir los? Diese Frau«, sie deutete auf Annika, »braucht dringend Hilfe. Und dein Nachbar, der ist doch irre. Was hast du nur mit dem und … und mit ihr zu schaffen?«

Sie begann weinend auf Janneks Brust einzuschlagen, doch Annika nahm es kaum wahr. Der Nachbar …

Wo war Devil? Wieso hatte er sich zurückgezogen?

»Hör auf!«, fuhr Jannek seine Freundin an. Er packte ihre Unterarme und hielt sie fest. »Ich bin da in was reingeraten, was ich nicht wollte.« Er klang verzweifelt. »Cassy, ehrlich, ich weiß selbst nicht mehr, was ich tun soll.« Sein Blick wanderte zu Annika.

Annika löste den Blick und rappelte sich wieder auf. »Cassy«, so hatte er seine Freundin doch gerade genannt?, »Sie müssen mir helfen, Cassy.« Sie krabbelte erneut auf die junge Frau zu. »Bitte! Ich will zurück zu meinen Kindern.«

Cassy riss sich von Jannek los. Es war Schluchzen und Kreischen gleichzeitig, was aus ihr herausbrach. »Ich ruf jetzt die Polizei. Das ist doch alles Wahnsinn.«

Als Jannek sie erneut packte, schlug sie ihm mit der Faust ins Gesicht.

Blut troff aus seiner Lippe, während er seine Freundin an sich riss und sie so fest umklammerte, dass sie die Arme nicht mehr bewegen konnte. »Bitte, Cassy, bitte! Mach das nicht. Nicht die Polizei!« Er weinte und bebte am ganzen Körper. »Es wird alles wieder gut. Ich will nicht ins Gefängnis. Ich will bei dir sein! Immer! Ich lieb dich doch.«

Einen Moment sagte keiner etwas. Man hörte nur Janneks heftiges Weinen.

»Janni …«, sagte Cassy leise. »Hör auf. Hör auf zu weinen.« Sachte rieb sie ihr Gesicht an seinem.

Annika lief eine Gänsehaut über die Arme. Was passierte hier? Sie brauchte diese junge Frau, um hier rauszukommen!

»Lass mich los, Janni«, bat Cassy leise. »Ich versprech dir, dass ich … dass ich nicht die Polizei ruf. Versprochen. He! Ich lieb dich doch auch. Wir kriegen das hin.«

Es dauerte noch einen Moment, bis er seine Umklammerung löste. Er zitterte immer noch, während er das Gesicht seiner Freundin in beide Hände nahm und sie küsste, als wäre es der letzte Kuss, den sie jemals tauschen würden. »Danke,

Cassy, danke!«, stieß er aus, als er seine Lippen löste. »Ich weiß ja selbst nicht, was ich jetzt tun soll, aber … dich brauch ich.«

Annika starrte die beiden an. Blut aus seiner geplatzten Lippe war um Cassys Mund herum verschmiert.

Sie war wohl doch in der Hölle. Hilfe gab es hier nicht. Nur Höllenwesen. Blutige Höllenwesen.

»Ich zieh mich jetzt an und geh zu Devil rüber«, sagte Jannek zu Cassy. Seine Stimme bebte. »Ich muss rausfinden, ob sie lügt.« Er deutete auf Annika. »Paps und Mutsch …«

»Du weißt doch, dass ich nicht lüge«, brach es aus Annika heraus. »Du weißt es ganz genau.«

»Nun geh schon und zieh dich erst mal an«, sagte Cassy zu Jannek und schob ihn in Richtung einer Zimmertür. »Und wisch dir im Bad das Blut von den Lippen.« Sie wischte sich selbst mit dem Handrücken über ihren Mund. »Los, mach schon. Ich … ich pass hier auf.« Sie nickte Richtung Annika. »Wenn sie sich rührt, ruf ich dich.«

»Okay.« Jannek nickte und verschwand in dem Raum, der wohl das Schlafzimmer war.

Annika suchte Cassys Blick. Ihre wunden Lippen zitterten. »Warum tun Sie mir das an?«

Cassy sah zur geschlossenen Schlafzimmertür, dann war sie mit zwei Schritten bei Annika und ging vor ihr in die Knie. Sie flüsterte: »Ich tu Ihnen gar nichts an. Ich helf Ihnen. Ich musste ihn doch nur loswerden.« Sie zog ihr Handy aus der Hosentasche.

Annika sah ungläubig zu, wie Cassys Finger die 110 wählten. Die wenigen Sekunden bis zur Annahme des Gesprächs schienen ewig, doch dann flüsterte Cassy in ihr Smartphone: »Hier ist Cassandra Schmehl. Bitte kommen Sie schnell! Hier ist etwas Schreckliches passiert.« Sie lauschte kurz und sagte dann: »Ich kann nicht lauter sprechen. Ein Mann hat … glaub ich … die Eltern von meinem Freund erschossen, und«, ihre Stimme flatterte vor Aufregung, »hier sitzt auch noch eine Frau, die war gefesselt und geknebelt. Kommen Sie doch einfach her. Schnell, bitte! … Wie? Ach so, in die Horner Landstraße.«

Annika hing an ihren Lippen. Als Cassy die Hausnummer in das Handy sprach und es nach einem weiteren »Schnell bitte!« in die Jeans zurücksteckte, weinte sie vor Erleichterung laut auf. Sie sackte auf dem Boden zusammen, lag da, gekrümmt wie ein Fötus im Mutterleib, und weinte. Weinte und weinte.

»Seien Sie ruhig, um Gottes willen«, stieß Cassy leise aus und packte Annika an den Armen. »Kommen Sie hoch. Wir dürfen uns nichts anmerken lassen, bis die Polizei da ist.«

Die geflüsterten, aber hektischen Worte drangen zu Annika durch. Sie ließ sich hochziehen und versuchte, das wilde Schluchzen zu unterbinden. Cassy hatte recht. Sie durften jetzt keinen Fehler machen. Vor allem mussten sie dafür sorgen, dass Jannek nicht zu Devil rüberging. Die Tür musste geschlossen bleiben, denn vielleicht lauerte Devil davor.

Und in diese Gedanken hinein passierte etwas, das beide Frauen ruckartig zur Wohnungstür blicken ließ.

Es erklang das Geräusch eines Schlüssels, der von außen in das Schloss gesteckt wurde.

Und dann wurde die Tür aufgestoßen.

Mit seiner Waffe in der Hand, das Gesicht zu einer hässlichen Maske verzerrt, starrte Devil sie an. »Ihr … verdammten … Fotzen!«

Cassy stieß ein schrilles »Oh Gott!« aus.

Annika blieb stumm. Sie war nicht fähig, auch nur einen einzigen Laut herauszubringen. Sie konnte nur zusehen, wie er reinkam und die Tür zuknallte. Devils Stimme war rau und eisig, während er nur drei Worte sagte. »Jetzt ist Feierabend.«

Mit zwei Schritten war er bei Cassy.

Annika sah nichts, weil sie die Augen schloss. Doch der Knall ließ sie die Augen wieder aufreißen. Im selben Moment sackte Cassys Körper neben ihr zusammen. Annika starrte ihr ins Gesicht. Aus dem runden Loch in der Stirn sickerte es rot über die makellose Haut.

Wie ferngesteuert hob Annika die zitternde Hand und strich durch das Rinnsal auf dem Gesicht ihrer Retterin. Das konnte kein Blut sein! Das ... das war doch nur eine Illusion! Ein grässlicher Traum!

Doch das, was sie unter ihren Fingerkuppen spürte, war warm. War klebrig. War echt. Sie öffnete den Mund, wollte schreien und schreien und schreien, doch sie konnte nur würgen.

»Und noch ein Mitwisser weniger«, erklang Devils Stimme hinter ihr. So ruhig, fast fröhlich, als spräche er über gutes Wetter. Dann spürte Annika seine Pranken um ihre Oberarme. Er zog sie hoch. »Wo steckt Jannek?« Mit einem Ruck drehte er sie zu sich herum. »Wo steckt der?«, fuhr er sie an, sie schüttelnd.

Annika brachte kein Wort heraus, doch ihr Gehirn begann wieder zu arbeiten. Wo war Jannek? Warum kam er nicht aus dem Bad gestürzt? Er musste den Schuss gehört haben, musste doch hören, was hier passierte! Und dann wusste sie die Antwort. Er *hatte* den Schuss gehört. Und er hatte Angst, der Nächste zu sein. Er war zu feige, um rauszukommen.

»Ist los zu Papi und Mami, was? Gucken, wo die stecken. Egal«, er schob sie zur Tür, »der wird schon rüberkommen, wenn er wieder hier ist und seine Fotze findet. Dann kriegt er 'ne Kugel in die Birne. Und du«, er riss die Tür auf, »du bist jetzt fällig. Du wirst dir wünschen«, er zog sie über den Hausflur zu der offen stehenden Tür seiner Wohnung, »nie geboren worden zu sein.«

Ihr Hilfeschrei, der endlich, endlich aus ihr herausbrach, wurde von seiner Pranke erstickt. Er stieß sie in seinen Flur, schloss die Tür von innen ab und zog den Schlüssel aus dem Schloss. Grinsend steckte er ihn ein, während Annika hochkam und auf die Knie ging, hysterisch wimmernd, zurückweichend.

»Erst mal brauchen wir wohl Klebeband«, sagte er ruhig. »Wir wollen doch nicht noch mehr Aufmerksamkeit. Immerhin besteht die Möglichkeit, dass ich es tatsächlich noch bis nach Amerika schaffe.« Ohne einen weiteren Blick für sie ging er ins Wohnzimmer.

Annika begann zu krabbeln. Aufstehen konnte sie nicht. Wimmernd kroch sie über den Flur, fort vom Wohnzimmer, aus dem seine hämische Stimme erklang.

»Sweetie! Ich hör dich. Du kannst nicht vor mir weglaufen. Aber wenn du Verstecken spielen willst … mich macht das richtig an.«

Sein hässliches Lachen drang bis ins Schlafzimmer, in das sie hineinkrabbelte. »Ich zähl bis zehn, dann komm ich, Sweetie. Eins … zwei …«

Hektisch ließ Annika ihren Blick schweifen. Obwohl sie wusste, dass es völlig sinnlos war, sich zu verstecken, suchte sie nach einem Platz. Es gab nur zwei Möglichkeiten. Sie konnte unter das Bett krabbeln, in dem Roman gerade qualvoll aufstöhnte, oder …

Sie entschied sich für die andere Möglichkeit.

✳✳✳

War der Schrei von oben gekommen? Und der dumpfe Knall …

Lyns Herz hatte einen Schlag ausgesetzt. Doch für einen Schuss war es fast zu leise gewesen. Hatte sie nur ein Türknallen gehört?

Nein. Sie war sich sicher, sich nicht verhört zu haben. Es war ein Schuss gewesen. Dass er gedämpft geklungen hatte, konnte an der Entfernung liegen oder aber auf einen Schalldämpfer schließen lassen. Und Schalldämpfer benutzten Profis.

Das jagte ihr Angst ein, denn sie war gerade im dritten Stock angekommen, wo Hendrik und die beiden Schutzpolizisten in einer der beiden Wohnungen sein mussten. Aber die Geräusche kamen von weiter oben.

Ihr Herz begann zu rasen. Hendrik!

Ohne zu überlegen, zog sie die Walther aus dem Holster. Die neue Waffe lag ungewohnt in der Hand, während sie die beiden Treppen in den vierten Stock nahm, so leise wie möglich. Im Hausflur angekommen, lauschte Lyn an den beiden

Wohnungstüren. Dahinter war es ruhig. Sie horchte die Treppen hinauf, aber es war nichts zu hören.

Verdammt, was sollte sie jetzt tun?

Sei vernünftig, ermahnte sie sich selbst. Sie zog ihr Handy aus der Hosentasche und wählte die Nummer des SEK-Leiters. Er meldete sich sofort. Lyn schilderte ihm flüsternd die Situation.

»Wir sind gleich bei Ihnen, Frau Harms. Verlassen Sie umgehend das Haus«, wies der SEK-Leiter sie an.

»Beeilen Sie sich«, sagte Lyn und steckte das Handy in die Hosentasche zurück. Sie musste umkehren. Hendrik würde ausflippen, wenn er wüsste, was sie hier trieb.

Aber genau der Gedanke an Hendrik ließ sie das Gegenteil tun. Denn er war vielleicht in größter Gefahr. Leise, Stufe für Stufe, schlich sie die Treppen hinauf in den fünften Stock. Hendrik würde das Gleiche machen, argumentierte sie gegen die mahnende Stimme in ihrem Kopf, die sie nach unten schicken wollte.

Wenn ich in Gefahr wäre, würde er auch nicht auf das SEK warten. Er würde weitergehen.

\* \* \*

Annikas Herz hämmerte in der Brust. So heftig, dass es gleich aufhören würde zu schlagen. Weil es gegen ihre Angst nicht mehr anpumpen konnte.

Und wäre es nicht wirklich Erlösung, zu sterben? Endlich nicht mehr diese grauenhafte Angst zu spüren? Ruhe, Frieden zu haben?

Doch die Angst ließ nicht einmal eine Antwort darauf zu. Arme und Beine zusammengepfercht in dem dunklen Schrank, waren ihre Sinne nur darauf ausgerichtet zu horchen, ob er kam.

»… acht … neun …«

Als sie seine Stimme durch das Holz des Schrankes hörte, schüttelte es sie. Er stand vor der Zimmertür, die sie nicht geschlossen hatte, weil ihr die Zeit gefehlt hatte.

»Wo steckst du, meine Schöne? Wo hast du dich verkrochen?«

Seine Stimme klang ruhig und lockend, hatte alles Laute, aber nicht das Hässliche verloren. Siegessicher klang sie. Und das gruselte sie mehr, als wenn er geschrien hätte.

Um das Wimmern, das in ihrer Kehle zum Sprung bereit hockte, zurückzudrängen, presste sie beide Hände vor den zitternden Mund. Ein Fehler, denn ihre Finger klebten von Blut. Dass es nicht ihr eigenes war, verstärkte die Übelkeit, die der süßliche, eisenartige Geruch auslöste. Krampfhaft versuchte sie, das Würgen zurückzuhalten.

Und dann stockte ihr der Atem. Weil er direkt vor dem Schrank stand. Das dünne Holz filterte seine Stimme kaum. »Du steckst doch wohl nicht hier drin? So einfallslos bist du doch nicht?« Etwas schabte über das Holz. Und sie wusste, dass es die Waffe war, die er darübergleiten ließ. Dann herrschte Ruhe. Aber nur für einen winzigen Moment.

»Zehn ... *Ich komme.*«

Das Knarzen der Schranktür, als er sie langsam aufzog, war lauter als alles, was sie je gehört hatte.

Als er sie an den Haaren packte und herauszog, schrie sie, wie sie nie in ihrem Leben geschrien hatte. Vor Schmerzen, vor Angst.

Er zerrte sie vor das Bett, in dem Roman sich unruhig bewegte. Ihr Schreien brach ab, als seine Faust ihr Gesicht traf. Ein buntes Flirren wollte sie in die Dunkelheit ziehen, aber das Dunkle verzog sich. In den Schmerz hinein registrierte sie, wie er ihr Shirt aufriss.

Als er den BH mit beiden Händen zwischen ihren Brüsten packte, um ihn entzweizureißen, zog er ihren Oberkörper mit empor. Mit einem leichten Knacken riss der Stoff des BHs. Devil ließ einfach los, und Annika fiel mit Oberkörper und Kopf zurück auf den Boden.

Romans gestammeltes »Mama? ... Bist du da?« begleitete ihren Schmerzensschrei, und sie stürzte ins Dunkle.

## ZWANZIG

Lyns Herz klopfte wie ein Dampfhammer, als sie den fünften Stock erreichte, die Walther schussbereit in der rechten Hand, stabilisiert durch die linke. Auf dem Weg nach oben war ein weiterer Schrei deutlich zu hören gewesen. Sie schlich auf dem Etagenflur zur Tür der linken Wohnung und sah auf das Klingelschild. »Angelsen«, stand dort. Sie wandte sich ab und ging die paar Schritte zur rechten Tür. »Baumann«.

Sie hörte ihr Herz im Ohr klopfen, während sie an der Tür lauschte. Doch im selben Moment wurde ihre Aufmerksamkeit wieder auf die andere Tür gelenkt.

War das nicht ein erstickter Schrei gewesen? Ein weiblicher Schrei?

Sie schlich zurück und presste ihr Ohr an die Tür. Gedämpfte Geräusche klangen hindurch. Eine dunkle Stimme ...

Ihr Blick suchte den Türknauf. Mit der Linken rüttelte sie vorsichtig daran, natürlich ließ er sich nicht bewegen. Sie zog ihr Handy aus der Tasche und wollte gerade die Nummer des SEK-Leiters drücken, als eine Stimme hinter ihr erklang, leise und zitternd, aber nachdrücklich.

»Waffe weg! Nehmen Sie die Hände hoch!«

Lyn fuhr herum, ihre Waffe im Anschlag.

Die Wohnungstür zu Baumanns Wohnung war offen, ein junger Mann mit nacktem Oberkörper und Jeans stand davor. Er zielte mit einer Glock auf sie.

Lyns Herz trommelte. Ihr Mund wurde schlagartig trocken, während ihre Finger um den Griff der Walther feucht wurden.

Mit aufeinander gerichteten Waffen sahen sie sich an.

War das Jannek Baumann? Er sah ... fürchterlich aus. Weiß im Gesicht, die Lippe blutig und zitternd, genau wie seine Hand, die die Glock hielt. Das Kinn war blutverschmiert, und das halblange Haar hing strähnig-feucht an seinem Kopf herab.

»Mir ist es egal, ob ich tot bin oder lebe«, sagte er seltsam emotionslos. »Aber Ihnen vielleicht nicht. Wenn Sie nicht *sofort* die Waffe runternehmen, erschieß ich Sie. Egal, ob Sie auch abdrücken.«

Sein Tonfall ließ Lyn nicht lange überlegen. Er würde tun, was er sagte, das stand fest wie das Amen in der Kirche. Langsam ließ sie die Hand mit der Walther sinken.

»Herr Baumann? Sie sind doch Herr Bau–«

»Ruhe!«, fuhr er sie leise an. »Legen Sie die Waffe auf den Boden und kicken Sie sie zu mir rüber.«

Sie tat, was er verlangte, und kam langsam wieder hoch. Dabei fiel ihr Blick in seinen Hausflur, auf den Körper, der dort lag. Ein blonder Pferdeschwanz klebte in einer Pfütze aus Blut.

Lyn wurde heiß, während ihr gleichzeitig eine Gänsehaut über die Arme kroch.

Annika Blomberg! Erschossen von Jannek Baumann, der jetzt ihre Waffe aufsammelte und sie sich hinten in die Hose steckte.

Mit zitternder Hand zielte er auf sie. »Sie sind von der Polizei, oder?«

Lyn löste den Blick von der Leiche und nickte. Sie musste jetzt unbedingt Ruhe bewahren. Was leichter gesagt war als getan. Ihre Stimme zitterte, als sie ihm antwortete. »Ja. Ja, das bin ich. Und Sie sind Herr Baumann, richtig? Wir können über alles red–«

»Seien Sie ruhig!«, fuhr er sie an. Er sprach immer noch leise, aber bestimmt. »Sie tun jetzt, was ich sage. Sie werden mir helfen. Sie lenken ihn ab, und … ich erschieß ihn.«

Lyn starrte ihn an. Wovon sprach er? Wen wollte er erschießen?

»Ich knall ihn ab«, kam es brüchig über seine weißen Lippen. »So, wie er alle abgeknallt hat.« Seine Stimme brach, und er weinte auf. »Alle.«

»Wen meinen Sie, Herr Baumann?«

»Ihn!« Die Hand mit der Waffe deutete auf die Tür hinter ihr. »Devil.«

In Lyns Kopf ratterten die Gedanken. Devil. Der Mann, den sie Devil nannten, war in der Wohnung hinter ihr? In der Wohnung, auf deren Schild der Name Angelsen stand?

Sie kam nicht dazu, weitere Überlegungen anzustellen, denn Jannek Baumann griff in die vordere Tasche seiner Jeans, zog einen Schlüssel heraus und warf ihn ihr vor die Füße. »Schließen Sie auf und öffnen Sie die Tür. Leise. Damit er uns nicht reinkommen hört.«

Lyns Wangen begannen zu glühen. Keinesfalls wollte sie diese Wohnung betreten. »Hören Sie«, sagte sie, den Blick fest auf Jannek Baumann gerichtet, »wenn Devil jemanden getötet hat, dann werden wir ihn zur Rechenschaft ziehen. Wir werden ihn verhaften. Das SEK ist auf dem Weg.«

»Schließ auf!«, unterbrach er sie mit wutverzerrter Stimme. Mit zwei Schritten war er bei ihr und drückte ihr die Waffe auf die Brust, dort, wo der Ausschnitt der weißen Bluse die Haut freigab. »Sofort.«

Sie spürte den kalten Stahl auf ihrer erhitzten Haut, sah Jannek Baumanns irren Blick und nickte hektisch. »Ja. Ja, okay, okay! Bleiben Sie ruhig.«

Er ging einen Schritt zurück, und sie sammelte den Schlüssel mit zittrigen Fingern vom Boden. Wo blieb das SEK?

Sie können noch gar nicht hier sein, gab sie sich selbst die Antwort. Und wo war nur Hendrik? Sie warf noch einen Blick auf die tote Frau in Baumanns Hausflur. Jannek Baumanns Worte streiften durch ihr Hirn. So, wie er alle abgeknallt hat … Lag Hendrik auch irgendwo da drinnen? Mit einer Kugel im Kopf?

Ihre Brust wurde eng bei diesem Gedanken, aber ihr blieb keine Zeit, denn Jannek Baumann zischte: »Los jetzt! Wenn die Tür bei drei nicht auf ist, bist du die Erste, die ich erschieß.«

Während sie mit zittrigen Fingern versuchte, den Schlüssel in das Schloss zu bekommen, hörte sie von innen dumpf eine Stimme. Dunkel und wütend.

»Mach!«, trieb Jannek Baumann sie an.

Als der Schlüssel steckte, drehte sie ihn so leise wie möglich.

Sie durfte jetzt keinen Fehler machen. Wenn Jannek Baumann nicht gelogen hatte, war dieser Devil gefährlicher als Baumann selbst. Wenn es nicht nur wirres Gefasel gewesen war, dass Devil »alle« – wen auch immer Baumann damit meinte – erschossen hatte. Schließlich lag Annika Blomberg tot auf *seinem* Flur.

»Wenn du einen Mucks von dir gibst, bevor ich was sag, hast du 'ne Kugel im Rücken«, flüsterte er. »Und jetzt rein da. Leise.«

Lyn betrat die Wohnung, den Lauf der Glock in ihrem Rücken spürend. Sie nahm die Waffe deutlich wahr, genauso wie die Laute aus einem Raum am Ende des Flurs. Es war eine Männerstimme, erregt, rau, hässlich. Und ein Patschen auf Haut. »Wach auf, verdammt! Du sollst mir in die Augen gucken, wenn ich in dich reinstech.«

Lyn lief es kalt über die Haut, als sie gleich darauf ein Wimmern hörte. Eindeutig von einer Frau.

Jannek Baumann bohrte die Glock tiefer in ihren Rücken und trieb sie voran. Ob sie wollte oder nicht, sie musste weitergehen. Aus dem Augenwinkel blickte sie in den Raum zu ihrer Rechten. Ein Wohnzimmer. Dann kam ein Zimmer, dessen Tür geschlossen war. Nach einem weiteren Meter, den sie leise vorwärtsgegangen waren, war klar, dass die Geräusche aus dem rechten hinteren Raum kamen. Sie waren nur noch einen Meter von der offenen Tür entfernt.

Wo blieb das verdammte SEK?

Aus dem Wimmern der Frau wurde ein Schreien. Ein furchtbares Schreien, zu dem weitere, nicht einzuordnende Geräusche kamen. Und ein leidvolles Stöhnen, das, wie es sich anhörte, von einer dritten Person im Raum stammte. Dazu die hässliche Stimme.

»Du solltest jetzt die Augen aufmachen, Kleiner, denn es wird das Letzte sein, was du siehst. Wie 'ne Fotze richtig rangenommen wird.«

Lyn stockte der Atem, als Jannek Baumann sie weiterschob, bis sie vor der Tür stand. Das, was ihr Blick erfasste, war auf die Schnelle kaum zu verarbeiten. Vor einem Bett, in dem ein stöhnender junger Mann seinen hochroten Kopf hin und her bewegte, lag eine Frau auf dem Boden, deren Gesicht Lyn nicht sehen konnte, weil ein Mann mit einem Kreuz wie ein Stier auf Knien vor der Frau hockte. Seine Hose war bis auf die Knie runtergezogen und gab einen blassen behaarten Hintern frei, auf dessen rechte Backe ein Schlangenkopf mit aufgerissenem Maul tätowiert war. Der Mann war dabei, der wimmernden Frau die Jeans herunterzuzerren.

Devil. Mehr konnte Lyn nicht denken. Und schon gar nicht reagieren, denn Jannek Baumann stieß sie in den Raum hinein.

In demselben Moment, in dem sie hineinstolperte, schnellte der halb nackte Mann herum. Noch im Umdrehen griff seine Hand zu der Waffe neben sich.

Lyn stolperte gegen ihn. Seine Hand hob sich automatisch, um ihren Körper abzuwehren. Er hatte Bärenkräfte. Lyn wurde von ihm zur Seite gestoßen und fiel. Sie drehte sich sofort, um ihm nicht den Rücken zuzukehren.

Es war ein surrealer Anblick, der sich ihr bot. Er stand nach wie vor auf Knien, sein erigierter Penis erschlaffte im selben Moment, in dem er die Waffe auf sie richtete. Der laute Knall ließ Lyn den Atem anhalten. Sie war erstarrt, wartete auf das heiße Brennen in ihrem Körper, das sie schon einmal erlebt hatte, als ihr eine Kugel in den Bauch geschossen worden war. Doch sie spürte nichts.

Devils Schmerzensschrei klang rau und dunkel durch das Zimmer, während Lyn sich aus der Schusszone rollte und sich gleich wieder aufrichtete. Nicht Devil hatte abgedrückt, sondern Jannek Baumann.

Blut strömte aus Devils Schulter. Ruckartig wandte er sich Baumann zu, der das Zimmer jetzt betrat. Beide hielten die Waffen aufeinander gerichtet.

Lyns Blick fiel für einen Moment auf die Frau am Boden. Ihr Gesicht unter dem strähnigen blonden Haar war geschwollen und blau und blutig geschlagen. Sie brauchte eine Sekunde, um das Gesicht der Frau mit dem in Verbindung zu bringen, das sie von Matthias Blombergs Foto kannte.

Annika Blomberg! Ihre nackten Brüste bebten, während sie unter rauem Schluchzen versuchte, sich aufzusetzen.

Lyn blieb keine Zeit, den Gedanken zu verfolgen, wer dann die Frau im Flur von Jannek Baumann war. Das, was in diesem Zimmer passierte, verwischte zu einem einzigen unwirklichen Moment.

Jannek Baumann schoss noch einmal, aber Devil war bereits weggehechtet. Auf Annika Blomberg hinauf, die qualvoll aufstöhnte. Devil sprang auf und war mit einem Satz neben dem Bett, als Jannek wieder schoss. Er traf Devil in den Oberarm.

Mit einem unheimlichen Jaulen hielt Devil seine Glock dem Jungen im Bett an die Schläfe. »Ich knall ihn ab, Jannek, ich knall ihn ab! Wirf die Waffe weg. Los, oder ich …«, er stöhnte, »… ich schwör dir, ich jag deinem Bruder die nächste Kugel in den Kopf.«

Bruder? Lyn konnte kaum denken. Ihr Blick war auf Jannek Baumann gerichtet, der zitternd dastand, weiß wie ein Laken, und schrie: »Lass ihn! Lass ihn verdammt noch mal in Ruhe! Du hast sie doch schon alle abgeknallt! Paps und Mutsch, und du hast Cassy erschossen! Du … du …« Er brach fast zusammen, hielt aber den Arm mit der Waffe weiter auf Devil gerichtet. »Du wirst dafür bezahlen.«

Lyn glaubte, er werde abdrücken, aber der gedämpfte Knall, der erklang, kam aus Devils Waffe. Lyns Kopf ruckte herum, in Erwartung, den Jungen im Bett tot zu sehen, aber Devil hatte die Hand mit der Waffe herumgerissen und auf Jannek geschossen.

Röchelnd machte Jannek Baumann zwei Schritte in den Raum hinein, die Hand auf die nackte Brust gepresst. Rot quoll das Blut zwischen seinen Fingern hervor, während er gurgelnd auf die Knie sackte und vornüber auf die Beine von Annika Blomberg fiel, die irre Laute ausstieß.

»Whoo! Verdammte Fresse!« Devils Blick schwenkte von Jannek Baumann zu ihr, Lyn.

Das Blut tropfte aus Schulter und Arm zu Boden, doch es schien ihm nichts auszumachen. Kein Stöhnen kam mehr über seine Lippen. Er trat über Janneks Oberkörper und die Beine von Annika Blomberg hinweg und kam auf sie zu. Seine Stimme klang kindlich erstaunt. »Wer bist du denn, Sweetie?«

Lyns Mund war staubtrocken, ihre Lippen zitterten.

Er war irre.

»Polizei!«, stieß sie erstaunlich sicher aus. »Bleiben Sie jetzt ganz ruhig!« Sie versuchte, in eine sitzende Position zu gelangen, ohne sich zu schnell zu bewegen. »Meine Kollegen –«

»Deine Kollegen«, unterbrach er sie fauchend, »können mich am Arsch lecken!« Er hob den blutigen Arm mit der Waffe. »Du bist jetzt eine tote Polizei.«

Und dann knallte es. Einmal … zweimal … Es knallte und knallte und knallte. Immer wieder.

Lyn hockte nur da. Es knallte noch, als Devil in die Knie ging. Lyn warf sich zurück auf den Boden, weil die Geschosse jetzt über ihn hinwegpfiffen und in der Wand über ihr landeten. Die Augen zusammengepresst, die Arme über dem Kopf, spürte sie, wie er schwer auf ihre Beine fiel.

Als das Knallen endlich aufhörte, war die Ruhe unheimlich. Schmauch hing in der Luft, beißend, vermischte sich mit dem Geruch nach Blut. Das einzige Geräusch, das noch erklang, war ein leises Klicken, immer wiederkehrend.

Lyn rappelte sich auf, hektisch ihre Beine unter Devils Körper wegziehend, der mit der Bauchseite auf ihr lag. Sein Shirt klebte ihm blutig am Rücken. Zerfetzt von Projektilen. Sein Rücken und der Schädel waren durchsiebt davon.

Lyn hob den Kopf. Ihr gegenüber saß Annika Blomberg mit dem Rücken an der Wand, den Arm gehoben und ausgestreckt, in der Hand eine Waffe haltend. Lyns Walther. Das immer noch währende Klicken kam vom Betätigen des Abzugs. Wieder und wieder drückte Annikas Finger den Abzug, während ihr zerschundenes Gesicht ausdruckslos war.

Und Lyn wurde klar, dass Annika Blomberg das ganze Magazin, fünfzehn Schuss, abgefeuert hatte. Sie musste die Waffe Jannek Baumann, der über ihren Beinen lag, hinten aus dem Hosenbund gezogen haben.

Im nächsten Moment erklangen unartikulierte Rufe aus dem Bett. Der Junge darin schien aus einer Schockstarre erwacht zu sein und versuchte aufzustehen, aber sein Oberkörper hob sich immer nur ein winziges Stück, dann schrie er vor Schmerz und ließ sich zurückfallen.

Und diese Schreie halfen Lyn, ihre eigene Starre zu überwinden. Sie krabbelte über Devils Leiche hinweg rüber zu Annika Blomberg. Sie musste dazu Jannek Baumanns Oberkörper umrunden, mit dem er über den Beinen der Ärztin lag. Als er neben ihr stöhnte, zuckte sie zusammen. Er lebte!

Er rührte sich nicht weiter, trotzdem suchte ihr Blick sofort den Boden ab, denn er hielt seine Glock nicht mehr in Händen. Sie lag vor dem Nachttisch. Lyn nahm sie und steckte sie unter ihre schusssichere Weste, bevor sie zu Annika zurückkrabbelte, um die herum die Hülsen der Projektile verstreut lagen.

»Frau Blomberg?« Lyn hörte das Zittern in ihrer eigenen Stimme, doch ihre Finger, mit denen sie nach Annika Blombergs Hand griff, waren ganz ruhig. »Es ist alles gut. Sie sind in Sicherheit.« Es kostete Kraft, Annikas Arm herunterzudrücken. Als Lyn versuchte, ihre Waffe aus der Hand der Ärztin zu lösen, musste sie aufgeben. Annikas Finger waren um den Griff der Walther herum wie angeschweißt.

Lyn nahm ihre Hand zurück. »Frau Blomberg, ich bin von der Polizei. Sie sind in Sicherheit. Ich rufe jetzt die Kollegen.« Sie zog ihr Handy aus der Hosentasche, als Annika Blomberg aus ihrer Starre erwachte.

Ihr Blick glitt wie irre über Lyn. »Polizei?«

»Ja. Es ist alles gut, Frau Blomberg. Mein Name ist Lyn Harms, von der Kripo Itz…«

Lyn blieb das Wort im Hals stecken, weil Annika Blomberg losschrie, als würde sie auf einem Scheiterhaufen brennen. Sie warf die Waffe von sich und versuchte, die Beine unter Jannek Baumanns Körper herauszuziehen. Er stöhnte qualvoll auf, während sie es schaffte, ein Bein herauszubekommen und mit diesem Bein seinen Körper von sich zu drücken, um das andere Bein frei zu bekommen. Er schrie fürchterlich, aber Lyn konnte nichts tun. Alles geschah in Sekundenschnelle – und was hätte sie auch tun sollen?

Sie hatte Verständnis für Annikas Reaktion, deren Jeans in Kniehöhe hing, während sie die Beine an ihren Körper zog, mit den Armen umschloss und begann, ihren Oberkörper stereotyp vor- und zurückzubeugen. Ihre Augen irrten weit aufgerissen durch den Raum, schienen erst jetzt wahrzunehmen, wo sie war, bevor ihr Blick an Devils Körper hängen blieb. »Ist er tot?«, schrie sie, die Augen schließend, zusammenpressend. »Ist er tot?«

Lyn legte ihre Hand auf Annikas Oberarm. »Ja, er ist tot«, sagte sie laut und deutlich, damit die Worte bei der jungen Ärztin ankamen. »Er kann Ihnen nichts mehr tun, Frau Blomberg. Nie wieder.«

Und in diese Worte hinein ertönte ein Rumsen von der Wohnungstür her. »Polizei!«, tönte es laut zu ihr herein. Es folgten Laufschritte vieler Stiefel, und bevor Lyn noch denken konnte, stürmten SEK-Beamte in den Raum, sicherten ihn und drehten die Körper der beiden Männer auf dem Boden um. Jannek Baumann gab keinen Ton mehr von sich. Er schien bewusstlos zu sein. Der Junge im Bett dagegen schrie und stöhnte gleichzeitig.

»Hände hoch!«

»Kripo Itzehoe! Ich bin Hauptkommissarin Lyn Harms, K1«, rief Lyn dem Beamten entgegen, der mit auf sie gerichteter Waffe auf sie zugestürmt war und sie anschrie.

Er gab ihr die Möglichkeit, ihren Dienstausweis aus der Tasche zu ziehen.

Eine seltsame Ruhe befiel Lyn angesichts der lauten Rufe und des hektischen, aber professionellen Gebarens der SEK-Kollegen, während sie sich auswies.

Es war vorbei.

Sie lebte.

Annika Blomberg lebte!

»Lasst die Sanis und den Arzt rein! Und wir brauchen weitere Rettungswagen und Notärzte! Wir haben insgesamt vier verletzte Frauen und Männer. Und einen Toten«, rief ein SEK-Beamter einem Kollegen zu. Jetzt kam Leben in Lyn.

»Ich bin nicht verletzt«, sagte sie zu dem SEK-Beamten, der vor ihr stand und ihr den Ausweis zurückgab. Ihre eigene Stimme erklang seltsam leise in ihren Ohren.

Der Beamte schien sie auch tatsächlich nicht gehört zu haben, denn er ging vor ihr in die Knie und sagte: »Bitte, bleiben Sie ganz ruhig. Alles ist gut. Der Notarzt ist auf dem Weg.«

Aus den Nebenzimmern erklangen fast zeitgleich die Stimmen zweier SEK-Beamter:

»Wir haben hier eine Tote, in einen Teppich eingewickelt.«

»Eine männliche Leiche im Kleiderschrank!«

Lyn rauschte der Kopf. Was war hier nur passiert?

Annika Blomberg sackte weinend neben ihr zusammen. Lyn war mehr als dankbar, als die beiden Sanitäter und der Notarzt, die standardmäßig SEK-Einsätze begleiteten, den Raum betraten.

»Mir geht's gut«, wiederholte Lyn, als einer der Sanitäter sie ansprach. »Ich bin nicht verletzt.«

»Können Sie aufstehen?«, fragte er.

Sie nickte, denn es war klar, dass sie hier Platz brauchten, um sich um die Schwerverletzten zu kümmern. Er nahm ihren Arm, doch Lyn sagte: »Kümmern Sie sich um die anderen, ich komm schon klar.«

Sie krabbelte einfach über Jannek Baumanns Beine hinweg. Und keiner hielt sie auf, weil es zu viele Schreie gab, zu viel Blut, zu viele Körper am Boden und im Bett. Lyn krabbelte zurück auf die andere Raumseite und hockte sich an die Wand. Sie sah Devil ins Gesicht, dessen Leichnam mit dem entblößten Unterkörper von den SEKlern umgedreht und vor den Schrank gezogen worden war. Seine Augen starrten ins Nichts.

Und dann hörte Lyn vom Flur her eine Stimme, die ihr einen Stein vom Herzen nahm. Hendrik!

Als er das Schlafzimmer betrat, brachte sie kein Wort heraus, nur unendliche Erleichterung durchströmte sie. Sie sah, wie sein Blick zuerst auf den Jungen im Bett fiel, der von dem zweiten Sanitäter behandelt wurde. Der Notarzt war über Jannek Baumann gebeugt.

Hendrik trat über Janneks Beine hinweg an die Seite von Annika Blomberg und ging vor ihr in die Knie. Lyn konnte durch die Geräuschkulisse nicht hören, was er zu ihr sagte, während der andere Sanitäter sich um sie kümmerte.

Als Hendrik seinen Blick hob, um die Gesamtsituation zu erfassen, blieb er an ihr hängen. Ungläubig riss er die Augen auf. »Lyn?« Im nächsten Moment sprang er auf und bahnte sich durch die Menschen im Raum seinen Weg zu ihr.

»Lyn!« Leichte Blässe im Gesicht, hockte er sich neben sie.

»Hendrik.« Endlich konnte sie ein Wort herausbringen. »Ich hatte solche Angst, dass du … tot bist.« Ihre Stimme klang immer noch unnatürlich leise.

»Dass ich was? *Was machst du hier?*« Er starrte sie an wie einen Geist, dann schrie er in den Raum. »Ich brauch hier einen Arzt! Für meine Frau!«

Ein SEK-Beamter antwortete ihm. »Die Rettungswagen und Ärzte sind gleich hier. Sie sind alarmiert.«

Hendrik ließ seinen Blick wie irre über sie gleiten. »Bist du verletzt? Ist alles gut?« Er tastete sie hektisch ab. »Oh Gott! Wie kommst du hier rein?«

»Ich hab dich gesucht, weil es so ewig lange gedauert hat und du nicht wiederkamst, und dann stand Jannek Baumann plötzlich mit der Waffe da.« Sie griff nach seiner Hand. »Du bist ganz blass. Kipp mir nicht um.«

Ungläubig sah er sie an und wurde dann von einem Sanitäter zur Seite gedrängt, der sich neben sie kniete.

»Wie fühlen Sie sich? Sind Sie verletzt?«, fragte der junge Mann sie, hob ihr Lid und nahm anschließend ihre Hand, um den Puls zu fühlen.

»Mir geht's gut.« Dass ihr gesamter Körper anfing zu zittern, ließ dies allerdings unglaubwürdig erscheinen. Im selben Moment kam ihr ein Gedanke. Sie sah zu Hendrik hoch, neben dem jetzt der SEK-Einsatzleiter stand und auf ihn einredete.

»Die andere Wohnung«, rief sie aus. »Gegenüber! Da liegt eine Frau!«

»Das wissen wir, Frau Harms. Kümmern Sie sich jetzt nur um sich. Das hat Vorrang«, sagte der Einsatzleiter, während er seinen Blick über sie wandern ließ und sich wieder Hendrik zuwandte.

Während der Sanitäter ihren Blutdruck maß, betrachtete Lyn das Geschehen. Die anderen Notärzte und Sanitäter waren eingetroffen. Annika Blomberg wurde gerade hochgehoben und auf eine Trage gelegt. So hatte der Notarzt Platz, um sich um Jannek Baumann zu kümmern. Hektisch schrie er den Sanitätern etwas zu.

Lyn zuckte zusammen, als jemand ihr Bein berührte. Aber es war nur Hendrik, der vor ihr hockte. Der Einsatzleiter verließ gerade den Raum. Hendrik musterte sie besorgt, während der Sanitäter die Blutdruckmanschette von ihrem Arm zog. Lyn versuchte, Hendriks Gesichtsausdruck zu deuten. »Ist die Frau in der anderen Wohnung tot?«

Hendriks Antwort kam trotz des Geräuschpegels im Raum gut bei ihr an, denn seine Stimme klang wütend. Maßlos wütend. »Allerdings! So tot, wie du auch hättest sein können.«

»Hendrik, ich –«

»Hör auf«, fuhr er sie an. »Du wirst jetzt mit dem Rettungswagen ins Krankenhaus fahren und dich durchchecken lassen. Ich komm nach, sobald ich hier wegkann.«

## EINUNDZWANZIG

Lyn platzte in die Einsatznachbesprechung, als sie Montagmorgen den Besprechungsraum der Mordkommission betrat. Sie hatte sich selbst aus dem Krankenhaus entlassen, in dem sie die Nacht vorsorglich verbracht hatte. Sie fühlte sich körperlich so weit gut, und das Sirren in den Ohren hatte sich glücklicherweise nicht als Knalltrauma entpuppt, sondern wurde von Stunde zu Stunde weniger. Das Ganzkörperzittern hatte nachgelassen, obwohl sie ein Beruhigungsmittel abgelehnt hatte. Einzig homöopathische Tropfen hatte sie zugelassen.

Neben den Kollegen des K1 saßen der SEK-Leiter und der Leiter der Einsatzgruppe mit am Tisch. »Hallo«, sagte sie, und ihr Blick blieb an Hendrik haften.

»Was machst du hier? Und wie bist du hergekommen?« Ärger färbte seine Stimme. »Ich hatte gesagt, du sollst anrufen, wenn ich dich abholen kann.« Seine Stimme schwoll weiter an. »Um dich *nach Hause* zu bringen!«

»Ich hab Carmen angerufen.« Ihre Freundin und Nachbarin, die gerade Urlaub hatte, hatte Lyn gern den Gefallen getan und sie abgeholt. »Ich wusste ja, dass ihr in der Nachbesprechung seid, und wollte dich nicht rausreißen. Mir geht's gut.«

Sie warf ein Lächeln in die Runde und ließ sich auf einen freien Stuhl fallen. »Und vielleicht kann ich ja noch was beisteuern?« Eine erste Aussage hatte sie bereits gestern Abend im Krankenhaus gemacht. Wilfried hatte Hendrik dabei aus dem Krankenzimmer geschickt, weil er ausgerastet war, als sie geschildert hatte, was passiert war.

Ihr Blick suchte Wilfrieds. Sie wusste, dass auch ihr Chef ihr noch eine gewaltige Standpauke halten würde, aber nicht jetzt, nicht hier vor den anderen.

Wilfried musterte sie ernst. »Lass dich nach Hause bringen, Lyn. Das hat Zeit bis morgen.«

»Genau, Calamity Jane«, ergriff Thilo das Wort. »Erhol dich erst mal von dem Kugelhagel, der um dich rumgepfiffen ist.«

»Genau. *Um mich rum.*« Lyn warf ihm einen bösen Blick zu. »Ich selbst habe keinen einzigen Schuss abgegeben, also vergleich mich nicht mit einer ballernden Westernheldin. Du siehst übrigens aus, als hättest du selbst zu Hause bleiben sollen.«

Das Weiß seiner Augen war vom übermäßigen Alkoholkonsum gerötet, und die Lider waren dick wie Fahrradschläuche.

»So seh ich doch immer an meinem ersten Arbeitstag nach Wacken aus. Du hättest mich gestern mal sehen sollen.«

»Gestern hatte sie keine Zeit«, ging Hendrik mit eisiger Stimme dazwischen. »Da hat sie unter höchster Eigengefährdung unverantwortlich und eigenmächtig versucht, eine vierköpfige Mörder- und Räuberbande zu schnappen.«

Lyn schwieg dazu, um ihn nicht noch mehr zu reizen. Sie wandte sich an Wilfried, der über seine Brille nervös von einem zum anderen blickte. »Habt ihr schon etwas gehört? Wie geht es Annika Blomberg? Und den Baumann-Söhnen? Wer war die Frau in Jannek Baumanns Wohnung?«

»Ich war bei Annika Blomberg im Krankenhaus«, antwortete Karin Schäfer ihr. »Sie lag im Bett, in den Armen ihres Mannes. Sie hat bereits eine erste Aussage machen können, unter Beruhigungsmitteln. Fest steht: Sie hat ein Martyrium hinter sich, körperlich, aber vor allem seelisch.«

Lyn überlief es kalt. »Wurde sie vergewaltigt?«

»Dazu kam es glücklicherweise nicht. Lutz Angelsen ist nicht mehr dazu gekommen. Dank dir. Wenn ich das mal so sagen darf. Für dich war's ja auch kein … Zuckerschlecken.«

Karins Blick wanderte von Lyn unsicher zu Hendrik, dessen Wangenmuskeln zuckten.

»Lutz Angelsen?«, sagte Lyn. »Das ist Devils Name?«

»Ja«, sagte Thomas Martens. Er musterte sie ernst, während er sprach. »Von einem Spitznamen wie ›Angel‹, der sich bei seinem Nachnamen eher angeboten hätte, hielt er wohl nichts.«

»Die Umkehrung passt ja wohl auch besser.«

»Das kann man wohl sagen«, gab Thomas ihr recht. »Wir haben einiges über ihn: Lutz Angelsen war schon als Zwölfjähriger kriminell auffällig. Diebstähle, Handtaschenraub und so weiter. Vaterlos aufgewachsen bei einer Mutter, die ihn und seinen Bruder vernachlässigte, ist er mit zwölf in ein Pflegeheim gekommen, während sein jüngerer Bruder in einer Pflegefamilie untergebracht wurde. Mit dreizehn hat Lutz Angelsen einen gleichaltrigen Jungen fast totgeprügelt, und mit fünfzehn hat er eine Achtjährige vergewaltigt. Als Erwachsener hat er zwei Frauen so brutal vergewaltigt, dass die eine, eine zwanzigjährige Studentin, fast gestorben wäre. Das hat ihm zehneinhalb Jahre in Santa Fu eingebracht.«

Auf Lyns Armen hatte sich Gänsehaut gebildet. »Und da haben sie sich vermutlich kennengelernt. Ulf Baumann und … dieses Schwein.«

»Die Baumann-Söhne sind bis in die Nacht notoperiert worden«, sagte Karin. »Jannek Baumann ist den Ärzten im OP unter den Händen weggestorben. Roman Baumann ist für den Moment stabil, aber noch nicht außer Lebensgefahr.«

Lyn schluckte. Jannek Baumann war tot. Sie sah ihn vor sich, wie er dagestanden hatte, auf dem Flur, zitternd, bleich wie ein Geist. Verzweifelt. Sie hörte noch seine Schmerzensschreie, als er am Boden lag und Annika Blomberg ihn von sich stieß.

Warum musste ein junges Leben so zu Ende gehen? Weil er es mit seinem Handeln selbst verantwortet hat, erklang die Vernunft in ihr. Und dennoch, eine Frage stellte sich ihr immer, wenn junge Menschen in Verbrechen verwickelt waren: Was wäre gewesen, wenn er in eine andere Familie hineingeboren worden wäre? Wenn er einen besseren Start gehabt hätte? Sinnlose Fragen, aber sie tauchten immer auf. Was hätte nicht alles aus ihm werden können, unter anderen Umständen.

»Hätte ich nur beim Überprüfen der drei Knast-Devils Lutz Angelsen zuerst gecheckt«, sagte Jochen Berthold. Seine Stimme klang ungewohnt emotional. »Dann würden er und Jannek Baumann vielleicht noch leben.«

»Wir hätten alle dieselbe Reihenfolge gewählt«, sagte Wilfried. »Die anderen beiden Devils waren schließlich Einbrecher und Räuber. Die Wahrscheinlichkeit, dass einer der beiden unser Mann ist, war einfach größer.«

Jochen Berthold nickte, aber sein Gesichtsausdruck zeigte deutlich, dass seine Entscheidung ihn quälte. Lyn hatte Mitleid mit ihm.

»Der Name der jungen Frau, die tot in Baumanns Wohnung lag, ist Cassandra Schmehl«, klärte ihr Chef sie weiter auf. »Sie war die Freundin von Jannek Baumann. Getötet durch einen Kopfschuss. Laut Annika Blomberg hat Lutz Angelsen sie erschossen. Wie es aussieht, hatten die beiden Männer untereinander die Schlüssel für ihre Wohnungen ausgetauscht. Wahrscheinlich für Notfälle. So konnte Angelsen bei Jannek Baumann rein, und du konntest seine Tür mit dem Schlüssel öffnen, den Baumann dir gegeben hat.«

»Cassy«, murmelte Lyn. »So hat Jannek Baumann seine Freundin genannt. Er war so verzweifelt. ›Du hast sie doch schon alle abgeknallt!‹, hat er Devil zugerufen, ›Paps und Mutsch, und du hast Cassy erschossen!‹«

»Paps und Mutsch?« Thomas Martens sah sie erstaunt an.

Lyn nickte. »Ja. Ich hab es noch genau im Ohr. Es kommt einem so unglaublich vor, nicht? Er war ein Räuber, ein Entführer und vielleicht sogar Mörder, aber auch ein Mensch mit Bindungen, ein Mensch, der geliebt hat und geliebt wurde.«

Hendrik stand auf. »Ich fahre Lyn nach Hause. Ihr kommt hier eine Stunde ohne mich klar, oder?«

»Natürlich.« Wilfried wedelte mit der Hand in ihre Richtung. »Ruh dich aus, Lyn. Alles Weitere besprechen wir, wenn du dich erholt hast.«

Lyn gab es auf, ein Gespräch mit Hendrik zu führen, als sie den letzten Kreisel in Itzehoe passierten. Die Fahrt nach Wewelsfleth verlief quälend. Hendrik schwieg, nur die Ader an seiner Schläfe pochte.

Was konnte sie tun? Nichts, entschied sie. Er musste sich

erst mal beruhigen. Und das würde hoffentlich nicht allzu lange dauern. Inzwischen wusste sie selbst, dass sie polizeitaktisch einen kolossalen Fehler gemacht hatte, als sie allein in den fünften Stock zu Baumanns Wohnung geschlichen war.

Ihre Annahme, Hendrik habe sich in Gefahr befunden, war absolut falsch gewesen. Er war nur noch nicht zum Auto zurückgekehrt, weil der prügelnde Ehemann in der Wohnung im dritten Stock noch während der Anwesenheit von Hendrik und den beiden Streifenpolizisten erneut angefangen hatte, auf seine Frau einzuschlagen. Hendrik hatte die beiden Beamten dabei unterstützt, den Mann zu bändigen und die Frau zu schützen.

Andererseits war Lyn froh, dass sie genau so reagiert hatte, wie sie es nun mal getan hatte. Denn so war Annika Blomberg nicht nur einer Vergewaltigung entronnen, sondern mit großer Wahrscheinlichkeit auch dem Tod. Jannek Baumann wäre zwar auch ohne Lyn in Devils Wohnung gegangen, um ihn zu erschießen, aber er hätte vielleicht noch gezögert. Mit ihr als Schutzschild war es für ihn leichter gewesen. Außerdem war die Wahrscheinlichkeit groß, dass er Annika als Zeugin ebenfalls getötet hätte.

Zu Hause angekommen, ging Hendrik schnurstracks die Treppe hinauf. Lyn folgte ihm. Sie wollte nur noch duschen und ins Bett. Im Krankenhaus hatte sie mit Unterbrechungen höchstens eine Stunde geschlafen. Und so fühlte sie sich jetzt auch.

Hendrik zerrte seine Sporttasche aus der Ecke neben dem Kleiderschrank, als sie das Schlafzimmer betrat. Er öffnete den Schrank und warf Unterwäsche in die Tasche, riss ein Hemd vom Bügel und knüllte es ebenfalls hinein.

Lyn schluckte. »Was machst du da?«

»Wonach sieht es aus? Ich packe.«

»Wieso denn?«

»Du kommst ja bestens allein klar. Mit allem. Lass mich also einfach in Ruhe für die nächsten Tage.«

»Aber –«

»Ich hatte dir gesagt«, unterbrach er sie wieder, »dass ich in ein Hotel gehe, wenn du dich in Gefahr begibst.« Ein kühler Blick streifte sie, als er die Tasche schloss. »Wir sehen uns bei der Arbeit.«

Rums. Die Tür war zu. Und genauso hart warf er die Haustür ins Schloss.

Lyn blickte ihm aus dem Schlafzimmerfenster nach, wie er den Friedhofsweg zur Schulstraße entlangeilte und hinter der Hecke verschwand.

Sie griff das Erste vom Nachttisch, was ihr in die Hand fiel, und pfefferte es mit einem »Shit! Shit! Shit! Shit!« zu Boden. Der Wecker zersprang in seine Bestandteile, und Lyn warf sich weinend aufs Bett.

※※※

Um zweiundzwanzig Uhr schlief sie immer noch nicht. Hendrik hatte sich den ganzen Tag über nicht gemeldet. Kein Anruf, keine WhatsApp. Sie hatte ihr Handy hundertmal in die Hand genommen und ihm geschrieben, die Nachricht dann aber immer wieder gelöscht.

»Verdammt.« Sie setzte sich auf, nahm ihr Handy vom Nachttisch und googelte die Itzehoer Hotels. Es war ihr Glück, dass sie alphabetisch vorging, denn gleich beim ersten Anruf hatte sie Glück. Hendrik hatte sich im Hotel Adler in der Lindenstraße einquartiert, in dem sie mit den Kollegen zu Mittag gern mal den »Schnellen Teller« aßen.

Eine Stunde später stand sie an der Rezeption des Itzehoer Hotels und fragte nach Hendriks Zimmernummer. Und wie Lyn befürchtet hatte, war die junge Frau an der Rezeption nicht bereit, sie zu Hendrik zu lassen, ohne ihren Besuch vorher telefonisch zu avisieren. Das, was für die Professionalität und Kompetenz der jungen Frau sprach, war für Lyn allerdings wenig hilfreich.

Darum zückte sie ihren Dienstausweis. »Kripo Itzehoe, ich muss Sie bitten, das zu unterlassen. In diesem … Fall zählt der Überraschungseffekt.« Das war nicht gelogen.

Kurz darauf stand sie vor Hendriks Zimmertür und lauschte. Es war nichts zu hören. Ob er schon schlief? Nein, mit Sicherheit nicht. So gut kannte sie ihn. Er würde sich, genau wie sie es getan hatte, schlaflos hin- und herwälzen.

Lyn klopfte, nicht zögerlich, sondern kräftig.

»Ja? ... Moment«, erklang es sofort hinter der Tür. Er war tatsächlich noch wach. Sie sah vor sich, wie er aufstand und mit wenigen Schritten an der Tür sein und sie aufziehen würde.

Aber das tat er nicht. »Wer ist da?«, hörte sie ihn fragen.

Nun denn ... Lyn legte eine Fröhlichkeit in ihre Stimme, die sie nicht unbedingt fühlte. »Zimmerservice!«

Schweigen. Dann seine Antwort. »Ich glaub es nicht!«

»Liebling«, Lyn packte alles an weiblicher Raffinesse in ihre Stimme, was sie aufbieten konnte, »ich kann nicht schlafen, wenn du nicht neben mir liegst.«

Wieder war es ruhig. Aber nur Sekunden. »Du kannst doch *alles* ohne mich«, klang es durch die Tür zurück. »Schlafen gehört nicht dazu?«

Lyn seufzte. Er klang nach wie vor megawütend.

»Ich verstehe deine Wut ja. Du hast dir wahnsinnige Sorgen um mich gemacht, aber dennoch bestehe ich darauf, dass du genauso gehandelt hättest, wenn es andersherum gewesen wäre.« Da sie dieses Argument allerdings schon mehrfach ins Feld geführt hatte und wusste, dass das jetzt auch nichts bringen würde, holte sie zum finalen Du-wirst-die-Tür-schon-öffnen-Schlag aus.

Sie nahm das Päckchen, das sie eben in der Notfall-Apotheke gekauft hatte, aus der Handtasche und schüttelte es vor der Tür. »Hörst du das? Das ist ein Schwangerschaftstest.«

Eine Sekunde lang war es wieder still. Bis ein verächtliches »Tsss« erklang. »Bin ich dein Hampelmann, oder was? Du glaubst wirklich, dass ich jetzt die Tür aufreiße, nur weil Madame jetzt plötzlich bereit ist zu tun, was seit Tagen überfällig ist?«

Lyn starrte die Tür an. Das lief nicht gut.

Und dann wurde eine Tür aufgerissen. Allerdings nicht

Hendriks, sondern die benachbarte. Ein Mann in blau-grauem Pyjama, mit Haaren, die in alle Richtungen abstanden, trat auf den Flur und blaffte Lyn an: »Können Sie sich vorstellen, dass Leute hier gebucht haben, um zu schlafen? Wenn Sie da«, er deutete auf Hendriks Zimmertür, »jetzt nicht sofort reingelassen werden oder aber verschwinden, ruf ich die Polizei.« Mit vor der Brust verschränkten Armen blieb er stehen und musterte sie von unten bis oben.

Lyns Wangen glühten. Hastig stopfte sie den Schwangerschaftstest in die Tasche zurück. »Entschuldigung, ich –« Sie brach ab, denn die Tür vor ihrer Nase wurde ebenfalls aufgerissen.

Hendrik griff sie am Arm und zog sie ins Zimmer. Dann trat er auf den Flur und sagte zu dem Pyjama-Mann: »Sind Sie verheiratet?«

»Nein!«

»Eine gute Entscheidung.« Mit diesen Worten schloss Hendrik die Tür und drehte sich zu ihr um. »Gwendolyn Harms, du machst mich irre.«

Erleichterung flutete Lyn. Er klang nicht mehr wütend, er war nur wirklich fertig mit den Nerven. Sie schlang die Arme um seinen Hals und küsste ihn. Zärtlich, dann immer intensiver. »Ich liebe dich«, murmelte sie zwischendurch an seinen Lippen. »Ich liebe dich so sehr … Lass mich nie wieder allein.«

Und er murmelte zurück: »Ich liebe dich doch auch. Wahnsinnig … Und ich kann ohne dich auch nicht einschlafen.«

Sie ließen sich auf das Bett fallen und küssten sich minutenlang, glücklich, sich zu haben.

»Kommst du jetzt mit mir nach Hause?«, fragte Lyn schließlich atemlos.

»Warum bleibst du nicht hier?«

»Der Gedanke ist verlockend. Ich bin ziemlich fertig, und dieses Bett hier«, sie bewegte sich auf und ab, »ist wirklich bequem. Aber ich will wissen, ob wir ein Baby bekommen. Und ich möchte diesen Test nicht hier machen. Nicht in einem Hotel, sondern zu Hause. Bei uns.«

Hendrik grinste über beide Backen. »Dann los. Deinen Wagen lassen wir hier stehen. Den holen wir morgen auf dem Weg zur Arbeit ab.«

Lyn war froh, als sie heil in Wewelsfleth ankamen. Hendrik fuhr immer rasant, aber gerade hatte er die Strecke Itzehoe-Wewelsfleth in Rekordzeit geschafft. Sie parkten neben dem Alfred-Döblin-Haus und gingen das kurze Stück Weg über den Friedhof zu ihrem Häuschen.

Drinnen hielt Hendrik sie davon ab, sich ein Glas Wasser einzuschenken. »Trinken kannst du gleich«, sagte er, nahm ihr die Flasche weg und drückte ihr den Schwangerschaftstest in die Hand, den er ihr schon auf dem Weg zum Haus aus der Tasche gezogen hatte.

Als sie die Packung in der Hand hielt, konnte sie nachfühlen, wie es in ihm aussah. Die Aufregung, die sie von einem Moment zum nächsten packte, ließ ihren Oberbauch kribbeln. Hoffentlich, dachte sie, hoffentlich.

»Also gut.« Lyn atmete tief durch. Aber vielleicht sollte sie doch noch die Fenster putzen? Gut, es war mitten in der Nacht, aber es würde den Moment der Gewissheit hinauszögern. Was, wenn es wieder ein Fehlalarm war, so wie im letzten Monat?

Hendrik schien ihr anzusehen, dass sie kneifen wollte. Er nahm ihr die Packung aus der Hand, öffnete sie und las den Beipackzettel, nachdem er das Stäbchen ehrfürchtig auf dem Küchentisch abgelegt hatte.

»Das Stäbchen muss in einen Becher mit Urin gesteckt werden. Dann müssen wir drei Minuten warten. Es sollen sich zwei Striche bilden, wenn du … Also, der zweite Strich bildet sich nur, wenn du schwanger bist«, sagte er und griff nach ihrer Hand. »Dann auf, Liebling.« Er strahlte sie an. »Hier.« Er ging an den Küchenschrank und nahm einen roten Plastikbecher heraus.

»Doch nicht den Ikea-Becher«, sagte sie. »Wir nehmen einen Wegwerfbecher.«

»Das ist jetzt ein Wegwerfbecher«, sagte Hendrik, drückte ihn ihr in die Hand und zog sie aus der Küche.

»Äh …« Lyn ließ sich bis vor die Badtür ziehen, dann löste sie ihre Hand aus Hendriks und sagte: »Du willst doch wohl nicht mit reinkommen?«

Er sah sie an, als würden ihr Hörner wachsen. »Natürlich will ich mit rein. Was glaubst du denn?«

»Ich werde in einen Becher pinkeln. Und darum wirst du selbstverständlich vor der Tür warten.« Das war doch nicht zu fassen! Er war tatsächlich davon ausgegangen, dass sie in seinem Beisein …?

Seine Augenbrauen zogen sich zusammen. »Du hast da unten nichts, was ich nicht kennen würde.«

»Aber in einen Becher pinkeln ist Privatsache. Megaprivat.«

»Nicht, wenn es um mein Kind geht.«

Lyn lachte auf. »Das fängt ja gut an. Sollte ich tatsächlich schwanger sein, was wir niemals erfahren werden, solange du darauf bestehst, mich aufs Klo zu verfolgen, kann ich mich ja jetzt schon auf diese Dein-Kind-, Mein-Kind-, Unser-Kind-Spielchen freuen.«

»Aber ich will mit dir gemeinsam gucken, ob es geklappt hat.«

Lyn küsste Hendrik zart auf die Lippen. »Das machen wir ja auch, Liebling. Ich komme mit dem Becher raus, und dann darfst *du* das Stäbchen reintauchen.«

»Also gut.« Er nickte zufrieden.

Lyns Herz klopfte heftig, als sie die Badtür hinter sich schloss.

Als sie zwei Minuten später mit dem Becher wieder herauskam, steckte Hendrik das Stäbchen hinein und stellte den Becher auf der Kommode im Flur ab. »Nicht hingucken«, sagte er und zog sie so an seine Seite, dass sie beide die Kommode nicht im Blick hatten.

Lyn atmete tief durch, weil er strahlte wie das berühmte Honigkuchenpferd, während die Minuten nicht vergehen wollten. »Bitte sei nicht zu enttäuscht, wenn es nicht geklappt hat«, sagte sie, obwohl sie wusste, dass sie selbst auch wahnsinnige Enttäuschung empfinden würde.

Nach haargenau drei Minuten zog Hendrik das Stäbchen aus dem Becher.

Beide starrten sie mit angehaltenem Atem auf das kleine Sichtfenster.

Lyn schossen die Tränen in die Augen. Sie sah im selben Moment auf wie Hendrik. »Herzlichen Glückwunsch, Papa«, sagte sie und weinte vor Glück auf.

»Oh mein Gott!«, rief Hendrik. »Ich werde Vater! Ich werde tatsächlich Vater. Ich … werde … Vater!« Er hob Lyn hoch und drehte sich mit ihr im Kreis. Dass der übervolle Garderobenständer dabei in die Ecke zwischen Tür und Wand kippte, interessierte ihn nicht. Er ließ sie runter und küsste sie lange.

Sie wischten sich gegenseitig die Freudentränen von den Wangen und guckten noch einmal auf die Anzeige. Deutlich zeichneten sich die beiden Striche ab.

Sie bekamen tatsächlich ein Baby.

»Kommen Sie herein, Frau Harms«, sagte Gitta Blomberg und hielt Lyn die Tür auf. »Annika ist mit dem Kleinen im Garten. Wir können durch das Wohnzimmer auf die Terrasse gehen.«

Gitta Blomberg ging voran. Lyn konnte einen Blick in die Räumlichkeiten des Einfamilienhauses in Mölln werfen. Überall lag Kinderspielzeug herum. Die Blomberg-Kinder waren also schon wieder gut eingedeckt, nachdem ihr Zuhause und damit auch ihre Spielsachen dem Feuer zum Opfer gefallen waren. Vier Wochen waren seitdem vergangen.

»Annika, Frau Harms ist da«, rief Gitta Blomberg von der Terrasse aus ihrer Schwiegertochter zu, die auf einer Hollywoodschaukel neben einem mächtigen Apfelbaum saß. In den Armen hielt sie ihren kleinen Sohn. Er schlief mit dem Kopf an der Brust seiner Mutter, die die Schaukel mit den Füßen fortwährend in Bewegung hielt.

Ein Bild des Friedens. Und Lyn empfand darüber eine tiefe Freude.

»Hallo, Frau Harms«, begrüßte Annika sie mit einem warmen Lächeln, das auch ihre Augen erreichte und so dem blassen Gesicht Lebendigkeit einhauchte. »Entschuldigen Sie, dass ich nicht aufstehe, aber Emil«, sie blickte auf das schlafende Kind herunter, »ist gerade erst eingeschlafen. Ich würde ihn so ungern wecken.«

»Um Himmels willen«, wehrte Lyn ab, »bleiben Sie bloß sitzen. Emil, was für ein schöner alter Name.«

»Möchten Sie sich zu mir setzen?« Annika hielt in der Schaukelbewegung inne.

Gitta Blomberg schaltete sich ein. »Ich kann Ihnen aber auch einen Gartenstuhl holen, Frau Harms.«

»Nein, die Schaukel ist doch wunderbar.« Lyn setzte sich. »Sie erinnert mich an früher. Meine Eltern hatten eine Hollywoodschaukel. Nicht so eine komfortable wie diese hier, aber ich fand sie immer toll.«

»Ich koche einen Kaffee und bring ihn euch raus, einverstanden?« Gitta Blomberg sah ihre Schwiegertochter an, und Lyn glaubte zu erkennen, dass es Gitta Blomberg wohl ähnlich ging wie ihr. Sie genoss den Anblick, den diese Einheit von Mutter und Sohn bot.

»Danke, Gitta«, sagte Annika. Als ihre Schwiegermutter zurück zum Haus ging, wandte Annika sich an Lyn. »Ich bin ihr so dankbar. Sie umsorgt uns liebevoll. Mich vor allem. Ich glaube, dass nicht viele Menschen so wunderbare Schwiegereltern haben. Und sie haben es ja weiß Gott nicht leicht im Moment. Plötzlich vier Personen mehr im Haus zu haben, davon zwei lebhafte Kinder, das bedeutet für meine Schwiegereltern eine Riesenumstellung. Sie sind einen ruhigen Tagesablauf gewohnt, und jetzt …« Tränen traten in ihre Augen. »Wir sind schon eine arge Belastung für sie. Sie wollen es sich nicht anmerken lassen, aber insbesondere mein Schwiegervater wird nicht undankbar sein, wenn irgendwann wieder Normalität herrscht. Ihm fehlt die Ruhe.«

»Das wird sicher nicht mehr so lange dauern«, versuchte Lyn zu trösten. »Sie werden eine schöne Wohnung oder ein Häuschen finden, dort einziehen und sich wieder ein Heim einrichten.«

»Ja.« Annikas Lippen zitterten ein wenig. »Irgendwann haben wir wieder etwas Eigenes. Dann muss ich hier weg.«

Lyn musterte Annika. Sie hatte bei diesen Worten alles andere als glücklich geklungen. »Sie möchten hier nicht weg«, stellte sie fest.

Annika sah sie an. »Matthias möchte natürlich so schnell wie möglich wieder ein Zuhause für uns finden, aber …« Tränen erstickten Annikas Stimme. »Hier ist immer jemand da. Immer. Und ich kann mir nicht vorstellen, jemals wieder allein zu sein.«

Die Tränen fanden ihren Weg. Sie rollten über die schmalen Wangen und tropften auf das kleine Köpfchen an ihrer

Brust. »Ich befinde mich in Therapie und spüre auch schon Fortschritte.« Sie schluchzte. »Aber ich kann nicht allein sein! Ich ... die Angst frisst mich auf, wenn keiner da ist.« Sie ließ die Tränen einfach laufen. »Die Kinder lenken mich wunderbar ab, und Matthias und meine Schwiegereltern sind wirklich Engel, aber sobald ich allein bin, und sei es nur für einen Moment, dann ist er auch da.«

*Er.* Lyn verstand.

»Ich weiß, dass er tot ist.« Annikas Tränen versiegten. Es war eher Wut, die jetzt durch ihre Stimme klang. »Mein Verstand weiß, dass sein hässlicher Körper verbrannt wurde. Dass er mir nie wieder etwas tun kann.« Mit großen Augen starrte sie Lyn an. Sie hob ihre Hand, die Emil umschlungen gehalten hatte, und hämmerte sie gegen ihren Kopf. »Aber er ist hier drin. So lebendig ... so wahrhaftig ... und ich habe eine wahnsinnige Angst davor, dass er niemals verschwinden wird. Dass er mich bis ans Ende meines Lebens verfolgen wird.«

Lyn strich zart über Annikas Arm. »Es tut mir so leid, Frau Blomberg. Was Sie mitgemacht haben – ich mag es mir nicht vorstellen. Aber ich wünsche Ihnen aus tiefstem Herzen, dass die Zeit es richten wird. Sie werden wieder Vertrauen fassen können. Es wird vielleicht noch dauern. Vergessen Sie nicht, dass Sie schwer traumatisiert sind.«

Annika lachte unfroh auf. »Ich bin Ärztin. Ich weiß, was ein Trauma ist und wie man therapiert. Aber in der Realität ist dieses Wissen so viel wert wie ein Haufen Dreck.« Sie schloss die Augen. »Ich habe eine furchtbare Angst davor, dass er immer da sein wird.«

»Er wird vielleicht auch immer da sein«, sagte Lyn leise, weil sie Annika nicht mit schalen Worten trösten wollte. »Aber die Zeit und vor allem auch die Therapie, die Sie machen, wird ihn blass werden lassen. Immer blasser. Und klein. Und irgendwann ... bedeutungslos. Weil das Leben nach vorn gerichtet ist und Sie darüber hinwegkommen werden.«

»Glauben Sie?« Ein Hauch Hoffnung klang durch Annikas Stimme.

»Ja, das tue ich. Aber vor allem möchte ich Ihnen jetzt sagen, warum ich hier bin. Und das ist: Danke. Sie haben mir das Leben gerettet, Frau Blomberg.«

Annika starrte in die Ferne. »Für Sie mag es so aussehen, weil ich ihn erschossen habe, bevor er Sie erschießen konnte.« Sie sah Lyn an. »Aber ich habe Sie gar nicht wahrgenommen, Frau Harms. Ich kann mich nicht einmal an Sie in diesem Raum erinnern. Ich habe einfach nur ... mich selbst gerettet. Ich habe die Pistole gegriffen und geschossen, um *mich* vor ihm zu retten, nicht Sie.«

Lyn nickte sachte. »Und dennoch haben Sie mich damit gerettet – auch wenn Sie instinktiv ihr Leben retten wollten.«

»Sie sind sehr großmütig. Dabei haben *Sie* mir das Leben gerettet. Ohne Ihr Auftauchen wäre ich jetzt tot. Vergewaltigt von einem Perversen und ... tot.«

Lyn strich noch einmal über Annikas Arm. Die junge Ärztin wusste durch die Ermittlungen alles Relevante über Lutz Angelsen.

»Nun«, Lyn lächelte, »dann haben wir uns also gegenseitig gerettet. Und das macht mich verdammt froh.«

Annika versuchte ein Lächeln, aber es war wohl nur ein Abglanz früherer Zeiten, mutmaßte Lyn.

»Frohsein, das ist etwas, das ich noch wieder lernen muss. Im Nachhinein ... nach diesem ganzen grässlichen Geschehen«, sie sah Lyn an, »frage ich mich sowieso, was für ein Mensch ich bin.«

Sie blickte wieder über die Hecke in die Ferne. »Zu was ich wohl noch alles fähig bin. Bitte!«, wehrte sie ab, als Lyn zum Sprechen ansetzte. »Verstehen Sie mich nicht falsch. Ich bin sicherlich ein guter Mensch im weitläufigen Sinne. So wie Sie und meine Schwiegermutter und die Nachbarn hier«, sie wedelte mit der Hand in Richtung der Gärten, »und ich weiß selbst, dass ich mich in einer Ausnahmesituation befand – auch ohne dass meine Therapeutin es mir wieder und wieder erklärt. Aber mich erschreckt, dass ich es immer wieder tun würde.« Ihr Gesicht war ernst und verkrampft. »Immer wieder. Jetzt und hier.« Sie hielt Lyn ihre Hand hin, die Finger gebogen. Ihr Zeigefinger machte dabei wiederholt eine Bewegung, und Lyn wurde klar, was die Geste bedeutete. Sie schoss auf Devil.

Annika starrte auf ihre Hand. Selbst jetzt schien sie nicht aufhören zu können, das imaginäre Abdrücken zu stoppen.

Lyn legte ihre Hand über Annikas. »Es ist vorbei, Frau Blomberg. Er hat bekommen, was er verdient hat.«

Annika sah sie an, schien gar nicht gehört zu haben, was Lyn gesagt hatte. »Wenn es tausend Schuss gewesen wären, hätte ich sie alle in ihn reingefeuert.«

»Aus äußerster Notwehr! Jeder, wirklich jeder hat Verständnis dafür, Frau Blomberg. Das macht Sie gewiss nicht zu einem schlechten Menschen. Es macht Sie zu einem ganz normalen Menschen. Sie haben instinktiv das Richtige getan: sich selbst das Leben gerettet. Und damit auch mir. Ich werde Ihnen ewig dankbar sein, dass Sie getan haben, was Sie getan haben.«

»Damit werde ich vielleicht irgendwann klarkommen«, sagte Annika, immer noch in ihren eigenen Gedanken verhaftet. »Aber es gibt da noch etwas. Etwas, das mich quält.«

Lyn sah sie an. Was kam jetzt?

Annikas Lippen zitterten. »Wissen Sie eigentlich, wie dankbar ich bin, dass der Junge … Roman … überlebt hat? Außer meiner Therapeutin habe ich es noch niemandem gesagt, nicht einmal Matthias. Wenn Roman Baumann gestorben wäre, hätte ich es zu verantworten.«

»Aber wie kommen Sie denn darauf?«

»Weil ich ihm nicht die ärztliche Hilfe gegeben habe, die ich ihm hätte geben können. Ich habe ihm Medikamente vorenthalten, die ihn stabilisiert hätten. Ich … habe in Kauf genommen, dass er sterben könnte.« Sie sah Lyn an. »Ich habe einen Eid darauf geschworen, jedes Leben zu retten. Und sei es noch so … wenig rettenswert. Aber mein Leben war mir wichtiger als seins.« Tränen liefen aus ihren Augen. »Ich hätte ihn verrecken lassen. Nur um nach Hause zu kommen.«

»Liebe Frau Blomberg«, Lyn hatte ebenfalls Tränen in

den Augen, »seien Sie gewiss: Sie sind ein ganz wunderbarer Mensch. Sie haben alles Menschenmögliche unternommen, um zu Ihrer Familie zurückzukehren. Jeder, der sich in Ihrer Situation befunden hätte, hätte so gehandelt. Eid hin oder her, er gilt sicher nicht für solche Ausnahmesituationen.«

»Das hat meine Therapeutin auch gesagt.«

»Dann hören Sie auf sie. Und vor allem sollten Sie daran denken: Roman Baumann *ist* nicht gestorben. Er lebt. Und auch ich lebe, weil Sie mich gerettet haben.« Lyn lächelte. »Mich und mein Kind.« Sie legte eine Hand auf ihren Unterleib.

»Oh. Sie sind schwanger?«

»Ja. Oder besser gesagt: Mein Mann und ich sind schwanger.« Lyn lachte. »Er ist völlig aus dem Häuschen. Wenn Sie nichts dagegen haben, würde ich ihm heute Abend einen wunderschönen Jungennamen vorschlagen.« Lyn blickte auf das schlafende Kind in Annikas Armen. »Emil, das gefällt mir sehr.«

Annika lächelte. »Es wäre Emil bestimmt eine Ehre, Namensgeber für Ihr Kind zu sein.« Sie beugte den Kopf und küsste den blonden Haarschopf ihres Sohnes andächtig, bevor sie fragte: »Und wenn es ein Mädchen wird?«

»Dann heißt sie nach meiner Mutter. Helene.«

# Was noch zu sagen ist:

Ich hatte »auf« Wacken Mega-Spaß während der Recherche zu meinem Krimi. Ich habe an den drei Festival-Tagen jede Menge Heavy-Metal-begeisterte, feierwütige, aufgeschlossene und immer und überall freundliche Menschen getroffen, die gern mit mir geplaudert haben. Anja und ihre Clique gaben mir Unterschlupf während eines wahrlich norddeutschen Regenschauers, und sie ließen mich in ihren Wohnwagen-Opa blicken. Danke dafür!

Danke Desiree und Daniel für eure wertvolle Recherche-Hilfe. Dir, liebe Ulrike, danke für die Informationen im medizinischen Bereich.

Für den zentralen Parkplatz in Wacken sage ich: »Merci, liebe Janine!«

Nach Berlin jeht für die Dialekthilfe ein Danke an meine Mörderische Schwester Ria.

Ein dickes Danke für deine brüderliche Hilfe, lieber Dirk. Ohne dich würde Lyn sehr viel mehr Unsinn verzapfen.

Der Emons Verlag hat mir die Recherche auf dem Festival großzügig ermöglicht. Danke schön dafür!

Dem gesamten wunderbaren Verlagsteam danke ich für die immer sehr gute Zusammenarbeit und meiner Lektorin Hilla Czinczoll für den perfekten Feinschliff.

Und last but not least grüße ich alle in der Welt verstreuten Fans mit einem lauten

»WACKEEEN!!!«.

Heike Denzau
**MARSCHFEUER**
Broschur, 240 Seiten
ISBN 978-3-89705-919-1

*»Denzau ist es wieder gelungen, die Spannung bis zum überraschenden Ende zu halten. Kein Geplänkel stört, keine Ungereimtheit verdirbt den Spaß. Wie schon im Debüt steht die Geschichte im Vordergrund und ist nicht bloßes Alibi für Land-und-Leute-Anekdoten aus Norddeutschland.«* taz Nord

*»Urlaubskrimi mit Atmosphäre!«* Radio Berlin

Lust auf mehr? Laden Sie sich die »LChoice«-App runter, scannen Sie den QR-Code und bestellen Sie weitere Bücher direkt in Ihrer Buchhandlung.

www.emons-verlag.de

Heike Denzau
**DIE TOTE AM DEICH**
Broschur, 240 Seiten
ISBN 978-3-89705-826-2

*»Der Roman lebt auch vom nordischen Flair: Der Leser sieht Land-
schaft und Einheimische durch Lyns Augen und nimmt so deren
besonderen Charme wahr.«* Frankfurter Rundschau

*»Heike Denzau schreibt nicht nur spannend, wobei sie auf blutrüns-
tige und reißerische Szenen verzichtet. Sie schreibt auch liebevoll
und höchst amüsant über die Marsch und die angenehmen Schrul-
ligkeiten der Menschen, die dort leben. Die detailreichen Kenntnisse
der Polizeiarbeit erhielt die Autorin von ihrem Bruder, der selbst
Kommissar in Itzehoe ist.«* Norddeutsche Rundschau

www.emons-verlag.de

Heike Denzau
**TOD IN WACKEN**
Broschur, 256 Seiten
ISBN 978-3-95451-064-1

*»Es ist ihr hervorragend gelungen, die Atmosphäre des Festivals einzufangen. Absolut empfehlenswert – auch für Nicht-Metal-Fans.«* shz

*»Der dritte Krimi mit Oberkommissarin Lyn Harms ist nicht nur spannend, sondern auch witzig.«* Norddeutsche Rundschau

*»Der Krimi rockt! Ein schlüssiger Krimi mit viel Lokalkolorit – ein Muss für Metalheads.«* Lübecker Nachrichten

Heike Denzau
**TODESENGEL VON FÖHR**
Broschur, 352 Seiten
ISBN 978-3-95451-251-5

*»Ein uraltes Buch, ein mysteriöser Geheimbund und eine dreißigjährige Jungfrau – aus diesen Komponenten hat die Wewelsflether Krimi-Autorin Heike Denzau eine spannende und ebenso mystische Geschichte mit einem Schuss Humor geschaffen. Itzehoe und Föhr sind unter anderem Schauplätze dieser Story à la Dan Brown.«*
LandGang

www.emons-verlag.de

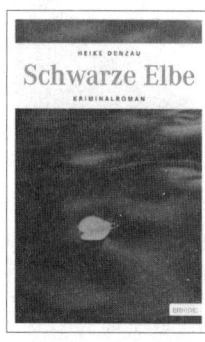

Heike Denzau
**SCHWARZE ELBE**
Broschur, 384 Seiten
ISBN 978-3-95451-502-8

»*Meine absolute Leseempfehlung für dieses durchdachte Krimihighlight.*«   Krimi Kiosk

Heike Denzau
**DUNKLE MARSCH**
Broschur, 400 Seiten
ISBN 978-3-95451-970-5

»*›Dunkle Marsch‹ liest sich wie eine Familien-Sage – bleibt aber stets ein Kriminalroman mit all den wichtigen Zutaten.*«
Peter M. Förster, Meine-Kommissare.de

www.emons-verlag.de